U0016862

三春爭及初春景

紅樓夢斷系列

新校版

高陽

上

目次

第一章

「老爺！老爺！」

入夢正酣的鄂爾泰，被推醒了；聽聲音便知是聽差何福，當即問一句：「有軍報？」

意料中是有來自貴州的軍報——平定苗疆本是鄂爾泰最人的功績，因此得封伯爵；不想當年部署不周，苗亂復起，而且頗為猖狂。皇帝不得不在軍機處以外，特設「辦理苗疆事務處」，指派果親王允禮、皇四子寶親王弘曆、皇五子和親王弘晝；文華殿大學士張廷玉、保和殿大學士鄂爾泰專責辦理。鄂爾泰內慚神明，引咎請罪，削去伯爵；皇帝對他的信任未減，但以向來講究賞罰分明，認為「國家錫命之恩，有功則受，無功則辭，古今通義」，應該接受鄂爾泰的請求，削去伯爵，降封為一等子。同時作了一個特殊的安排，一方面准假家居，不必入值「苗疆事務處」；另一方面卻又召入禁中，作為皇帝私人的助理，凡有來自苗疆的軍報，都送交他先看，定了處置辦法，再發交苗疆事務處。這一來，變成明降暗升，權力比以前更大了。

由於軍情緊急，深夜被喚醒了看軍報是常事；但這天晚上卻不是，「海大人來了。」何福答說：「等著要見老爺。」

「海大人」是指戶部侍郎內大臣海望；他是滿洲正黃旗人，姓烏雅氏，是皇帝的生母孝恭仁皇后娘家的姪子，算起來是皇帝的表弟。宿衛的椒房貴戚，深夜相訪，當然是有極緊要的事；於是口中說「請」，人已起床，而海望在外面聽見聲音，竟不待傳報，逕自一掀門簾，大步跨了進來。

「中堂，請換袍褂！」

「怎麼？」鄂爾泰大為詫異：「皇上召見？」

「是！」海望遲疑了一下，還是當著何福說了出來：「皇上中風了。」

鄂爾泰猶如焦雷轟頂，被震得站立不住；何福急忙扶著他坐下，隨即轉身去取官服。

「怎麼一下中風了呢？」鄂爾泰定定神問說：「要緊不要緊？」

「來勢不輕。」海望把聲音壓得極低：「是『馬上風』。」

鄂爾泰倒抽一口冷氣；一跺足站了起來，咬牙切齒地罵：「王定乾、張太虛真該碎屍萬段！」

「唉！」海望歎口氣說：「真沒有想到。」

「事先有甚麼跡象沒有？」

「昨兒上午，說有點兒頭暈。我想通知四阿哥、五阿哥來請安，皇上還說不必。服了藥照常看摺子，精神好得很。那知道今晚上會出事！」海望又問：「我不知道應該不應該通知張中堂？」

這是說張廷玉；他在海淀有座賜第，名為「澄懷園」，要通知也很方便。鄂爾泰便問：「皇上怎麼交代？」

「皇上嘴歪口斜，話都說不俐落了；只聽他不住說個『鄂』字，我就趕緊來請中堂。」

「既然未召張中堂，你亦不便擅自傳旨。等我見了駕再說吧！」

由二宮門繞「正大光明」殿、「前湖」、「奉公無私」殿到「九州清晏」寢宮，有好長的一段路；海望來時，還是八月二十二夜裡，回到「九州清晏」，已是八月二十三子時了。

寢宮中燈火通明，靜悄悄只微有異聲，只見總管太監蘇培盛迎了上來，也不行禮，只急促地向鄂爾泰說道：「快請進去吧！」

等上了台階，踏入殿門，只聽東暖閣中「呼嚕、呼嚕」是皇帝痰湧的聲音。蘇培盛掀開門簾；鄂爾泰朝裡一望，只見皇帝靠坐在一名太監胸前，頭半側著、口眼喎斜、面紅如火、痰響如雷；眼看是「大漸」了！鄂爾泰想起知遇之恩，不由得嗚咽出聲。

「中堂別傷心！」御醫低聲提醒他：「皇上心裡是清楚的。」

鄂爾泰便不敢再哭；進門照規矩磕了一個頭，口中還說一句：「奴才鄂爾泰給皇上請安。」說完，站起身，傴僂著腰，趨向御榻。

「萬歲爺，萬歲爺！」蘇培盛在皇帝耳際說：「鄂中堂來了。」

皇帝還有知覺，微微將頭轉了一下，努力想睜大眼來，卻無能為力，只滾出來兩滴淚水。

鄂爾泰強忍悲痛，而且盡力保持平靜的聲音：「皇上萬安！放寬了心，一切都不要緊！」

皇帝將眼一閉，淚水又被擠了出來；然後聽他吃力地、模糊地說了兩個字：「盒——子——。」

「是這個盒子不是？」蘇培盛從身上掏出一個景泰藍鑲金的方盒子舉高了問。

等皇帝極困難地點了一下頭；鄂爾泰已跪了下來，接過金盒，只聽皇帝突然噴出一個字來：「看！」

金盒上有把小鎖，但鑰匙就掛在盒子上，蘇培盛幫著打開；鄂爾泰取出內藏的一道硃諭，看了一下，用很清楚的聲音說：「皇上請放心，是四阿哥；奴才一定遵旨辦理。」

皇帝的雙眼合上了；痰湧的響聲漸漸低了下來；海望用抖顫的手指去探一探皇帝的鼻息，轉身向鄂爾泰說：「皇上升天了！」

於是蘇培盛首先呼天搶地般哭了起來；十三年前在圓明園以南的暢春園中，深夜「躄踊」的哀音，再一次震撼了玉泉山麓。鄂爾泰卻沒有眼淚，一種獨受顧命的責任感，充塞於方寸之間，形成極其沉重的壓力；但也構成令人興奮的挑戰，因此，他能對那一片震天的哭聲，充耳不聞，悄悄地隱在僻處，凝神運思。

只幾轉念之間，便決定了大步驟，現身出來，先是找一個幫手；此人名叫訥親，滿洲鑲黃旗人，姓鈕祜祿氏，是開國勳臣額亦都的曾孫；也是孝昭仁皇后的內姪，襲封公爵，在軍機處行走，一向跟寶親王接近；而且他兼領著「鑾儀使」，這個只是掌管儀仗的差使，當此大位遞嬗之際，格外顯得重要。

「訥公，」鄂爾泰將訥親拉到一邊，低聲說道：「四阿哥接位，你知道了吧？」

「聽說了。」訥親皺著眉說：「擷芳殿的那兩位，不知道會怎麼說？」

「正就是為此。我得馬上趕進宮去，這裡交給你了。」鄂爾泰略停一下，加了四個字：「前程遠大。」

訥親如夢方醒，這不是擁立的不世之功？頓時又驚又喜，而雙肩亦突感沉重，「毅庵，」他喚著鄂爾泰的別號，有些躊躇：「恐怕我應付不下來；張衡臣馬上就來了。」

「你跟他說，他亦在顧命之列；不過，這得請嗣皇帝親口來宣諭。」

「啊！啊！」訥親明白了！張廷玉必須支持寶親王繼統，才能成為顧命大臣；這是一個交換條件。

「還有，莊王大概在路上了，我遇見了，我會跟他說；果王是今天黃昏到的，這會兒當然也趕進來了，請你跟他說：這件大事，要請兩王作主；請他趕快進宮，我在軍機處待命。」

「好！」

「再有一件，鑾儀衛請訥公格外留心，別出岔子。」

「是，是！」訥親被提醒了，「我馬上派人回去預備。事不宜遲，毅庵你快去吧！」

鄂爾泰帶著海望，星夜急馳；進了西華門，直到隆宗門前，方始下馬，進門北屋就是軍機處。由於軍機大臣都隨駕在海淀，所以北屋鎖著；但軍機章京辦事的南屋，卻有燈光，鄂爾泰與海望便先奔南屋。

「啊！」值宿的軍機章京方觀承，大為驚異，「中堂跟海大人怎麼來了？」接著又驚呼：「血、血！中堂袴腿上的血是那兒來的？」

不提倒也罷了，一提起來，鄂爾泰頓覺雙股劇痛；皮馬鞍是破的，奔馳太急，臀部擦傷流血，竟爾不覺。此刻，也只是痛了一下，隨即就拋開了。

「問亭，」鄂爾泰答非所問地：「你到內奏事處去一趟，讓他們趕緊到『乾西二所』，把寶親王請來。」

「是！」方觀承突然有了發現，不由得大吃一驚，指著鄂爾泰的摘了頂戴和紅纓的大帽子，張口結舌地問：「中堂，是、是『出大事』了？」

「是的，這會兒沒功夫跟你細談，趕緊去，別多嘴！」

這是告誡他勿透露皇帝已經殯天的消息；方觀承極其機警，到得內奏事處告訴管事的太監，只說：「園子裡送來緊急軍報，交代寶親王即刻處理。鄂中堂在軍機處坐等。」隨即轉回原處。

「問亭，」鄂爾泰說：「你來擬遺詔；『皇四子人品貴重，克紹朕躬。』要把『自幼蒙皇考鍾愛』的情形，多數幾筆。你請到裡屋去寫。」

方觀承答應著，另外點燃一支蠟燭，捧著到裡屋去構思；「大事」出得倉促，心神不定，久久未能著筆，但聽窗外步履聲起，寶親王已經來了。

「臣鄂爾泰、海望恭請皇上金安！」

這一聲以後，便是碰頭的聲音，而且聽聲音不止鄂爾泰與海望兩個人，必是屋內屋外，所有隨行的太監及軍機處的書手、蘇拉都在見駕了。方觀承心想，是不是也應該一謁新君？正考慮未定之際，只聽「哇」地一聲，寶親王開始號啕大哭。

「請皇上節哀應變；諸多大事要皇上拿主意。」鄂爾泰又說：「這會兒不是傷心的時候。」

這句話說得相當直率。嗣皇帝收住眼淚問道：「怎麼一下子就去了呢？」

「唉！」鄂爾泰重重歎氣，「王定乾、張太虛該死。」

這句話盡在不言中了；只聽見嗣皇帝說：「我此刻方寸大亂。應該幹甚麼，自己都不知道；你們說吧！」

「請皇上傳諭：以莊親王、果親王、張廷玉為顧命大臣。」

「奴才啟奏皇上，」海望接口：「受顧命的，實在只有鄂中堂一個人。」

這句話提醒了嗣皇帝，自己能不能安登大寶，全靠莊、果兩王和張廷玉、鄂爾泰；尤其是眼面前的鄂爾泰，關係更為重大。轉念到此，親自伸手相扶；「你起來！」他說：「咱們好好商量。」

要商量的是如何應付住在擷芳殿的那兩位——嗣皇帝同年生的胞弟和親王弘晝；康熙朝廢太子允礽嫡子理親王弘皙。這時的嗣皇帝和鄂爾泰，不約而同地想起雍正八年春夏之交，那些令人驚心動魄的日子；不過嗣皇帝是親身經歷，而鄂爾泰是得諸聽聞；即令如此，一想起來仍令人不安。

雍正八年春天，皇帝的怔忡舊症復發；一閉上眼就會夢見「二阿哥」廢太子允礽，來向皇帝索命；一驚而醒、冷汗淋漓，心跳好半天都靜不下來。

皇帝殘骨肉、誅功臣，殺過好些人，都無愧怍；只有雍正二年十二月私下毒殺了他的這個胞兄，卻不免內疚神明，因為細想起來，允礽沒有絲毫對不起他的地方，而他暗算允礽卻不止一次。先是康熙四十七年，允礽第一次被廢，禁錮在上駟院中臨時設置的氈帳中；皇長子直郡王允禔及皇四子雍親王胤禛，也就是雍正皇帝，奉命監守。兩人起意用魔法謀害允礽，結果為皇三子誠親王允祉所舉發；直郡王允禔被幽閉，而皇四子雍親王心計甚深，做事的手腳很乾淨，更難得的是皇十三子允祥出面頂了罪，以後被圈禁在宗人府的高牆之內。因此雍親王奪得皇位以後的第一件事，便是釋放允祥，封為怡親王。

照情理說，雍正皇帝既已如願以償，得居大位；而允礽既失皇位，復被幽禁，應可安享餘年，而仍舊放不過他，雍正皇帝自己也覺得太過分了。早年誅除異己，覺得壞事反正做了，多做一件也無所謂；及至天下大定，閒來思量，總覺得愧對「二阿哥」，久而久之，便得了個怔忡之症。他也曾私下懺悔默禱過，而且將襲封為理郡王的弘晳封為理親王，表示彌補疚歉，但怔忡之症，時發時癒，始終未能斷根，只是這一回發作得格外厲害。

更糟糕的是怡親王允祥也得了這樣一個毛病；他是從高牆中放出來以後，親眼看到皇帝弒兄屠弟，是如此心狠手辣而掌握著生殺予奪之權的一個人，所以日夕生活在戒慎恐懼與悔恨之中。

這時眼見「二阿哥」向皇帝索命，想起當年亦曾同謀，又增一番恐懼悔恨，終於支持不住了。於是有一天兄弟倆——皇帝與怡親王允祥，都是精神比較好的時候，屏人密談。怡親王表示：允礽來索命，他願意抵償。不過允礽無主遊魂，應該為他覓一個安頓之處，常受祭享。於是皇帝決定封允礽為潮神，為他在浙江海寧立廟，廟用藍瓦，是王府的規制。

這番措施有些效驗，命是索不了，卻要索還皇位。皇帝在奪位時，強詞奪理、氣盛得很；事定以後想想，自覺說不過去，譬如說皇四子弘曆，「素蒙皇考鍾愛」，曾向溫惠皇貴太妃說過：「是命貴重，福將過予。」意思是弘曆將來亦會做皇帝；而弘曆的皇帝，必出於他之所傳。這就足以證明天心默許，聖祖在說這話時便先已決定要傳位給他了。

但是，這話說得通嗎？他曾說過，「八阿哥」允禩的生母良妃衛氏，來自「辛者庫」，所以允禩是「出身微賤」，絕無繼位之望；可是弘曆的生母是熱河行宮的宮女，也是「出身微賤」，何以聖祖會斷定他也會做皇帝，而有「福將過予」的話？

因此，到得皇帝比較平心靜氣時，解釋民間流言他如何奪位時，論調與以前多少不同了，好些地方，彷彿含蓄地在說：皇位原該是允礽的。允礽既已被廢，他就不算是奪位。這跟聖祖所說：「本朝得天下最正。明朝原已亡於李自成，本朝天下得自李自成之手，是替明朝報了仇。」是一樣的道理。

也許是真有允礽來索皇位這麼一個夢，也許是皇帝魂夢不安的幻覺，總之為了祛除他心裡的這塊病，他派莊親王允祿到允礽的墓園去祭告，他一心一意只為大清的天下，將來為國擇賢，弘晳與他的兩個兒子一樣，亦有繼承皇位的資格。同時宣諭：理親王弘晳遷入宮中，與皇五子弘晝一起住在擷芳殿——在文華殿後面，明朝端敬殿、端本宮舊址；通稱「南五所」，向來是皇子的住處。皇四子弘曆則早在雍正五年賜贈時，就已移居西六宮後面的「乾西二所」了。

說也奇怪，從弘晳入宮後，皇帝居然眠食俱安，但怡親王允祥卻在五月裡一命嗚呼。皇帝相信他是為他代償了允礽的命；傷感與欣慰交併，為了報答起見，除了照允祥生前的意思，以他的幼子弘曉承襲怡親王以後，又另封允祥一子弘晈為寧郡王，亦是世襲罔替。

可是，對於弘晳遷入宮中這件事，皇帝卻有悔意了；私下決定，仍舊傳子而不傳姪，好在只說擇賢而立，不立弘晳，不算背盟。

不過傳子卻又費躊躇，弘曆雖有「素蒙皇考鍾愛」這句話在，而他自己所鍾愛的，卻是皇五子弘晝。

大家的意思，仍是勸皇帝擇賢而立。但何以謂之賢，何以謂之愚？實在不易分辨得清楚；精明與刻薄，慷慨與揮霍，毫釐之差，失之千里。皇帝反覆考慮下來，想出一個試驗的辦法：這天將莊、果兩王，鄂、張兩相召入養心殿，只見桌上陳列著兩個黑漆木盤，上覆黃袱；皇帝親手將黃袱揭去，一盤中盛一方玉印；一盤中是十粒瑩光耀彩，尺寸稍遜於東珠，但也是稀世之珍的大明珠，在黑漆盤中滾個不停，將人的眼都看花了。

正當四個人都在納悶，不知皇帝是何用意時，蘇培盛已帶了兩個太監進來，小心翼翼地將漆盤捧了出去。皇帝並無一語，大家也不敢多問，只是順著皇帝的意向，奏陳各人掌管的政事。

約莫一頓飯的功夫，蘇培盛回來覆命說：「四阿哥要了玉印；五阿哥要了珍珠。奴才傳旨，不必親身來謝恩，兩位阿哥還是向養心殿的方向磕了頭。」

「喔！」皇帝問道：「是誰先挑的？」

「奴才請四阿哥先挑，四阿哥說：『讓五阿哥先挑吧！』五阿哥就說：『我要明珠。』」

「四阿哥呢？怎麼說？」

「四阿哥沒有說甚麼。」

「那麼，」皇帝問說：「你總看出點兒甚麼來了吧？」

「奴才看四阿哥是高興在心裡的樣兒。」

皇帝揮一揮手，遣走了蘇培盛，歎口氣說：「這可真是天意了！」

兩王兩相到此方始恍然，皇帝是測試兩皇子的志向；明珠喻富，玉印喻貴，皇五子先挑，本自占了大便宜，不道捨貴而取富，此非天意而何？

「你們記住今天的事！倘或將來五阿哥有甚麼怨言，不拘是誰，把今天的這段故事告訴他。」接著，皇帝提起硃筆寫了一道手諭：「皇四子弘曆、皇五子弘晝，年歲俱已二十外；皇四子著封為和碩寶親王，皇五子著封為和碩和親王，所有一切典禮，著宗人府照例舉行。」

鄂爾泰回憶到此，隨即省悟；先「收服」了和親王，同胞兄弟合力來對付理親王，事情就好辦了。

正待開口有所陳奏，只聽步履雜遝；莊親王允祿與果親王允禮，一前一後，相偕而至。進門便待屈膝，嗣皇帝急忙奔了過去，一手挾住一個；他的身材高，又富膂力，所以挾住兩王，能不讓他們下跪。

「十六叔、十七叔，」皇帝放聲而哭：「你們看，我連送終都沒有趕上。」

一帝兩王，相擁而哭；鄂爾泰陪著淌了一會眼淚，跪下說道：「請皇上跟兩位王爺節哀，還有多少大事要辦呢！」

勸得收了眼淚，莊王說道：「臣是剛接到消息，說鄂爾泰進宮了。如今要辦的大事很多，先後次序得分出來；請皇上明示，那件該先辦？」

嗣皇帝懂他的意思，要分先後的大事，只有兩件，一件是到圓明園迎靈入大內；一件是宣詔明示，大命歸於何人，他不便表示應先宣詔，那就仍舊只有飾詞推託了。

「我方寸大亂，不知道該怎麼辦？請十六叔、十七叔跟鄂先生商量著辦吧！」

「臣不敢當此稱呼！」鄂爾泰急忙躬身回答；而也就是「先生」二字，更激發了他挺身擔當的決心，「皇太后跟內廷各主位，大概也得到消息了，一定都在著急；請皇上先安慰了皇太后，好啟駕迎靈。至於宣示哀詔，交給兩位王爺跟臣來辦好了。」

「好，好！」嗣皇帝說：「一切都請十六叔、十七叔跟鄂先生作主好了。」

眼淚汪汪的和親王弘晝，心裡不知道是甚麼滋味；那副眼淚是哭大行皇帝，還是哭他失去了皇位，自己亦不甚分明，只覺得是太委屈了，卻又不知道如何表達他心中的委屈。

「有段故事，五阿哥只怕還不知道。」鄂爾泰平靜地說：「當初原是五阿哥自己挑的。」

「挑甚麼？」弘晝茫然地問。

「挑玉印還是明珠？如果五阿哥挑了玉印，今天皇位就是五阿哥的。不過，」鄂爾泰緊接著說：

「五阿哥也不必失悔，富貴榮華一輩子，也夠了。」

弘晝初聽不解，細想一想方始明白：頓時臉色大變，情不自禁地跺一跺腳。

莊王便即說道：「小五，你看開一點兒！你得仰體親心，當初皇上為甚麼親自擬你們的封號，寶親王之寶，告訴你天命有歸，非人力所能強致；和親王之和，希望你守本分，『家和萬事興』，民間如此，皇家亦不例外。你哥哥一向待你不錯，今天當然更要照看你。你想要甚麼，告訴我，我代你去要。」

「我不想要甚麼；我也不知道要甚麼。阿瑪把甚麼都給了他了。我還能要甚麼？」弘晝悻悻然地說。

語聲中冤氣沖天，不加安撫，只是硬壓下去，縱能暫時無事；一旦爆發，必又是一場骨肉相殘之禍。莊、果兩王及鄂爾泰想起大行皇帝託以腹心，知遇之深，眷顧之厚，有個相同的想法，不獨他的傳位於皇四子的遺命必得實現；就是皇五子，無論如何亦須保全。

這樣，事情就好辦了。莊王悄悄將他們兩人找到一邊，低聲問道：「你們看，用甚麼法子能讓小五的那口氣嚥得下去？」

「惟有請皇上格外加恩。」鄂爾泰說：「五阿哥一向講究飲饌服御，甚麼都要最好的；我想請兩位王爺善加開導，反正將來必能讓他過稱心如意的日子就是了。」

「空言只怕無用。」果王搖搖頭：「得這會兒就見真章才好。」

「有了。」莊王點點頭：「我想到一個辦法。」

「甚麼辦法？」

「把國事跟家務分開來辦。」

果王不解；鄂爾泰卻領會了，「十六爺，」他說：「皇上本來就交代過了，請兩位王爺作主；這會就跟五阿哥說吧！」

於是回到原處，莊王叫一聲：「小五！」首先作了一番表白，「你別當你四哥，跟我的情分不同，我會向著他；正好相反，我現在是替你委屈。不過這也要怨你自己不好；當初本來是讓你先挑的，你要挑了玉印，今天不就是你當皇上了嗎？」

這番話說得更率直，弘晝椎心泣血般悔恨，臉色非常難看；鄂爾泰急忙加以勸解。

「五阿哥，你別難過。皇上一向待你最厚；將來自然還是格外照看你，要甚麼，有甚麼，享不盡的榮華富貴。」

「是啊！你覺得委屈，人家可是求之不得呢！」

「十六叔，」弘晝說道：「不是我委屈，我娘太委屈！我娘若是聽說阿瑪是這麼個主意，不知道會有多傷心。」

這話相當厲害。宮中向來是母以子貴，弘晝如果繼統，裕妃便是聖母皇太后；他說這話，是為生母爭名分，很難駁得倒他。

幸而有個人堪以相提並論，「要說傷心，在熱河的那位，才真正傷心呢！」莊王指的是嗣皇帝的生母，熱河行宮的宮女；他接著又說：「你阿瑪為國擇賢，把天下給了你四哥；我替你四哥作主，把你阿瑪居藩的私財，都給了你。我這個做叔叔的，對得起你了吧！」果王這才明白，「國事家務分開來辦」的意思是如此，當即說道：「你阿瑪居藩的時候，生性儉樸，家規嚴整，門下包衣又是得意的多，常有孝敬。那份私財，你就敞開來花吧！」

「五阿哥，」鄂爾泰趁勢進言：「兄友弟恭，而況到底是大行皇帝的遺命，不能不遵；你就到乾西二所磕個頭，叫一聲『皇上』。忍得一時委屈，換來終身福分，何樂不為？」

「這是好話。小五，你別身在福中不知福。」

莊王的話漸有警告的意味了；弘晝知道不識趣就會更受委屈，當即說道：「如果我娘怪我，十六叔可得替我說話。」

「當然，當然。你四哥對你娘，一定也有一番尊敬，博她一個高興。」莊王接著向果王說：「你就帶他去見皇帝吧！把我的意思說明白。」

果王答應著帶走了弘晝。莊王透了一口氣，但旋又緊皺雙眉；打發了一個，還有一個要應付。

「你看，咱們是等他來找呢；還是找了他去？」

他是指理親王弘晳。在聖祖現存的幾十個孫子中，數他的年齡最長，世故甚深；為人又是陰鷙雄猜一路，加以有班羽翼護衛，是個很難對付的人。

鄂爾泰考慮了一下答說：「以不變馭萬變。如果先去找他，倒像虧負了他甚麼似地，先就落下風了。」

「說得不錯。」莊王坐下來說：「把海望找來，商量接靈吧！」

其時曉色已動，西風過處，隱隱傳來哭聲，當然是已知道圓明園中，出了大事的原故。但宮中舉哀，必須等待總管太監通知「摘纓子」、「去首飾」，才敢放聲大哭；同時，龍馭上賓雖是喪事，亦是喜事——嗣皇帝大喜的日子。死不如生，總得吉服跟嗣皇帝賀了喜，才能盡哀如禮，所以內廷各處，詫異的是，六十歲未到，一向精力過人的雍正皇帝，何以突然駕崩？而關注的卻是繼承大位的，到底是誰？

細心的人已經留意到乾西二所的動態。本來「四阿哥」弘曆自雍正五年十七歲成婚，由原來在康熙朝為允礽而建，作為「東宮」的毓慶宮，移居「乾西二所」時，就有兩種絕不相同的看法與傳說，一種是說：「四阿哥」弘曆本已預定為儲君，所以准他居住毓慶宮；後來皇帝變了心意，借成婚後福晉不便住在位於乾清宮之前的毓慶宮為藉口，將他遷入乾西二所。這不就很明白地作了暗示，「四阿哥」已非「太子」？

另一種人亦就是擁護弘曆的人；他們的說法是，乾西二所在西六宮後面，那才是真正隱祕的宮闈，不比南五所在文華殿之後，寧壽宮之前；以橫向的位置來說，在「三大殿」之東，只是「外朝」，而非「內廷」。所以弘曆移入深宮，而弘晝、弘晳只住南五所，將來大位誰屬，不言自明。

這些私下的議論，到了雍正十一年正月，因為弘曆的封號為寶親王，而弘晝的封號為和親王，顯得認為弘曆將繼承皇位的那一派，真是看準了。因此，這天凌晨內奏事處的太監，經「西二長街」到「乾西二所」來請寶親王去看緊要奏摺；接著傳說雍正皇帝已在圓明園暴崩時，連平時不認為大位將屬於弘曆的人，都自覺是看錯了。

可是，等寶親王去而復回，卻無動靜；使得擁護他的人都不免倒抽一口冷氣，在心裡喊一聲：「完了」！原來他被請了出去，是要讓他知道一個消息：皇位在他是沒分了。

這一刻在寶親王是難以忍受的！明明已奉遺詔，繼承大位，卻還不能公開宣布；要等弘晝和弘晳放棄爭皇位的企圖，他這皇帝的位子才算坐穩了。如是而得登大寶，實在是件很窩囊的事；而況連這件「窩囊」事，也還有波折。

因此，他回到乾西二所以後，只是垂著淚向福晉說道：「阿瑪過去了！」

福晉富察氏在驚異之中顯得很沉著，「那麼，」她說：「王爺是皇上了？」

「不見得！」

「是就是，不是就不是！怎麼叫『不見得』？」

「阿瑪的遺詔上，指定的是我。可是……」

「怎麼？」富察氏問說，「還得要擷芳殿的那兩位點頭？」

「雖不是點頭，總也要先疏通一下，鬧起來不好看。」

「他們怎麼鬧得起來？永璉就是個證明；不必看遺詔，就知道誰應該繼位當皇上。」

原來永璉是嗣皇帝的第二子，但為福晉富察氏的長子，今年八歲；從小生得穎慧異常，大行皇帝將這個孫子，看成心肝寶貝，命名顒璉；通常寫作永璉，上一字是排行的輩分，下一字為「瑚璉」之璉，宗廟盛黍稷之器，名為瑚璉，所以用璉字命名，隱然表示他這個孫子將來會主持宗廟的祭祀，也就是會做皇帝。既然永璉會做皇帝，豈非明示皇位將由永璉之父弘曆繼承？

「話是不錯。但如他們要鬧，光憑這句話是堵不住他們的。」嗣皇帝又說：「如今還不知道張廷玉是怎麼個態度？」

「鄂爾泰呢？」富察氏問。

「他是站在咱們這一面的。」

「還有誰受顧命？」

「鄂爾泰獨受顧命。不過他說，受顧命輔政的，應該有十六叔、十七叔、張廷玉；連他一共是四個人。」

「十六叔不用說，十七叔呢？」

「十七叔當然也遵遺詔。」

「那你還擔心甚麼？四個人至少已有三個站在你這一面，他們怎麼鬧得起來？」富察氏說：「如今你是承宗廟之子；大喪要你來主持，怎麼沒事人兒似地，在這兒聊閒天？」

一番話說得嗣皇帝不免自慚；「等一下，」他說：「看十六叔他們交涉辦得怎麼樣？」

嗣皇帝剛要回答，只見太監來報：「果親王帶著五阿哥來了。果親王要先見——，先見皇上。」

「喔！」嗣皇帝再一次自我體認：我是皇上。得擺出皇上的樣子來。但要怎樣不亢不卑的神氣，才算恰到好處，很難把握；此時總以寧卑勿亢為是，因而便說：「請，請！請果親王。」

一面說，一面經穿堂進入正屋；見到果王拉住他的手，不讓他行禮。等果王說了莊王的決定，嗣皇帝連連點頭表示同意。

於是，果王向走廊上喊一聲：「小五，你進來，見皇上吧！」

及至弘晝一進屋，嗣皇帝突然發覺自己應該怎麼做；迎上前去，一把抱住，哽咽著說：「老五，你看，你看阿瑪就這麼去了！」說著頓足大哭。

到底父子天性；手足的情分也不薄，弘晝也是悲從中來，不知不覺地跪了下去，抱住嗣皇帝的腿，喊得一聲：「皇上！」放聲長號。

兄弟倆相擁而哭，果王垂著淚解勸；哭停收淚，嗣皇帝拉起弘晝說道：「十七叔跟我說了；十六叔作主，阿瑪的私財都歸你，很好，原該這麼辦！」

「是！謝皇上的恩典。」說著，弘晝便又跪了下去。

「起來，起來！咱們商量大事。」嗣皇帝拉起弘晝，又轉臉問果王：「十七叔，甚麼時候去迎靈？」

「這，」果王想了一下說：「想來內務府已經把『吉祥板』送到園子裡去了。如今先得派定辦理喪儀的人。」

「十七叔，」嗣皇帝說：「我看先宣『四輔政』吧！」

果王想想不錯，先宣示輔政大臣，然後一切由輔政大臣奏請親裁，頒發上諭，方合體制。

於是以「奉大行皇帝遺命」的名義，「著莊親王、果親王、鄂爾泰、張廷玉輔政。」嗣皇帝很細心，特別又加了兩句話：「鄂爾泰因病解任調理；今既奉遺命輔政，著即復任辦事。」

於是除四輔政王大臣以外，另外派出一等英誠公豐盛額、領侍衛內大臣訥親、協辦大學士徐本、協辦大學士禮部尚書三泰、內大臣海望、理藩院侍郎都統莽鵠立等人為恭理表儀大臣，在隆宗門內的內務府朝房辦事。

其時，天色已明，消息遍傳，王公宗室、部院大臣，紛紛進宮，但都在隆宗門外待命聽宣；到底大位誰屬，未奉明詔，因而竊竊私議，相互打聽，情勢顯得相當緊張。

就在這沉悶得令人幾乎要窒息的氣氛中，來了一班寶石頂、團龍補服的親貴，領頭的一個，有四十上下年紀，身材既高且瘦，豬眼鷹鼻，一臉青毿毿的胡樁子，正是住在擷芳殿的理親王弘皙。

其次是怡賢親王的兩個兒子，長子貝子弘昌、第四子寧郡王弘晈；此外還有恆親王允祺的世子弘昇，與弘皙的胞弟——允礽有十二個兒子，在世的有七個，一起都來了。令人感到意外的是，允祿的次子弘普亦在內；只見他從後面急步超前，首先進了隆宗門，直奔內務府朝房。

一進門四處張望，發現他父親坐在裡間，疾趨而前，莽莽撞撞地問道：「阿瑪，皇上到底是誰？」

「是寶親王。」

「怎麼會是他呢？」

一語未畢，只聽允祿厲聲喝道：「住嘴！」接著站起身來，使勁一掌摑在弘普臉上，怒氣不息地罵道：「你這個大逆不道的混帳東西；替我滾！」

弘普捂著臉不敢作聲，事實上也不容他有說話的功大了；弘皙他們這班人已經進來了。

一見有弘昌、弘晈在內，允祿不由得心往下一沉；連怡賢親王之後，都不能遵奉遺詔。跟弘皙站在一起，更莫說反對大行皇帝的那班親貴了。看來弘皙人多勢眾，眼前的局面，可真不大好應付。

「十六叔、十七叔！」弘皙帶著他的胞弟和堂弟，為莊、果兩王請安，黑壓壓地蹲滿了一屋子。

「你們都趕快摘纓子！」莊王微帶責備地：「莫非沒有聽說，出了大事？」

「聽是聽說了。未見遺詔。」弘皙問道：「十六叔，是不是要等我來宣詔？」

「不是你。」

「是五阿哥？」

「也不是五阿哥；是四阿哥寶親王。」

「怎麼會是他？」弘皙的聲音很沉著：「十六叔，是誰說的？」

「是鄂爾泰。」

「是他一個人嗎？」

「不止他一個——。」

「我只請問十六叔，」弘皙搶著問道：「受顧命的是那幾位？」

「我跟你十七叔、鄂爾泰，還有張廷玉。」

「四顧命都親承『末命』？」

「不！只有鄂爾泰一個人。」

「哼！」弘皙冷笑，「又是個口啣天憲的！」

這是個尖刻的諷刺；十三年前，聖祖遺命：傳位於皇四子，只憑隆科多口中一句話；不想十三年後，舊事重演，仍然也只是鄂爾泰的一句話！

「有大行手詔為憑。你看！」莊王打開了那個金鑲的景泰藍盒子。

弘皙不看而問：「是從『正大光明』匾額後面取來的？」

這是大行皇帝獨創的立儲之法，早在雍正元年八月，就曾召集王公大臣宣諭：儲位已定，已密書姓名，緘藏金盒，貯存於乾清宮中，世祖御筆「正大光明」那方匾額後面。到了雍正八年，那個金盒子拿下來過；是否又放了回去？莊王已記不得這回事。此時只有照實答覆。

「這道遺詔是大行皇帝親手所交付，鄂爾泰敬謹承領；有內大臣海望、總管太監蘇培盛他們在場親眼得見。『正大光明』匾額後面的金盒子，還沒有取下來看；不過看不看都一樣。你如果要看，現在就可以去取。」

「十六叔，不是我要看！大清朝的天下是太祖高皇帝、太宗文皇帝艱難締造；聖祖仁皇帝辛苦經營所傳下來的。十三年前，大位授受之際，曖昧不明，如今不可再蹈覆轍。」

這是公然指責大行皇帝奪嫡；在場膽小的人，將臉都嚇黃了。莊王亦頗為不安，但亦只能沉下臉來說一句：「弘晳，你不能這樣說！」

「我說的是實話，也是天下的公論；否則大行皇帝不必頒布《大義覺迷錄》來辯解了。」

弘晳緊接著說：「不過事成過去，可以不提；只談今天好了。我想請問十六叔，以那道遺詔為憑？」

莊王一時沒有聽懂他的話，愕然問說：「甚麼那道為憑？」

「朝清宮不還有一道嗎？」弘晳答說：「那道遺詔是向王公大臣宣示過的，當然彼勝於此！是不是？」

莊王一聽話中有話，倒不敢輕易回答；在場的人，亦無不屏息以待。而就在這幾乎連根針掉在地上都聽得見的沉寂中，突然有人發聲：「當然應該以那道遺詔為憑。」

大家轉臉去望，說這話的人是寧郡王弘晈，正在人叢中擠出來，彷彿還有話要說。莊王靈機一動，不妨使一條調虎離山計，將弘晳帶來的人，都拆散開來；人單勢孤，他就鬧不成了。

「弘晈，」莊王說道：「你受大行皇帝的恩最重；如果出了大事，你也該替大行皇帝好好盡一番心才是。你自己說，應該如何效力？」

弘晈一時不知所答；當然，原來要為弘晳張目的話，也就被攔回去了。

「這樣，」莊王接著又說：「你去辦一件很緊要的事：到易州去看一看大行皇帝的萬年吉地。有三天功夫夠了吧？」

弘晈想起受封為寧郡王，而且世襲罔替的恩典，說不出推託的話，勉強答道：「夠了。」

「那你就趕快動身吧！早去早回，我還有重要差使派你。」

「是！」弘晈回身退了出去。

這一開了頭就好辦了，莊王用恭理喪儀的各種差使，將弘晳帶來的人，遣走了好些。這一來，弘晳不免有些氣餒；鄂爾泰認為是應該安撫他的時候了。

於是他趨蹌而前，躬身叫一聲：「王爺！」

弘晳無形中被冷落了半天，一張臉鐵青；聽得鄂爾泰來招呼，一肚子的火氣，想發到頭上，但旋即轉念，得罪了鄂爾泰沒有好處；不過，這也是輪到自己說話的一個機會，不宜置之不理。

「鄂毅庵，國不可一日無君。今日之事，要讓天下人都心服才是。如說，皇位就這麼輕易落到四阿哥頭上，這算是豪奪呢，還是巧取？」

「王爺，你這話太言重了。我們是遵遺詔辦事。」

「要說遺詔，正大光明匾額後面，還有一道呢！」弘晳緊接著又說：「大行皇帝當時說過的話很多，前後矛盾的也有，那一句是真，那一句是假；那一句該聽，那一句不該聽，全以家法為斷。既然承認我是東宮嫡子，皇位就不能久假不歸吧！」

話越說越露骨，也越說越冒犯大行皇帝了。這時有個人忍不住了，他叫尹泰，姓章佳氏，滿洲鑲黃旗人，康熙末年在錦州當佐領；一次大行皇帝——那時的雍親王，謁陵經過錦州，住在他家，一見投緣，到即位以後，特為起用，授為左都御史，不久入閣拜相，成為東閣大學士。他的兒子尹繼善，雍正十一年便已當到雲南、廣西總督，年未三十，所以稱之為「小尹」。他們父子二人受特達之知；尹泰聽見有人對大行皇帝如此「大不敬」，當然覺得刺耳，加以脾氣一向耿直，忍不住就發作了。

「王爺，」他挺身出來，指著弘晳的鼻子說：「大行皇帝待王爺不薄；你的親王是那裡來的？大行皇帝剛剛賓天，你就這樣信口雌黃，還有人心嗎？」

「你甚麼東西！」弘晳咆哮著：「敢來干預我們的家務。」

「皇位至重，關乎天下蒼生。尹泰備位宰相，釐治憲典，理當發言；這不是干涉甚麼家務，如果王府中有這種以下犯上、沒大沒小的情形發生，我絕不會來管閒事。」

這幾句話說得很厲害，弘晳臉上青一陣、白一陣，好半天才跺一跺腳說：「好！鬧吧！鬧他個天翻地覆；讓普天下的人，再看一場大笑話。走！」

說完，拔腿就走；他的一班弟弟們，也都跟在他身後，走得無影無蹤。莊王、果王和鄂爾泰面面相覷，都不知道說甚麼好？

「王爺，」尹泰這時又開口了：「不能因為理親王要無理取鬧，就把大喪擱起來不辦，如今該幹甚麼，請王爺發號施令吧！」

「說得是！如今第一件事是迎靈。請你在乾清宮照料吧；倒還是你彈壓得住。」

鄂爾泰卻很謹慎，知道弘晳是抱了破釜沉舟的決心，說「鬧他個天翻地覆」，絕非一句氣話。目前所苦的是，權柄正在青黃不接之際；莊王又不肯用長輩的身分，硬壓弘晳。看起來，非得要找一個能制得住弘晳的人不可。

這個人自應是弘晳的尊長；還要年齡較長，爵位較尊，氣勢上才堪與弘晳匹敵。鄂爾泰就聖祖諸子中數了一下，想到一個人：履郡王允祹。

他是聖祖的第十二子，安分知足，從不捲入任何爭權奪利的糾紛中；大行皇帝在日，於弟兄中對他很放心，但亦未曾重用，因為知道用他，他亦不會出死力。但調處皇室「家務」糾紛，以他允字輩居長而又一向超然的地位，能說一句公道話，對弘晳還是很有作用的。

打定了主意，徵得兩王同意，在王公朝房將履郡王請了來，以禮謁見；然後將弘晳爭位的情形，撮要陳述，請示處理辦法。

「你怎麼問我呢？我又未受顧命，不在其位，不謀其政。」

話是這麼說，語氣卻很平和，並沒有因為未受顧命而存著甚麼芥蒂的神情；鄂爾泰便即答說：「大行皇帝沒有料到理親王會如此，否則一定要向十二爺託孤。聖祖仁皇帝的孝子賢孫，如今是十二爺居長；而且當年種種糾葛，十二爺無不置身事外，不偏不倚，今天說話就格外有力量了。理親王的取鬧是鬧家務，十二爺是家長，不能不管吧？」

這話將履郡王說動了，沉吟了一下問：「十六、十七他們倆怎麼說？」

「十六爺、十七爺也說：這件事得請十二爺出來主持。原是他們兩位分不開身，特地派我來跟十二爺回稟的。」

「喔！」履郡王問道：「那麼，你要我怎麼做呢？」

「大家的意思，想請十二爺勸一勸理親王。且不說父死子繼是天經地義，只就社稷蒼生而言，外則督撫；內則尚侍，那一個不是大行皇帝細心甄選，親手拔擢，當然擁護大行皇帝之子；理親王即使把大位爭到了，能令中外大臣帖然聽命嗎？不說別的，只說領兵在外的平郡王，倘或內心不服，勒兵觀變，那是多大的危機！」

「嗯，嗯！這倒不可不防。不過——。」

「十二爺，」鄂爾泰不容他將轉話說出口，搶著又說：「這話，旁人不便說，也沒有資格說；唯有以十二爺的身分，作此警告，才顯得有分量。」

「好！這話我可以說，也應該說。不過有沒有效用，就很難說了。」

「這就要請十二爺拿出『叔太爺』的身分來了。」鄂爾泰說：「如果理親王不顧大局，危及祖宗的天下，十二爺能不教訓他嗎？」

「這，」履郡王躊躇著說：「這怕會鬧成僵局。」

「不會！我擔保不會。」鄂爾泰斬釘截鐵地說：「到時候我自會打圓場，絕不會讓十二爺僵住了不得下台。」

「那好。我聽你的招呼就是了。」履郡王忽又說道：「其實不理他，不就完了嗎？他還能鬧得出甚麼花樣來？」

「不怕他別的，就怕他耍賴，拿過去的事做題目，口不擇言，豈不讓大行皇帝在天之靈，痛心疾首？」

履郡王默不作聲，好半天才歎口氣說：「毅庵，你現在應該知道，我當初為甚麼不願捲入糾紛的道理了吧！」

「是，是！明智莫如十二爺。」

自北京作為都城以來，歷代皇帝駕崩，皆在乾清宮大殮，因為乾清宮為寢宮，必得在此大殮，才算「壽終正寢」。

雍正皇帝的「大事」，自然也照樣辦理。嗣皇帝與果親王已趕往圓明園迎靈，預計大行皇帝遺體，在午末未初，可以進宮，申時大殮，嗣皇帝即在柩前接位。只要那一刻能夠安然過去，嗣皇帝便已繼承了大行皇帝的全部權力。倘或弘晳不服，又不聽勸，索性翻臉——為了準備應變，與鄂爾泰留在宮內主持一切的莊親王，特地找好一個幫手，此人是隆科多的幼弟，名叫慶復，字瑞園；隆科多雖獲罪革爵，但他所承襲的承恩公，由孝懿仁皇后而來，是無法革除的；大行皇帝看慶復老實聽話，在雍正五年讓他承襲，而且頗為重用，列為議政大臣，充當工部尚書，後調戶部；上年更派為正白旗領侍衛內大臣，司宿衛的重任。兩黃旗領侍衛內大臣，隨扈在圓明園，擔任警戒；大內的一切警衛，正該慶復負責。

莊王交代：大行皇帝大殮時，要格外戒備；對弘皙、弘昌等人，個別監視。倘或弘皙無理取鬧，驚了梓宮，只聽嗣皇帝的號令，將弘皙捆交宗人府，同時派兵至南三所看守弘皙的家屬，不准移動，以待後命。

但是這要在嗣君的柩前接位，並獲得在場的王公大臣磕頭承認，才有資格對領侍衛內大臣發號施令；所以慶復特地聲明：嗣君未接位以前，他只按職掌辦事，除非弘皙等人有危及安全的行為；若只是語言爭執，他不便干預，更莫論限制出入以及個別監視。

因此要擔心的只是申時以前，尤其大殮以後，嗣君柩前接位的那個關鍵時刻。莊王與鄂爾泰傾全力於此，不斷派出人去打聽南三所的動靜，也模擬了幾種可能發生的情況，琢磨出適當的對策；可是到了近午時分，報來一個可能出現的情況，卻是莊王與鄂爾泰，再也意料不到的。

原來大行皇帝之后烏拉那拉氏崩於雍正九年；現存的妃嬪不多，一個是齊妃李氏，早已失寵；一個是裕妃耿氏，為五阿哥弘晝的生母；再一個是熹妃鈕祜祿氏，為四阿哥弘曆的生母，其實並無子女，只是撫養了熱河宮女所生的弘曆而已。這天黎明，當弘晝已被說服，退讓皇位時，住在西六宮之一永壽宮的裕妃，亦已得知出了「大事」；她本人倒並不一定希望成為太后，但永壽宮的首領太監楊三義，卻頗工心計，而且讀過書，頗諳前明掌故，向裕妃獻策，及早遷居乾清宮，先占住太后的身分。

楊三義的這個主意，是由前明的「三案」中得來的靈感。明神宗萬曆四十八年七月，神宗駕崩；太子於八月初一登極，是為光宗。這光宗是個不肖之子，應該是「苫塊昏迷」之際，竟服用春藥，縱欲無度，以致踐祚不過十日，便支離床褥，不能視朝。又過了半個月，自知不起，要交代後事。

光宗在東宮時，有個寵妾姓李，位號叫做「選侍」。李選侍沒有兒子，但皇長子的生母去世後，由李選侍撫養，因而李選侍得以挾皇長子自重。當光宗在乾清宮病榻前，面諭封李選侍為皇貴妃時，只見帷幕後面伸出來一隻手，一把將十六歲的皇長子拉了進去。不多片刻，皇長子又被推了出來，哭喪著臉向光宗說道：「要封皇后。」

光宗不作聲，後既未立，妃亦未封，一場無結果而散。

到得九月初一，光宗駕崩，大臣們奔往乾清宮「哭臨」；要請嗣君柩前即位，問皇長子在那裡？沒有一個太監出面應答。這明明是李選侍將皇長子居為奇貨，要談好了條件，才肯放他出來。稍作打聽，果然是李選侍的心腹太監李進忠在搗鬼。

於是給事中楊漣，一面叮囑同事去請首相方從哲及其他大臣；一面排闥直入乾清宮，皇長子出見，而李選侍阻撓如故。幸而光宗有個伴讀的太監王安，設計將皇長子從暖閣中騙了出來；眾人一見，不由分說，擁護皇長子坐上軟轎，直奔文華廳，扶掖登位，三呼萬歲萬歲，那就是年號天啟的熹宗。

熹宗自然不能再入牢籠，由王安保護著，住在慈慶宮。但李選侍盤踞天子正寢的乾清宮，後患無窮；御史左光斗因而上言，說：「內廷之有乾清宮，猶外廷之有皇極殿，惟皇上御天居之；惟皇后配天得共居之。其餘嬪妃雖以次進御，遇有大故，即當移置別殿，非但避嫌，亦以別尊卑也。今大行皇帝賓天，李選侍既非嫡母，又非生母，儼然居正宮，而嗣君乃居慈慶，不得守几筵、行大禮，名分倒置，臣竊惑之。嗣君春秋十六齡矣！內輔以忠直老成，外輔以孤卿貳，何慮乏人，尚須乳哺而襁負云哉？倘及今不早斷，借撫養之名，行專制之實，武后之禍，將見於今。」請李選侍即日移宮；遷延數日，畢竟敵不過大臣們的堅持，李選侍終於遷出乾清宮。這就是明末「三案」之一的「移宮」案。

楊三義便是想做李選侍的李進忠，勸裕妃遷入乾清宮暖閣去住，為五阿哥開一條由擷芳殿到乾清宮的路。這一著很厲害，但倒是提醒了莊王與鄂爾泰，何不制敵機先，將四阿哥的「生母」熹妃搬入乾清宮，是抵制弘晳的一著好棋。

不過，這一來可能會搞成兩面受敵的局勢，倘或裕妃趕來又哭又鬧，連大行皇帝大殮，亦會遭受阻撓。那一來便成了個不了之局，不可不慮。

「我看，」鄂爾泰說：「十六爺，只有用明修棧道，暗度陳倉之計了。」

等問明了何謂「棧道」，何謂「陳倉」以後，莊王欣然同意。一面密陳嗣皇帝變更迎靈的計畫，一面由治喪處分頭通知王公大臣，說乾清宮几筵鋪設不及，大行皇帝大殮，改在「潛邸」──雍親王府舉行，以便喇嘛唪經；大行皇帝相信喇嘛，潛邸便是供養喇嘛之處。

通知送到弘晢那裡，恰好是他跟弘昌、弘昇定議之時；他們商量好的步驟是，一到了乾清宮，先包圍莊王，不承認鄂爾泰獨受顧命，也就是不承認他所奉的遺詔，出於大行皇帝的親筆。同時要說出種種理由，證明四阿哥不具備繼承皇位的資格；必要時寧願捧五阿哥，也不能讓四阿哥如願。

這一切都是為了阻撓四阿哥在柩前即位；但照此時的情況來看，大行皇帝大殮，改在「潛邸」舉行，表示四阿哥並沒有打算在柩前即位，因為不出於天子正寢的乾清宮而是親王的私邸，很顯然的，那就是僭竊；名不正、言不順，也不必等他來反對了。

然則，四阿哥的打算是甚麼呢？大家都覺得不了解這一點，根本就無從籌畫對策。

既然如此，就只有相機行事了。也有人主張跟五阿哥作一個聯絡；但要聯絡的是甚麼？無非談條件；這個條件又怎麼談法？弘晢能夠許他的好處，四阿哥一樣也做得到，而他們畢竟是異母而同父的同胞手足，這一點是弘晢不如四阿哥的，那就注定了聯絡五阿哥這個主張，一定行不通。

話雖是這樣說，五阿哥的意向如何，卻不能不打聽。倘或他亦反對四阿哥，那就正好拉攏在一起。可是五阿哥為莊王派人邀去以後，一直未回擷芳殿，想來如今是在他生母所住的永壽宮內。這就令人連帶想到裕妃所信任的太監楊三義；弘晢心中一動，認為聯絡此人，也許有點用處。

這裡還在商議，鄂爾泰卻已猛著先鞭；因材器使，又找到一個得力的人，此人就是曹雪芹稱之為

「來爺爺」的來保。他在內務府管的事很多，各宮首領太監，無不熟悉，人緣極好；鄂爾泰是找他從楊三義身上，去使一條釜底抽薪之計。

派蘇拉將楊三義從永壽宮找了來，來保劈頭就問：「聽說你給你主子出了個主意，要讓你主子當皇太后，有這話沒有？」

說這話時，來保是繃著臉的，因而楊三義大吃一驚；太監干預國家大事，曾懸為厲禁，認起真來，腦袋立刻可以搬家。

所以他直覺地否認：「那有這話！來大人是聽誰說的？」

「你別問我是聽誰說的，只說有這回事沒有？」

「沒有！」楊三義斬釘截鐵地說。

「沒有就不提了。」來保說：「算你小子造化，這件事讓我聽見了。我說：別忙！楊三義不是那種人，等我把他找來問一問，問實了再交慎刑司也還不遲。」

一聽交內務府管執法的慎刑司，楊三義臉都嚇黃了；稍想一想才弄清楚，是來保救了他。

當下說道：「來大人，要不是你老，我這冤屈可就大了！我給你老道謝。」說著便跪下來磕了個頭。

「起來，起來！我還有話跟你說。」

「是！」楊三義垂手肅立著。

「四阿哥奉遺詔即位，你知道嗎？」

「知道了。」

「如今的皇上，把雍正爺的私財，全賞了五阿哥了，你知道吧？」

「這，」楊三義驚喜交集：「這還不知道。」

「如今你可是知道了。我再跟你說吧，皇上待五阿哥最厚，將來一定還有恩典。只要你安分守己，有你的好日子過。再有一件，裕妃當然要尊封；尊到甚麼地步，可就要看裕妃自己了。你如果對你主子赤膽忠心，你就該替你主子好好兒想一想，該當怎麼樣讓皇上心裡舒服，那好處就大了。」

「我請我們主子給熹妃磕頭。」

來保大喜。裕妃如果給熹妃磕頭，便是尊熹妃為皇太后；能做到這一點，四阿哥的皇位就算坐穩了，楊三義自然應該重賞，自己也有擁立的大功。這件事倒非敲釘轉腳，把它弄實在了不可。

於是他問：「你辦得到嗎？」

裕妃很老實，對楊三義言聽計從，所以他極有把握地說：「只要我去說，一定行。」

言外之意，裕妃肯不肯自下於熹妃，就憑他一句話了。不過，他這話其實也是白說了的，因為來保決意促成這件事，當然會擔責任許他的好處。

「好吧！咱們做個買賣。」來保的話很率直，「只要你把這件事辦成了，包在我身上，三天之內讓你換頂戴。」

原來宦官亦有品級。楊三義現在的銜名叫「執守侍」，七品，換頂戴，當然是升為六品。說起來不過高了一等，而這一等之差，關係很大；因為宦官之首名為「宮殿監督領侍」，四品；下有五品「宮殿監正侍」二人、六品「宮殿監副侍」六人，通稱四品總管、五品總管、六品副總管，總共九個人。這九個人是「敬事房」的首腦，合稱為「九堂總管」；所有太監的升降賞罰，一切大事，都是「九堂總管」商量著辦。所以楊三義雖只升了一等，卻好比大臣派在軍機處行走那樣，從此開始掌權了。

楊三義當然樂於做這筆「買賣」，而且也說動了裕妃；可是熹妃卻並沒有在「雍親王府」露面，當大行皇帝大殮時，她正在「移宮」，由東六宮的景仁宮，向西跨過東一長街，進龍光門，越昭仁殿，遷入乾清宮暖閣，不過一個時辰，便已安頓得妥妥貼貼。

大行皇帝大殮時，王公大臣畢集，既未宣示在柩前即位，理親王弘皙亦就無隙可乘；如果想借題發揮，鬧他一場，便是對大行皇帝的大不敬，在理上站不住腳，便先輸了一著。及至回到擷芳殿，聽說熹妃已遷入乾清宮東暖閣，以中宮自居，一時氣得說不出話來；想找親信堂弟兄來商量，無奈宮門已經下鑰，而且戒備森嚴，豐盛額親自帶著人各處巡邏；到得子時一過，東華門開，他就在那裡坐鎮，出入盤查得格外嚴緊。

這時在地安門外，柏林寺西面的「雍親王府」，燈火通明，人影幢幢，但肅靜無譁，除了停靈的永佑殿中，執事的內務府官員和太監，有事偶爾低語以外，只有東花園還有人聲。

東花園的正屋叫太和齋；齋西穿過假山，有個院落叫海棠院，受顧命的兩王兩相，正在這海棠院中，徹夜密商，如何打開僵局？

為了避免決裂，原是有意要造成一個混沌的局面；但國不可一日無君，如果天明以後，仍未宣示遺詔，不明大位誰屬？那一來流言四起，人心浮動，是件非同小可的事。因此，莊、果兩王；鄂、張兩相一致同意，下一天上午就得移靈入乾清宮，宣示遺詔，奉嗣皇帝柩前即位；但對弘皙在那時要爭皇位，如何應付，卻有不同的看法。

四個人是四種態度，莊王認為事先無法預定對策，只有臨時相機應付；果王則主張採取壓制的手段，而鄂爾泰與果王正好相反，力主事先疏通。張廷玉的心思讓人猜不透，始終一言不發。

「衡臣，」莊王是第三次發問了：「你的意思怎麼樣？」

「先帝棄天下，實在太匆促了！」張廷玉有些答非所問似地。

「原是太匆促了，才留下來這麼一個難題。」莊王接口說道：「咱們受恩深重，無論如何得想法子了大行的心願。」

「若論大行的心願，可就難說了。」

張廷玉的筆下極快，說話很慢；這句答語，幾乎一字一句，而且聲音很輕，顯得有氣無力，可是話中所發出來的震撼的力量，連在別室的方觀承都感覺到了。

悄悄換了個位子，自側面向內窺望，只見大家的視線都集中在張廷玉臉上，是在等他對他自己的話，作進一步解釋的模樣。

然而張廷玉卻不作聲，低著頭從一個軟皮盒中，撚了一撮旱煙，裝入他那支方竹牙嘴的短旱煙袋中，看不出他的表情是在躊躇，還是故作閒豫。

「衛臣，」莊王催促著問：「莫非大行意中，別有所屬？」

聽得這話，方觀承大吃一驚，但旋即自我警惕，收攝心神，屏息側耳，聽張廷玉答說：「不是別有所屬，而是意無專屬。」

「那麼，」鄂爾泰立即以微帶質詢的語氣說：「這道遺詔，不是大行的親筆嗎？」

「是，是大行的親筆。可是，當初正大光明匾額所尊藏的手詔，不也是大行的親筆嗎？」

張廷玉的意思是在說，當初尊藏在正大光明匾額後面的硃筆，曾經取消；那麼眼前所見的遺詔，自然也作不得準。推理雖是如此，鄂爾泰卻絕不能同意。

「是何言歟！」他聲音中有些憤激：「我面承末命，難道還作不得準？」

「此所以，」張廷玉的聲音依然緩慢而平靜：「我一直不開口。」

「毅庵，」莊王勸道：「請你不要激動！咱們平心靜氣商量；總要四個人的意見一致了，乾坤才能大定。」

最後的一句話，落入方觀承耳中，憬然有悟。內室的兩王兩相，與大行皇帝蹤跡最密的是張廷玉；若談大行皇帝的心事，或者率直的說，是心裡的祕密，了解之深，亦莫如張廷玉。大行皇帝當年為自己辯護的上諭，包括洋洋灑灑的那篇《大義覺迷錄》在內，都出於張廷玉的手筆，大行皇帝常說：「只有張廷玉述旨，每一句都是我心裡要說的話。」這是朝中盡人皆知的事實，因此，張廷玉說大行皇帝對誰來繼承皇位，意無專屬；這不利於嗣皇帝，而有助於弘晳的爭位，就不言可知了。

轉念到此，憂心忡忡；稍為考慮了一下，悄悄起身出了海棠院，繞迴廊出一道角門，有一座畫舫式的精舍，窗紙上映出一條頎長的身影，一望便知是嗣皇帝。

「方老爺，」有個護衛迎上來低聲問：「有事嗎？」

「我要見皇上。」

「是！我先進去回。」

很快地，方觀承被引入「畫舫」，進門平視、不見人影，一低頭才發現嗣皇帝一身縞素，席地而坐，他面前是一張長方花梨木矮几，白銀燭台之外，有筆硯、有素箋，嗣皇帝正拈著筆抬頭目迎。

「這裡、這裡！」嗣皇帝不等方觀承下跪，便連連以手輕擊矮几一端，示意他接席。

方觀承彎著腰疾趨數步，在嗣皇帝指定的地方跪了下來。他的身材短小，雖然挺腰長跪，仍須仰著臉方能跟頎長壯碩的嗣皇帝的視線相接。

「怎麼樣？」嗣皇帝先開口問。

「張廷玉語言曖昧。」方觀承低聲答說，「皇上宜乎先有表示。」

措詞含蓄，而意思是很明白的，勸嗣皇帝示惠收買張廷玉。嗣皇帝此時別無選擇；所躊躇的是，要用怎麼樣的方式、示怎麼樣的惠，才能讓張廷玉領情而必有所報？

想了一下，沒有好辦法；嗣皇帝便將放下的筆又拈了起來說：「好吧，你說該怎麼寫？」

向來只有皇帝發言，近臣筆錄，名為「述旨」；如今反其道而行之，方觀承自不免深感惶恐，當即雙手撐地，低著頭說：「恩出自上，臣不敢擅擬。」

「不要緊！你儘管說。」嗣皇帝又說：「你我今日，何分彼此？」

說到這樣的話，方觀承如果還是知而不言，那也就根本不必有此一行了。於是他想了一下說：「張廷玉曾經跟幾個極親近的人說過，皇上，喔，大行皇帝曾許了他，萬年以後，配享太廟。」

「噢——。」嗣皇帝很注意地問說，「有過這樣的話嗎？」

「大行皇帝是否有此一諭，臣不敢妄測；不過張廷玉的話，是臣親耳得聞。」

嗣皇帝不作聲，默默地在估量這件事。從來只有開國功臣，配享太廟；自入關以來，八、九十年之間，只有平三藩的第一功臣圖海與怡賢親王允祥配享太廟。如果大行皇帝對張廷玉曾以此相許，無異表示張廷玉有安邦定國之功；這一場大功不是出生入死的汗馬之勞，那麼是甚麼呢？倘有人提出這樣的疑問，何詞以對？

轉念到此，嗣皇帝便即答說：「大行皇帝不會給他這個恩典的。沒有道理嘛！」

方觀承想了一下，低頭答說：「張廷玉這話，不是臣一個人聽見過。」

既非方觀承一人所聞，便知張廷玉的這話，不止說過一遍；嗣皇帝考慮又考慮，深感困惑，必得向方觀承問計了。

「大行皇帝是不是說過這話，不得而知；不過，張廷玉對這件事很認真，是看得出來的，你說，是嗎？」

「皇上聖明。」

「那麼，你的意思呢？」嗣皇帝問：「你說我該怎麼辦？」

於是君臣密商，定了幾個步驟，是連輔政四大臣都不能透露的；眼前所能透露的，只有兩件事，第一是皇帝用藍筆寫一道既不像上諭又不像信的文件，道是皇考當年曾經垂諭：鄂爾泰志秉忠貞，才優經濟；張廷玉家有厚德，記注存誠，將來當配享太廟。此事應否寫入遺詔，希望輔政四王大臣商酌。

顯然的，這是告訴張廷玉，他的願望只有皇位照遺詔處理才能達成；如有擁立弘晳之心，則大行皇帝並未向弘晳說過許鄂張配享的話，遺詔又何能擅自增入？這一來節外生枝，變成自貽伊戚了。

第二件事，由方觀承面陳莊王，說嗣皇帝想召朱軾來京；這朱軾是江西高安人，康熙三十三年的翰林，頗得先帝的賞識；雍正元年丁憂服滿後，以吏部尚書銜入直南書房，並以懋勤殿為書房，命四阿哥行拜師禮；當面稱之為「朱先生」，在他人面前亦稱之為「可亭先生」。師弟之間，感情一向深厚。

朱軾在雍正三年入閣，頭銜是文華殿大學士；到得雍正七年，內閣除了康熙三十八年便已拜相的馬齊以外，次輔便是朱軾，然後才是張廷玉、尹泰、鄂爾泰。不過朱軾此時是在杭州；他早在康熙五十八年，便任浙江巡撫，對修理海塘，十分切實，雍正年間，每遇浙江塘工，都必得聽他的意見。這年七月，決定大規模改築海塘，朱軾自告奮勇，願往經理工事，優詔嘉許，並有特旨，督撫及管理塘工諸大臣，都聽朱軾節制。

「朱中堂剛到杭州，塘工還沒有動手，是不是過一陣子再把他找回來呢？」莊王問張廷玉、鄂爾泰：「兩位以為如何？」

莊王是故意作此徵詢，他很了解嗣皇帝的心情，朱軾科名比張廷玉早；入閣資格亦比張廷玉來得深，尤其是翰林前後輩的規矩最嚴不過；嗣皇帝特召朱軾，主要的目的就是為了應付張廷玉。倘或廷玉有異心，也只有朱軾能壓得住他。

因為如此，莊王有意這樣說，要看看張廷玉是何態度——莊王愛護嗣皇帝，不希望張廷玉對嗣皇帝心生芥蒂，如果張廷玉不贊成此舉，他就要見機而作了。

「朱中堂身為元輔，受恩深重，理當星夜奔喪；就不召，他也應該來的。」

意思是大可不必發「廷寄」。莊王無以為答，而方觀承卻很機警，當即說了句：「哀詔非一時可到。」

張廷玉不作聲；莊王便即說道：「那就特召吧！」

「是！」方觀承又問：「兩位中堂，將來配享，寫入遺詔的事，應該如何回奏？」

「這話，」張廷玉看著鄂爾泰微笑：「我跟鄂中堂就不便贊一詞了。」

「寫上，寫上。」莊王又說：「用『明發』。」

所謂用「明發」，即是上諭由內閣發抄，使得內外皆知。嗣皇帝雖未即位，但以「諭輔政大臣」的名義，公然發布這一道上諭，等於確定了嗣皇帝的地位；是很重要的一個步驟。張廷玉別無表示，亦就等於放棄了擁立弘晳的想法。

只要張廷玉肯合作，就好談了。本來談得已很接近，各人不論心目中傾向的是誰，而有一點「詢謀僉同」，就是絕不能再鬧家醜！皇家之醜，通國皆知，還不僅是丟面子的事，動搖民心，會造成大亂。十三年前的骨肉相殘，因為聖祖的深仁厚澤，總算沒有鬧出亂子來，但大行皇帝這十三年，結了不少冤家，光是親貴之中，就很有人唯恐天下不亂的；如果再鬧家醜，不知道會有甚麼不測之禍發生。

因此，改變了態度的張廷玉，主張不論怎麼樣也要安撫弘晳；「先帝當年說過，一旦定了中意的人，他一定會把幾位阿哥找來，當面開示，何以選中此人的緣由。不想先帝棄天下如此之遽，以致無法躬自踐諾。」他停了一下又說：「就算理親王不是心懷委屈，為臣下者，亦應該仰體先帝補過親親的苦心，化戾氣為祥和，以慰在天之靈。」

「補過」二字說得很直、也很重。但沒有人能駁他，說大行皇帝不會說這樣的話，因為大行皇帝心裡要說的話，誰也沒有他知道得多。而況補過以外，還有「親親」；還有「化戾氣為祥和」，這些都不能說他不是正論。

兩王與鄂爾泰都明白，張廷玉的意思是，只要弘晳不鬧，任何條件都可以接受。這似乎太遷就了些，然而看樣子怕非依他的主張不可。

「怎麼樣？」莊王問鄂爾泰。

鄂爾泰想了一下，毅然決然地說：「我完全贊成衡臣的話。」

「既然如此，就照衡臣的話去做。」莊王說道：「我想請你們兩位跟理王去談；我們兄弟倆暫不出面，好有個緩衝的餘地。兩位看如何？」

「義不容辭。」鄂爾泰答說：「不過，咱們先得作個估計，理王會怎麼說；如果有條件，這個條件是甚麼？」

「如今亦無從估計，只能臨事斟酌。」張廷玉說：「好在兩位王爺暫不出面，如果理王有條件，而是我們不能作主的，再向兩位王爺請教，也還不遲。」

「說得一點不錯！我隨時等消息。」莊王連連點頭：「若有為難之處，咱們商量著辦。」

於是鄂爾泰與張廷玉計議，是在甚麼時候、甚麼地方跟弘皙談判？這時已是子末丑初，東華門已經開了；鄂爾泰主張即刻入宮，直接到擷芳殿去面談。

「也好！」張廷玉說：「既然決定如此辦，事情早了早好。」

進東華門，繞道文華殿，東北有三道横跨御河廳的石橋；橋北三座綠瓦的殿宇，便是皇子所居的「南三所」，中間一座題名擷芳殿，即是弘皙的住處。殿門未啟，但牆內燈光，不止一處，想來弘皙已起身了。

其實，不是弘皙已經起身，而是根本不曾歸寢；與弘昌計議了大半夜，已經有了一個初步的結論，絕不善罷甘休；而且開了一張名單，凡是曾遭大行皇帝譴責，在眼前不得意的親貴大臣，都要派專人去聯絡。就在這時候，聽說張、鄂二人，相偕來訪，這在弘皙多少是感到意外的；不過他們的來意是很明白的，來作說客。

「來者不善，善者不來，」弘昌說道，「咱們得好好兒琢磨琢磨，定個宗旨出來，才能應付得了那兩個老狐狸。」

「不！」弘晳覺得有一點必須提出糾正，「張衡臣一向對我不錯。」

「既然如此，口氣不妨更硬一點兒。」

於是弘晳交代護衛，延納兩相，道是他剛起身，須得稍待，方能相見。這樣，他跟弘昌便可從從容容地商議了。

看到弘昌陪著弘晳一起出見，為張、鄂二人始料所不及。此人蠻橫驕奢，素為怡王所不喜；他之擁護弘晳，固由臭味相投，但主要的，還是因為以長子而未能襲爵，胸中一股冤氣不出，久而久之化成痞塊，脾氣越發乖謬，是個很難對付的人。

果然，一開口就讓人窘於應答，「兩位是來迎駕的吧？」他說。

張廷玉木然無語；鄂爾泰卻有急智，答一句：「是來勸駕的。」

「勸誰？」

「王爺。」鄂爾泰趕緊又說：「還有貝子。」

「與我何干？」弘昌笑道：「自然來勸王爺的。」

「怎麼說，與貝子不相干？想當年怡賢親王輔佐先帝，盡忠竭力；先帝酬答怡王，亦可說至矣盡矣，一王不足，又封一王；還常勸怡王，兒孫自有兒孫福，大可看開些。其實呢，怡王的子孫，先帝無不關切，前一陣子還提起，說到了該加封的時候，千萬別忘了把怡王的老大的名字，開在前面。貝子，光憑這一點，你就該仰體先帝的德意，遵奉遺詔，以慰在天之靈。」

弘昌不作聲。動之以情，不免想起往事；他在雍正元年就被封為貝子，原有讓他襲爵之意；以後事與願違，怪不到大行皇帝身上。倒是大行常勸他父親的話，讓他少受了好些責罰，而況還有打算將他晉封為貝勒的一番好意。轉念到此，不由得就減低了對嗣皇帝的敵意。

但既來助陣，其勢不容他保持緘默；想起弘皙說張廷玉一向對他不錯的話，便即說道：「衡臣，你應該替王爺說幾句公道話吧！」

「唉！都只怪先帝走得太急了些！」張廷玉又歎一口氣，低著頭，不勝黯然似地。

「唯其走得太急了，才更要你們兩位說公道話。」弘皙突然問道：「衡臣，你是那年回京的？」

「雍正九年。」

「雍正七年夏天的事，你總聽說過吧？」

鄂爾泰知道他指的是甚麼，卻故作不知，「王爺指的是那件事？」他問。

「指宮中鬧鬼——」話一出口，弘皙才發覺措詞太不妥，所鬧的「鬼」，便是他的父親胤礽；別人可以說「鬧鬼」，他不能說，所以改口說道：「先王在宮中顯靈；大行許了好些心願，病才能好。那些心願是甚麼，你當然知道。今日天下，等於過河拆橋。」他厲聲說道：「人好欺，鬼神難欺！」

見他這種獰厲的態度與語氣，鄂爾泰心裡難過極了。先帝風裁峻肅，持禮特苛，沒有人敢在他面前走錯一步，說錯一句，否則就可能有不測之禍。如今一口氣不來，撒手塵寰，便居然有人敢於如此肆無忌憚地大加謗訕，而拿他毫無辦法。看來帝王將相，無不是「一旦無常萬事休」！想想人生真是乏味。

這時張廷玉開口了，「王爺，你有點誤會了。根本談不到，欺人、欺鬼神的話；先帝當時只說四阿哥、五阿哥跟王爺都有繼承大位的資格，並沒有說，大位一定會傳給王爺。」他停了一下又說：「總之，如今相忍為國最要緊。」

「相忍為國，不錯；是非可得分明，真相更不可不推求。大行皇帝說過，一旦有了結果，要把何以傳位給某人的原因，說得明明白白，讓大家心服口服。可是，現在的局面，你說能讓人心服嗎？」

「這就是我所說的，只怪先帝走得太急，竟來不及辦這件事。」

「這話不對，既有所謂遺詔，那就是早已定了主意，既定了主意，又何以不說明白？」

詞鋒很犀利，張廷玉只好這樣說：「想來先帝雖寫了手詔，心裡仍在推敲。」

「既然如此，就是未定之局；既是未定之局，我就不能承認四阿哥得了皇位。」

「國不可一日無君。」鄂爾泰抗聲說道：「請王爺以社稷蒼生為重。」

從「國不可一日無君」這句話中，弘晳已知四阿哥弘曆將在這天接位。冷眼旁觀，一向待他不錯的張廷玉，似乎有勁沒處使，幫不上甚麼忙，而弘昌為鄂爾泰一勸，亦有洩氣的模樣；「死黨」如此，其他可想。看來只有使出最後一招來了。

這最後一招便是「發橫」。

也是他跟弘昌計議到後來，一致同意的態度；就算攔不住弘曆得位，可也不能讓他安安穩穩、舒舒服服稱帝。

於是他說：「『國不可一日無君』是你們的事；忍得下去忍不下去，是我的事。我早已甚麼都豁出去了，倒要等著看他是不是雍正的跨灶之子？」

鄂爾泰、張廷玉相顧失色。弘晳已公然表明要造反了！用年號來稱大行皇帝，充滿了輕蔑的敵意；而「跨灶之子」那句話，又無異對四阿哥挑釁，看他敢不敢像他父親那樣「弒兄屠弟」？

鄂爾泰暗中思忖，就憑弘晳這幾句話，將來恐怕已難免有殺身之禍。因而向張廷玉以眼色示意，此事絕不可洩漏；張廷玉也是一樣的想法，微微頷首，報以默契。

「王爺，」鄂爾泰以極誠懇的語氣說，「退一步天地皆寬。王爺今天是一人之下，萬人之上，安富尊榮，何求不得？且不說『知足常樂』古人垂戒；只說本朝兩位親王的明智，就很值得王爺取法。」

鄂爾泰所舉的兩親王，一個是禮烈親王代善，他是太祖的次子而早已居長，佐父創業，戰功彪炳。太祖遺命「四大四小，八貝勒共治」；禮親王代善稱號「大貝勒」，名正言順，應為領袖；可是他卻擁戴胞弟「四貝勒」皇太極稱帝，便是太宗。而太宗酬答擁戴之功，亦頗優渥，一門五王，列帝皆另眼相看。

再一個是安和親王岳樂，他是太宗之兄饒餘親王阿巴泰之子；襲封後改號安親王。順治十八年，世祖二十四歲，但以自有知識開始，便飽嘗世味；十幾年中，國事、家事、婚姻、愛情，變幻莫測，勘破無常，只有佛門中無榮無辱，為至樂之地；因而決心行遯，親自為太監吳良輔祝髮，打算帶往五台山去做伴當。想到天下未定，更賴長君，在他的許多兄弟中，選中了安親王岳樂，堪當大任。那知「房星竟未動，天降白玉棺」，忽然出痘，自得病至大漸，不過幾天功夫；自知不起時，召學士王熙草遺詔，傳位岳樂。可是孝莊太后與她的「教父」德國人湯若望定策，皇位仍舊傳子；選中的是皇三子玄燁，因為他已經出過痘了，那就是在位六十一年的聖祖。當即位之初，由安親王領頭，率諸王貝勒在大光明殿設誓，共保幼主。聖祖在日，對安親王始終敬禮不衰，就是為了酬報他的謙讓擁護之德。

「吳泰伯讓國，史冊流芳，義名千古；王爺莫非就沒有見賢思齊之心？」鄂爾泰又說：「再拿禮烈親王跟安和親王的懿行來看，真正是功在社稷；如果不是太宗、聖祖在位，大清朝那有今天？」

這話使得弘晳大不服氣，「毅庵，」他提出質問：「你以為四阿哥可比太宗文皇帝、聖祖仁皇帝？莫非我就不如他？何以見得我如果退讓，就是社稷蒼生之福，否則就要為禍天下？其中是何道理，倒請你開導開導！」

「王爺，你千萬不能誤會——。」

鄂爾泰原是打算發揮他說理細入毫芒的長才，一步一步勸得弘晳回心轉意；不想他提出來這麼尖銳的疑問，倘無利害關係明明白白的答覆，不足以折服弘晳。因而考慮，是不是要提出平郡王來？

平郡王福彭跟四阿哥之親密，是宮中盡人皆知的事。

福彭以親藩綰兵符，佩著「定邊大將軍」的金印，征討大清朝開國以來最強悍的一個「叛逆」準噶爾；目前採取以戰迫和的方略，正當緊要關頭。如果大行皇帝的哀詔到達前方，「大將軍王」得知接位的不是四阿哥，且不說有何勒兵觀變的舉動，光是由於失望洩氣之故，以致士氣消沉，所關不細；何況重定苗疆，肩負重任的張廣泗。出身鑲紅旗漢軍的張廣泗，亦惟「旗主」平郡王福彭之命是聽，倘或福彭不服新主，勢必也會影響苗疆事務。

這個說法很有力，可是會傷害福彭與張廣泗，目前不妨用另一個說法，便是大行皇帝對四阿哥的嫡子永璉的期望。

等他將「瑚璉之器」的這番道理講完；弘晳冷笑道：「哼！又是個為子擇父的說法。」

這個諷刺很尖刻，但可不必理睬；不想好久沒有開口的弘昌問出一句話來：「永璉雖已出過痘了，可是到底只有六歲，誰知道將來怎麼樣呢？」

這一下提醒了弘晳，隨即很率直地問道：「永璉未成年就死了呢？」

鄂爾泰瞠目不知所答，只好轉臉去看張廷玉，希望他能為他解除窘境，而張廷玉卻故意避開他的視線，默無一言。

鄂爾泰無奈，唯有反問：「王爺說，應該怎麼辦？」

弘晳的神情顯得很深沉，在三雙眼睛環視之下終於開口。

「我可以讓步。」他說：「如果永璉真的是『瑚璉之器』讓他一直當皇上；但如永璉夭折了，他就沒有再當皇上的資格。那時候，他要讓位給我。」

鄂爾泰倒抽一口冷氣，直截了當地說：「王爺這個條件，我不敢贊一詞。」

「我知道，誰也沒有辦法替他作主，要他自己願意才行。不過，我還有一個附帶條件，他答應了，還得莊親王、果親王罰誓作保。」

「是！」鄂爾泰答應著，轉過臉去，低聲問張廷玉：「如何？」

「誠如尊論，此事非我輩所能贊一詞，唯有據實覆命而已。」

據實向兩王覆命以後，果親王率直表示：「我不能作這個保！我也不能罰誓，憑甚麼？」

莊王跟他的想法大致相同；從古以來，從沒有人作過這樣保；這樣的保也是根本無法實現的！人有旦夕禍福，何況是個六歲的童子，一場驚風，或者遭遇不測的意外，隨時可以要了他的小命，那時能向嗣皇帝去說「你該退位了，該讓理親王來當皇上」嗎？

不過他不願像果親王那樣作決絕的表示，因為這一來便無轉圜的餘地。當即勸道：「你先別忙！咱們先跟他談談去。」

「他」是指嗣皇帝；等見了面，細說經過，嗣皇帝的表情，居然是平靜的，他問：「兩位叔叔看呢？該怎麼辦？」

果親王搶著要開口，莊王急忙作手勢阻攔，然後低聲答道：「如果不罰誓，倒可以許他。」

顯然的，這就是在任何情況下，都不履行保證責任的打算。

本意是與嗣皇帝的想法相同的；只要皇位到了手了，誰也奈何我不得。可是不設誓，弘皙能相信嗎？

他說不出勸莊王姑且設誓騙一騙弘皙的話；決定自己來下手，「我是有誠意的。」他說，「請兩位叔叔，只作保人，我自己來罰誓。而且，」他又格外加重了語氣，「我也不相信永璉會夭折；人定可以勝天，何況是在我身邊的兒子，多加幾分小心不就行了嗎？」

「好！」莊王答說，「我再讓他們倆去交涉。」

於是張、鄂二人再次進宮，到擷芳殿去見弘晳。很委婉地說明來意；弘晳一口拒絕：「不行！我不相信他的話。」

語氣很堅決，點水潑不進去；不過鄂爾泰還是有了一點成就，勸得弘晳作了一個讓步，不必兩王都保，只莊王一個人設誓就行了。

這一下關鍵就在莊王一個人身上了。他反覆考慮，久久下不得決心；嗣皇帝當然不便催促，只不斷旁敲側擊地表示，即令罰了誓，也絕不會應誓，因為永璉長大成人，或者年過四十的弘晳，大限一到，這個誓自然而然就不生作用了。

其時已經大天白亮，乾清宮的几筵已經鋪設完成，只等移靈入宮，柩前即位，天下便可大定；而未得莊王一言，大家都只有焦灼地等待。這股無形的壓力很大，莊王終於承受不住，狠一狠心說：「好吧！我罰誓作保。」

出人意料的是，弘晳反而又讓步了。有人勸他，做得已經過分了，只要莊王肯作保，不必再讓他罰甚麼誓。這樣放寬一步，莊王領了情，反而更有利。弘晳覺得這個見解很高明，決定接受。

不過話說得很明白，只要永璉在二十歲以前去世，嗣皇帝便應禪位於弘晳；當然其中應該有一段緩衝時間，這個時間頗費交涉，嗣皇帝認為應該要兩年，才能將他主持的大政，一一完成；弘晳則認為有半年功夫，盡夠作個結束了。往返磋商的結果，採取折衷辦法，定為一年。

於是大行皇帝梓宮，正式移入乾清宮；嗣皇帝柩前接位，截辮成服，擗踊舉哀，乾清宮中哭聲震天，但聽得出來，乾嚎的居多；看得出來，缺少一副急淚的也很多。

嗣皇帝接位後的第一件事是，宣布年號定為「乾隆」。很明白的，他必須「乾運興隆」，皇帝才能一直做下去。

第二件事是，傳大行皇帝遺命，以莊王、果王、鄂爾泰、張廷玉為「輔政王大臣」；同時面諭：

鄂、張將來配享太廟一事，寫入哀詔。

第三件事是，尊生母熹妃為皇太后；然後傳皇太后懿旨，以嗣皇帝福晉富察氏為皇后。

第四件事是，宣布聖祖諸子，分屬尊親，除大朝儀外，平時相見，免予跪拜。

第五件事是，傳皇太后懿旨，和親王生母裕妃，尊封為皇考貴妃。

第六件事是，莊親王、果親王、理親王賜食雙俸。

第七件事是，貝子弘昌晉封為貝勒。

第八件事是，命總管內務府大臣來保，嚴厲告誡太監，凡外廷發生的各種事件，切切不准到后妃各宮去胡言亂語；否則立即杖責，發往吉林、黑龍江當苦差。

第九件事是，派人嚴密監視在西苑助大行皇帝修煉的道士；還有嗣皇帝深惡痛絕的國師文覺。這監視的任務，是交給一個叫莽鵠立的內務府大臣去辦。他是蒙古人，善畫工筆人物，善於寫真。雍正即位後，檢點內府所藏書畫文玩；康熙一朝，物阜民豐，在位六十一年，南巡六次，臣民進獻，藩屬朝貢，甚麼奇珍異寶都有，卻就是少一幅逼真的聖祖御容。恰好莽鵠立進京述職，先帝想起他丹青墨妙，當時便說了這樁憾事；命他「默寫進呈」。

莽鵠立做過蘇州滸墅關的監督，習聞蒲松齡在《聊齋志異》中所寫的「吳門畫工」那段故事；這個畫工姓朱，他的畫與眾不同，專以繪製「喜容」為業。所謂「喜容」就是祖先神像；除夕迎神掛出來，朝夕上祭，到正月十七日送神，方始收起。江南在慎終追遠上，最重此事；只要是小康之家，都必得為亡父留下這麼一幅「喜容」，以便除夕迎回家來過年。當然，有的是生前早已預備好的；有的卻是到了一命嗚呼時才想起這件事，趕緊要找「朱司務」來，請他對著死者描容。

死者的形相，大致不會好看，所以江南婦女，對討厭的人，動輒以「死相」相訾。這朱司務的本事，便是能將死相畫得不討厭，而且跟死者生前非常相像，因而聲名大噪；遇到鬧瘟疫的年頭，真有應接不暇之勢。

朱司務平生無他好，只喜歡扶乩；最崇信呂純陽。久而久之，自己總以為「誠則靈」，必有一天能遇到遊戲人間的呂洞賓；自從動了這個念頭，就專門在風塵中物色。可是三、五年過去，一無所遇。

這年是順治十五年，朱司務有一天郊遊，在一座荒涼的古剎中，發現乞兒們在聚飲，雖是冷炙殘羹，而意興比誰都豪；其中有個長了三綹黑鬍子的中年人，一對眼睛，晶光四射；看在朱司務眼睛裡，心中一動，毫不遲疑地踏上前去，雙膝跪倒，口中說道：「終於讓我遇見仙人了。」

乞兒們大笑，說來了個瘋子；朱司務卻絲毫不氣餒，認定他面前的人就是呂純陽。

糾纏不已，那「呂純陽」有些不耐煩了，瞪著眼說：「好吧，就算我是呂純陽，你拿我怎麼樣？」

「我豈敢對仙人無禮。只望賜我一粒長生不老的丹藥。」

乞兒們又是大笑，但那「呂純陽」卻不笑，招招手喚他到一邊說道：「這裡不是說話的所在，晚上見吧！」

朱司務正想問明，晚上在何處會面？那知眼睛一眨，人影已杳，遍尋不見，既驚且喜，亦不免悵惘；自以為已失之交臂，不免怏怏而歸。

當然，晚上見面的話，寧可信其有，不可信其無；入夜燈下獨坐，到四更天還是消息沉沉；正當神困思倦，欲尋好夢之際，仙人來了；朱司務精神大振，伏地磕頭，起身瞻仰仙姿，恰如乩壇上所畫的「純陽真人像」，頭戴方巾、身穿海青、足下雲霓、腰繫朱紅絲條、背上斜插一把伏魔寶劍；一張白淨的長隆臉，三綹黑鬚，根根見肉，好一派仙風道骨。

「這也是我小子一片虔誠，感動得神仙下降。如今可是再不能放真人走了！」說著朱司務便拉住了「呂仙」的衣服。

「你打算要怎麼樣呢？」

「求真人收了我；我替真人背藥箱。」

「你骨相太濁！」那「呂仙」沉吟了一會說：「這樣吧！我替你引見一個人吧！」

說完，大袖一揚，但聞異香滿室，一朵祥雲，冉冉而降；雲中一位麗人，年可三十許，宮妝高髻，儀態萬方，令人不敢逼視，卻又非看不可。

「這位是董娘娘！你看仔細了。」

既然呂仙吩咐，朱司務便肆無忌憚地飽看了。那「董娘娘」怡然含笑，只覺喜氣迎人，令人愛慕不已；他心裡在想，若得與這位董娘娘共度一宵，便死也值得。

念頭尚未轉完，忽然黑忽忽一物，當頭飛到，接著聽得「叭噠」一聲，他臉上重重地捱了一下，趕緊舉手護痛時，手中多了一本書，是他的畫冊。愕然抬眼，發覺「董娘娘」掩口莞爾；呂仙臉色不悅，才明白心動神知；那一擊是懲罰他的綺念。

驚悚之下，自然收懾心神。「呂仙」問道：「董娘娘的面貌，記住了沒有？」

「記住了。」朱司務恭恭敬敬地回答。

「真的？」

「真的。」

於是「呂仙」又是一揮袖，「董娘娘」倏然而滅；「記住了董娘娘的面貌，日後自有用處。」那「呂仙」一面走，一面說。

朱司務急忙搶上前去，想問他是何用處；不道腳下一絆，一頭栽了出去——這一栽，復回塵世；原來是南柯一夢。

定定神回憶夢境，歷歷如見，毫髮分明；當下挑燈鋪紙將「董娘娘」的面貌服飾，細細地都畫了下來。這幅像畫得很得意，卻不知有何用處，姑且擱在畫箱中再說。

過了兩年，朱司務動了遊興，由陸路北上，一直到京，正逢皇貴妃董鄂氏病歿——原來這董鄂氏便是冒辟疆的愛姬董小宛，為多爾袞部下所擄，輾轉入宮；作為內大臣鄂碩之女，改了個董鄂氏的滿洲姓，被冊封為皇貴妃，正就是朱司務夢中的「董娘娘」。

這皇貴妃「董鄂氏」，賢德非凡；順治皇帝與她生前雖已分床，死後卻要同穴，追尊為「端敬皇后」、議謚加到十字之多。不道揚州「瘦馬」中出了個崇禎的田貴妃；二十年後秦淮「舊院」中，更出了個皇后，無不詫為奇事；更奇的是，順治皇帝為端敬皇后治喪，連身歷前明隆慶、萬曆、泰昌、天啟、崇禎五朝，上百歲的耆老，都道是聞所未聞。

這端敬皇后是火葬的，黃泉之下要人服侍，於是三十名宮女、太監殉葬；也要有地方住，於是盛飾奇珍異寶的一座精舍，付之一炬。這是滿洲貴族喪葬中的「大丟紙」，還有「小丟紙」；端敬皇后眠御之物，亦盡皆焚化，桂圓大的東珠，拇指大的紅藍寶石，霎時間都在「嗶嗶剝剝」的爆聲和五色火焰中化成灰了。

但是，順治皇帝卻還有一樁莫大的憾事，端敬皇后並未留下一張畫像。

於是召集專工人物負盛名的畫家、畫工，由端敬皇后生前所住的承乾宮中的太監、宮女，細細形容「娘娘」的儀容，但畫來畫去總覺得不像。這也是當時的一段大新聞；朱司務當然也聽到了，有人告訴他這「娘娘」的來歷，朱司務恍然大悟；原來呂祖所說的「日後自有用處」，應在今日。

當下走門路託蘇州府吳江縣人，提倡「十不降」，而新近奉勅，根據「御製端敬皇后行狀」作傳的「金中堂」金之俊，將他當年所畫的「董娘娘像」，上呈御前。順治皇帝驚喜莫名，傳示六宮，亦個個都以為音容宛在。這一下，朱司務自然要膺上賞了。

賞的是「奉特旨授為內閣中書」。這個官兒七品；七品官中神氣的很多，至不濟當個縣令，也有「滅門」的威風；但論真正有權，在前朝是手握尚方寶劍、「代天巡方」的巡按御史，此時卻是參預機務的內閣中書。在他人求之不得的美官，朱司務辭掉了，理由是「不懂怎麼做官」。金三俊很委婉為他轉奏了不求貴求富的本意；順治皇帝很慷慨地改賞了一萬銀子。

於是一夕之間，朱司務聲名大噪。那些滿洲的王公大臣，想到祖先追隨太祖、太宗創業，立下汗馬功勞，蔭覆子孫，才得有今日的富貴；慎終追遠，都要請朱司務畫一幅神像。他是畫慣了「喜容」的，平生「閱人」以萬數，最氣派的「同」字臉，面團團的「田」字臉，削尖了腦袋的「由」字臉，尖下巴的「甲」字臉，棗核一般的「申」字臉，各有特徵，爛熟胸中；再參以相法上的甚麼鼠形、蛇形，根據各人子孫的追敘，神而明之，無不酷肖。不過半年功夫，潤筆所入，已是一輩子吃著不盡了。

莽鵠立記起這個在蘇州聽來的故事，心想，這是個得蒙「特達之知」的大好機會，因而潛心默寫；又虛心向人求教，易稿數次，方始上呈。果然，雍正皇帝一見，珠淚雙雙；不負莽鵠立的一片苦心。他還當過封疆大吏，放到陝西去當巡撫，辦糧台貽誤軍需，為寧遠大將軍岳鍾琪所劾；若在他人，必遭嚴譴，但莽鵠立聖眷方隆，調回京當正藍旗都統，兼理藩院侍郎，專跟蒙古王公及西藏喇嘛打交道。不久又兼了內務府的差使，那就不但喇嘛，江西、湖廣請來的道士，不知是《明史》佞幸傳中邵元節、陶仲文第幾代的徒孫，會畫符、懂修煉的王定乾等人，亦歸他照料了。

雍正皇帝對莽鵠立的第一次酬勞是，簡放長蘆鹽政。鹽差是天下肥缺，兩淮第一，天津的長蘆第二。莽鵠立在天津，亦如曹寅之在江寧一樣，無所不管，大至天津衛改制、督造水師戰船；小至搜求祕方——說起來這也不是小事，世宗曾訪求見血封喉的毒藥，而這毒藥是用來製造弩箭，在征營的軍務中，非常管用。

說照料這班方士在西苑西北角一帶修煉，倒不如說照料皇帝召見王定乾等人「論道」，來得切合事實。這雍正皇帝，從居藩時起，就是一副道學面孔，言笑不苟，最講邊幅，因此，煉丹求長生不老之藥，還可以談一談，想服童便提煉的「秋白」，處子初潮提煉的「紅丸」怎麼說得出口？那就全靠莽鵠立先意承志。這一來，他也就成了皇帝日夜不可離的寵臣。

在嗣皇帝的想法「我雖不殺伯仁，伯仁由我而死」；先帝之崩，莽鵠立不能沒有責任，但此時還不能辦他的罪，因為只有用他來處置王定乾之流，事情才能辦得妥貼。

要殺幾個道士，算不了一回事，所須顧慮的是，會彰先帝之醜。但也怕那班逃得性命的道士，驅逐回籍之後，以「御前供奉，日侍天顏」自炫；信口開河，亂編「宮闈祕辛」，一部《大義覺迷錄》，闢無「謀父」、「逼母」、「弒兄」、「屠弟」之事，而天下人人以為「此地無銀三百兩」，如果還有像前明光宗暴崩的那種傳說，先帝在九泉之下，必是片刻難安。

因此，乾隆只要求四個字：「守口如瓶！」莽鵠立承旨以後，心中不免忖度，自己跟王定乾、張太虛他們，算是站在一邊的，平時那等親熱，一旦板起臉來，宣布嚴旨，以死相脅，似乎做不出來。但話說得太輕，不足以收警惕之效，萬一出事，首當其衝的就是自己。這兩難之間，必得妥籌善策；苦思焦慮之下，想出來一個以退為進的說法。

於是派人將王定乾、張太虛請到內務府，找了一間極隱祕的屋子相會；主客三人，容顏慘澹，目光閃爍，一派風聲鶴唳，草木皆兵的表情，不過，客人是真的膽戰心驚，而主人是有意做作。

「兩位道長，咱們三年相交，分手就在今日。」莽鵠立招招手，將他倆喚到前面，放低了聲音說：「今天晚上就走！到時候我會派人來。這故事千萬不能讓人知道！走漏風聲，不但兩位有不測之禍；我這從井救人，也就太冤枉了！」

字字驚心的這番話，聽得兩位道士神色大變。費解的是，何謂從井救人？不過多想一想，也就明白，莽鵠立的意思，無非私縱他們兩人潛逃，願意頂罪而已。

這不是能裝糊塗的事。張太虛說：「我們走了，連累大人，於心何忍？這件事萬萬不可！」

王定乾說：「大人從井救人的德意，感激不盡！我在想，此恐非一走能了之事。」

張太虛心想：是啊，兩家的師父走了，留下了徒子徒孫怎麼辦？轉念到此，跟王定乾的想法一致了；三十六計，走為「下」策。

「大人，」他問：「我跟太虛走了，留下來的人怎麼辦？」莽鵠立早想到他會問這句話；也等著他問這句話，一聽把頭低了下來，黯然無語。

王張二人，相顧悚然；同時更堅定了無論如何要在莽鵠立身上，求得個平安無事的決心。

「大人，萬事瞞不過你，藥是王道的，用得霸道，有甚麼辦法？寶親王最通情……」

王定乾的話未說完，張太虛便大聲糾正：「皇上！」

「是，是，」張太虛忙不迭地改正，「皇上最通情達理，如果大人能、能把用藥過量，才出了這麼個大亂子的緣故，跟皇上婉轉奏一奏，也、也許就沒事了。」

莽鵠立一直作出極為關心的神情傾聽著，聽完更深深點頭；可是旋即緊鎖雙眉，來來回回地踱方步。

突然，他站住腳，面色在自信之中透著憂慮，「皇上已經有話，太監當中，誰要是拿外頭的事情，到裡頭去說一句，馬上處死。照這樣子看，」莽鵠立停了一下才說：「兩位如果至至誠誠做到一件事，我怎麼樣也要把這個情求下來。」

「怎麼不至誠？」張太虛抗議似地，「大人這話，可是太委屈我們的心了！」

於是莽鵠立將他們留在原處，隨即進乾清宮去覆奏。約莫一頓飯的功夫，有個蘇拉來陳設香案；這表示將有上諭宣示。張、王二人不免驚疑，莫非明正典刑，降旨賜死？正當心裡發慌，臉色發青之際，莽鵠立回來了；後面還有個太監，是內奏事處的首領趙德光。

坐著的張太虛、王定乾急忙站了起來，迎上前去，莽鵠立不待他們開口發問，便以眼色示意；有趙德光在，不必多言。接著走到香案後面，朝南站定。

「張太虛、王定乾聽宣！」

「是。」張、王二人答應著，朝香案並排跪下。聽莽鵠立即聲念道：

皇考萬幾餘暇，聞外間爐火修煉之說，聖心深知其非，聊欲試觀其術，以為遊戲消閒之具，因將張太虛、王定乾等數人，置於西苑空閒之地，聖心視之，與俳優人等耳！未曾聽其一言；未曾用其一藥，且深知其為市井無賴之徒，最好造言生事，皇考向朕與親王面諭者屢矣！今朕將伊等驅出，各回本籍，令莽鵠立傳旨宣諭，伊等平時不安本分，狂妄乖張，惑世欺民，有干法紀，久為皇考之所洞鑑，茲從寬驅逐，乃再造之恩，若伊等因內廷行走數年，捏稱在大行皇帝御前一言一字，以及在外招搖煽惑，斷無不敗露之理，一經訪聞，定嚴行拿究，立即正法，絕不寬貸！

兩人將這道上諭的每一個字都聽了進去，緊緊記住；心中一塊石頭落地，不待莽鵠立提示「謝恩」，就叩頭如搗蒜了。

莽鵠立將白紙藍筆寫的「硃諭」，摺好了交給趙德光，「你都看到了，德光，」他說：「他們感激天恩，出自至誠；一定恪遵上諭。皇上要問起來，請你這麼覆奏。」

張太虛跟趙德光很熟，也想當面託他，口角多噓春風；那知趙德光正眼都不看他，攏著交內閣「明發」的上諭，揚長而去。

「兩位可真得留點兒神！」莽鵠立再一次鄭重告誡：「不但雍正爺的事，不能多說一句；關乎今上的種種傳說，更加要謹慎。」

莽鵠立說：「總而言之，回山以後，最好閉關靜修，甚麼人不見，甚麼話不說。」

張、王二人連連點頭，但有件事想問個清楚；張太虛說：「多虧大人成全，真不知道該怎麼說才好。不過，雍正爺在日的情形，瞞不過大人；雍正爺是不是說我們最好造謠生事？跟皇上及親王說過好幾遍，這親王是那位親王？」

這道上諭出於方觀承的手筆；原來明指「和親王」；御筆將「和」字勾去，因為不願明白表示他跟和親王同胞手足，關係密切。只用「親王」字樣，可以視之為包括理親王弘晳在內；但在和親王弘晝看來，這「親王」捨我其誰？不用稱號，正見得他這個親王與眾不同。嗣皇帝的深心，莽鵠立是了解的，但此時已不宜多說，只這樣答道：「雍正爺是不是說過，誰也不知道；反正皇上講說過，就是說過。兩位只謹記著就是了。」

「是！」張太虛看了王定乾一眼；兩人都是落寞而不甘的神色。

「我勸兩位看開些，有此結果，說實在的，是兩位祖上有德。」莽鵠立又說：「還有一位的下場，恐怕就沒有你們這麼便宜了。」

「還有一位」是誰？多想一想也就明白了；是個和尚——為先帝封為國師的文覺。

原來嗣皇帝對文覺深惡痛絕，由來已久，整頓佛門之心，亦非一日，本來須年過五十，方准出家，而且要先呈請官府，發給度牒，才能剃度，亦惟有身懷度牒，才能雲遊天下，到處掛單，到得雍正即位，當和尚就容易得多了，但還不至於形成風氣。

成風氣是在文覺得勢以後，雍正十一年，文覺七十歲，敕封國師，奉旨朝山，所過之處，文武大員，跪迎跪送，聲勢煊赫非凡，那幾年的和尚本來就很吃香，大小叢林，都有齋田，主持方丈，往往就是大地主，各「房」的和尚，非但不耕而食，不織而衣，而且食必精美，衣必華麗，甚至還有畜妻生子的，「全真」中如果是「火居」道士，也是如此。宗風頹壞，本就是文覺有意無意包庇縱容的結果，如今因為他的刻意炫耀，越發使人覺得遁入空門，竟不失為天下極好的行當。

這一來佛門廣大，竟成藏垢納汙之地。嗣皇帝居藩時，常跟方觀承談這些事，方觀承從江南到塞外，來回走過七趟，風土人情，透澈非凡，據他訪聞下來，要最能幹的農夫三名「內祖深耕」之所入，才能供養這樣一名酒肉和尚。那時的嗣皇帝正在讀《資治通鑑》，手自批點，非常用功，因為這是在學做皇帝的本事，每每掩卷深思，衡量前代帝皇得失，對於唐宣宗尤其注意，因為唐宣宗兒時不慧，受諸姪欺凌，跟他的處境，頗有相似之處。李德裕相武宗，在位六年，善政無數，及至宣宗即位，因為痛恨其姪武宗之故，遷怒李德裕，只要是李德裕的施政，無不推翻。軍國大計，又是自己的天下，這樣意氣用事，實在太沒有道理了！

那時的嗣皇帝，認為唐宣宗大錯特錯的一件事，是「修復廢寺」，本來李德裕已勸導僧尼二十六萬多人還俗，收回良田數千萬頃，百姓生計大裕，是極好的一件事，不道宣宗輕率地撤銷了禁令，頓時僧尼出家的，有十七萬人。換句話說，便有十七萬人坐享其成；生之者寡，食之者眾，國勢焉有不弱之理。

因此，嗣皇帝居藩時，便曾發下願心：果真得償所願，能登大位，一定要將前代帝皇缺失，一一改正過來。而由於張太虛、王定乾、文覺的刺激，整頓佛門，便成了他的第一個改革的目標。

於是到得大行皇帝喪儀大致告一段落，上尊謚為「世宗」；廟號為「憲皇帝」以後，他隨即下了一道上諭，清查天下各叢林的齋田寺產。同時所有供養在西苑及其他離宮的「高僧」，傳旨一律還山。

「文覺此人，罪惡滔天。我要罰他。」嗣皇帝說：「罰他走回蘇州，交沿途地方官遞解，如敢有私人供給車馬者，以違旨論。」

文覺七十二歲了，從京師長行回蘇州，又當雨雪載途的隆冬，這懲罰是夠重的。

其實嗣皇帝另有深意，罰文覺沿運河一站一站南下，無異「遊街示眾」；心目中期待著能出現這樣一種輿論：原來雍正皇帝那些有悖倫常的舉動，都是出於這個和尚的慫恿。

因為如此，還有好些相關的措施。先帝為了「闢謠」，最不智的做法，無過於頒行《大義覺迷錄》，真是俗語說的「越描越黑」；只要這本書留傳在世上，先帝「謀父、逼母、弒兄、屠弟」的罪名，便永難逃於天壤之間；因此，嗣皇帝嘉納刑部尚書徐本的建議，降旨停止每逢朔望，在學宮講解聖祖仁皇帝的「聖諭廣訓」以後，再講《大義覺迷錄》，而且責成地方官，限期將這本書收繳，匯總銷毀。

《大義覺迷錄》中有個附錄，是古今未有的奇特文獻；也是古今未有的荒唐文字——湖南的曾靜，派遣門徒鼓動岳鍾琪起義反清，犯了「大逆不道」的罪名；但先帝逮捕曾靜到案後，居然與曾靜打了「筆墨官司」，就曾靜提出的疑問，一一用書面答覆，既像辯駁，又像對質，以帝皇之尊與謀反的犯人有此一段文字淵源，士林莫不詫為奇事。而且出人意表的是，曾靜赦免無罪；反而是曾靜所敬仰的一個遺民呂留良，身死多時而挖開墳墓，掘出遺屍，剉骨揚灰；子孫斬決的斬決、充軍的充軍，遭遇奇慘。與曾靜相較，不公平得離奇了。

嗣皇帝在先帝生前，亦曾微言諷勸；但先帝受了文覺的先入之言，頗有要錯也讓它錯到底的負氣模樣。嗣皇帝不敢多勸；但亦曾私下定了主意，一朝權在手，必定要將這件不平之事糾正過來。此刻配合收回《大義覺迷錄》的措施，用「廷寄」密飭湖南巡撫，將曾靜重新逮捕送到京，明正典刑。

當然，先帝所做的受人批評的事，嗣皇帝已決心一一彌補，但有些事需要時間，有些事需要臣僚建言，他亦有許多難處；其中最為難的是釋放「十四爺」不知應如何措詞？

「十四爺」便是已革爵的恂郡王允禵；他與先帝一母所生，是嗣皇帝真正的胞叔。先帝的皇位，本來應該是屬於他的；失位以後，當然有懷恨的言語，而先帝總算還不致狠到手誅同母之弟，只拿他幽禁起來，先後數移，現在是住在圓明園旁的一座關帝廟內。

嗣皇帝兄弟早年是不准去見「十四爺」的；從雍正八年以後，才獲准在每年正月初九「十四爺」生日那天，去探望一次，但也不過叩頭道賀，說幾句問候的話而已。現在當然不同了，嗣皇帝覺得要彌補先帝手足情分上的缺憾，首先就該安慰允禵；即位以後，特地派人帶了藥餌食物去致意，說是此刻還在「苫塊昏迷」的熱孝之中，不便出城去看他，希望他能作一個願叩謁梓宮的表示，立即便可下一道上諭釋放，接進城來相聚；而且對準噶爾的用兵，也很想聽聽他的意見。

特使回來的報告是，允禵表示，先帝對他雖有極大的虧負，但他還念著同氣連枝的情分，柩前一慟，也是應該的；但如以此作為釋放的條件，他寧願幽居至死。同時又說，嗣皇帝百日服滿後，亦不必去看他，因為嗣皇帝從前敘家人之禮，給他磕頭，他可以坦然接受，以如今的身分，再要照以前的禮節，他當不起；不過，他也絕不會給嗣皇帝叩頭，彼此不便，莫如不見，是兩全之道。

這一答覆，以允禵的性情來說，不算意外。嗣皇帝本想立即降旨釋放，授以爵位；但這樣做法，與先帝背道而馳的形跡太顯了。若有人以「三年無改」之道直諫，很難有令人心服的話來解釋，因而命諸王大臣集議，應否釋放？

結果是反對的居大多數。此大多數中，一派是以前曾對落井的允禵下過石，怕他被釋之後會翻案；如張廷玉就是。這一派之必然反對，無足為奇；使嗣皇帝不解的是，以鄂爾泰為首的另一派，與允禵既少淵源，而且是嗣皇帝認為最忠誠可靠的，竟亦不能仰體他的意旨，那就深可詫異了。

於是，召見方觀承細問廷議的經過，並提出他的疑問；方觀承造膝密陳，鄂爾泰之力表反對，正是為了保護嗣皇帝。

「十四爺頻年與外界隔絕，他是怎麼個想法，不得而知。不過十四爺一向在諸王府中，深得人緣；放出來以後，如果有人重提舊事，朝夕慫恿，難保不生事故。」方觀承說。

「尤其是理親王，一向很照應十四爺府上；倘或十四爺站在他那一面，即成隱憂；大學士鄂爾泰之用心，請皇上體察。」

問到莊王的態度，大致亦是如此。嗣皇帝頗為心感，但他相信年已四十八的「十四叔」，壯志消磨，不致再有異圖，此時只是還有一股不平之氣橫亙胸中，如果他能代父補過，宣洩了那股不平之氣，不但無害，而且反會獲得支持。

因此，覆奏上達御前，批示再議；而結論仍是「事關先朝，未便輕釋」。這一下，就迫得嗣皇帝只好獨斷獨行了。

當然，這需要有一番準備，嗣皇帝親自擬了一個名單，凡是應該加恩的，自宗室至外戚，一一優詔處置。這樣一方面是團結人心；一方面也是絕了獲釋以後的允禵，招聚黨徒的途徑。

最後的一個處置，不是加恩，而是嚴譴——革了允禵的長子弘春的爵位。

允禵有四個兒子，長子弘春，小名白敦；次子弘明，小名白起。老二敦品好學，而且也很孝順；雍正幽禁胞弟時，「順帶公文一角」，以「甚為不堪」四字，將他們父子一起看管；其實，這倒恰符弘明所願。弘春則利慾薰心，在「四伯父皇上」幾次召見，明獎暗誘之下，竟幹出了「賣父」的勾當，訐告其父曾以鉅款接濟他的另外兩個「伯父」——「四伯父皇上」的死對頭允禩與允禟；因而得封為貝子，晉封貝勒；雍正九年更晉封為泰郡王。稱號的這個「泰」字，明明告誡他須記得持盈保泰的古訓；而弘春全然不能理會，得意忘形，言語輕佻，而又恰逢雍正打算與允禵修好，便拿他來「送禮」，由郡王一下子降為初封的貝子。

這一回革爵又不比降封，必須申明罪狀；當然，這道上諭，主要的是要為允禵出氣，所以特別指出：「家庭之間，不孝不友」，革去貝子後，而且「不許出門」，最後指示：「宗人府將伊諸弟帶領引見，候朕另降諭旨。」諸子中當然包括弘明在內；事實上嗣皇帝早就作了決定，拿弘春革去的貝子，轉封弘明，帶領引見，不過避免用「釋放」的字樣而已。

弘明的年紀比嗣皇帝大，是堂兄；為了表示親熱，嗣皇帝叫他「白起哥」，問說：「你知道我想請十四叔回來？」

「知道。」

「三次廷議的結果，你知道不知道？」

「略有所聞。」弘明答說：「其實都是過慮。」

「這話怎麼說？」

「阿瑪心如止水；常說：社稷至重。怎麼樣也不能做對不起聖祖仁皇帝的事。」

「真的這麼說過？」

「臣不敢欺罔。」

是如此恭順的措詞，嗣皇帝更放心了；正在思索如何再進一步求證時，弘明卻又開口了。

「有件事回皇上，臣去年得子，是阿瑪親自命的名——。」

「啊！」嗣皇帝失聲而言：「十四叔的心情，我明白了。」

允禵為他的這個孫子，命名為「永忠」；忠當然是忠於國，不正就是為了「社稷至重」嗎？

「我先封你貝子，好好當差，自然有你的好處。你回去跟你阿瑪說，我馬上讓內務府找好房子，明天進城先委屈住一住。」

將允禵接進宮，安置在已成「潛邸」的「乾西二所」——嗣皇帝在乾清宮南廡席地居處；太后看守乾清宮的任務告一段落，已遷回景仁宮；皇后移居西六宮的長春宮，拿空出來的「乾西二所」供允禵暫住，是嗣皇帝拿他當「自己人」看待的意思。

幽禁已久的允禵，復入大內；千門萬戶，記不起那年那月到過？眼中繚亂，心頭迷茫；坐在迴廊轉角之處，望著聳起於藍天白雲之間的屋脊，要思索一下，才認出那是乾清宮。

「阿瑪，外面風大，屋裡坐吧！」

允禵黯然無語，懶懶地站起身來，望著弘明；好一會方始開口。

「甚麼時候去行禮？」

「皇上交代，先請阿瑪好好兒息一息——。」

「息甚麼？」允禎打斷他的話說：「這十三年，息得還不夠嗎？」

「皇上的意思，似乎是他先要來看了阿瑪再說。還有皇后，也要來見阿瑪。」

提到皇后，允禎的興致好了些，「我還沒有見過呢！聽說挺賢慧的。」他問：「他們甚麼時候來？」

「大概等擺完供就來了。」

祭祖謂之「擺供」；這裡是指在几筵上祭而言。早午晚一日三祭；夕祭申初，看天色應已祭過。果然，剛回進屋去。便有太監來報，帝后雙雙駕到。允禎有些躊躇，不知是應該迎出去，還是安坐不動？想了一下，採取折衷的辦法，只站起身來等。

這時弘明已經迎出去了；只聽得一聲：「伊里！」是弘明跪接，嗣皇帝用滿洲話吩咐他「起來」。接著便問：「你父親呢？」

「在裡面。」

「還有甚麼人？」

「沒有別人。」

「那麼，」嗣皇帝喊：「牛順！」

牛順是「乾西二所」的首領太監，立即響亮地答一聲：「在。」

「迴避。」

「喳！」

太監與宮女頓時都躲遠了。允禎在屋子裡聽得很清楚；正在納悶，不知道嗣皇帝是何用意時，門簾一掀，出現一條高大的白色人影，是嗣皇帝；背後是皇后，白帕蒙首，身材也不矮。屋宇陰暗，面貌卻看不清楚。

「十四叔！」嗣皇帝進門便即跪下，接著皇后也下跪了。

允禵倒吃了一驚，身不由主地，身子也矮了半截；口中說道：「萬不敢當。」

「十四叔，」嗣皇帝說：「阿瑪不在了！」

人已下世，恩怨都泯，而嗣皇帝這一跪有代父謝罪之意。一切不盡之意，在這片刻之間都表達了。

「快請起來！」允禵扶著嗣皇帝的雙臂，低聲說道：「國體有關；傳出去很不合適。」

於是叔姪倆相攙起身；皇后由嗣皇帝拉了一把，方能站起，卻又要以家禮見叔翁。允禵再三辭謝，終於側身而立，受了皇后的半禮。

接著是三個皇子來拜見。嗣皇帝已有三子，長子永璜八歲；幼子出生才三個月，尚未命名；次子就是皇后所出，為先帝視為「瑚璉之器」的永璉。允禵亦聽說過這回事，因而格外注目。

那永璉看上去像是個十歲左右大孩子，其實只得五足歲兩個月，生得方面大耳，十分體面；不但極懂規矩，而且全不「怕生」，叫一聲：「十四爺爺！」有模有樣地撩起白布孝袍下襬，磕下頭去。

「好了，好了！」允禵頗為高興，一把將他拉了起來，攬入懷中，親了一下，摸著他的腦袋問道：「你今年幾歲？」

「六歲。」

「六歲不該念書了嗎？」

清朝的家法，皇子皇孫六歲就傳在乾清門東的上書房上學；永璉卻是嗣皇帝自行課讀，「早就念了。阿瑪教我念唐詩。」接著，永璉便朗朗然地念道：「『玉露凋傷楓樹林，巫山巫峽氣蕭森——。』」居然是杜甫的〈秋興八首〉。

「玉露凋傷楓樹林」七字入耳，允禵心中一動；用個嘉許而攔阻的手勢，讓永璉停了下來，然後看著皇后問道：「他是那個月生的？」

「六月。」

「喔！」允禎點點頭；生於盛夏，與「玉露」、「楓樹」都無關，他覺得自己是過慮了。

「十四爺爺，你抽煙嘛！」

允禎不過手剛一伸，永璉便已將他掖在腰帶中的那桿玉嘴方竹的短旱煙袋抽了出來，送到他的手中。

六歲的孩子如此機敏實在可愛；允禎毫不遲疑地將繫在項上，掛在胸前的一塊玉珮取了下來；扒開他的小手，納玉於掌，然後握緊了他的手說：「好好兒留著玩，別弄丟了！」

「喲！」皇后急忙說道：「十四叔怎麼把爺爺賞的玉，給了孩子？」

這真是其詞有憾，其實深喜。原來允禎生於康熙二十九年戊辰，生肖屬龍；自他三十一歲那年，授為「撫遠大將軍」，特准用正黃旗纛，暗示等於御駕親征，滿朝文武，便知天命有歸；康熙六十年十一月入覲，兩個月後便是他的生日，聖祖特賜一枚美玉所雕的蟠龍玉珮，表面似乎因為他肖龍，所以賜此珍玩；其實是再一次的宣布，傳位於允禎的決心未變。如今用它來賞永璉作為見面禮，其中深意，不言可喻。

因此，既驚且喜的不僅皇后；更為激動的是皇帝，「十四叔，」他搓著手說：「我真不知道該怎麼說了？」

「永璉！」皇后莊容教導：「給十四爺爺磕頭！　輩子都別忘記十四爺爺成全你的恩德。」

話剛完，永璉已規規矩矩地跪下磕頭。允禎一把將他拉了起來，摸摸他的腦袋，說聲：「乖！好好玩兒去吧。我跟你阿瑪有話說。」

這是暗示，皇后亦須迴避。等一雙母子退了出去；嗣皇帝隨即向允禎請個安說：「太祖高皇帝的天下，不想落在我的肩上；真有恐懼不勝之感！請十四叔教誨。」

「這也是天意！」允禎略有些迷茫的神情，「十三年積下來，我的話很多，一時還不知道打那兒說起。你先請坐！」

「是！」

嗣皇帝悄悄走到廊上，細心查察；看侍衛、太監確都是遠遠站著，不至於會聽到屋子裡的談話，方又回了進來，在允禎身邊的白布棉墊子上，半跪半坐。

這時允禎手中已多了一個小小的錦袱，「你阿瑪幾次想要我這包東西，我看得嚴，才能留到今天。」允禎略停一下又說：「既是天意，我今天就傳了給你吧！」

說完，他站起身來，將那錦袱置在正中花梨木八仙桌上；然後甩一甩衣袖，在桌前恭恭敬敬地磕下頭去。

這時嗣皇帝亦已起立，見此光景，急忙也跪了下去，心裡是又興奮、又好奇，不知道要傳給他的是甚麼？

「你也該行禮。」允禎說道：「我傳給你的是聖祖仁皇帝的手澤。」

一聽這話，嗣皇帝就允禎剛才所跪之處，行了三跪九叩首的大禮。禮畢仍舊跪著，等待授受。

於是允禎鄭重其事地解開錦袱，裡面是三本毫不起眼的冊子。

磁青紙的封皮，上貼紙色已泛黃的宣紙簽條；淡硃四字：「治國金鑑」；一望而知是聖祖的御筆。

「接著！」

「是。」嗣皇帝先磕一個頭，然後接過那三冊《治國金鑑》，畢恭畢敬地捧在頭上。

「你先起來，拿前面的幾篇硃諭讀一讀。」

嗣皇帝答應著，將《治國金鑑》置在方桌上，翻開第一冊站著細讀。第一篇開頭寫的是「康熙四十七年十月初一書諭諸皇子、議政大臣、大學士、九卿、學士、侍衛等」；接下來便是譴責「八阿哥胤禩」與皇太子為仇，看到「觀伊等以強凌弱，將來兄弟內或互相爭鬥，未可定也」，不由得毛骨悚然，聖祖似已預知身後有骨肉之禍，但似乎只是懷疑胤禩及皇長子胤禔會殘殺手足。所以在廢太子以後，緊接著嚴譴禔禩二子。卻不知懷有異心的，另有其人；誰說人定可以勝天？冥冥中造化弄人，變幻不測，天命敢不敬畏？

接下來是一段意味深長的話：「世祖六歲御極；朕八歲御極，俱賴群臣襄助，今立皇太子之事，朕心已有成算，但不告知諸大臣，亦不令眾人知，到彼時爾等自尊朕旨而行。」

這是不是指在康熙四十七年時，胤禎便已為聖心所默許？嗣皇帝停下來細想一想，方知不是；所謂「已有成算」，仍是預備第二次立胤礽為太子。

第二篇上諭，長達三千餘言，記明日期是在康熙五十六年十一月二十一日，已在二次廢太子五年之後。嗣皇帝曾在《聖祖實錄》中仔細讀過；他的記性極好，這篇長諭幾乎可以背誦，無須再讀。但正當要跳過去看另一篇時，發現有幾行加著密圈，這就不容他不細看了。

加圈的那幾行字是：「今臣鄰奏請立儲分理，此乃慮朕有猝然之變耳！死生常理，朕所不諱，惟是天下大權，當統於一；十年以來，朕將所行之事，所存之心，俱書寫封固，仍未告竣。立儲大事，朕豈忘耶？」讀到此處，嗣皇帝恍然大悟，這三本冊子題名「治國金鑑」，正就是聖祖當年將「所行之事，所存之心」，一一筆錄，付與繼位之子，奉為施政圭臬。由此以論，聖祖賓天之後，繼位的人，自然應該就是持有這三冊《治國金鑑》的人。

然則今天這三本可以視之為傳位憑證的冊子，能到自己手裡，真正是一件非同小可的事了。

轉念到此，對允禎的感激之忱，充塞胸膈，激動不已；轉過身來，又磕下頭去。

允禎卻避而不受，從側面將嗣皇帝扶了起來，挽臂復歸座位，方始問說：「你知道不知道，我為甚麼把這三本冊子傳給你？」

「十四叔是期望我能恪遵聖祖的遺訓。」

「不錯！」允禎極欣慰地，「你能明白我這番心，足見我是做對了。」

「十四叔，我在想，聖祖二次廢立時，曾有『前次廢置、朕實憤懣；此次毫不介意，談笑處之而已』的話；想來是因為儲位有歸，國本已定，所以有這樣寬舒的心情。不知道我的想法對不對？」

「一點不錯。那年——。」允禎忽然問說：「你今年多大？」

「二十五。」

「康熙五十一年，我也正是二十五歲。」允禎徐徐說道：「就從那年起，不論巡幸到那裡，隨扈都有我。聖祖常在不經意中，隨事施教：『記住，要這樣辦！』不過聖祖的意思是，我總得辦一樁大事，一則是歷練，看看我挑得起挑不起這副重擔；再則是讓我立了功，再壓得住大家。到了康熙五十四年，機會來了，策妄阿喇布坦造反，聖祖就決定讓我領兵征討。」

「此役只許成功不許失敗，所以種種部署，格外周詳；調兵屯糧，三年之久，才准我用正黃旗纛，意思是代聖祖親征。等凱旋還朝，聖祖就要內禪了；那知道為山九仞，功虧——。」

談到這裡，允禎悲從中來，雖未放聲一慟，卻是哽噎難言了。

嗣皇帝的處境很尷尬，既不能代父認篡竊之罪，又找不出適當的話來安慰允禎，只低著頭說：「十四叔，你太委屈了！大家都知道。十四叔的讓德，與吳泰伯並足千古。」

這句話倒是說到了允禎心坎裡；「我也是以社稷為重，所以忍讓。總之，是天意！」他說：「遺詔到達軍前，是清字；我的名字跟你阿瑪的名字，聲音相同，軍中歡聲雷動，有人就改口稱我『皇上』。只有年羹堯知道，第二個字的一邊是真假的『真』；不是貞堅的『貞』。」

聽到這裡，嗣皇帝整頓全神，側耳屏息，不想漏聽下面的每一個字——先帝得位以及固位的經過，包括殘手足、殺功臣的前因後果，他大致都已默識於心，唯獨年羹堯緣何恰好成為「撫遠大將軍」的副手；而又恰好成為先帝監視「撫遠大將軍」的「鷹犬」，是機緣巧合還是有意安排？倘為前者，機緣又在何處？年羹堯帶兵，雖有令出必行的長處，但驕恣貪酷，瑕多於瑜；以聖祖知人之明，又當人才正盛之際，何以偏偏重用這麼一個麤才？

如說是有意安排；安排的又是誰？自然是聖祖。然則作此安排的用意又是甚麼？這個存在嗣皇帝心中多年，百思不得其解的疑團，馬上就可以解消，自然興奮不已。

「十四叔，你慢慢兒談。」嗣皇帝親自斟了一杯茶，一面雙手奉上，一面說道：「有些事，如果十四叔你不說，就永遠沒有人知道了。」

允禎點點頭，啜了一口茶，抬眼望著室中，沉吟了好一會說：「不可與言而與之言，謂之失言；可與言而不與之言，謂之失人，而且也是失己。年羹堯甚麼翰林！不學無術，不識人，亦不識時；如今想起來，在哀詔到西寧，大家都當我已經繼位，只有他的態度與眾不同的那天，就注定了他不會有好下場。」

「這話，」嗣皇帝怕話頭中斷，特為接一句：「十四叔，這是怎麼說？」

允禎想了一下徐徐說道：「當時談到繼位，你十五叔以下，根本就不為聖慮所及；因為——。」

因為年齡的緣故。原來康熙朝自皇長子胤禔，至皇十四胤禎，一個緊挨著一個，年齡相差不大；甚至有兄弟同年而只差月份的，如皇六子與皇七子、皇九子與皇十子、皇十一子與皇十二子都是同歲。但皇十五子胤禑，比胤禎小五歲；這樣，正式以胤字排行命名的二十四皇子，便自然而然地分成了兩類，胤禎以上是聖祖的「大兒子」；胤禑以下，是聖祖的「小兒子」。當康熙五十一年第二次廢立時，胤禑才十八歲；有那麼多封爵分府的胞兄在前，更顯得他是個「孩子」，那裡有甚麼繼承皇位的資格？比他小的，就更不必談了。

可是，年齡太大也不行。聖祖自太子廢而復立；立而復廢，耗盡心血，兼以大病一場，身子大不如前，諸般舉措，力不從心，這時才想到繼統之主，第一要緊的是精力！倘或中年即位，就算英明強幹，勵精圖治，無奈老之將至，年紀不饒人；縱有作為，亦復有限。因此，選中了他的「大兒子」之中最年輕的一個：皇十四子胤禎。

胤禎生於康熙二十七年；胤礽二次被廢時，他才二十五歲，聖祖打算用十年的功夫，耳提面命，陶冶成一個跨灶之子。到三十多歲接位，年富力強，大有可為。當然，胤禎之入選，不盡是由於年齡，亦因德性才智，處處有過人之長。而最難得的是，胤禎有兩個特具的條件，為他的諸兄所不及，而可以為聖祖消除身後之憂的。

第一個是，胤禎在兄弟中的人緣最好，敬兄友弟，處處為他人打算，尤其是聖祖最顧慮的皇八子胤禩，自絕覬覦大位之心以後，傾全力支持胤禎；所以只要傳位給胤禎，就絕不致有他常告誡諸子的，「將朕遺體置於乾清宮內，爾等束甲相攻」的情況發生。

第二個就更不容易了。原來聖祖亦知皇四子胤禛，生性喜怒不定，弟兄中或者怕他，或者討厭他；他亦沒有把任何弟兄看在眼中，所以隨便那一個皇子繼位，在他都會發生糾紛，而唯一的例外，是胤禎；因為是他同母的小弟弟。

「聖祖晚年，常跟你祖母說——。」

嗣皇帝的祖母，便是先帝與胤禎的生母；後來被尊為仁壽皇太后而不願接受的德妃。聖祖先後四后皆崩，妃嬪中為他視作「老伴」，可談論「家務」的，一個是德妃，一個是皇五子與皇九子的生母宜妃。聖祖的心事，只跟她們談過——尤其是德妃；因為她是未來的皇太后。

「從古以來，只有太上皇帝；沒有太上皇后。要有，」聖祖對德妃說：「就是你了！」

原來聖祖的打算是，到七十歲禪位於胤禎；那時德妃母以子貴，便成了曠古所無的太上皇后。至於所有皇子，他亦都顧慮周詳，有個比明太祖分封諸子，守住一座「鐵桶江山」更為高明的安排。

他是將他二十多個兒子，分成三類，除了因罪禁錮的皇長子、皇二子也就是廢太子，及皇十三子以外，皇三子誠親王胤祉、皇四子雍親王胤禛、皇五子恆親王胤祺，到他禪位時，亦都在四十五歲以上，精力就衰，不必勞以國事。皇六子胤祚早殤；皇七子淳郡王胤祐腿有殘疾，亦以安享富貴為宜。

皇八子胤禩以下，一直到皇十二子胤祹，在聖祖心目中，都是可以助胤禎治國的；胤禑以下那班「小兒子」，他相信在胤禎的教導愛護之下，不患不能成材。

這些經過好幾年觀察籌畫而作成的決定，不但德妃與宜妃完全了解；誠、雍、恆三王，亦都深喻，而且有意無意地都表示聖祖的打算是至善之計；一定殫精竭慮，翼扶胤禎。特別是胤禛，顯得格外熱心。

「你知道不知道，年羹堯是誰保薦的？」允禵問嗣皇帝。

「那時我年紀還小，一點都不明白。請十四叔說吧。」

「是你阿瑪！」

年羹堯是雍親王胤禛門下的包衣；胞妹又是雍王府的側福晉。胤禛的私人，派出去幫助胤禎打仗，倘不盡心，作為同母兄的胤禛，先就要加以督責了。因此當胤禎受命為「撫遠大將軍」時，年羹堯亦被特授為四川總督。

這段內幕，嗣皇帝還是第一次聽說，不敢相信而又不能不相信，心裡難過極了！生身之父原來是如此陰險的人物；他把甚麼人都騙了，包括父母在內！想想聖祖一世英雄，十年籌算，到頭來，結局比他所想得到的還要慘；九泉之下，豈能瞑目？

他由衷地鄙薄先帝，但立即又有罪不可逭的感覺，先帝負父母、負兄弟、負功臣——隆科多、年羹堯，但以天下相付，至少沒有負他這個兒子；如何可起鄙薄父親的念頭，豈非不孝之罪，上浮於天了？

因為內心有這樣尖銳的矛盾，越覺得痛苦，不自知地浮現於形色。看在允禎眼裡，卻誤會了；以為他是記起另一段隱痛，而因此又觸及他自己的一段隱痛。

「天意！」他忍不住又發感歎，「你我有同樣的不孝之罪！所不同者，我這裡是真太后變成假太后；你那裡是假太后變成真太后！」

這一下，才真的碰到了嗣皇帝的隱痛——德妃原來應該是真太后，但有了一個篡竊帝位的兒子，她這太后也就變成假的了。嗣皇帝呢，現在住在景仁宮的太后，只算是「天子八母」的慈母，並不能尊為太后，所以是假的。而真正的太后，甚麼名分都沒有，因為是不能露面的。

轉念到此，心如刀絞；但心中忽然一動，頓覺如無邊黑暗中，發現一星之火，毫不遲疑地起身跪在允禎面前。

「這，這是幹甚麼？」允禎大吃一驚，急忙避開；仍舊自側面去攙扶。

「我的心事，只有十四叔知道；就只有十四叔能成全我。」

「甚麼事，請起來說！只要我力所能及，我都樂意。」

得此承諾，嗣皇帝方始站起；淚眼汪汪地說：「我娘苦了二十五年，如今有子富有四海，還是要受苦；教我、教我何以為人，何以君臨天下。十四叔，你如果不能成全我，我只好讓位給弘皙了！」

說著又有下跪之勢；允禎趕緊一把將他扶住，沉著地問道：「你要我替你做甚麼事？」

「請十四叔領頭發起，把我娘從熱河接回來。」

「這——，」允禎吸著氣說：「那不駭天下之聽聞嗎？」

「可是，可是——。」嗣皇帝不知道怎麼說他心裡的那段委屈；好半天才擠出來《詩經》上的一句話：「『母氏劬勞』。」

「不錯！『母氏劬勞』，不過父親也不能不顧。你阿瑪的笑話鬧得夠多了，您忍心再給他添一段？」

這句話如焦雷轟頂；看樣子生母永遠是個不能出頭的黑人了！這樣想著，熱淚泉湧，衣襟上濕了一大片。

「你別傷心！你的境遇，比宋仁宗總還好得多。等我來想一想。」

拿宋仁宗來作比，對嗣皇帝真是一種安慰；當時收住眼淚，滿懷希望地凝望著允禎。

允禎沉吟又沉吟，好半晌問道：「有《宋史》沒有？」

「有。」嗣皇帝問道：「十四叔要查甚麼？」

「我要看一看真宗劉后的故事。」

「那不如看『紀事』，始末畢具。」

說著嗣皇帝到他題名「樂善堂」的書齋中，取來一部武英殿版的《宋史紀事本末》，檢出第二十四卷〈明肅莊懿之事〉，遞到允禎手裡。

這一卷是記宋仁宗原為真宗劉德妃的宮女、杭州人李氏所生；劉德妃硬奪了過來，算是她的兒子。李氏忍氣吞聲，不敢聲張；宮內宮外亦絕少有人知道這個祕密。

劉德妃很能幹，能助真宗決大疑，定大計，因而在郭氏崩後的第五年，被立為皇后，其時仁宗三歲；十年之後，接位做了皇帝；劉后垂簾聽政，而李氏只是位號名為「順容」的一名先朝宮眷。

事歷多年，祕密漸漸外洩；可是仁宗並不知道李順容是他的生母。

如是又十年，李順容重病將死，始進位為宸妃。不久宸妃去世；宰相呂夷簡面奏：「李宸妃喪禮宜乎從厚。」

當時仁宗已經二十三歲，但以劉后把持政權不放，而仁宗純孝過人，亦從未有想親政的表示，所以垂簾如故；劉后一聽呂夷簡這話，怕他再說下去會洩漏祕密，因而匆匆忙忙拉著仁宗的手就走。由於並未宣示退朝，呂夷簡仍舊站在簾外；不久劉后復出，站在簾內問道：「不過一個宮眷死了，相公何以說喪禮宜乎從厚？」

呂夷簡答說：「臣待罪相位，事無內外，皆當預聞。」

劉后發怒了，「相公是不是要離間我們母子？」她厲聲質問。

呂夷簡並沒有讓她嚇倒；從容陳奏：「太后莫非沒有想到娘家？如果想保全娘家，喪禮宜乎從厚。」

劉后拿他無可如何，怒氣沖沖地回進去了。呂夷簡卻又找了劉后的心腹太監羅崇勳來，有一番警告。

「請你面奏太后：宸妃誕育聖躬，而喪不成禮，將來一定會有人家破人亡；到那時，別怪我呂夷簡言之不預。」接著交代，應用后服大殮；棺木中須灌水銀。

羅崇勳如言上奏；劉后恍然大悟，李宸妃究竟是何身分，仁宗遲早會知道，在她生前，也許不會有何動作；等她一死，仁宗會殺她的娘家人。

於是劉后照呂夷簡的建議，殮以后服，水銀實棺，由西華門出喪，置於大相國寺的洪福院中；棺木是由四條鏈子，凌空懸在一口其寒澈骨的大井中。這跟棺中灌水銀的作用一樣，都是為了保存遺體；因為已可預知，李宸妃的棺木必有重新開啟的一天。

到下一年，劉后亦崩逝了；仁宗哀哭不休，他的叔叔「八大王」——真宗的幼弟、行八；宋朝皇子稱「大王」，合起來就是「八大王」，生性坦率，專做冒失的事；看他哀毀逾恆，便說了句：「那裡就值得你這麼哭不完！」

這一下洩漏了機關；仁宗追根究柢，才知道李氏臨死封妃，而在她生前見過的李順容，竟是生身之母。這是自古以來未有的終天之恨；又聽人說：李宸妃死於非命，因而一面派兵，團團圍困劉后娘家；一面下詔自責，追尊李宸妃為太后。

當然，最要緊的一件事是，命駕大相國寺洪福院，從井中將吊著的棺木起出來，打開棺蓋一看，浸在水銀中的李宸妃，身著后服，顏色如生；才恢復了對劉后的孝心，解除了劉后娘家的禁制。

看完這一卷書，允禎感歎地說：「李宸妃福薄，晚死一年多就好了。」

嗣皇帝不解所謂，但似又隱隱然覺得他的話中藏著一些很寶貴的東西；到認真去探索，卻連影子都摸不到了。

「你娘的身子怎麼樣？」允禎又問。

嗣皇帝的生母姓李，浙江紹興人；原是杭州織造衙門一個「機戶」的女兒。有一年聖祖南巡，要找一班織工進京當差；這姓李的機戶亦在其中，攜帶家眷，隨眾進京。織造隸屬內務府；機戶之女亦同「包衣女子」一例看待，李家女兒被派到熱河行宮執役，相貌甚醜，語言亦不甚通，因而被派了打掃的苦差，而且是在冷僻之處；習勞既久，論到身體，卻是既強且健。

得到了答覆，允禎復又躊躇，而且一再凝視著嗣皇帝，神情蹊蹺，嗣皇帝怎麼樣也不能想像他心裡想的是甚麼？

「我替你想到一個主意；不過這個主意，或許會成了你的『心中之賊』。」

對這一點，嗣皇帝很不服氣；誰說「去山中賊易；去心中賊難」？他自覺從小便養成了克制的習慣，去「心中賊」亦容易。

因而他這樣答說：「我還不明白十四叔說的『心中之賊』是甚麼？但果真有此，我的忍力很有把握，足能應付。」

允禎點點頭，「我知道你是能以理馭情的人。」他放低了聲音說：「我聽說景仁宮太后，衰病侵尋，只怕在世的日子也不久了，既然如此，何妨來個以真作假。」

話剛完，嗣皇帝便徹底領悟了，頓時興奮非凡；臉上一陣陣發紅，血脈僨張，已現於形色。

「皇帝！」允禎冷冷地輕喝：「克制心中之賊。」

嗣皇帝一驚，也一愣；多想一想終於也明白了他的所謂「心中之賊」，是指甚麼？

於是肅然答道：「聽說十四叔精研內典，我亦略窺門徑，儒釋原有相通之處，佛家不打誑語，就是儒家的一個誠字。我不敢欺十四叔，我剛才根本就沒有這個『心中之賊』；以後也不會有；縱有也一定能克制。總而言之，我會加倍孝順太后，讓太后多享幾年福；我娘苦了多年，再等幾年也無所謂。我娘身子極好，一定能等。」

允禎和嗣皇帝叔姪倆這個心照不宣的啞謎，只有兩個人知道，一是皇后；二是方觀承，都是嗣皇帝自己告訴他們的。再下來就應該輪到太后的父親凌柱知道了；但當嗣皇帝派方觀承去密告凌柱時，方觀承率直答道：「此事至臣而止；不宜有人與聞。」

「為甚麼呢？」嗣皇帝問道：「事先說通了不更好嗎？」

「萬一承恩公府有人疑懼，稍洩此事，關係極重。」

原來允禎為嗣皇帝所策畫的「以真作假」之計，是因為太后雖僅四十四歲，身體一向虛弱；十天倒有七天臥病，連她自己都知道，「不過拖日子而已」；等她天年一終，不必發表，將嗣皇帝的生母接了來，頂太后的缺，受皇帝的供養，庶幾孝道無虧。

但是，允禎怕作此建議以後，嗣皇帝為了生母，不免時時刻刻會想到，太后何不早早歸天？這就是所謂「心中之賊」；有此一「賊」在，左右近侍，窺探意旨，如果要做一件有意讓太后不治而死的事，是非常容易的。因此幾番躊躇，看嗣皇帝還不像先帝那麼狠心辣手，方始定策。嗣皇帝自問無他，保證要加倍孝順太后，讓她多享幾年福。可是，別人會不會怎麼樣呢？

方觀承顧慮的就是這一點。倘或跟凌柱說破了，萬一太后病勢突然沉重，醫藥罔效；凌柱家必然會有疑問：「到底是天年已經；還是故意把病耽誤了？」那豈非千古不白之冤？

嗣皇帝領悟到這一點，驚出一身冷汗，千古之冤，還是身後是非；眼前讓人疑心他有「弒母」之嫌，這個惡名如何擔當得起？

「不是你提醒我，幾乎鑄成大錯！」嗣皇帝欣慰地說，「真不枉我們君臣的一番遇合。這件事怎麼辦，我完全聽你的。」

於是，方觀承作了詳細的策畫。這個祕密，連「在熱河的太后」都不能讓她知道；如果發覺現住景仁宮的太后病勢將變，隨即挪到圓明園；同時將「在熱河的太后」悄悄接了下來，準備「頂缺」。已崩的太后，在圓明園內，悄悄埋葬；找機會同葬泰陵——世宗憲皇帝在易州的陵寢。

這樣做法，似乎有些不可思議，但細細想去亦沒有甚麼使不得。嗣皇帝翻覆考慮，只有一個疑問，令人不能十分放心。

那個疑問就彷彿像宋朝李宸妃那樣，「喪不成禮」——貴為太后，崩而不能發喪，設身處地為人家想一想，似乎死得不明不白；凌柱口雖不言，心懷怨望，仍舊會把真相洩漏出去。

這層意思很含蓄地表達了以後；方觀承的回答卻是明明白白的，怕措詞含蓄，變成語言糊塗，嗣皇帝錯會了意，反為不妙。

「這在本朝不乏前例。世祖端敬皇后，奉孝莊太后懿旨，認內大臣鄂碩為父，由漢姓的董改為滿洲的董鄂氏。臣的拙見，到時候請『在熱河的太后』，給承恩公凌柱行個禮，認作父女；承恩公府，始終有一位太后，此為至美之事，豈復尚有怨望？」

這是情理一定能辦得通的事；嗣皇帝欣然接納，滿懷舒暢，不僅因為他耿耿於心的孝道有虧，終能彌補；而且也因為即位未幾，便得有方觀承這樣一個心腹股肱之臣。

這不免連帶想起識拔方觀承的平郡王福彭；回憶當年在上書房，因為出身微賤，為胞兄弘時所欺凌，以及其他堂兄弟所歧視，福彭總是仗義迴護，好言安慰的往事，思念之心，異常熾熱，恨不得即時能夠相見，方始放心。

「福彭不知甚麼時候才能到京？」

「快了！」方觀承答說：「早則十天，遲亦不過半月。」

「福彭這趟回京，自然不能再讓他回前方了。」嗣皇帝問說：「你看，誰去接替他好？」

「大將軍何等職位？臣不敢妄言。」方觀承怕嗣皇帝有意試他，是否有恃寵怙權的意向，所以這樣很謹慎地回答。

「不要緊！這是我們私下談論；你儘管舉你所知。」

方觀承答應著，卻仍不肯痛痛快快地說；只談要怎麼樣的一個人才合適。

「此番用兵，意在見好即收，宜乎遣派老成持重的親貴勳臣。」

「誰是老成持重的？」嗣皇帝歎口氣，「親貴之中，人才大不如前了。」

「或者，」方觀承又說，「能聽話的亦可以。反正一切進退方略，悉遵聖裁；人才平庸不妨，只要奉命唯謹，一樣可收大功。」

這話恭維在暗處；本性自負喜功的嗣皇帝立刻就覺得用老成持重，不如用肯聽話的；當時便想到了一個人。

「你看慶復如何？」

慶復是隆科多的胞弟。他家是滿洲外戚第一家；儘管隆科多獲罪甚重，但他家的一個公爵是革不掉的；先帝特旨命慶復承襲，所取的就是此人謹慎小心、非常聽話。

因此，方觀承即無提出異議的理由；但心裡卻不免擔憂，因為慶復庸懦膽怯，是最不宜帶兵的人。

「還有件事，我亦想了很久了。」嗣皇帝又說：「八叔跟九叔，我想拿他們恢復原名；又有人勸我不可如此。我倒想聽聽你的意思。」

所謂「八叔跟九叔」，就是為先帝改名為阿其那、塞思黑的允禩、允禟。如果恢復原名，無異表示當初改名是錯了的；這一點還在其次，就怕由恢復原名，引起追究何以改名的緣故，甚至提出昭雪沉冤的議論，那就變成自找麻煩了。

方觀承想了一下問道：「請皇上明示，是誰諫勸皇上，不可如此。」

「皇太后。」

方觀承原來亦有「不可如此」的看法；聽說此論發自皇太后，便不必有何顧忌了，「皇太后聖明。」他說，「皇上如天的度量，臣實不勝感服之至。不過，以目前而言，改革不宜太銳，以息外間浮議。」

「浮議？」嗣皇帝詫異地問：「外面說些甚麼？」

「既謂之浮議，皇上似可不問。」

「不！我不能不知道。」嗣皇帝很堅決地，「你是我最得力的耳目；倘或你都瞞著我，我又何能不蔽塞？」

這說話得方觀承大為惶恐，「皇上以此相責，臣不能不率直奏陳。」他說：「外間有一種議論，頗為流行；說如今建言論事，只要盡反先帝所為，就是好條陳。」

這一下是嗣皇帝大感惶恐了，「我做錯了嗎？」他問。

「雖不錯，亦宜緩緩圖之。」

嗣皇帝不作聲；心裡在回想他這一個多月來的措施，殺曾靜、停止講解《大義覺迷錄》、釋放允禵、起用先朝所罷黜的官員等等，看起來確是像處處與先帝作對，有愧於「三年無改」的古訓。

「就算有些事我錯了，但總也有不錯的事；莫非就因為外面的浮議，我明知其錯而不改不成？」

方觀承不知道他所指的是甚麼？無從接口，便只有俯首沉默。

「譬如說，就算八叔跟九叔罪有應得，他們的子孫，就是聖祖的曾孫，難道也應該在玉牒中剔除？」

「是！」方觀承答說，「皇上不妨交廷議；甚至兩議、三議亦可。」

嗣皇帝心想，這樣的辦法，做錯了有群臣分謗；做對了，議出自上，便是功歸於己。便即欣然說道：「好！照你的意思。馬上寫個上諭來看，我看了就發。」

軍機章京擬旨，不經軍機大臣，逕自發布，鄂爾泰或許能諒解；張廷玉一定會不高興。方觀承覺得無緣無故樹敵結怨，太犯不著，因而婉轉陳奏：「皇上的德意，須善為措詞；容臣從容構思，明天覆命。」

「也好。」

「『阿其那、塞思黑、存心悖亂、不孝不忠，獲罪於我皇祖聖祖仁皇帝；我皇考即位之後，二人更心懷怨望，思亂社稷，是以皇考特降諭旨，削籍離宗。究之二人之罪，不止於此，此我皇考至仁至厚之厚典也。』」嗣皇帝念到此處，停下來考慮。

「獲罪於我皇祖」，是個很好的說法；「思亂社稷」這個罪名，亦與「削籍離宗」的處分相稱。只是胤禩獲罪於聖祖；胤禎犯顏諫救，激怒了聖祖，要手刃胤禎；佩刀已經出鞘，而胤禎「大杖不走」，幸而皇五子恆親王胤祺，跪下來抱住聖祖的腿，才未肇慘劇。這段故事，當時滿朝皆知；但胤禟人雖癡肥，卻頗好學；且因與「羅剎」國的東正教士有交遊，能通他們的文字，為聖祖所嘉許，此亦是好些人知道的事，說他「獲罪於我皇祖」，欠缺實據，不無強詞之嫌。細想一會，無法更動，只好不管它了。

再看下一段：「但阿其那、塞思黑，孽由自作，萬無可矜；而其子若孫，實聖祖仁皇帝之支派也！若俱摒除宗牒之外，則將來子孫與庶民無異。作何辦理之處，著諸王滿漢文武大臣，翰詹科道，各抒己見，確議具奏。其中若有兩議、三議者，亦准陳奏。」

「很好！不過少一段。」嗣皇帝對方觀承說：「這件事是先帝誤信人言；不能不辨。」

方觀承懂他的意思，是要找人為先帝分謗。但這樣一寫，得罪了好些人，尤其是張廷玉；因而不免躊躇。

「我想在『與庶民無異』之下加一段：『當初辦理此事乃諸王大臣再三固請，實非皇考本意。』你看如何？」

方觀承無法說不妥；想了一下，老實答說：「承旨原係軍機大臣之事，臣蒙召獨對，恐懼不勝。皇上睿慮，臣不敢妄贊一詞；擬請皇上以硃諭發交，俾符體制。」

「你的意思我明白了。我當然不能讓你為難。照辦就是。」

「皇上體恤微衷，臣感激天恩，非言可喻。」

於是嗣皇帝動筆寫——名為「硃諭」，實在是大喪期間所用的藍筆。及至發到「總理事務處」，張廷玉心中不悅，卻無表示，反倒是果王發話了。

「大家都知道的，先帝最信任的是咱們四個人；這『諸王大臣』四字，不就是指明了是咱們四個人嗎？」他有些氣憤地說：「我不敢奉此詔；更不能擔那個勸先帝懲治胞兄的惡名。」

此言一出，舉座失色。莊王趕緊拉一拉他的衣袖，輕聲說道：「你何必爭此文字上的小節？」

「這不是小節——。」

「我知道，我知道。」莊王急忙攔阻：「非這樣無法轉圜；你就委屈一回吧。」

聽得這話，果王不作聲了。但廷議時還是託病不到。嗣皇帝已隱約有所聞，為了想知道詳細經過，便又在養心殿召見方觀承，查問其事。

「皇上聖明。」方觀承答說：「臣愚，竊以為以不問為宜。」這等於證實了有這麼一回事；嗣皇帝原就有些擔心，果王是有脾氣的人，現在擔心的事出現了，以早作處置為妙。

「福彭快到了吧？」

「是！」方觀承答說：「大後天到京。」

「他這次亦彷彿凱旋還朝。」嗣皇帝說：「大家應該去接一接他。」

第二章

這天的德勝門大街，顯得格外熱鬧。本來德勝門內，德勝橋北，左有一片汪洋的什剎後海。右有京師「四水鎮」之一的積水潭，是避暑消夏的好去處；此時已經入冬，寒柳蕭疏，西風瑟瑟，全不似夏天的遊客絡繹不絕。可是這天一大早便有王公大臣府邸的護衛僕從，攜著衣包、挑了食盒，到這裡來覓休憩之地，不但沿湖繞潭的名剎像廣化寺、萬壽寺、瑞應寺、海會庵、淨業寺的客座禪房，早已為人定下；那些茶坊酒肆，甚至已閉歇的茶座，亦有人來商借座頭。為的是等著迎接定邊大將軍，平郡王福彭。

平郡王本來就很紅；從乾隆皇帝接了位，就更紅了。而況又有方觀承宣達「大家應該去接一接」的上諭，更不能不到。宦途怕冷不怕熱；如果這天不到，為人詫異相詢：誰為甚麼不來？接著就會猜測，此人不認識平郡王，也夠不上來接的資格。這話一傳開去，就會由熱變冷，慢慢吃不開，連到戶部領祿米都會遭遇白眼。因此，即令不認識平郡王，夠不上資格來接，也非得來湊這個熱鬧不可。

曹雪芹倒是不想來湊此熱鬧，但剛說了半句「我有點懶——。」就讓曹震兜頭攔了回去。

「你說甚麼？你不打算去接？」

「那麼多人，也輪不到咱們上前；連面都見不著！去不去接還不是一樣？」

「誰說的！」曹震大聲答道：「不但見得著面，還有你的差使。」

原來鑲紅旗都統衙門，跟定邊大將軍的糧台，在德勝門內外，各搭了一座大敞棚，以備來接平郡王的王公大臣，文武官員歇腳。敞棚又分內外兩重；裡面的是供平郡王休息及接見少數親貴重臣之用。而下馬伊始，有件事要辦，就派了曹雪芹。

「王爺回京，先到宮門請安，要備一個『恭請聖安』的摺子。這是照例公事，但規矩要請王爺先過一過目。我替你把這個差使要了來了；到時候，你拿著繕好的請安摺子去見王爺。」曹震又說：「好好琢磨一下，王爺會問些甚麼話？該怎麼回答？我跟你說吧，已經有消息了，王爺要協辦總理事務；千載良機，別人巴結還巴結不上呢！」

當這個差使倒也無所謂，只是曹震最後那兩句話，卻讓曹雪芹大起反感。等他一走，向錦兒說道：「這兩年我總是在想，該尊敬震二爺，到底是兄長。殺風景的是，剛有那麼一點兒敬意，總是讓他一句話掃得光光。」

「你就當沒有聽見好了。」錦兒答說：「不過，他倒是好意。」

「我知道。不過——，」曹雪芹考慮了一下，將批評曹震俗氣勢利的話，咽住了，「我也不知道該怎麼說？反正是至親，似乎也談不到巴結得上、巴結不上的話。」

「這話，」錦兒笑笑，「我不說了。不然你連我都一起罵。咱們聊點有趣的事。你看，桂三爺家的兩姐妹，那一個出色？」

桂三爺是內務府的司官，與曹家同族，無子而有兩女，挑選入宮的期限都過了，急於擇配。曹雪芹是選中的「嬌客」之一；桂三奶奶特地來託錦兒作媒，已經提過一次，曹雪芹淡淡地不甚在意。這時聽錦兒復又提起，老實答說：「誰也不出色。」

「你的眼界也未免太高了。」錦兒不以為然。「俗話說娶妻娶德，桂家兩姐妹德性、脾氣都好；模樣兒也不寒蠢，應該算是上等人才。偏偏你就看不上眼！」

曹雪芹看她意似不悅，想宛轉地作一番解釋；思量未定之際，不想錦兒卻又改口了。

「這樣也好。」她說。「不然倒是委屈了。」

曹雪芹愕然，怔怔地望著她，怎麼樣也不能明白她這句話的意思。原來錦兒是忽然想到，曹家眼看要有一番新局面了——曹頫是革職歸旗的閒散人員，過去幾年，平郡王一直想為他謀個起復，苦無機會；如今「一朝天子一朝臣」，好些先帝在日獲罪的官員，都已開復處分，何況曹頫虧空公款，業已賠清結案，且有平郡王的照應，不但官復原職，是指顧間事；會派好些闊差使，亦在意中。曹家縱不能重見曹寅在日，門庭如市的盛況；門風復振，卻是有把握的。

既然如此，不怕沒有高門淑女來匹配曹雪芹，如果早攀了桂家那門親，豈非「委屈」？

這是她心裡的想法，怕曹雪芹說她勢利，不肯道破；只鄭重叮囑：「明兒千萬起個早！別耽誤了。」

這是昨天下午的話。曹雪芹不忍拂她的意，果真起了個大早，帶著小廝桐生，騎馬一出了德勝門，就看到大道兩旁，各有一座大席棚，掛燈結綵，彷彿在辦喜事；其時天色還未大亮，但鑲紅旗屬下的官兒，為了巴結差使，已絡繹到達；棚外有小販聞風而至，賣豆汁兒的、賣炒肝的，熱氣中夾著蒜香，撲到鼻前，真個「聞香下馬」；曹雪芹勒一勒韁繩，等桐生圈馬回身，他已下了馬，將韁繩丟給小廝，向最近的一個豆汁攤走去。

「芹二爺，早啊！」

招呼他的這個穿著侍衛服飾的中年漢子，名叫海德，是咸安宮的侍衛。曹雪芹在官學讀書時，跟他相熟；兩年不見，添了好些白髮，人也瘦得多了，曹雪芹仔細看了一下，方始辨出；訝異地問：

「你不是老海嗎？怎麼瘦成這個樣子？」

「唶！別提了。」海德略停一下，彎著腰將手一伸，「那兒有個冷酒攤子，我請芹二爺喝一盅，驅驅早寒。」

「不行！我今兒有事，不能喝酒。喝碗豆汁兒就行了。」曹雪芹歉意地說，「我在『御書處』當差；沒事找我來，我好好兒陪你喝一頓。」

「是，是！」海德急忙說道：「我都忘了！鑲紅旗王爺是芹二爺嫡親表兄，回頭見了面少不得有好些體己話說。那就請坐吧！」

說著，海德極殷勤替他要了豆汁，又多要喝豆汁必不可少的鹹菜；然後一撈行裝下襬，從荷包裡掏出一把制錢來付帳。

曹雪芹正要阻攔，不道有人比他更快，伸出手來，攥住海德的手腕說道：「老海，你別跟我爭！連芹二爺在內，都是我請。」

「尊駕——，」曹雪芹抬眼一看，覺得面善，卻一時想不起來，是在那裡見過，便即說道：「恕我眼拙。尊駕貴姓？」

「我姓劉、行五，在造辦處；有一回來大人讓我送蟈蟈盆給芹二爺，到府上去過。」

「啊，啊！」曹雪芹想起來了，這劉五善餵蟋蟀；內務大臣來保最好此道，把劉五養在家裡，另外在造辦處替他安上個掛名差使。看他衣服整齊，滿面紅光，大概混得不錯；便即問道：「你還在來大人那裡？」

「出來了。」劉五連看了海德好幾眼，欲語不語；看來是有話當著人不便說。

曹雪芹自然也不便問，招呼著一面喝豆汁，一面閒聊。喝完起身，已掏了塊二、三兩重的碎銀子在手，悄悄塞在海德手中，握一握示意他不必聲張，然後將劉五拉到一邊，低聲問道：「你是不是有話要跟我說？」

「是！早就想求芹二爺去了，難得今兒碰得巧。」劉五答說：「我在來大人那裡出了個岔子，給攆出來了；想請芹二爺替我求個情，還讓我回去。」

「喔，怎麼回事？」

劉五原以為曹雪芹大概會答應下來，約他改日面談緣由，再定辦法；不想此刻便顯得很關切地要探問究竟。這個機會自然不可放過；這天冠蓋雲集，來保一定也要來，說不定曹雪芹抽空跟來保討個情，事情就成功了。

因此，他精神抖擻地說：「原是祥貝子輸急了賴人——。」

原來京師的賭局，無所不有，鬥蟋蟀亦可博彩；鄭親王府的「祥貝子」，最好此道，輸贏進出甚大。對壘的豪客中，有一個是來自天津的，紅果行的少東鄭芝卿；這年手風特順，不過半個月的功夫，祥貝子已經輸了兩萬銀子給他了。

不想中秋之前，祥貝子得了一枚好蟲，是有人巴結鄭王府，當節禮送給他的。這頭蟋蟀是異種，通體重青，卻長了兩根黃鬚；鄭王府請客，賜以嘉名叫「彰威王」，這由黃鬚想到曹操的愛子，以勇武著稱，外號「黃鬚兒」的任城王曹彰，諡「威」，合起來便成「彰威王」。

果然，初度交鋒，便大彰其威；一個回合便將鄭芝卿的「四海無敵大將軍」咬得落荒而逃。以後連戰皆捷，威名大彰。劉五冷眼旁觀，跟鄭芝卿說，只有他主人家有一盆蟲，可殺「彰威王」之威；但來保所養的蟋蟀，向來不上寶局賭場，劉五禁不住鄭芝卿的甘言厚幣，私下將那頭名叫「鐵冠道人」的蟋蟀，借了給鄭芝卿。

到得交鋒的那天，揭開鄭芝卿定燒專用、上有「靈芝圖」為記的澄泥蟋蟀盆盆蓋；祥貝子覺得似乎在那裡見過這頭蟋蟀，想了好一會才記起，問是不是「內務府來大人的蛐蛐」？鄭芝卿一口否認。大家都知道來保的蟋蟀是不博彩的；劉五又不在場，祥貝子便信了鄭芝卿的話，下了重注。那知纏鬥結果，敗下場來。

事後打聽，果然是「鐵冠道人」劾了他的「彰威王」。事過境遷，毫無憑證，找誰也找不上；一口悶氣不出，便買囑了他本旗的一名御史，打算參來保一本，說他「身為大臣，不顧體統；與市井勾結，以玩物詐賭斂財，玷辱官常」。滿洲御史常幹這種事，但手段大有高下，冒失的會碰個大釘子，「將原摺擲還，傳旨申飭」；乖巧的便「又做師娘又做鬼」，兩頭討好。這名御史就很懂得這一套，懷著請人代筆的「摺底」去見來保，說他得罪了祥貝子，趕緊送禮謝罪。來保為人謹飭，大起恐慌；花好幾千銀子備辦了四色珍玩，上門見祥貝子磕頭謝罪。祥貝子的一口氣算是消了，而劉五在來保那裡也待不住了。

劉五講得很細緻，曹雪芹聽得興味盎然；這時遛了馬回來的桐生，已使了好幾次眼色，無奈曹雪芹視而不見，好不容易等劉五講完了，趕緊找個空隙插嘴：「二爺，席棚裡人到得不少；是時候了！」

曹雪芹回頭一望，果然，就這片刻，車馬絡繹於途；席棚前面，人來人往，非常熱鬧；遠遠又有兩騎，迎面飛馳而來，自然是平郡王的前導儀從。想起要替平郡王預備的請安摺子，尚待謄寫，不由得有些著急。

「老劉，我可要走了。」他一面急走一面說：「你的事我知道了，我替你想法子。」

「芹二爺、芹二爺！」劉五追上來說：「今兒個，來大人一定也會來。你得便就替我說一說。」

「今兒怕不行。」曹雪芹扭回頭又加了一句：「我一定替你說到就是。」

話雖如此，心裡卻在想，劉五的話也不錯，不如就今天找機會跟來保去說，也了掉一件事。

轉念未定，只見曹震的跟班，氣喘吁吁地奔了來說：「芹二爺，我們二爺找了半天了。趕緊吧！」

曹雪芹加快腳步，進了席棚；恰好遇見來保，蹲身喊得一聲「來爺爺」，正在躊躇，是否要提劉五的事；一眼瞥見曹震，臉色不甚好看，自然顧不得劉五了。迎上去招呼：「二哥，我來了。」

「你算是白來了！」曹震恨恨地說：「再三交代，務必早到；還是磨到這時候。挺好的一個差使，嗐！」說著，還跺一跺腳。

看樣子，那件差使給了別人了。曹雪芹不明白，他何以把這麼件小事，患得患失地看得這等重要？當然，心裡的話不能說，還得賠不是。

「是我不好！」他說：「遇見個熟人，有事託我；一談就耽誤了。」

「你就是愛管閒事！自己都還顧不過來，管人家的事幹甚麼？」

曹雪芹不作聲，曹震卻似還有話說；就這時一陣騷動，有人在嚷：「來了，來了！」曹震轉身就走，從洶湧的人潮中擠了出去。曹雪芹不知道自己該幹甚麼？

想一想，還是去看個熱鬧吧！那知一出席棚，就不能不跪下了——迎接平郡王的王公百官，已排成班次，最前面是親王、郡王與貝勒；接下來便很清楚地分辨得出，是貝子以下了，因為自皇子、親王至五等爵，頂戴雖然同樣用紅寶石，但只有自貝子開始才用花翎。同時也很容易看得出來，誰是宗室？照規制，宗室對親郡王無跪接之禮；跪接的是王公以下的文武百官。因為如此，曹雪芹也不能不在人叢中跪下了。

這時前隊的「頂馬」已經到了，十六名由軍功上得來的、紅藍頂子的護衛，分成兩列，昂然行來；那十六匹健壯的大馬，由於轡繩收勒，不但馬首昂揚，四蹄亦不斷在原地踏動，答答蹄聲中，時時有由於限制馬足而不耐煩的長嘶，以故行進雖不算快，氣勢卻頗雄壯。

頂馬之後，是平郡王所領的鑲紅旗纛；皂底鑲紅邊的旗幟掩映之下，是一乘十六抬的大轎，灑金羊肝漆的轎身，銀頂紅蓋；轎夫久經訓練，步子踩得又穩又快，足以趕得上馬蹄。

顧盼之間，轎子已停了下來，扶轎槓的護衛，打開轎簾；出來的貴人，三十來歲，生得溫文爾雅，雖經長途跋涉，卻看不出絲毫風塵之色。只見他步履安詳，直到發現莊親王，方始急走兩步。

平郡王一面撩起行裝下襬，一面說一聲：「十六爺！真不敢當。」

莊王趕緊將他扶住，面對面地端詳著說：「倒像發福了！」

「託十六爺的福。」平郡王福彭從容答道：「一踏上歸途，飽食終日，四體不勤，如何不胖？」

莊王正要答話，瞥見京兆尹帶著大興、宛平兩知縣，躬著身子，侍立在旁；另有個穿藍布棉袍卻戴著紅纓帽的聽差，一樣也是躬身侍立，不過手中捧著一個朱漆木盤，盤上三隻銀杯；杯中自然是酒。當下被提醒了。

「先喝下馬杯吧！」說著，莊王讓開一步，好容京兆尹上前致詞。

「王爺為國立功，奏凱在即。一杯水酒，為王爺洗塵，亦是為王爺預賀。」

等京兆尹說了這幾句頌詞，身後那名隨著主人，歷練慣了送往迎來的聽差，踏上半步，屈下一膝，將托盤穩穩地高舉過頂。

「王爺請！」京兆尹說。

「謝謝，不敢當！」平郡王取杯在手。

那聽差身子不動，臉跟托盤卻微微一轉，面向莊王。

「王爺請！」京兆尹又說。

等莊王取了一杯；剩下的一杯，便歸京兆尹自己。他是地主；莊王算是陪客；主客自然是平郡王。三個人舉一舉杯，各啜一口，應了犒勞、祝賀兼致敬的故事，都將酒杯放回原處。

「多謝大京兆盛意。」平郡王拱一拱手，「皇上特召，急於覆命；改日再請教吧！」

剛說得這一句，曹震不知從何處冒了出來；右膝著地，半跪著朗聲說道：「王爺請裡面稍坐一坐，有一道上諭下達，已經在路上了。」

上諭在前一天就下來了，是一道恩詔；方觀承特地作了這樣一個安排，為的是易於顯得平郡王福彭恩眷之隆。等他進了席棚，剛剛坐定，內奏事處來宣旨的太監已經到了。

於是擺設香案，跪聽恩詔；恩典不止一端，首先是嘉許平郡王統馭得法，應如何獎勵之處，特交吏部議敘。其次是特派協辦總理事務；使人聯想到三天以前的一道上諭：「果親王為皇考宣力多年，向因氣體稍弱，聖懷時時體恤，令在邸第辦事，以保護精神；即遺詔中亦拳拳諭及。自朕即位以來，王總理事務，夙夜勤勞，今天氣正寒，朕心深為廑念，或隔數日一入內直；或天氣晴暖時，隨便入見，所有應辦事宜，即在邸第辦理。」這明明是不願再讓果親王「總理事務」；而代替果親王的人，此刻揭曉了，是平郡王。

此一任命，使得接近平郡王府的人，興奮不已。那班人一直在關切平郡王的出處；「定邊大將軍」的印信，移交給慶復以後，還會抓個甚麼樣的印把子？大家的估計是，會派上好幾個差使，可是用人不多，要靠他飛黃騰達，大是難事。不想上諭下達，竟是與莊親王、鄂爾泰、張廷玉一起平章國事；處在這樣一個有實權的位置，何愁不得肥差美缺？

「這一下好了！」馬夫人極其欣慰地對錦兒說：「四老爺一定可以起復了。」

「是啊！聽說王爺交代下去，已經成了。」錦兒答說：「四老爺不但升了官；還派了差使——。」

「怎麼？」馬夫人詫異地問：「還升了官？原來是主事，莫非升了員外？」

「聽震二爺說，是升員外。不過內務府一時沒有缺，大概要補在工部。」

「那倒一樣。一個工部、一個戶部，跟內務府原是分不開的。」

馬夫人又問：「照這麼說，派的差使，也是工部的差使？」

「正是。聽說派的是陵工上的採辦。」

「那可是好差使！」馬夫人失聲說道：「不過，四老爺只怕幹不下來。」

「正就是這話！四老爺忠厚老實人，沒有一個人幫著他，就有好差使，也是白搭。弄得不巧，別人得了好處，他枉擔一個虛名。」錦兒略停一下又問：「太太看這件事應該怎麼辦？」

「我怎麼知道？」馬夫人笑道：「爺兒們的公事，也輪不到我們來出主意。」

錦兒一聽話風不妙，便不再開口。原來她是有所為而來的——曹頫起復，已成定局；是平郡王在軍功的保案上，特為敘明，說他以廢員自請效力，雖無銜名，而勉力奉公，不辭勞瘁，實屬可嘉，擬請以員外郎補實。內務府雖無缺可補，好得是來保調任工部尚書，兩代的交情，又看在平郡王的分上，當然要格外照應；跟吏部清吏司商量好，將曹頫調補為工部員外，派在營繕司，專任陵工採辦。一切都已談妥，三、五日內，便有上諭。

恰如馬夫人所說的，陵工是好差使；世宗的泰陵在易州，是以前閩浙總督高其倬看定的「萬年吉壤」，陵工亦已破土，原以為先帝踐祚之日甚長，盡不妨從容動工，以期周詳；不想突然崩逝，如今得期限趕工；要快又要好，至於工款，不必計較；國庫豐盈，為先帝奉安這最後的一件大事，花上幾百萬銀子，又算得了甚麼？

陵工差使，本來就闊，今番更自不同，因此，曹震食指大動，但既憚於曹頫方正，怕自告奮勇，會碰釘子；又怕平郡王留住他辦糧台的報銷，是件吃力不討好的事，所以打了個如意算盤，讓錦兒來探馬夫人的口氣，倘能進言，讓馬夫人說一句：「四老爺這差使，關係不小，得有個能幹的自己人在身邊。」便易於活動了。

誰知馬夫人全未理會，看樣子也像不大願意管閒事；那就只好找秋月去問計，不想秋月卻是一番正言規勸。

「錦二奶奶——。」

錦兒聽秋月開出口來，便知要碰釘子。她們自幼便在一起，而且正式認過姐妹的；錦兒生子扶正，下人改了稱呼，但不宜再叫「震二奶奶」，免得纏夾不清，於是利用「兒」與「二」的諧音，順理成章地管她叫「錦二奶奶」；曹家在禮數上的尊卑之分甚嚴，秋月在場面上是用官稱，私底下叫她「妹妹」，或者「錦妹」。

像這樣單獨相處而用官稱，可知有一頓官腔要打。

錦兒當是官腔，在秋月卻認為唯其是自己姐妹，才能知無不言，無須以情礙意；「我要說句不中聽的老實話，曹家人也不少，不過太福晉跟老小兩位王爺，看重的只是一位四老爺。」她說：「震二爺可不能再像以前那個樣子了！」

錦兒臉一紅，想為曹震稍作辯解，但想到他在南京管公事那時的荒唐，自己都覺得任何辯解，皆屬多餘。

「話說回來，當時是震二奶奶也有不對的地方，震二爺才正好亂攪和一氣。如果震二奶奶行得正、守得住，震二爺也就不敢那麼隨便。」秋月緊接著又說：「想來你明白我的意思。」

「我明白。」錦兒答說：「我不能比我們二奶奶！我沒有她那個本事；我們二爺也未必肯聽我。」

「聽不聽在他；說不說在你。我倒寧願你沒有震二奶奶那種本事；婦道人家，干預外務，絕非好事，小則有損名譽；大則身敗名裂。曹家，」秋月重重地說：「錯過這一回的機會，再垮了下去，可就怎麼樣也別指望還有人來照應。」

錦兒對這話倒深有同感。曹家族人甚多，但與曹頫、曹震的感情都不好。事實上是曹頫生長在江南，又多讀了幾句書，久染書香世家的氣味；與包衣人家，慣於卑躬屈節，唯利是圖的習俗，格格不入。曹震則是一副「大爺」派頭，禮節言語，都比較隨便，亦為曹家族眾視作驕狂，背後的批評，毀多於譽。人緣如此，自然難望有人會在緩急之際，加以援手。

「真是，」錦兒亦頗為感慨，「虧得有平郡王府這一門闊親戚——。」

「一點不錯。」秋月正好規勸，趕緊接著她的話說，「因為只有這一門能有照應的親戚，震二爺應該格外看得重。眼光也該看遠一點兒，只要盡心盡力當差，將來何愁沒有好差使？再說，陵工上事，油水雖肥，干係也甚重，出了岔子，就不光是抄家賠補虧空的事了。」

這話說得錦兒毛骨悚然！她也聽人說過，皇陵的風水，關係至重；要如何修得堅固嚴密，萬世不拔，主事的人儘管出主意，要人有人、要錢有錢，沒有人敢駁一個字；但如陵工出了紕漏，譬如陵中滲水之類，那一下輕則充軍，重則斬決，是一場滅門之禍。

因此，她完全接受了秋月的意見，回去見了曹震婉言相勸；死了在陵工上大撈一票的心，不如仍舊在平郡王府當差，遲早會有好差使到手。

曹震何能憑她這一番話，便即死心。事實上他也有他的苦衷；最為難的是，面子丟不起——西城皇木廠、北城地安門大街的那班大木商，早有消息，在他身上很下了一番功夫。每天在磚塔胡同玉秀班、紅遍九城的小金鈴的香閨宴敘；酒酣耳熱之際，曹震一時大言：「我四叔只懂做詩下棋，喝酒玩骨董；只要他得了這個差使，還不是一切都交給我。」滿話已經說出去了，到頭來全不是那回事，以後還有臉見人？

這段心裡的話，卻不便跟錦兒說，說了一定會挨頓罵，因而只好找理由駁秋月的話。

「唯其如此，我更得在四老爺身邊，有我在沒有人敢欺四老爺。」曹震又說，「我也不是想在陵工上大撈一票，循規蹈矩，分到我名下的回扣，也很可觀了。我不但不會去瞎搞；相反的，要好好花些心思，幫著四老爺去查核帳目。四老爺連算盤都不會打，如果沒有一個人在他身邊，那才真的會出大亂子。」

錦兒覺得他的話也有道理；但想起他在南京的劣跡，就不能盡信他的話，當下冷笑著說：「哼！你早知道這些，也不至於會落到今天。」

「今天怎麼樣？今天不是挺好的嗎？」曹震大聲說道：「積善之家，必有餘慶。老太爺在日，不知救過多少人；四老爺從未害過人；就是我，也沒有做過甚麼壞事——。」

「是、是。」錦兒搶白：「你陰功積德的好事做得太多了！」

「我做過甚麼傷陰騭的事？無非多花了幾文而已！連寡婦人家的門都沒有踹過，甚麼地方傷了陰騭；不然，就算你肚子爭氣，我也不能有一個白胖小子。」說著，便摸摸索索地在錦兒身上起膩。

「去！」錦兒一把推開了他，起身就走。

「你別走！」曹震拉住她說，「咱們好好兒說說話。」

於是曹震委婉解釋，當初是跟震二奶奶賭氣，她在公帳上落私房，他也就敞開來花了。如今不比從前，第一是吃一次虧學一次乖，不能忘記當年抄家的教訓；其次是年紀長了，不會再像以前那樣荒唐；最後恭維錦兒，「家有賢妻，夫不惹禍」。復又提出保證，只要錦兒幫他把這件事謀成了，他情願受她的管束。

錦兒心思已有些活動，但總覺得他的話說得太好聽，欲信不可，因而忍不住問了一句：「莫非你真的沒有額外的貪圖？」

「有的，我是貪圖保舉。」曹震答說：「糧台在後方，軍功保舉好不到那裡去；而況還要盡四老爺在先，我就更談不上了。陵工的保舉，向來優厚，我來巴結上七品筆帖式，想法子升上主事，那時放關差、放鹽差、放織造，說不定還回南京『老家』呢！」

這幾句話將錦兒說服了，「好吧！我再來想法子。」她說，「不過不能急；我慢慢兒跟秋月去磨。」

「只要你肯去辦就好。我不急。反正四老爺起復，也還有些日子。」

出乎意料的是，起復的上諭在第三天便已「明發」。不過曹頫本人在前一天就知道了；是方觀承來送的信。曹頫本來就穩重，自從歸旗以後，更是謹言慎行，變得十分深沉；接到方觀承道賀的信，也不聲張，只跟鄒姨娘說：「我得到王府去一趟，你把我的公服趕快收拾出來，不定甚麼時候用。」

「啊，有信息了？」鄒姨娘又驚又喜地問。

「是方老爺來送的信。上諭明天就下來了。」

「那，公服後天謝恩才用；來得及。」

「不！」曹頫搖搖頭，「信上說，也許明天會召見，讓我一早進宮聽信兒。」

「唷！那可真得趕緊了！」鄒姨娘凝神想了一下，「頂戴是趙姐收著的，等我跟她去要。」

「趙姐」就是趙姨娘；鄒姨娘說完了要走，卻讓曹頫攔住了，「不用白石頂子。」他說：「你不必告訴她。」

不用白石頂子，自然是升了官了；鄒姨娘雖不識字，但虛心肯上進，這麼多年看著、聽著，對官場也很在行，曹頫能升一個甚麼官，應戴甚麼頂子，不必再問。

「啊，想起來了！還沒有跟老爺道喜呢！」說著，她笑盈盈地屈膝請安，「恭喜老爺！」

「起來，起來！別鬧這些虛文。」

鄒姨娘不但不聽，起身又請安；又來一句：「恭喜老爺！」

「不是道過喜了嗎？」

「剛才是賀老爺起復。」鄒姨娘說，「這回是賀老爺升官。」

「你也真多禮。」曹頫笑著，伸手去攙鄒姨娘。

這一握，使得曹頫心頭浮起一陣無可言喻的興奮。半老徐娘，而又飽食終日，不親井臼，那雙手大致溫潤豐腴，入握足逗綺思，鄒姨娘的手，便是如此。曹頫自然是握慣了的，但只是敦倫之際，摸索牽引，當個瞎子的「明杖」來用，像這樣白天相握，卻還是破題兒第一遭。一向講究正心誠意的他，因而便心頭一震，接著便有犯了罪的感覺。不過馬上又有另一個念頭：像這樣的罪，犯一犯又何妨？

在鄒姨娘，不免受寵若驚；而且本性也比較拘謹，怕丫頭見了，會當笑話去說，所以掙脫了手，低著頭說：「老爺請吧！晚上我做兩個菜，給老爺下酒。」

到得平郡王府，先見老王。他們郎舅之間，性情不同，愛憎有別，老王的聲色之好，曹頫不以為然；曹頫所喜的那些風雅的玩意，老王認為迂腐，因而見了面，作了一番照例的寒暄，便無話可說了。

「你看你大姐去吧！」

每次見面，總要等老王說這麼一句，才算結束了默然相對的僵局；曹頫請個安退出，到了太福晉那裡，倘或別無坐客在，姐弟相敘，倒有許多話說。談的當然是家務。

「恭喜你啊！」太福晉一見面就說：「聽說你的事成了。」

「是啊！我正是為此而來的。」曹頫答說：「剛才接到方問亭的信；還說郡王有話要跟我說。」

「他剛回來。」太福晉當即喚住一個丫頭：「你跟大爺去回，說四舅老爺來了。」

於是談著家常等候；不多片刻，那丫頭回來覆命，說平郡王請「四舅老爺」在書房見面。

見面道了謝；平郡王頭一句就是：「四舅，你得到熱河去一趟。」

「是！」曹頫問說：「是行宮有事要辦？」

「名義上是行宮的差使；實際上辦賜園的事。」

這「賜園」當然是指先帝居藩時，聖祖在「避暑山莊」——熱河行宮附近的獅子嶺下所賜的「獅子園」而言。曹頫已猜到兩三分了，但不宜先說，只點點頭，全神貫注地聽著。

「古往今來，傳奇不少。」平郡王背著手一面踱方步，一面慢吞吞地說；那沉著的語調，渾不似出於三十多歲的天潢貴冑之口，「庶民，乃至宰輔，有身世之謎可以傳奇，即成不朽。可是，皇帝就不同了。」

這自然是指「今上」——乾隆皇帝而言；但平郡王說這話的用意，曹頫卻無法推測，只好依舊靜聽下文。

「皇帝的身世是個傳奇，天下驚駭，禍莫大焉。」平郡王突然站住腳說：「四舅，這趟熱河之行，千萬要隱祕。」

「是。」這一點，曹頫是很有把握的，所以滿口答應，「一定，一定。我一定悄悄來去，勿使人知。」

「四舅，我的意思，不是行蹤的隱祕，到熱河以後，辦事要隱祕。」

「喔，」曹頫答說：「到底是甚麼差使？郡王還沒有交代下來呢！」

「是這樣的——。」

原來皇帝的生母，本是熱河行宮宮女子的李氏，一直住在獅子園；並且也不是占用正式的殿閣，而是在僻靜之處，建了三間平房，作為她的安身之處。多年以來，相安無事；最近卻不同了。

這也難怪，生子貴為天子，任何人都不免會在感情上大起波瀾。李氏自覺二十五年漫長的歲月，畢竟熬過來了；終於要出頭了，言語舉動，大失常態。皇帝對這一層身世之痛，不孝之罪，椎心泣血，卻始終不能像宋仁宗那樣，出以明快的措施，日夜焦憂，無可與言之人，直到平郡王內召回朝，才能一吐腑肺。

「如今除了上慰聖母以外，別無善策。」平郡王說，「我在皇上面前，保舉四舅；到熱河就是這件差使。」

「這，」曹頫頓覺雙肩負荷不勝，「郡王實在是太抬舉我了。郡王知道的，我不善於言詞。」

「我知道。不過，實在是無人可以託付這一件不足為外人道的大事。」平郡王想了一下說，「你不善言詞就帶一個善於言詞的人去。到了熱河，相度地形，為聖母另建新居，規制不宜崇閎；裝修務必妥適，為皇上略伸奉養之義。至於另外有一句很要緊的話，如何婉轉上陳聖母，可得要四舅好好費一番心思了。」

「喔，是怎麼樣的一句話。」

平郡王點點頭，表示會給他答覆；但卻蹀躞久久，方始將曹頫邀進來，促膝密談。

「現在的皇太后，身子很不好，在世的日子也有限了。恂郡王替皇上畫策，定了一條李代桃僵之計；將來讓聖母頂當今皇太后的缺。」平郡王停了一下又說：「當今皇太后母家，失一后，得一后，何樂不為？一定可以說得通；關鍵是聖母的形跡要隱祕，將來才能神不知、鬼不覺，順理成章地成為太后。否則天下觀瞻所繫，事情就辦不成了。」

曹頫正襟危坐地聽完，以平靜而緩慢的聲音答說：「這應該不是一件說不通的事，而且話也不難說。」

「你有把握嗎？」平郡王顯得有些詫異。

因為曹頫並不善於辭令，居然有毫不在乎的表示，是不是未曾了解其中的難處？不能不作此一問。

「是。」曹頫仍是從容的神態，「不過有一層難處，見了面稱呼如何？」

這確是難處，而且是以前所沒有的，因為在嗣皇帝未繼位以前，從沒有人談過他的生母，當然也就沒有談如何稱呼的難題。自八月廿三以後，不知是誰叫開頭的，稱之為「聖母」，這是個很恰當但非直接的稱謂；當著「聖母」的面，該如何叫法，確實需要好好斟酌。

平郡王被難住了，只能反問：「四舅，你看呢？似乎還不能用太后的尊稱吧？」

「用太后的尊稱，當然也未嘗不可，不過太后有太后的儀制，僅有尊稱，並無其他尊禮太后之處，忒嫌褻瀆，大非所宜。」

平郡王深深點頭，想了一下說道：「這一層慢慢再想吧！或許有往例可援，亦未可知。」

這倒提醒曹頫了，「似乎可用當年稱密太妃的例子。」他說，「暫且稱之為李娘娘。」

「喔，」平郡王問說，「是怎麼個例子，我倒記不太清楚了。密太妃娘家不是姓王嗎？」

「是！」

「可是，京裡從沒有人把密妃叫成王娘娘。」

曹頫緊接著答話，也用了「可是，」他說，「蘇州人還是管密妃叫王娘娘；不但形諸口頭，且還見諸奏摺。」

「是——？」

「是李舅太爺的奏摺。」

「李舅太爺」指李煦。當康熙四十二年，聖祖第五次南巡時，適逢五旬萬壽；早年所納妃嬪，皆入中年，生子成長，不但皆有爵位，而且都已娶婦生子；這些做了祖母的妃嬪，聖祖不便再讓她們在左右侍奉，供貼身奔走之役。

於是作為皇家臣僕的江寧織造曹寅、蘇州織造李煦，為了「孝敬」主子，物色了兩名江南佳麗，替代那些四十以上的妃嬪，照料精力未衰的聖祖；這與前朝佞臣之獻色媚主以固寵的情形是不同的。

這兩名江南佳麗，身世都不壞，一個來自海寧陳家，封為勤嬪，即是果親王胤禮的生母；另一個產自姑蘇，姓王，封為密嬪，她的父親叫王國正，是個監生，因為密嬪的關係，賞了個知縣的銜頭，仍舊住在蘇州，生活由李煦照料。

曹頫從小便聽人說過，「王娘娘的娘家在蘇州」。有一年「王娘娘的老太太病歿」，曹頫正在蘇州李家作客，親眼看到李煦密摺奏報，「王娘娘之母」於某年月日病故，為之料理喪事；硃筆批示：「知道了。」因此，他敢肯定地說，「王娘娘」的稱呼，「見諸奏摺」。

平郡王也知道，當時江南對后妃宮眷，還沿用宋明以來的稱謂，喚做「娘娘」；與北方用官稱，或者旗人稱「主子」都不同。所以同意了曹頫的建議。

「皇上把李娘娘的事，託付了給我；我又託付了給四舅。」平郡王問說，「四舅得要有個得力的幫手才好。」

「我，」曹頫答說，「我只有帶我姪子去。」

「你是說通聲？」平郡王說，「通聲在糧台上的名譽不大好；四舅可得好好管一管他。」

「是！」曹頫很鄭重地答應著；稍停一下又說，「我還想把雪芹帶去歷練歷練。」

「對了！」平郡王彷彿突然被提醒了似地，「從我回來後，還沒見過雪芹；他在那兒當差？」

「在武英殿御書處。」

「他書讀得怎麼樣？」平郡王很關切地，「太福晉常跟我提，說老太太在九泉之下，不放心的就是二舅的這個遺腹子；要我格外留心，好好提拔他。我不知道他能幹甚麼。再說，」他遲疑了一會，很吃力地說，「朝廷的名器，也不是我可以濫給的。四舅，你說是不是？」

「是！雪芹資質不壞，不過，性氣浮動不定。所以這一回，我決定把他帶在身邊。請郡王上陳太福晉，放心好了。」

幫著接待了一整天的賀客，曹雪芹回到家已在二更時分。上房窗簾低垂，但縫隙中透出來的光線很強；可以想像得到，馬夫人一面在燈下跟秋月閒談，一面在守候愛子。

「芹二爺回來了。」

隨著小丫頭這一聲喊，棉門簾掀起，迎出來兩條纖影，背著光看不清面貌，不過秋月的身材是熟悉；另一個要到走近了才看清楚。

「錦兒姐，是你！」曹雪芹問道：「甚麼時候來的？」

「下午就來了。」錦兒答說，「今兒不回去了。」

「好，好！」曹雪芹很高興地說，「好久沒有跟你痛痛快快聊一聊，今兒可以作個長夜之談。」

「快進去吧！」秋月催促著，「外面風大。」

進了屋子，只見馬夫人自己從白泥爐子上，取下水壺在沏茶；憐惜地望著愛子，「看你凍得臉都紅了！」看曹雪芹卸了「臥龍袋」伸手去烤火，急忙又說：「別烤火！看長凍瘃。讓我看你的手。」

曹雪芹便坐在母親身邊，伸出手去；只見手背已現紅腫，馬夫人便握住了，使勁揉著，讓血脈流通。這是唯一受了凍而可以不長凍瘃的辦法，但揉的人很吃力，曹雪芹心有不忍，抽回手去說：「行了！」

「再揉揉！」錦兒為馬夫人接力，一面揉，一面問：「客人多不多？」

「多！」曹雪芹答說：「來了就走的不算，留下來吃飯的，有四桌人；申時開席，起更方散。」

「四老爺很高興吧？」

「起先興致還不錯；以後就有點兒掃興了。」

「怎麼呢？」

「聽說季姨娘跟鄒姨娘拌嘴。鄒姨娘已經讓她了，季姨娘卻是越吵嗓門兒越大；四老爺進去喝了幾句，才安靜下來。」

「莫非也沒有個人勸一勸？」馬夫人問說。

「太太也是！」剛進門的秋月接口笑道：「季姨娘的脾氣，太太難道還不明白？不勸還好，一勸更壞。」

「原是越扶越醉的脾氣嘛！」錦兒急走直下地問：「震二爺呢？回去了？」

曹雪芹想說實話而突然意會到一件事；他知道曹震為內務府的朋友約到西城「口袋底」一處勾欄

人家喝酒去了。剛才聽錦兒說她今夜不回去；想來曹震絕不會放棄這個不必「歸號」的機會，多半就在口袋底停眠整宿了。倘或說了實話，錦兒一定不悅；如此一個溫暖如春的寒夜，搞成個殺風景的局面，何苦來哉！

因而他含含糊糊地答說：「大概是吧。我沒有太注意。」接著顧而言他地問秋月，「你端進來的是甚麼？」

「今兒請錦二奶奶吃烤鴨；我拿鴨架子熬了一鍋香粳米粥。你吃不吃？」

「怎麼不吃？」曹雪芹答說，「先是忙著招呼客人；等送走了兩撥客人，可以坐下來吃一點、喝一點了，那知道季姨娘拌口舌，看四老爺那臉色，我那兒還有胃口。這會兒倒真有點兒餓了。」

「這麼說，是連酒都沒有喝？」錦兒問說，「怎麼臉上通紅？」

「剛才是風吹的；這會兒是火烤的。」

「是沒有喝甚麼。」秋月接口，「沒有甚麼酒味兒。」

「那，我陪你喝一盅。」錦兒又看著馬夫人說，「太太也喝一點兒，天氣冷。」

「不！我瞧著你們喝。」馬夫人問秋月，「不有尚家送的醉蟹嗎？」

「東西可多著呢！也不止尚家。可惜，要在這兒喝，有樣好東西不能端上來。」

曹雪芹知道，一定是陳年火腿；在馬夫人屋子裡，不能有清真禁忌的食物上桌，當即說道：「明天吃也一樣。有醉蟹就行了；這玩意我有兩三年沒有嘗過了。」

「以後，短不了你的。」錦兒向馬夫人說：「我那兒也是一樣，平時不送禮的送了；平時不往來的來了。」

「真是，想想剛回旗那時候，冷冷清清的日子，真正是人情冷暖、世態炎涼。」

「真也虧得還有個四老爺。」馬夫人亦頗有感慨，「還是老太爺的眼光厲害；當初那麼多姪子，獨獨把四老爺帶在身邊，說他為人忠厚、正派。小王也就是因為他正派，才會另眼相看。」

「人總要學好。」錦兒對曹雪芹說，儼然長嫂的口吻，「千萬別學你震二哥。」

「啊！」曹雪芹被提醒了一件事，「說震二哥不願意上熱河，是不是？」

「是的。」錦兒答說，「剛才我跟太太就在談這件事；他也有他的說法，四老爺剛剛熬出頭，凡事都得小心，怕有人嫉忌四老爺，在小王爺面前說壞話，得有人在京裡替他留意照應。再說，熱河要動甚麼工程，事情還是得在京裡辦；與其將來又回京來找人估價、『燙樣』；要錢、要料、要人還得跟各處打交道，倒不如乾脆就留在京裡，來得方便。你看呢，他這個打算錯不錯？」

「這些玩意，我不大懂。不過，我聽說，震二哥不去熱河，是那班木商攛掇他，想法子謀陵工的差使。」

「喔，」錦兒臉一紅；實情確是如此，她瞞著未說，不免內愧，但此時只能否認，「有這話？我可不知道。」

「你倒問問他！」馬夫人以告誡的口吻說，「別讓他老瞞著你。如今是咱們轉運的時候，千萬不能胡來。」

「是！」

錦兒恭敬地答應著，想為曹震辯白幾句，卻一時想不起該如何說法。及至秋月帶著小丫頭來擺設餐具，就沒有機會再說了。

喝著酒閒談，錦兒不免又提起曹雪芹的親事；馬夫人歎口氣瞅著愛子說：「你今年二十一了！到底打的甚麼主意？」

曹雪芹咬著醉蟹，只是咀嚼辨味；秋月提醒他說：「太太跟你在說話呢！」

「我知道。」曹雪芹抬起眼來；停了一會，突然說道：「我替娘娶個兒媳婦好了。」

「這叫甚麼話！」馬夫人大不以為然，「你當我急著抱孫子？我可不比那些只顧自己，不顧下一輩的人；如果不是你中意的人，成天不是拌嘴，就是彼此板著臉，是那樣子的話，我寧願不要兒媳婦，免得成天替你們犯愁。」

「太太見得真透澈。」錦兒接口說道：「反正已經等到這時候了；爺兒們不比大閨女，只要太太不急著抱孫子，就二十三、四成婚，也不算晚。如今不比前幾年，很可以揀一揀、挑一挑。」她又問秋月，「你說呢！我這話錯不錯？」

顯然的，這是希望秋月幫腔；但秋月有秋月的想法，她倒是希望曹雪芹能早日娶親，因為她已經從各方面看出來，曹雪芹已沾染了名士習氣，詩酒風流，不修邊幅，再下去說不定會走上「邪路」。因此，她不答錦兒的話，只說：「揀一揀、挑一挑，也得先有能揀、能挑的人才行。」

「有、有。」錦兒一迭連聲地，「起碼有三、四家。」

「你倒說，是那幾家？」馬夫人回顧一個小丫頭說：「四兒，你把我的荳蔻盒子拿來。」

四兒取來一個琺瑯嵌金絲的荳蔻盒，內中盛的卻是檳榔；馬夫人取了一塊含入口中，徐徐咀嚼。錦兒知道，馬夫人在晚上嚼檳榔，便是打算晚睡了；這當然是對她的話題感興趣的緣故。

其實，曹雪芹對自己的婚姻又何嘗不感興趣？只是相了幾次親，無一不是庸脂俗粉，而事前安排見面，事後飾詞推託，麻煩多多，且往往不是得罪了坤宅，便是惹得冰人不悅。因此，他放出一句話去：「我自己會找！看中了再請人出來作媒；諸親好友不必費心吧！」

就為他這句話，從此再沒有人來為他提親，例外的是兩個人，一個是鄒姨娘，另一個就是錦兒。

「先說一家，是正藍旗的，漢姓是楊；怡王府總管的小姐，今年十九歲，模樣兒脾氣都好。我見過。」

說到這裡，錦兒停了下來，看大家是何反應？可是她失望了，包括馬夫人在內，大家都很沉著，也就是毫無表情。

「你才說了一家。」秋月開口了，「說第二家吧！」

「第二家也是內務府的。在奉天；官是主事，聽說掌權——。」

「是的。」曹雪芹插嘴說道，「盛京內務府的主事，等於『堂郎中』；總管是盛京將軍兼，掛個名而已。」

「慢點！」馬夫人思索了一下問說：「是不是由廣東海關調回來的，姓趙？」

「好像是他；趙小姐會說廣東話。」錦兒問說，「太太知道這一家？」

「怎麼不知道？說起來還沾點兒親呢！」馬夫人又說，「這位小姐嬌生慣養，不太懂規矩。你說第三家；有第三家沒有？」

錦兒點點頭，欲語不語地考慮了一會才說：「第三家這位小姐實在可惜了。高不成，低不就；耽誤了好幾年，只怕比芹二爺還大幾個月。論相貌、性情，繡一手好花，做一手好菜，肚子裡的墨水，也很不少。只為父母愛惜，本人眼界也高，以至於耽誤到現在。」

「既然樣樣都好，何以不能匹配高門？」秋月問道：「莫非出身不好？」

「出身怎麼不好？老爺子做過知府，是十四爺的親信；就為了這層關係，革職永不敘用。你想，有身分的人家，誰敢跟他結親。低三下四的，她家又看不中；高不成低不就，那位小姐還賭氣，定下一個規矩，來說媒的，她要面試。」

「試誰？」秋月問說：「試媒人。」

「試媒人幹甚麼？自然是試新郎官。」

「這倒好！」秋月開玩笑地說，「芹二爺，你要不要去試一試。」

曹雪芹卻真有躍躍欲試之意，「錦兒姐，」他問，「她姓甚麼？」

「姓甚麼不知道；只知道她家老爺子叫齡紀，老家在黑龍江。」

「這名字倒還聽說過。」馬夫人插進來說了一句。

「既是『革職永不敘用』，必有明發上諭。」曹雪芹說：「娘大概是聽誰念『宮門鈔』，聽過這個名字。」

「大概是吧。那兩年天天打聽消息，一忽兒誰抄家，一忽兒誰充軍，聽得人心驚肉跳，也納悶兒，不知道究竟是為了甚麼！」馬夫人緊接著又說，「這齡家，沒有人敢跟他結親，咱們也別惹禍吧！」

「娘！」曹雪芹立即提出不同的看法，「一朝天子一朝臣，好些人都昭雪了。十四爺不是也回自己府第了嗎？我看這位齡知府官復原職，也是遲早間事。」

聽他的口氣，是迴護著齡家，其意可知。但誰也不願慫恿他去「應試」。馬夫人是因為曹家重振門風，正當轉機，凡事必須慎重；雖說「一朝天子一朝臣」，恂郡王頗為當今皇帝所尊禮，但也要看齡紀當初是何罪名，不可一概而論。

秋月是從自己的體驗中，有所警覺；齡家的小姐青春雖說未全耽誤，但既在賭氣，性情恐已不免流於乖僻；而曹雪芹也不是怎麼肯隨和的人，萬一意見不合，彼此不諒，必成怨偶。

至於錦兒，因為跟齡家並無交往，齡小姐品貌如何，也只是耳聞而已。倘或傳聞失實，貿貿然去說媒，結果一定落一場沒趣。顧慮及此，決定打聽確實了再說。

看舉座沉默，曹雪芹不免失望；在他，別樣可以忍耐，唯獨好奇心不能滿足，心癢癢地六神不安。躊躇了一會，終於忍不住開口了。

「錦兒姐，」他問：「那齡小姐是怎麼個試法？照說，她應該是個才女啊！怎麼沒有聽人提過呢？」

「你別忙！等我打聽清楚了告訴你。」本來有這一句話就夠了；錦兒不留神又加了一句：「是不是才女不知道；不過聽說真有人上門願意試一試，結果被刷下來了。」

這一下曹雪芹自然要追根了；「是怎麼被刷下來的呢？」他問，「那位小姐出了甚麼題目？」

「這，」錦兒笑道，「你可是把我給考住了。我怎麼能說得上來？聽說按考場的規矩出題目。」

曹雪芹大為詫異，而且也不能相信；因為出乎常理之外。大致所謂「才女」，無非工於吟詠，能做一篇古文或者四六，已是百不得一；若說按考場的規矩出題目，那便是八股文的行家了，閨閣中有人通曉此道，可說是一種異聞。

「罷了，罷了！果真是不櫛進士，何至於好此腐氣滿紙的時文？」

這兩句話，只有秋月聽得懂；觸起她的心事，很想乘機規勸一番，但話到口邊，終於還是忍住了。

「芹二爺，」錦兒忽又正色說道：「當著太太在這裡，你倒是正正經經說一句，你的意思到底怎麼樣？且不說老太太，二奶奶在日也常對我說，芹官的親事是要緊的，大家都得留心。我一定要替二奶奶了這個心願，開了年，我專心來辦這件事。不過總要你自己有這個心才行；不然，旁人瞎起勁，豈不是太無聊了？」

看馬夫人是深以為然的神情；曹雪芹想起祖母在日的關切，以及一家人對他的期待，頓覺娶妻生子，是他的一種必須早日履行的責任，那就必得降格以求了。

「我也並沒有甚麼奢望。」他說：「凡事過得去就行。」

「怎麼叫過得去？眼界有高下，別人看得過去了，你說還差著一大截，這樣，事情就難辦了。最好你說個大概出來，譬如模樣兒高矮肥瘦，性情是喜歡靜的，還是好熱鬧的。說得越詳細，找起來越容易。」

「照你的說法，」曹雪芹笑道：「我看最好開個單子出來。」

「對！」錦兒卻不當他是玩笑的話，「如果你真的有心，就一條一條開出來，我好好替你物色。

你別怕麻煩；終身大事，一時的麻煩，換來的是一世的福氣。」

錦兒這樣認真熱心的態度，馬夫人與秋月都很感動，「錦二奶奶的這番盛意——」秋月說道：「芹二爺，你倒真是不能辜負。果然，你有誠意，也不必你麻煩；趕明兒個你說我寫，開出單子來交給錦二奶奶。」

曹雪芹覺得這樣做法，有些不可思議，「彷彿沒有人這麼做過。」他說，「不太鄭重其事了嗎？」

「婚姻大事。」馬夫人接口說道：「那裡是兒戲。」

眾口一詞，都贊成照他自己的那句「戲言」去辦；曹雪芹也就無可推託了，「好吧！」他向秋月說：「反正，我的好惡，你完全知道，你替我開好了。」

「對！」錦兒慫恿著：「你明天就開，開出來讓芹二爺看，他不中意的再改。不過，要切實一點才好。」

「你放心！」秋月答說：「芹二爺不說只要過得去就行了？我只開過得去的條件。」

「嗯，嗯！」錦兒凝神想了一會發問：「四老爺說了沒有，到熱河要待多少日子？」

「三、四個月。」

錦兒表示有三、四個月的辰光，一定照曹雪芹的條件，找到「過得去」的「芹二奶奶」明年秋天辦喜事；馬夫人後年就可以抱孫子了。

看她說得極有把握，馬夫人便一直在臉上浮著笑容。但秋月卻沒有她們那樣樂觀；這一夜同榻夜話，不免又談了起來，秋月忽然問道：「你知道不知道，芹二爺為甚麼這個看不上那個也看不上，枉費了你許多功夫？」

「不是早說過了嗎？他的眼界太高。」

「那麼，眼界又高到甚麼地步呢？」

「這就很難說了！」錦兒發覺她話中有話，當即又說：「看樣子，你倒像是能說出個究竟來？」

「告訴你吧，也不一定是眼界高的緣故。他有幾個人的影子，在心裡抹不掉。」

「喔，」錦兒對這句話大感興趣，從枕上抬起頭來，側著臉說：「你這話有點意味。是那幾個？春雨？」

「春雨自然是一個，不過比較淡了。」

「濃的呢？」錦兒想了一下問說：「繡春？」

「是不是！你也想像得到。」

「我是猜的。你總看出點兒甚麼來吧？」錦兒又歎口氣，「咱們這幾個，就數她命最苦，到現在生死不知。到底是怎麼了呢？」

「誰知道。如果真的——。」

秋月住口不語；錦兒當然要追問：「怎麼不說下去呢？」

「不是我咒繡春，真的有確實消息，不在人世了，對芹二爺倒是一樁好事。」

「怎麼？」錦兒想了一下說，「照你這麼說，不光是抹不去影子；竟是至今不能死心。」

「也差不多。」

「你是從那裡看出來的呢？他自己告訴你的？」

「雖不說，看他做詩就知道了。」秋月又說，「他做了詩一定給我看，唯獨有幾首一直不肯拿出來。」

「那麼，你是怎麼看見的？」

「你真老實？」秋月笑道：「我不會偷嗎？」

錦兒啞然失笑，「大家都說你是聖人。聖人也會做賊，可是件新聞。」

她又問說：「他在詩裡怎麼說？」

「念給你聽聽好不好？」

「不必！我也不懂。你只說意思好了。」

「詩裡的意思，只有自己去體會，講不清楚。總而言之，叫做萬般無奈。」

錦兒將她們的這番對話，好好體味了一會，才知道自己對曹雪芹所知太少；但此刻觸類旁通，卻又大有意會。躊躇了好半晌，終於把她的感想說了出來。

「他心裡抹不掉的影子，大概也有你在內。我看，如果你有個歸宿，他倒是去了一樁心事，反而死心塌地了。」

「你別扯上我！」秋月臉上發燒，有種無名的煩惱，「你別替我多事。」

「好姐姐，」錦兒急忙含笑賠不是，「千萬別惱我！」

「誰惱你啦！」秋月覺得話說得太多了，「不早了，睡吧！」

錦兒不便再作聲，但卻了無睡意，憶前想後，思緒紛湧，突然想到一個人，畢竟忍不住又要跟秋月談了。

「你睡著了沒有？」錦兒輕輕推了她一把。

「快睡著了。幹麼？」

「有個人，芹二爺一定中意。憑甚麼我說這話呢？」錦兒自問自答地，「因為這個人模樣兒、性情，跟繡春很像。」

「喔，」秋月不免好奇，「是誰啊？」

「是街坊張老爺家，一個守望門寡的姪小姐。」

「守望門寡？」

「是啊！就是這一點不好。不過，芹二爺是剋妻的命；也許兩下一沖，彼此都好了。」

「你這話倒新鮮。」秋月笑道：「可不知命理上有此一說沒有？」

「那也容易，我先拿芹二爺的八字跟張小姐的八字，找算命的合一合就知道了。」錦兒又問：「你看，這使得使不得？」

秋月委絕不下，因為這不是她能完全作主的事；考慮了一會答說：「咱們先把女家的情形打聽清楚，跟太太回了再說。那位張老爺是漢軍不是？」

「原來是，現在不是。」

「這叫甚麼話？」

「新定的規矩，你不知道？」錦兒答說：「原來是漢軍，現在願意出旗的，只要報上去就行了。這叫『開戶』，張老爺是幾個月前開戶的。」

「喔，」秋月又問，「張老爺在那裡當差？」

「是做外官的。不知為甚麼，辭官不幹了。」錦兒答說，「那張老爺也是讀書人，瀟瀟灑灑，一點架子都沒有。芹二爺做了他的姪女婿，一定合得來。」

「那裡就談得到此了！」秋月笑道：「如果他出旗了，還不知道能不能通婚呢？」

「這沒有甚麼不能。譬如早年訂了親的呢？莫非一開了戶，連姻緣都拆散了嗎？」

「這話倒也是！」秋月突然想起，「震二爺見過那位張小姐沒有？」

「沒有。」

「你倒不妨想個法子，讓震二爺見一見，看他怎麼說？」

「這，這是幹甚麼？」錦兒困惑地問。

「震二爺不也喜歡繡春嗎？」秋月緊接著說：「這件事我看不妥，其中的道理很細，你自己想去吧！」

秋月自覺想得很透澈，處置也明快，有當於心，恬然自適；而且這一天也真累了，所以一合上眼，便毫無思慮地入於夢境。

錦兒卻正好相反，特別是提到曹震，很快地領悟了秋月話中的深意。繡春是怎麼失蹤的？不為了他們兄弟在鹽山的那一場衝突嗎？不過，曹雪芹只是心裡拋不開繡春的影子；而曹震對繡春，說是刻骨相思，亦不為過。秋月問到曹震見過張小姐沒有，真是個「旁觀者清」；看出假如有個人像繡春，首先會「著迷」的不是曹雪芹，而是曹震。

這才是她失眠的主要原因。興致勃勃思為曹雪芹覓得佳偶的滿懷熱心，已化成憂心忡忡惟恐曹震移情生戀的種種顧慮。當然，她亦不會忘掉曹雪芹；但在感覺中，曹雪芹必非曹震的對手，這就更加可慮了。她在想，縱或一切順利，張小姐成了「芹二奶奶」，但亦難保曹震不生非分之心；那一來就可能引起極大的風波，一片為曹雪芹打算的苦心，變成悔之不及的「自作孽，不可活」。

算了吧！她這樣對自己說；但即令沒有曹雪芹牽涉在內，她仍不能消除曹震可能會邂逅張小姐，惹出一段孽緣的隱憂。

「怎麼！」突然，她聽得秋月在問，「你還沒有睡？」

這下才讓錦兒意識到時候恐怕不早了；看秋月起床，披著小棉襖去解手，她也跟著起身，屋子裡很暖和，她連小棉襖都不穿，將燈芯往上一移，光焰躍起，看水晶罩中的金鐘，長短針都指在二字上，不由得失聲說道：「丑時都過了！」

秋月在後房，聽不見她的聲音；錦兒躊躇了一會，終於穿上小棉襖與套袴，將「五更雞」上燉著的紅棗、蓮子、薏米粥取了下來，拿現成的飯碗盛了兩碗，等秋月來吃。

「我不餓，你自己吃吧！」

「勉為其難，陪一陪我。」

秋月卻不過意，坐了下來，細看一看錦兒說：「你那來這麼大的精神？」

「我睡不著。」

「你又太熱心了。」秋月笑道：「性子也太急；芹二爺的親事，既然已耽誤了好幾年了，也不必急在一時。」

這是誤會了；錦兒卻不便明言，只含含糊糊地說：「我另外有事！」

如此深宵想心事想得睡不著，可見是件很要緊、也很為難的事。秋月自不免關切，看著她：「甚麼事？能不能告訴我？」

「你說得不錯！」錦兒答說：「我真該想法子讓我們那口子，跟張小姐見上一面。」

「見了面又如何？」

「看他是怎麼個神情？」

秋月不答，拿銀匙舀了一枚紅棗，送入口中，吐皮吐核，慢慢吃完，才抬起眼問了一句：「你一直就在想這件事嗎？」

「是的。」錦兒老實承認。

「那是我害了你了。我不該說那句話。」秋月又說，「我勸你別多事，把我剛才說的那句話丟開吧！」

「不行！」錦兒搖搖頭，「我得看清楚了才能放心。」

「其實你又有甚麼不放心的？大家都是胡猜，渺渺茫茫，倒為這個犯上了愁，豈不太傻了嗎？」

「不！」錦兒兀自搖頭，「住在前面街，不知道那一天遇上了，我們那口子在這上頭著了迷，那勁兒可夠瞧的。你想，我能放心嗎？」

「沒有那麼巧的事。就算遇上了，不見得就留神；就留了神，也不見得會想到像繡春；就想到像繡春，也不見得著迷。」秋月又說：「人家守望門寡的閨女，他能怎麼樣？如果真的又胡鬧，別說四老爺會管他，太太也會說他。你怕甚麼？」

有此一番解勸，錦兒心裡才比較踏實，但也磨到丑末寅初，方始睡著。

睡得遲，起得晚，錦兒正在一窗紅日之下，一面看奶媽餵孩子，一面梳頭時，只見秋月匆匆走來說道：「震二爺來了！」

「他來幹麼？」

「是談四老爺的事。你梳了頭就出來吧！」秋月邊走邊說：「在太太屋子裡。」

等她到了馬夫人那裡一看，曹雪芹也在；見了她就說：「我馬上要到熱河去了。」

錦兒先不忙答他的話，給馬夫人請過安；起身向曹震說了句：「你怎麼來了？」然後跟曹雪芹答話：「過年只有十幾天了；總要破了五才能動身。」

「不！」曹震接口，「這幾天就得走。」

「怎麼回事？」

原來曹頫這天一大早進宮謝恩，遞了摺子，在內奏事處閒坐；不道方觀承找來了，悄悄告訴他說，已經派了他修熱河行宮的差使；皇帝希望他盡臘月二十日以前，趕到熱河。請他趕快回家預備，另有後命。

於是曹頫出宮便到曹震那裡；他是四更天才回來的，正呼呼大睡，曹頫叫人將他喚起床來，告訴他這個消息，也是要他即刻預備，陪到熱河；等過了年，將曹雪芹接了去替他。

這一下曹震為難了。他年下有許多應酬要料理；更有一件要緊事是，他替成記木廠的掌櫃楊胖子，活動泰陵的工程，已有眉目，正要趁年下好好打點一番，謀成了它，如果在熱河過年，那就前功盡棄；楊胖子就算把工程弄到手，也不會有他多大的好處。

因此，他只說他在糧台上有未了之事；過年前正要結帳，不能丟下不管。提出的辦法是，讓曹雪芹陪「四叔」在熱河過年；不過他還是送了去，送到了就回京。京師到熱河是五天的途程，來回十天，還誤不了事。

當然，大庭廣眾之下，曹震說的仍是對曹頫所說的，那套冠冕堂皇的話；不過錦兒是完全能夠體會的，當下便故意拿他埋怨了一頓。

「你也是，只顧你自己糧台上的公事，也不想想，快過年了；人在外面的，都還得冒風冒雪，趕回來團圓，你反而把芹二爺弄到熱河去，怎麼對得起太太？」

「是啊！」曹震搔著頭皮說：「我也沒法子。」

馬夫人原來倒還有些介意，只為錦兒那一番話，心中便一無芥蒂；反幫著曹震說道：「你也別怨他！公事到底是要緊的。要說團圓，也不在乎年節，只要大家平平安安，能放得下心，就隔得遠也沒有甚麼。」

「太太真是體恤小輩！」曹震請個安，起身對錦兒說，「咱們把太太接了去過年。」

錦兒尚未答話，馬夫人已連連搖手，「不，不！」她說，「不方便！你們給自己添了麻煩，我吃著還不放心。」

身在清真的馬夫人，奉教虔誠；原有一個小廚房製饌，如果到了曹震家，炊具難免混雜，彼此確是不便。

「那就這樣，」錦兒說道：「我帶了孩子來陪太太守歲。」

「到時候再看吧！」馬夫人說，「倒是芹官的行李得趕緊預備。到底是那一天動身啊？」

「就這兩三天，一有好日子就走。」曹震向秋月說道：「勞駕，把『時憲書』給我。」

「甚麼叫時憲書？」錦兒問說。

「就是黃曆。」

原來乾隆皇帝御名弘曆，為了避諱，曆書改名時憲書；預定明年舉行的制科「博學弘詞」，亦改為「博學鴻詞」。

等曹震講完，曹雪芹笑道：「震二哥真是會做官了！避諱的事記得這麼清楚；我可還是第一回聽人管黃曆叫時憲書。」

「你別小看了這件事！」曹震正色說道：「這年頭兒忌諱可多著哪！說話處處要小心，別犯了忌諱。尤其是這回到熱河，你可千萬要留神；那兒有件事，是極大的忌諱，碰都碰不得。」

「甚麼事？」

「太太知道。」曹震答說，「回頭請太太告訴你。」

是如此諱莫如深的神情，大家都想問卻都不敢開口了。等秋月取了曆書來一看，除了後天是個宜於長行的好日子以外，就得臘月十九才能動身了。

「後天，」馬夫人問說，「來得及嗎？」

「糧台上車馬伕子都是現成的，甚麼時候要，甚麼時候有。就是替雪芹預備行李，得趕一趕了。」曹震起身說道：「只怕四叔還沒有留意到，非後天去不可；我得趕緊去告訴他一聲。回頭我再來。」

曹震走了，錦兒卻留了下來，為的是好幫著秋月替曹雪芹預備行李。鋪蓋好辦，衣服卻費周章，熱河熱在夏季，冬天卻比京裡還冷；長行跋涉，衣履既不宜累贅，還要受得起折磨，這就不容易辦了。

「要暖、要輕，最好是絲棉袍；只怕路上禁不起折騰。」錦兒說道：「最好是大毛皮袍。」

「不！」馬夫人：「大毛皮袍都是緞面的，國喪還沒有滿，不能穿。再說，穿了大毛皮袍走長途，也糟蹋了衣服。我看，仍舊只有穿他身上的那件布面紫羔皮袍，另外替他趕一件絲棉襖出來，襯著穿，也就夠了。」

商量停當了，立刻動手，現買的新絲棉；面子是現成的寶藍寧綢，加上一副青布套袖，穿在裡面，看不出來。

翻新絲棉很麻煩，絲絲縷縷都得拉鬆了，再一層一層鋪裹在「套子」上，然後翻過來加行線、釘紐襻、裝領子。跟錦兒忙到午夜時分，方始完工。

「芹二爺試一試吧！」錦兒指著曹雪芹的書房說，「燈還亮著，必是在理書。」

「辛苦、辛苦！」曹雪芹拱一拱手，笑嘻嘻地說：「大小一定合適。我回頭來試。」

「這會兒就試。不合適還可以改。」說著，秋月便動手替曹雪芹去解皮袍的紐扣。

及至一穿上身，曹雪芹立刻就覺得衣袖的尺寸小了；絲棉又裝得多，以致要彎臂都有些困難。

「麻煩了！」錦兒皺眉，「我把袖子裁小了！而且還不能放；沒有留下敷餘的料子。」

「能不能將就？」秋月問曹雪芹。

「在家穿可以；上路可不行，胳膊彎不過來，沒法子拉韁繩。」曹雪芹又說，「我倒有個主意，把袖子剪掉，改成坎肩兒，上馬下馬，乾淨俐落；倒比棉襖更得用。」

「要說坎肩兒，也不必用絲棉；皮坎肩不更暖、更爽利？」秋月又說，「我來找一找，一定有現成的。」

錦兒也是這麼想，而且頗有徒勞無功、咎由自取之感；因為做官人家，總有一兩件冬日上朝、上衙門，穿在袍褂裡面的皮坎肩，「真是，」她說，「早知如此，這一下午、一晚上的功夫，幫著咱們芹二爺理書，有多好呢？」

「書也理得差不多了。」曹雪芹答說：「這一回跟了四老爺去，還不能多帶書，多帶了麻煩。」

「這話我就不懂了。」錦兒問說：「你多帶書，四老爺瞧著，先就歡喜了，怎麼會有麻煩？」

「怎麼不是麻煩？」秋月接口說道：「正經書帶多了，四老爺一看，正好考他；閒書帶多了呢，又怕四老爺說他。」

「正是這話。」曹雪芹連連點頭，滿臉深獲我心的快慰。

「你們把四老爺的心裡，真是揣摩透了。」錦兒的心情一變，問秋月說道：「咱們弄點酒喝，算是給芹二爺餞行。」

不等秋月答話，曹雪芹便拍掌笑道：「這好！圍爐煮酒消寒夜，此樂何可多得？」

秋月也讓他們鼓動了興致；年下多的是現成的食料，料理了兩個冷葷碟子，一個酸菜銀魚火鍋，就著炭盆燙熱了酒，把杯話別。

「芹二爺。」錦兒首先舉杯，「我替我們二爺敬你一盅；這回，本該是他跟了四老爺去的。」

「無所謂。」曹雪芹答說：「我倒是早就想到『避暑山莊』去逛一逛了。」說著，跟錦兒對乾了酒。

「到了熱河，不知道住在那兒？」錦兒一面替他斟酒，一面問道：「能住在行宮裡嗎？」

「我想，沒有甚麼不能住。」

「你可別滿不在乎的！」秋月提出警告，「別忘了震二爺的話，那裡的忌諱多，千萬謹慎。」

「對了！」錦兒彷彿被提醒了似地，「倒是甚麼忌諱啊？你問了太太沒有？」

「問了。」曹雪芹答說：「還不就是那件事嗎？」

「那件事？」錦兒突然意會，「是，是那位不能出面的老太后？」

「可不是。」

「忌諱呢？」錦兒又問，「怎麼算是犯忌諱？」

「不能出面，自然就是忌諱。」秋月轉臉看著曹雪芹，鄭重其事而又略帶憂慮地，「提起這一層，我真還有點不放心。你的好奇、好多問，又好發議論的脾氣，可真得改一改。」

「你放心好了。」曹雪芹答說，「這件事，就我不問，也一定會有人告訴我。反正人家怎麼說，我怎麼聽；甚麼事擱在肚子裡就是了。」

「這可是你自己說的！」秋月問道：「能心口如一嗎？」

「不能也得能。」

「好！」秋月舉起杯來，咕嘟咕嘟地乾了酒；照一照杯子說，「你可別忘了你自己的話。」

「不會！絕不會！」曹雪芹也一仰脖子乾了酒。

「真的，芹二爺！」錦兒也說，「曹家要從你身上發起來，才真的是發了。你可別忘了老太太跟我們二奶奶，在你身上的那一片心。」

錦兒勸了，秋月又勸，話題不脫他的兩件大事：一件親事；一件功名。兩件事都到了必須有所交代的時候了！「少壯不努力，老大徒傷悲」；兩人舉了許多世交子弟，辜負了大好年光，以致潦倒頹唐的故事，將曹雪芹說得有些煩躁了。

「你們倒像看準了我一定沒出息似地。」他笑著說，但笑容非常不自然。

秋月和錦兒都警覺到了，兩人對看了一眼，取得默契，由秋月結束了這一場勸告。

「你別嫌我們倆嚕囌；我們不嚕囌，四老爺會嚕囌。你只記著你自己的話，做個有出息的樣兒給我們看看。」

「好！我一定做給你看。不過，我得先問你，怎麼是有出息的樣兒，怎麼是沒出息的樣兒？」

「那還用說嗎？只聽大家的口碑就知道了。」

「四老爺將來一定會說。」錦兒接口，「如果你讀書上進，凡事巴結；四老爺一定會讚不絕口。」

「也不必讚不絕口，只要四老爺說一句，果然有了長進；那就行了。」

「這容易。」曹雪芹說，「咱們賭個甚麼東道？」

「你說。」

曹雪芹想了一下說：「如果我贏了東道，你得把你所有的詩稿拿給我看。」

秋月有許多自寫幽怨的詩，是絕不便公開的，因而面有難色。見此光景，曹雪芹卻得意了。

「原來你們都是口惠而實不至，勸人學好的話，不費甚麼，誰都會說。罷了、罷了，多謝你們的好意吧！」

這一說惱了秋月，「多少年，一片心血在你身上，臨了兒落得這麼一句話；真叫人寒心。」她說：「你要看我見不得人的詩，也不必賭甚麼東道，我現在就拿給你好了。」說著，霍地起立，便待離座。

一看這模樣，曹雪芹慌了手腳，急忙一把按住她的肩，陪笑說道：「好姐姐，我隨便一句玩話，你怎麼就認了真呢！你多少年一片心血在我身上，我怎麼會不知道？」

「說跟你賭東道，也不過好玩；莫非不賭東道，我就專做沒出息的事，教大家笑話我？當然不會。你放心好了，等四老爺差滿回來，你看著好了，一定在太太面前誇獎我。」

「那就是了。」錦兒趕緊湊在裡面調解，「我們就等著這一天呢！喝酒吧。」

「對、對！喝酒。」曹雪芹摸一摸秋月的酒杯說：「你的酒涼了，我替你換一換。」

說著，便轉過身去，從炭盆上的熱水銚子中，提出坐在裡面的磁酒壺；拿秋月的冷酒兌在壺中，另外斟上一杯。

錦兒在他身後匿笑；不道為曹雪芹發覺，便即問說：「你笑甚麼？」

「我笑你敬酒不喝喝罰酒。好好勸你不聽，非得秋月惱了，你才知道利害。」

曹頫一大早就來了，是曹震陪著來的；一則辭行，再則是帶了曹雪芹去，理當對馬夫人有個交代。

「把雪芹造就出來，一直是我一樁心事，非此不足以報答老太爺、老太太；安慰二哥，也不枉了二嫂二十年來的苦節。」

無端提起往事，觸動了馬夫人塵封已久的記憶。回想二十年前，也是這種滴水成冰的天氣，京裡一騎專差，深夜到家，當時就要叩中門請見老太太。原以為是曹顒有了升官的喜信；不道竟是病歿京師的噩耗。馬夫人一慟而絕；在全家號哭聲中甦醒過來，第一個念頭就是殉夫；但第二個念頭，轉到七個月的身孕，才知道死不成，但卻不知道如何才能活下去？

居然也二十年了！馬夫人回首前塵，自己都不免驚異，居然熬過來了。但二十年中多少辛酸，此時一齊奔赴心頭，忍不住眼眶酸酸地想哭。

「四老爺，」錦兒忍不住勸阻，「別提當年傷心的事了；只往前看吧！」

「這倒是實話。」曹頫點點頭，轉臉去看肅立在房門旁的曹雪芹；雖然眼光十分柔和，而曹雪芹幼年得自「四叔」的嚴厲形象，至今未能消釋，所以不由自主地低下頭去，避開了他的視線。

馬夫人這時才想起，應該有一番重託曹頫的話，「我可是把芹官交給四老爺了！」她轉臉向愛子說道：「你這趟跟了四叔去，處處要聽教訓。」

「是！」曹雪芹恭恭敬敬地回答。

「這幾年雪芹不大跟我在一起；這件事我耿耿於懷。這一回去，朝夕相處，我可以盡一點心。」曹頫停了一下，看著馬夫人說：「從前康熙爺說，孩子小的時候，容易管教；及至成人，氣性已定，很難改了。雪芹也是一樣；我不會再拿鴨子上架，硬逼他讀書。我的打算是，多跟雪芹談談；聽聽他的抱負，看看他的志趣，幫他走一條正路。當然，最好還是從科場中去求功名；不過這也不是能強求的事。」

「四老爺說得是。」馬大人說，「說實話，我也不知道該怎麼管教芹官；只是看他行事厚道，身子也壯，就這兩點，我想他也不會是個敗壞曹家門風的子弟。」

「我也這麼想。『積善之家，必有餘慶』；我之能夠復起，完全是老太爺、老太太的蔭庇。也因為如此，我得格外在雪芹身上多費一點心血。」曹頫又說，「至於棠官，他娘糊塗得緊；我已經交代了，只要棠官回京，不論是假是差，一定讓他給伯娘來請安。請二嫂多費神，好好管教他。」

原來棠官在景山官學讀書，卒業時居然考列優等，補了九品筆帖式，派在京東一處稅關辦事；大概一兩個月，總有一趟回京的機會。馬夫人心想，這有點「易子而教」的意味，自然義不容辭。

「四老爺請放心。芹官沒有兄弟，棠官就像他的同胞一樣，我自然會盡心。」

看談話告一段落，秋月及時閃身而出，略略提高了聲音說：「四老爺請喝酒吧！今天有南邊來的海味。」

不獨有海味，還有關外來的山珍。為了替曹頫叔姪餞行，菜很豐盛；但這頓飯吃了整整一個時辰，卻是因為曹頫忽發詩興，把杯吟哦，頗費推敲。最後寫出來是兩首七律，題目叫做「乙卯歲殘，攜芹姪於役灤陽，臨發賦此。」詩中充滿了感慨，但也洋溢著終得復起的喜悅，與重振家聲的希望。

「四叔，」曹震掏出金表來看了一下，「請回吧！四叔那裡還有人等著送行呢。」

「好！」曹頫將詩稿遞了給雪芹，「你替我謄正。」

等他抄好詩回到堂屋，只見錦兒手攜衣包，丫頭提著食盒，秋月抱著孩子跟在後面。曹雪芹不由得問：「原來你也要走了。」

「震二爺明天送你們到熱河，錦二奶奶自然得回去話別。」

「倒不是甚麼話別。」錦兒接著秋月的話說，「雖說只去十天，到底也要多帶些衣服，得我回去拾掇。」

「好吧！咱們就算在這兒分手了。」曹雪芹說，「你可常來看看太太。」

「那還用你交代。」錦兒忽然眼眶發紅，「你可多保重。」又放低了聲音說：「沒事多哄哄四老爺，別惹他生氣，免得太太不放心。」

「我知道。」

「常捎信回來。」

「我知道。」

錦兒絮絮叮嚀，曹雪芹一一答應，直到曹頫辭了馬夫人出來，方始住口；曹雪芹送出門外，等車子走了，復又回到馬夫人那裡；緊接著是秋月來了。

「我忘了一件事。」她向馬夫人說：「昨兒替芹二爺趕出來的那件絲棉襖，袖子太小，不能穿。芹二爺要一件皮坎肩，我想現成的一定有。」

「可不一定。有件紫貂的，讓季姨娘要了去，替棠官改帽子；另外有兩件，我記得從通州搬進京的時候，就給了何謹他們了。」馬夫人手向床頭櫃一指，「鑰匙在那，你自己開箱子找去。」

這裡馬夫人與曹雪芹母子，臨別前夕，少不得也有一番話要說。正當做母親的，諄諄指點，在外該當如何照料自己時，秋月提著一串鑰匙回來，開口便是：「糟了！真的一件都沒有。」

「你不有件對襟的嗎？看尺寸，芹官也能穿。」

秋月當然早就想到了；不過從跟錦兒深談以後，對曹雪芹的想法，有了變化，不願拿自己的衣服給曹雪芹穿；因而很快地答說：「太小穿不上，而且老掉毛，也不管用了。」

馬夫人沉吟了一下，徐徐說道：「這樣，把我那件『金絲狨』的，讓芹官穿了去。」

「不！」曹雪芹接口，「我穿了，娘穿甚麼？」

「我可以穿別的。」

其實秋月已將那件名為「金絲狨」的皮坎肩取了來，她只用三指撮著領口，看上去輕得如一件薄羅夾襖；玄色軟緞的面子，翻過來一看，毛黃如金，既細且軟，側面望去，映著陽光的毫端，閃出萬點金鱗。曹雪芹在數九隆冬，雖常見他母親穿這件皮坎肩，但卻從未細細觀賞過，當然也不知道它的來歷。

「這件皮坎肩，是我三十歲生日那天，老太太賞的。當初是有人借了老太爺三千兩銀子去捐官；運氣不好，在任上不到一年就去世了。老太爺聽說，不但拿借據還了人家，另外還送了五百兩銀子的奠儀；他家無以為報，拿祖傳的這件皮坎肩送了來。也不能說是抵債，只是表表人家的心意而已。」

「這是甚麼皮？」曹雪芹撫著毛皮說：「倒像猴兒毛。」

「總算你還識貨。」秋月笑道：「這就是『教猱升木』的猱；又謂之狨。」

秋月也是從曹老太太那裡聽來的，據說這種「金絲狨」，又名「金線狨」，產於甘肅慶陽山中；四川亦有此物，不過性情比較凶猛。

「這金絲狨的坎肩，穿在身上，不但再不怕冷，而且可祛風濕——」

「那！」曹雪芹打斷她的話，兀自搖頭。

只為秋月的一句話，他又不要了。因為馬夫人近年染了風濕，有時發作，呻吟不止；金絲狨既能祛風濕，曹雪芹自然要留給母親穿。

「你別擔心我。我犯了病可以服藥，再不然推拿，治的法子很多。你年輕輕的，可不能得風濕，將來寫字都不能，那才是件不得了的事。」

「太太既有這番體恤的意思，芹二爺，你就別客氣了。」

「不是甚麼客氣不客氣，太太的病要緊。」

「你說我的病要緊，我倒是怕你在這種天氣，受寒成病；仗著年紀輕、身子壯，膀子若是痠痛，不當回事，日久天長，成了病根，才知道厲害。」馬夫人又說：「你在外面得了病，我就穿上十件金絲猏，風濕病也不能好。只要我能放心，就比甚麼藥都好，說不定還不犯病呢！」

曹雪芹尚待申說；馬夫人有些生氣了，「二十年了，你就難得肯聽我一句話。」她的語聲有些變音了，「真枉吃了二十年的苦。」

這不是馬夫人最傷心的時候，煢煢孤獨，無聲飲泣，淚水浸透了枕頭，不知曾有過多少個漫漫長夜是如此；但是，曹雪芹看不到。他眼前所看到的，母親生氣傷心的景象，在記憶中卻還是第一次；因此，他的感覺中，驚恐多於一切，真個是嚇壞了。

「娘，娘！」他跪了下來，雙手撫在馬夫人膝上，仰著臉哀聲請罪：「你別傷心，我再不敢不聽你的話了。」一面說，一面掏出手絹，要替馬夫人去擦眼淚。

不想這下又出了紕漏；掏出來的那塊手絹，也是雪白的杭紡所製，刺目的是上繡一隻墨蝶，正晃在馬夫人眼前，看得格外真切。

「那裡來的這塊手絹兒？」

曹雪芹料難隱瞞，只好老實答說：「前天是讓咸安宮侍衛華四爺硬拉著，到金桂堂去逛了逛，拿錯了一塊手絹。」

「拿錯了？」馬夫人沉著臉問說：「原來是誰的手絹兒？」

「是金桂堂的少掌櫃的。」

「少掌櫃？」馬夫人不大懂京中戲班子的規矩，所以愕然不解。

「是的。少掌櫃，也是金桂堂當家的小旦。」

「是男的，還是女的？」

「自然是男的。」秋月插嘴，意思是要沖淡這場風波，所以含笑又說：「如今那有坤班？」

「對了！」曹雪芹接口，「是男的。」

「叫甚麼名字？」

「那還用問嗎？」秋月又在一旁打岔，「自然帶一個『蝶』字。」

「叫蝶夢。」曹雪芹說，「大家鬧酒，他喝醉了，要吐；正好坐在我旁邊，就拿我的手絹兒使了。隨後，他娘遞了塊乾淨的給我，我只當是全白的，誰知道上面繡著蝴蝶呢？」

聽得這一番解釋，馬夫人臉色緩和了；但拿起手絹聞了一下，復又繃緊了臉問說：「你跟他認識多少時候了？」

「逢場作戲，頭一回。」

「頭一回，他就拿繡了表記，抹了香露的手絹兒送你？」

「我怎麼知道？」曹雪芹說，「他給了我，我就一直擱在口袋裡沒有用過。既沒有看見繡著甚麼，也沒有聞見香味。」

「哼！」馬夫人冷笑，「騙誰？」

看看局面要僵，秋月便從馬夫人手裡將手絹接過來，在鼻端細嗅一嗅，「香味倒還雅致，不過不至於聞不出來。」她笑著又說：「也許芹二爺這兩天傷風。若是聞出來了，一定收了起來，這會兒就不會出醜了。」

這幾句話，很巧妙地解釋了曹雪芹取得這塊手絹，確是偶然之事，跟蝶夢亦無深交，馬夫人總算信了兒子的話。

「你就是這麼粗心大意！」秋月故意埋怨，「雖說爺兒們偶然逢場作戲，無傷大雅，掛出幌子來，到底不好。幸而發覺得早，在路上讓四老爺見了，少不得又嚕囌你一頓。何苦！」說著，將手絹往口袋中一塞，一面走，一面說：「我另外替你找一塊。」

看秋月的影子遠了，馬夫人臉上，卻又出現了凝重中顯得有極深的隱憂與關切的神色，「你可得仔仔細細去想一想！養小旦是最傷身子的。」聲音又有些變調了，「老太爺、老太太就留下這你麼一點親骨血！」

曹雪芹悚然而驚，但也不無受了冤屈之感，「兒子不過逢場作戲。」他說：「從沒有往邪路上去想過。」

「但願你心口如一。」馬夫人又說：「世家子弟誰也不是下流種子；開頭都是偶爾玩玩的，到後來連自己是甚麼時候迷上的，都記不得了。」

曹雪芹不作聲，臉上也沒有甚麼表情，但心裡卻在體味他母親的這幾句話，自己在問自己：聲色陷溺果真不能自主？他不相信。可是他不能表示他的不同的看法，否則將會引起慈親更多的疑慮；而他的性情又一向討厭言不由衷，那就只有沉默了。

「知子莫若母」，看到曹雪芹心裡的馬夫人，冷笑著說：「你別不服氣，自以為有多大的實力！到你陷了進去，想起我的話，已經不容易跳出來了。兒大不由娘，我也管不得你那麼多；只是你該想想老太太。如果你早早成了親，替老太太留下一株、兩株根苗，我就隨你去荒唐；像如今，倘或你自己毀了自己的身子，叫我活著靠誰，死了又怎麼有臉去見老太太？」

說到這裡，悲從中來，放聲大哭。這就不但曹雪芹，連秋月都把臉嚇黃了；僕婦丫頭，亦皆聞聲而集，但都站在廊上搓手，排闥直入的只有一個秋月。

「太太怎麼了？」秋月亦像曹雪芹那樣跪了下來，「芹二爺明天出遠門，太太這麼一傷心，會讓他一路牽腸掛肚。太太，太太，快別哭了吧！」

淚眼模糊中，看到跪在地上的愛子，愁眉苦臉地只是自己拿手捶腦袋，馬夫人不覺心疼，頓時住了眼淚。看窗外黑壓壓的一群人，自覺過於失態，便即說道：「沒有甚麼！我一時感觸，哭出來心裡就舒服了。大家散了吧。」

窗外的人聽得這話，一個個逡巡而退。秋月便拿剛從曹雪芹那裡取來的一塊乾淨手絹，遞了給馬夫人，復又叫小丫頭去倒熱水來淨面。轉身看到曹雪芹仍舊直挺挺地跪在地上，當即微帶呵斥地說：「還跪著幹甚麼？平時要多聽太太一句半句話，不強似這會兒長跪請罪？」

僵在那裡的曹雪芹，遇到秋月這個「台階」，趕緊接口，「豈止一句半句？」他一面起身一面說：「反正以後事事都聽太太的就是了。」

「這可是你自己說的。」秋月追問一句：「說話算話？」

「自然，他人猶可；我怎麼能騙太太。」

「好！」秋月轉臉笑道：「到底是太太的眼淚值錢，居然哭得頑石點頭了。」

「也不知是真的點頭，還是假的點頭——」

曹雪芹不等他母親話完，便斷然接口：「真的！娘要不要我罰誓？」

「罰甚麼誓？」秋月說道：「你只要肯聽，立見分曉。」

「好吧，你說。」

「不是我說！我算甚麼，是太太說。」

「反正挾天子以令諸侯，你只說是太太的話，我還敢不聽嗎？」

語氣甚甜而面有苦顏；馬夫人又心愛、又心疼，「算了吧！」她說：「只要你有這點心就夠了。」

秋月卻放不過曹雪芹。原來她也是觸動靈機，因為曹雪芹的性情，越來越如天馬行空、放蕩不羈，必得有個人管著才好。但他人就能管他，未必心服，也未必就為他好，所以只有為馬夫人「立威」，能讓他念茲在茲，記著母親的話，方為上策。當然，馬夫人若有見不到、識不透、想不通之處，她可以幫著管。

這就是由曹雪芹「挾天子以令諸侯」這句話中，所起的一個念頭；但她卻不肯承認曹雪芹的話，只說：「太太心裡的話，我都知道；當著太太的面，我『口啣天憲』，芹二爺，你把這件坎肩穿上試試。」

是女用的坎肩，雖為琵琶襟，卻是偏紐，要找「毛毛匠」來改成對襟，時所不容；曹雪芹心想穿在裡面，看不見，也無所謂，但那道遮到耳際的高領，又怎麼處？

想問出口，臨時變了主意，毫不遲疑地穿上身去，不待他扣衣紐，馬夫人便覺得不妥了。

「把領子拆掉吧！」

「我知道。」秋月答說：「先讓芹二爺試一試腰身。」

曹雪芹的身材，自然比他母親來得高大。不過那件坎肩本是穿在外面的，格外寬大；曹雪芹穿在裡面，腰身恰好；長短就沒有多大關係了。

「挺合適的。脫下來吧，我替你去拆領子。」

「你拿針線到這裡來收拾吧！」馬夫人又說：「天也快黑了。索性晚上來拆也好。」

「不如就此刻弄好了它，也了掉一件事。反正也不費甚麼功夫。」

於是秋月取來針線；命小丫頭燃起一枝明晃晃的蠟燭，細細拆去領子，摘起線腳，也費了半個時辰，才得完事。

「吃飯吧！」馬夫人說：「吃了飯，早點睡。」

「就在這裡吃好了。」曹雪芹說：「我陪娘吃齋。」

「有甚麼菜？」

「有口蘑燉羊肉、蒸的白魚。再就是素菜。」秋月又說：「替芹二爺預備了一個野雞片的火鍋，還沒有做。」

「把我的羊肉跟魚，撥一半給他。」馬夫人又說：「另外擺桌子，在這裡吃好了。」

正在照馬夫人的意思安排時，忽然來了個不速之客，是午後剛回去的錦兒；她手裡提著一個衣包，後跟一個丫頭，小心翼翼地捧著一具圓籠。秋月急忙迎了出去問道：「你怎麼去而復回，倒抽得出功夫？」

「本來想打發人來的，怕說不清楚，還是我自己來一趟省事。」

「甚麼事？」

錦兒先不答話，吩咐丫頭：「把東西放下來！」她親自揭開圓籠，裡面是疊在一起的四個「一統山河」式的廣口圓盂。「特為替芹二爺做了四個路菜。」她向正走了來的曹雪芹說：「都是不容易壞的東西。在路上別拿出來，四老爺那裡另外送得有。這樣子，你晚上想喝點酒，就不必驚動人家了。」

「你倒替他想得周到。」秋月指著衣包說：「怎麼？莫非你今晚上不打算回去了？」

「不是我的衣服。」錦兒答說：「是震二爺的意思，他聽說芹二爺要一件皮坎肩，特為要我把他新製的那一件送了來。」

一面說，一面打開衣包，是一件藏青團花貢緞面子、同色薄綢夾裡、下襬出鋒的白狐坎肩，鑲著白珊瑚套扣，素淨中顯得華麗；曹雪芹喝一聲采，卻辭而不受。

「還是全新的，震二哥大概還沒有上過身。君子不奪人所好，你替我謝謝他。而且我已經有了，太太把她的那件金絲狨的坎肩給了我。」

「太太的衣服，你怎麼能穿？」錦兒說道：「你不必客氣。」

曹雪芹還在辭謝，秋月卻覺得應該收下，便向錦兒使了個眼色，顧而言他地問：「還有甚麼怕人家說不清楚的話？」

「有！」錦兒答說：「我先見太太，省得一番話說兩遍。」

原來曹頫的行程，略有阻延；因為奉旨沿路順道勘察行宮，得讓曹震為他找兩個高明的工匠帶去。這在年下是件得跟人情商的事，必得耽誤一兩天的功夫。但奉旨卻是盡快出京，不便在京等待，所以仍舊限在明天中午動身，在通州稍住，等找到工匠，一起長行。

「震二爺特為讓我來通知，看芹二爺是願意明天跟四老爺一起走呢？還是在家多陪太太兩天？」

「我自然情願在家多待兩天。」

「太太的意思呢？」

「也好！」馬夫人向秋月說：「開飯吧！讓她吃完了，好早早回去。」她又加了一句，「你們還是在堂屋裡吃好了。」

秋月明白，這是馬夫人體恤；因為在一屋子吃飯，錦兒跟秋月少不得要伺候飯桌，諸多拘束，連曹雪芹也會覺得不便。

於是秋月等先開了馬夫人的飯，才來陪錦兒和曹雪芹。一張大方桌，定著南向的座位，錦兒與曹雪芹對坐，秋月打橫坐在下首，端起飯碗說一聲：「我飯陪！」隨後便拿雙牙筷，指指點點地，小聲跟錦兒談馬夫人如何傷心，如何嚇壞了曹雪芹的經過。她的語氣是又欣慰、又得意；錦兒則是驚喜交集，立即想到了一件她最關心的事。

「照這樣說，芹二爺的親事，以後只要跟太太商量就是了？」

「可以這麼說。」秋月看了曹雪芹，「不過太太當然也要看看他本人是不是中意。」

錦兒不作聲，夾一塊生山雞片，一面在火鍋中涮，一面望空沉思。秋月與曹雪芹，都覺得她的表情很玄，所以不約而同地注視著。

「嗨！」曹雪芹忍不住了，「山雞片都老得不能吃了。」

錦兒這才將山雞片夾了出來，擱在碟子裡沒有吃，抬眼望著曹雪芹說：「你如果真的孝順，應該體會到太太心裡的盼望，上緊去找一房媳婦；只要你有心，找位才德相貌都過得去的芹二奶奶，不是難事。」

曹雪芹不知如何作答；秋月卻笑道：「看來你又是胸有成竹了。」

「沒有。」

「那麼，你剛才在琢磨甚麼？就這麼兩句話，也無須想得那樣子出神。」

「我是在一個一個比較。」錦兒答說，「世界上沒有十全十美的人，有長處就一定有短處，而且長處、短處往往搭配得很勻稱。」

「此言可思！」曹雪芹點點頭，「你倒往深裡說一說。」

「我心裡明白，嘴笨，說不上來。」話雖如此，她仍舊勉力作了表達，「譬如說吧，有人有八九樣長處，一兩樣短處，看起來比平常人都強是不是？可是，往深裡去考察，那一兩樣短處，每每是極大的毛病。反過來說，有八九樣短處，只有一兩樣長處，那長處一定是過人的。」

「那也不盡然，《列女傳》上才德兼備、福慧雙修的，也多得很。」

「那一定是你講過的，」錦兒笑道：「那位齊甚麼王的正后，無鹽女，醜得出了格了。」

「不！」曹雪芹急忙改口，「我說的是才貌雙全。」

「德呢？」錦兒問說：「一定在德性上有很不好的地方，不過外人不知道而已。」

「你要這樣說，咱們就談不到一處了。」

秋月看曹雪芹有抬槓的模樣，而錦兒剛才想了半天，一定也有好些話說，兩不相讓，話不投機，豈不殺風景，因而把話扯了開去。

「譬如一半、一半呢？」她問，「那又怎麼說？」

「你是說長處有五樣，短處也有五樣？那就是平平常常的人，長處不見得長，短處也不見得短。

不過，世界上倒是這種人當中，有福氣的居多。」

「這倒是見道之言——。」

曹雪芹剛說了這一句，迎面看見馬夫人掀簾而出，便即住口；錦兒與秋月亦都站了起來。

「你們吃你們的。」銜著象牙剔牙杖的馬夫人，在上首空著的位子上坐了下來，看著愛子說：「我想你還是明天跟你四叔一起走吧！做晚輩的，道理上應該如此。」

曹雪芹不甚情願，但想到已許了母親一定聽話，只好答一聲：「我就跟四叔一起走。」

既然本人都答應了，秋月跟錦兒自然不必再為他有所陳情，「快吃吧！」秋月只這樣對錦兒說：「你請早點回去，告訴震二爺好預備；明兒甚麼時候動身，也得給個準信兒。」

「反正是到通州，遲早都沒有大關係。不必急。」

「對了，不必急，慢慢兒吃。」馬夫人看著秋月又說：「該把桐生找來，我告訴他幾句話。」

於是秋月起身，著小丫頭到門房裡去喚曹雪芹的小廝桐生；小丫頭去了來回話，說門房裡告訴她：「桐生到震二爺家去了，還說是芹二爺差遣他去的。」

「我何嘗差遣過他？」曹雪芹說：「這猴兒崽子，胡說八道。」

曹家的規矩，最忌下人撒謊；而且桐生才十六歲，就會掉這樣的花槍，如何能放心讓他伴著曹雪芹遠行？秋月認為這件事很嚴重，而馬夫人的態度倒還緩和。

「既然沒有差他，他跑去幹甚麼？一定是到甚麼地方玩去了。」

「不！」錦兒極有把握地說：「是在我那兒。」

「咦！」秋月詫異，「你怎麼知道？」

錦兒忍俊不禁地「噗哧」一笑，「他只知道明天要走，不知道芹二爺可以緩兩天動身，這會兒跟人辭行去了。」她看著曹雪芹問：「你猜是誰？」

不問別人問曹雪芹，自然是因為他或許想得出來；曹雪芹便想最近幾次帶桐生到曹震家的情形。細細搜索記憶，終於想到了。

「啊！原來他跟你家的阿蓮好上了。」

「誰是阿蓮？」馬夫人問。

「太太不記得了？」秋月說道：「太太生日那天，跟錦二奶奶來過；圓圓一張臉，一笑兩個酒渦，太太還說她像無錫惠泉山上的泥娃娃。記起來了吧！」

「喔，原來是她。」馬夫人笑道：「那是個有福氣的女孩子，別看桐生年紀輕，倒會挑。」說著，看了曹雪芹一眼。

馬夫人用這個「挑」字，是有道理的，原來桐生長得很體面，也很能幹，兼且伶牙俐齒，慣會逗笑，所以在丫頭僕婦中最得人緣。管浣洗的蔡媽，想要他作女婿；廚房裡的劉媽說有個內姪女跟桐生同年，正好作配；丫頭中對他有意的也有。那知他一概無動於衷，卻情有獨鍾，挑上了阿蓮。

「太太也別這麼說。」秋月有些不平，「咱們家那幾個女孩子，那裡就比人家的差？俗語說的是女心外向，不料『男心』也會『外向』！真是豈有此理。」

「這是『兔子不吃窩邊草』。」錦兒笑道：「我的丫頭配了芹二爺的小廝；結一重親家，不也挺好的嗎？」

「對了！」這下提醒了馬夫人，「這回他跟了芹官去，倘或巴結上進，等回來了，我來作主，替他聘你的阿蓮。」

「一言為定。」錦兒答說：「我照太太的聘禮，加倍賠嫁妝。」

聽他們談得熱鬧，曹雪芹有感觸，也有啟發；丫頭小廝的親事，就能讓大家這麼興致勃勃地談論，如果是自己娶妻，從相親開始，次第到六禮完成，至少會給全家帶來一年半載有生氣的日子。

尤其是母親，在她來說，一定是平生最大的一樁樂事。

正這樣想著，只見剛才去傳喚桐生的那個小丫頭，湊到秋月身邊，悄悄說道：「桐生回來了。」

曹雪芹一聽，心中說一聲：「糟了！」剛想找個理由為桐生緩頰；見秋月已站了起來，冷冷地說：「叫他進來。」

桐生就在中門外待罪；進了堂屋，一言不發，直挺挺地朝地上一跪，把頭低了下去。

秋月看了馬夫人一眼，取得默許，便開始審問了：「你到那裡去了？」

「我，我到錦二奶奶那裡去了。」桐生囁嚅著回答。

「誰派你去的？」

罪名在此；桐生不答，只向正面坐著的馬夫人磕了一個頭。

這是認罪的表示，秋月便不再提，只問：「你去幹甚麼？」

「我去——」

桐生在編說詞時，曹雪芹喝道：「你別再撒謊，說老實話有你的好處！」

桐生伺候筆硯，也跟從曹雪芹讀了些書，想起過錯原在說了假話；倘再撒謊，便是一誤再誤、罪加一等了。因而看著錦兒，大著膽子說：「我抽空看錦二奶奶的阿蓮去了。」

此言一出，秋月與馬夫人相顧無言；而曹雪芹與錦兒，卻相視而笑。見此光景，桐生鬆了一口氣，把懸著的一顆心放了下來。

「好吧！」秋月問道：「你自己說，該怎麼罰？」

桐生不答話，只將右手伸了出來；曹雪芹便又喝道：「混球！把右手打腫了，你可怎麼替我提行李？」

這是暗示秋月，也是為桐生乞情；看他雙手尚須執役，免予責罰。秋月本想打他十下，看曹雪芹的份上，便即說道：「不打不行！打五下。」

於是取來了下人尊之為「家法」的紫檀戒尺。執行家法的本當是男女管家；如今不比當年，已無總管的名目，也不常責罰下人，得臨時指定一個人來執法。

正當秋月還在考慮該派誰來打桐生的手心時，曹雪芹靈機一動，指著四兒說道：「讓她來動手。」

秋月心知其意，四兒對桐生最好，派她執法，下手必輕；這是曹雪芹又一次護衛桐生。當下點點頭，轉臉向四兒問道：「你知道不知道桐生犯了甚麼錯？」

「知道。」

「好！」秋月將戒尺交了給她，同時交代：「打五下。」

曹家的規矩，責罰下人之前，先加告誡；所以四兒等桐生伸出左掌以後，便用戒尺指著他數落：「明兒個芹二爺就得跟四老爺到熱河去了，臨走之前，有多少事要料理；你是芹二爺貼身的人，就該時時刻刻伺候著才是。不想這個節骨眼上，你假傳聖旨，悄悄兒一溜，不知幹甚麼去了？你還有良心嗎？我就打你這個死沒良心的！」

語聲甫落，只聽扎扎實實的「拔」地一聲，桐生隨即抽搐了一下，右手握著左掌，身子往一邊倒了去。

堂屋內外，上下主僕，無不變色；在死樣的沉寂中，只聽馬夫人怒聲說道：「別打了！」秋月亦已上前，拉起桐生的手看，又紅又腫，還有皮破肉裂之處；忍不住轉臉厲聲斥責：「你怎麼下死命打他！」

一言未畢，四兒「嗷」然一聲，哭著掩面而奔。也沒有人理她，只忙著去找了何謹來，將桐生扶了出去，敷藥裹傷。

亂過一陣，靜了下來；曹雪芹看母親臉色不悅，便強顏笑道：「看了一齣『金玉奴棒打薄情郎』。」

錦兒「噗哧」一笑，手指著說：「都是你不好！你不點她，不就沒事了嗎？」

「你怪我，我還怪你呢！」曹雪芹說：「你不說破桐生跟阿蓮好，又何至於醋海興波？」

「好了，好了！」秋月覺得他們這些話，不宜再當著下人說，因而攔阻：「你倆別再接唱『探親相罵』了，行不行？」

聽得這一說，馬夫人亦復忍俊不禁，但神態馬上又恢復為沉重，用低沉的聲音，自語似地說：「心這麼狠，可怎麼再留？」

這是指四兒而言。秋月心想，四兒也是高傲狹隘的氣性，如果攆了出去，萬一想不開，會尋短見；過去有過這樣的事，可絕不能再來第二回了。

因此，她急忙湊過去輕聲說道：「太太，先不忙著辦這件事，回頭我跟太太細細回。」

「娘！」曹雪芹也勸：「犯不著為她生氣。」

「不是甚麼生氣，裝糊塗會出事。」

聽得這話，錦兒有些不安；因為推原論始，風波之起，怎麼樣說也脫不得她的干係，這就應該有所表示了。

於是她想了一下說：「太太請放心！拿芹二爺高高興興送上了路，我跟秋月來好好琢磨。包管有妥當辦法。」

「對了！你們好好兒商量。」馬夫人說：「不過，怕難得有妥當辦法，我這兒不能留，你那兒也不能待；又不能叫她家裡領了回去，那裡有妥當辦法。」

「一定有！」秋月接口顯得很有把握似地，其實是寬馬夫人的心；緊接著又說：「如今倒是有件事要緊，桐生的傷勢不知道怎樣？路上不能幹活兒可麻煩了。」

曹雪芹原就惦著這一點，所以聽得秋月的話，毫不遲疑地起身說道：「我瞧瞧去。」

出堂屋、穿天井，踏出中門，一直都不見人，但左前方有燈火、有人聲，曹雪芹便有數了；那裡有間空屋，向來是下人聚集歇腳之處，桐生一定在此療養。

走近了，探頭從缺了塊明瓦的窗格往裡一看，人還不少，有僕婦、有丫頭；廚房裡的劉媽捧著一碗湯，湊到桐生面前說道：「溫溫兒的正好喝。全是肝尖兒，最補血。」

「多謝劉大嬸。」桐生搖搖頭，「我實在喝不下。」

劉媽未及答話，一個濃眉大眼，管打掃的丫頭嚷道：「你們看四兒的手有多重！打得人連碗湯都喝不下了。」

「心狠手才重。」另一個燒火丫頭接口，「平時看她說話細聲細氣，文文靜靜，誰知道這麼陰！」

「你們別怪她。」桐生急忙說道：「她是上命差遣，身不由己——。」

一句話未完，那燒火丫頭便「啐」了一口，「你還幫她！不知好歹的東西，天生是挨打的命！」她又「啐」了一口，方始轉過身來，氣得滿臉通紅地往外直奔。

曹雪芹怕迎頭撞見了不好意思，趕緊咳嗽一聲，放重了腳步；等他在門口一出現，丫頭僕婦，一齊站正了。見半躺在一張軟椅上的桐生也要起立，曹雪芹急忙搖手阻止。

「你別動！」他走過去問：「傷勢怎麼樣？」

「何大叔給敷的藥，好多了。」

「我看看。」

等桐生將手一伸出來，曹雪芹嚇一跳，左掌裹著白布有一寸多高；不由得失聲說道：「腫得這個樣子！疼不疼？」

「怎麼不疼？」濃眉大眼的那丫頭搭腔，「疼得連一碗湯都喝不下了。」

「是嗎？」曹雪芹問桐生。

「是，是有點兒疼。」

「老何呢？」

「抓藥去了。」

「你到門房裡去看一看。」曹雪芹支使愛多話的那丫頭，「如果回來了，讓他馬上到上房裡來。」

曹雪芹剛回到上房，何謹已接踵而至，據說傷得很重，不過只是皮肉受苦：用了重料的冰片之類的涼藥，仍不能止痛，所以他特為去配了一劑湯頭，此刻正在煎煮。這服藥喝下去，痛楚稍減，能夠好好睡一覺，便可不致潰爛，否則就很費事了。

「這，」秋月說道：「這樣子怎麼能上路？」

「上路可不能。起碼得養個十天半個月。」

「我倒想起來了。」秋月向馬夫人說：「仲四鏢局子裡有極好的金創藥。」

意在言外，不妨將桐生送到通州去養傷。既然如此，曹雪芹仍舊可以跟曹頫一起去；在通州等待的那幾天，桐生傷勢必已大癒，不礙行程。不過，由京城到通州這一段，得另外派個人送。

「我送了芹官去好了。」全家只有馬夫人跟何謹，對曹雪芹的稱呼未改，「我也上莊子上看看去。」

這倒提醒了秋月——提醒她應該向馬夫人請示，如何處置通州的房子？那所莊屋，本由曹震經手，賃給糧台作為過往差假人員的行館，現在平郡王已交卸了大將軍的關防；各人有各人的布置，莊屋是不是會退租，得讓曹震問一問。

這事本來倒也不急，只是想起馬夫人說過，有意處分通州的房子，而目前恰好有個機會，不宜錯過。

因此，她問錦兒：「你是不是急著要趕回去？」

「急著趕回去是得告訴震二爺，通知糧台多備兩部車子，好讓芹二爺明天一起走。」

「就這件事，沒別的了？」

「沒別的了。」

「那就讓老何去一趟。」

錦兒心知她另有話說；當下將要告訴曹震的話都交代了何謹。這裡也就收拾了餐桌，沏上普洱茶來，一面吃冰涼去心火的蘿蔔，一面喝熱茶聊天。

馬夫人卻有些倦了，「我歪一會兒去。」她對錦兒說，「你走的時候叫我；我有話說。」

「是！」錦兒站起來答應。

等馬夫人一走；曹雪芹低聲說道：「看樣子，就算太太不攆四兒，她也待不下去了，你們打算怎麼安置她？」

秋月詫異地問：「這話從何而來，為甚麼待不下去？」

「眾怒難犯；她成了眾矢之的，怎麼待得下去。」曹雪芹將那些丫頭「義形於色」，為桐生不平的見聞，細細地講了一遍。

「桐生那一下總算挨得值！」錦兒笑道：「不過，他倒總算是有良心的，居然還衛護著四兒，難得之至。」

「這話，」曹雪芹正色說道：「你可別告訴阿蓮，她會多心。」

錦兒一楞，與秋月對看了一眼，方始說道：「你專會在不相干的女孩子身上用心，自己的事，怎麼倒漠不關心呢？」

「咱們不談這個。」曹雪芹問：「你們說，四兒怎麼辦？」

「這得慢慢兒商量。」秋月答說：「不是甚麼大不了事，也不是甚麼難辦的事。你不必為此牽腸掛肚。」

「你放心好了。」錦兒安慰他說，「有你這話，我們心裡有數兒了，一定安頓得好好兒的，皆大歡喜。」

「皆大歡喜？」曹雪芹不解地問：「怎麼能皆大歡喜呢？兩個人都喜歡桐生，一個得意，就必有一個失意，不是嗎？」

「你真傻！我們不會想法子另外找一個桐生嗎？」

「啊，啊！」曹雪芹撫掌笑道：「我竟沒有想到這一著。」

「你沒有想到的事還多著呢！」秋月說道：「你不是說要寫信給你的幾個同學送別嗎？寫去吧！」

曹雪芹知道她們有話談，雖有戀戀不捨之意，仍舊起身走了。於是秋月就炭盆上現成的開水，重新沏了一壺香片，又弄了些零食出來，好整以暇地談起通州的房子。

「這件事我可不大清楚。不過，震二爺跟慶公爺也很熟；慶公爺接了咱們王爺的大將軍，還留他仍舊在糧台上幫忙。震二爺那裡肯？這是個機會——。」

說著，突然頓住了。秋月不免詫異；「甚麼機會？」她追問著。

原來錦兒是說溜了嘴；一時無從掩飾，只好說老實話。她悄悄告訴秋月，曹震在糧台上很弄了些好處；軍需報銷，本是一盤爛帳，全看主帥的恩眷，或是戰績；恩眷正隆，部裡不會挑剔；或是先敗後勝，不但將功可以折罪，敗仗之中的損失還可以多報。如今平郡王正在風頭上，曹震的「四柱清冊」交了出去，慶復那方面乖乖地接收；兵部只要在書辦那裡花上幾百銀子，不出兩個月就可奏准核銷；照曹震的說法是：「一件濕布衫脫掉了，有多舒服！」

「看來你的幫夫運不錯。」秋月以做姐姐的姿態，帶些告誡意味似地說：「不過，俗語說的：家有賢妻，夫不遭橫禍。你得記著這話才好。」

「天地良心！我可是常常勸他，千萬謹慎，一別落把柄在外頭；二別張狂，遭人妒嫉。他雖不全依，總也還聽個六七分。」錦兒急轉直下地說：「通州的房子，要看太太的意思，如果仍舊願意賃出去，讓震二爺跟慶公爺那兒說一聲就是。」

「不！」秋月低聲說道：「太太的意思，打算脫手——。」

「甚麼？」錦兒搶著問說：「打算賣掉？」

「對了。」

「幹甚麼？」錦兒聲音很大；旋即發覺失態，換了個座位，緊挨著秋月，拉著她的手說：「我告訴你吧！震二爺也有一番心胸，要把咱們曹家再興起來；雖不能巴望老太爺在世的那番風光，至少也得讓那兩房，不能把咱們這兩房瞧扁了。震二爺的打算是，捧四老爺出面，官是他的，事情震二爺來辦。至於芹二爺，自然希望他做個幫手；不過，他也知道芹二爺的性情，若說要他怎麼樣巴結當差，那就看錯人了。他說：但願老太爺的那點兒書香，能在雪芹身上留下來。」

「震二爺是這麼個想法！」秋月頗感意外，而且一時無從辨別曹震的想法，錯或不錯。

「他這話還說過不只一遍。」錦兒又說：「我就告訴他：你這話千萬少說！芹二爺本來就有點名士派頭；聽你這一說，越發不在乎了。依我看，還是得好好讀書，中了進士，點了翰林，那時候做名士才夠味兒。」

「你這話倒說得有點兒意味。」秋月確是人有領悟，回憶當年，感慨無限，「老太爺在的日子，我沒有趕上。不過，常聽老太太說：當年天下名士，只要到了南京，誰沒有在咱們曹家喝過酒。老太爺倘非當了那麼多年闊差使，就算滿腹詩書，又能結交幾個名士？做神仙也得先富貴才行，不然怎麼住得起珠宮玉闕。」

「一點不錯！」錦兒也充分能領會她的意思，「呂洞賓如果不是長了個點鐵成金的手指頭，誰瞧得起那麼個窮老道。」

「這話就不對了！」門外曹雪芹應聲，說著，推門而入，一面走，一面又說：「呂洞賓有點鐵成金的能耐，可不是長了個金指頭，看起來還是個窮老道。」

錦兒想一想，果然話有語病；笑一笑，不跟他辯，只說：「你聽壁腳聽了多少時候了？」

「就聽見你們談我那一段。」

「原來也不少時候了。」

「好！省得我重說一遍了。」秋月緊接著開口，話題急轉：「你以為怎麼樣呢？」

曹雪芹不即回答，坐下來拈了一塊藥製陳皮放入口中，慢慢咀嚼著說：「你們說我有點名士派頭，我可不敢當。而且還有點惶恐——。」

「惶恐？」錦兒插嘴問說：「為甚麼？」

「所謂名士派頭，照一般人看，無非不修邊幅，白眼看人，大庭廣眾之間，旁若無人，自鳴得意；如果把我看成這麼樣一個討厭的傢伙，我豈不要惶恐。」

錦兒與秋月相視怡然，彷彿深幸他不是這樣的人而大感安慰似地。

「我也無意做名士。」曹雪芹又說：「有意做名士，時時有個『名』字橫亙胸中，唯恐不為他人所注目，久而久之，就會成為那麼一個怪物。不過震二哥的那句話，我倒要謹記在心。」

「那一句？」錦兒問說。

「老太爺的書香，能留一點在我身上。」

「那，」秋月接口，「你可得成老太爺未竟之志，補老太爺不足之憾。」

看她神色鄭重，連錦兒在內都坐正了凝望著，等待下文。

「有一回老太太跟我說，不知康熙爺第幾次南巡，正逢大比之年，老太爺曾面奏過，想下場應試，秋闈接著春闈，前後不過八九個月的功夫；等會試過了，還回來當差。康熙爺說差使要緊沒有准。老太爺一直覺得是個遺憾。你要能夠彌補了，老太太在天之靈，不知道會怎麼高興？」

聽得這話，曹雪芹把頭低了下去；好半天才抬起頭來，吃力地說：「也不知怎麼回事，一碰到八股文，我腦子就會發脹；再下去就要發頭風了。如果我真的是功名中人，也許十年八年以後，再會來一次『博學鴻詞』，那時候才是我出頭的機會。」

「你跟震二爺倆都死心吧！」秋月向錦兒說道：「他既不是名士，也不是翰林。」

聽得這話，曹雪芹自覺無趣，悄悄起身，逡巡欲去；錦兒本來也想走了，但覺得這樣分手，似乎留下了一件沒有做完的事，因而不免躊躇。

曹雪芹自己亦覺得不大對勁，復又回轉身來，神色怡然地坐在原處，向錦兒問道：「震二哥預備甚麼時候到熱河來替我？」

這就很難說了，不過錦兒必得說一個日子，否則倒像是故意將曹雪芹騙了去就不負責任了。於是她自己估計了一下說：「四老爺這趟差使，據說是半年，你們哥兒倆，一人一半；他最晚到明年三四月裡，總也該來接你了吧？」

「那麼，你呢？」曹雪芹問：「你會不會跟了震二哥一起去？」

「一共兩三個月的功夫，我跟了去幹甚麼？」錦兒又說，「而且有孩子也不便。」

「孩子有奶媽。」曹雪芹緊接著說：「熱河行宮三十六景，春暖花開，美不勝收，你不來逛一逛？」

「行嗎？」秋月問說。

「照規矩當然不行。不過，天高皇帝遠；我跟那裡的侍衛軍有三四個月的交道打下來，悄悄兒帶你們進去逛一逛，一定辦得到。」曹雪芹又慫恿秋月，「你們一路來；逛完了，咱們一路回京，你就算來接我。」

秋月尚在考慮，錦兒的心思越來越活動了，「真的，」她說：「枉為在京裡，還是內務府的，宮裡是個甚麼樣兒都沒有見過，自己都說不過去，能到行宮看看也好。不過，幾時還是得想法子見識見識京裡的宮殿。」

「那怕要等個二三十年了。」秋月笑道：「將來震二爺當了內務府大臣，你有一品夫人的誥封；大年初一，命婦進宮朝賀，自然就見識了。」

話還未完，錦兒已推著她說：「得、得！要罵我，乾脆就罵好了；何必損人！」

曹雪芹接口說道：「依我說，你是死了這條心的好，如果有那樣的機會，不見得是好事。」

「怎麼呢？」

錦兒不明白，秋月卻聽曹老太太說過，宮中如有需要婦女服役之時，都由內務府人員的眷屬承應，名之為「傳婦差」；皇子、皇女選奶口、選保母，更非內務府冊籍上有名字的婦女不可。一旦中選，便與家人長相睽違，一年也許只見得著一兩次，所以曹雪芹說「不見得是好事」。

等秋月解釋清楚了，錦兒不以為然地說：「咱們家太老太太，當初不是也領過康熙爺嗎？」

「那是當年。而且是為了出天花，住在外面，不在宮裡。」

「這些陳穀子、爛芝麻不必提了。」曹雪芹話風如刀，截斷了說：「咱們言歸正傳。錦兒姐，你到底去不去？」

「去。」

「你呢？」曹雪芹又問秋月。

「只要太太許了，我自然也去。」

「那好！太太不會不許。」曹雪芹很認真地說：「咱們可是一言為定。」

因為有此後約，便覺得曹雪芹此行，就像相約尋幽探勝，他不過先走一步而已；離愁別緒，在一心期待重逢的心情之下，一掃而空了。

第三章

「娘，進去吧！」

「我本來要出來走走。」

從馬夫人的臥室磕頭辭行出來，曹雪芹勸母親止步，已說了三遍了；母子倆都不敢正視，說話時把頭低著，只怕視線一接，就會觸動強忍著的兩泡別淚。

「娘，外面風大！」到了大廳屏風背後，曹雪芹又說了；而且還交代秋月：「你扶太太進去。」

「不用！記住，有便人就捎信回來。」說完，馬夫人很快地扭頭往回走。

秋月躊躇了一下說：「我送你吧！」

曹雪芹不作聲，只往前走；心裡在思索，還有甚麼應該告訴秋月而遺忘的話。

很快地到了大門口，一班男女下人，都站在那裡等著送小主人；秋月便說：「芹二爺，我可只送到這兒了。別忘了太太的話，有便人就捎信回來。」

「你也別忘了咱們昨兒晚上，跟錦二奶奶的約定。」

「我知道。」說著，秋月福一福，作為別禮，然後也是很快地回身而去。

曹雪芹怔怔地望著她的背影，忽忽若有所失；楞了好一會，突然想起一件事，毫不考慮大聲喊道：「秋月！慢點。」

秋月聞聲回頭，走了回來，曹雪芹也迎了上去，在大廳的天井中接近了，秋月問說：「甚麼事？」

「有句話，我得說了才能放心，別難為四兒！太太面前，你勸著一點兒。」

「好了，好了。不必你操心，一定會妥當的處置。」

「好！」曹雪芹很滿意地：「我信你的話。」

由曹震的寵僕魏升騎馬前導，車騎紛紛到了通州張家灣，不過未時剛過。剛入鎮甸，便有仲四鏢局子裡的趟子手，搶步上前，拉住了魏升那匹「菊花青」的嚼環；後面的車，亦都緩緩停了下來。

曹雪芹坐的是頭一輛車，悶了半天，急著掀開車帷，往外探望，恰好看到仲四，喊一聲：「仲四哥！」接著，一躍而下。

「芹二爺！」仲四上來抱住他，「長得比我都高了。老太太好。」

「託福，託福。」

這時曹震亦已下車，仲四一眼瞥見，拍一拍曹雪芹的背，鬆開了手，迎上前去。曹震先作個攔阻他行禮的姿勢，然後拉住他的手問道：「我派人送來的信，收到了沒有？」

當然收到了，不然仲四也不能在這裡迎接；「我預備了兩處公館，一處大、一處小。」仲四又說：「小的比較精緻。」

「費心，費心！」曹震手一指，「你先見一見我四叔吧！」

「是，是！」

於是曹震先搶上兩步，掀開曹頫的車帷說道：「四叔，咱們在通州的居停，仲四掌櫃親自來接了。」

「喔、喔！」曹頫下車時，仲四已在車前請安；只好在車中急急躬身答說：「不敢當，不敢當！多費你的心，感激不盡。」

「四老爺那裡的話，貴人光顧，請都請不到。只怕伺候得有不周到的地方，你老得多包涵。」

「好說，好說！」

曹震知道曹頫不善於應酬，便即接口說道：「仲四掌櫃替咱們預備了兩處地方，小的一處比較精緻，四叔住；雪芹跟我住大的那處好了。」

「也好！」

「那就走吧！」曹震一面向仲四說，一面放下了車帷。

車馬復行，這回是仲四與他的兩名夥計帶頭，先到曹頫的公館，大家都下了車。進去一看，是借的當地一個「糧書」家的一座跨院，北屋三間，帶兩間廂房，一間作下房，一間空著可以作小廚房；正屋一明兩暗，裱糊得四白落地。壁上居然還懸著一副前漕運總督張大有所寫的對聯；院子裡兩樹石榴，一缸金魚。客中得此，在曹頫已深感滿意了。

「廚子老徐留給四叔。」曹震分派著，「何謹也住這兒，陪四老爺聊聊骨董書畫。」

「是！」何謹答應著。

「卸行李吧！」

卸完行李，仲四說道：「我備了一桌酒，給四老爺接風；請先息一會，回頭我再來接。」

「不，不！謝謝，謝謝！」

「四老爺無論如何得賞面子。」

「不敢當，實在是我今晚上還有好幾封信要寫。改天叨擾吧！」

仲四還待再邀，曹震搖手攔住：「家叔不是跟你客氣。」他說：「乾脆你送幾個菜來。菜也不必多，多了吃不掉，糟蹋了也可惜。不過酒倒不妨多，而且要好。」

「有，有！」仲四一迭連聲地答應，「今年漕船帶來的南酒，都是頭等貨；而且有五十斤的大罎。我挑一罎送來。」

聽這一說，連何謹都口角流涎了；不過，他是奉命來照料曹雪芹的，而且應該住在自己的莊子裡，如今跟著「四老爺」在這裡享用美酒，自覺問心有愧，便出了個主意：「要不芹官也住在這裡，我看也還寬敞。」

他的話未完，曹震便連連搖手，「你別胡出主意！」他說：「讓四老爺安安靜靜地住倒好？」接著，曹震又前前後後看了一遍，諸事妥貼，便帶著曹雪芹走了。

仲四安排的另一處公館，就在鏢局附近，不但房屋寬敞，而且甚麼都是現成的；簇新的寢具，連鋪蓋都不用打開。

「你先挑。」曹震向曹雪芹說：「你得住兩三天，不比我明天就回京了。」

曹雪芹還是挑了廂房，將正屋留給曹震；等一安頓了下來，他有件事急著要說：「仲四哥，先得跟你要點兒好金創藥。跟我的那個桐生，手傷得不輕。」接著便喊：「桐生，給仲四爺請安。」

「不敢當，不敢當！」當桐生請安時，仲四很客氣地站了起來，「你伸手出來我看看。」

剪開繃帶，揭去油紙只見手心一大片淤血的青紫；仲四又看了看桐生的手背說：「這不是壓傷，是棒傷；怎麼來的？」

桐生紅著臉答不出來；曹震已聽錦兒說過，便即笑道：「這小子挨的風流棒。」

聽這一說，仲四便不再問了；找了兩處穴道，按了按說，「還好，沒有傷筋。我叫人給你敷藥，有三五天就好了。」隨即又轉臉問道：「震二爺是到我那裡坐一會兒呢？還是我把帳簿捧了來，請你過目？」

原來曹震這兩年很照應仲四；其實也等於由夏雲接上內線，合夥「做買賣」，曹震將糧台上運餉銀的鏢，大半給了仲四。還跟仲四、王達臣各出三分之一的股份，在張家口另設鏢局，作為聯號。給仲四的鏢有回扣；張家口鏢局的股份，到了年下，應該結算，仲四這裡，大致有帳可稽，所以仲四有此一問。

曹震略想一想答道：「還是到你那裡去吧。反正也挺近的。」

於是一起到了鏢局，仲四將他們兄弟延入櫃房，第一件事是找人為桐生治傷；第二件事是交代為曹頫送酒、送菜；然後問曹雪芹說：「餓了沒有？」

「一點兒都不餓。」

「那好！回頭咱們好好兒喝一喝。」說完，向他的司帳王先生示意，取帳簿出來看。

曹雪芹很識趣；其實也是沒興趣，站起身來說：「我逛逛去。」

到了鏢客與趟子手休息的那間敞廳，大家都站了起來；也有以前的素識，都圍了上來招呼。曹雪芹一一應酬過了，坐下來跟大家一起喝茶。

「有那位，最近打口外回來？」

「喔，」有個姓連，外號「連三刀」的鏢客應聲：「芹二爺必是問王掌櫃——。」

「王掌櫃？」曹雪芹不自覺地插嘴，「我是問王鏢頭、王達臣。」

「沒錯。人家現在不就是掌櫃了嗎？」

「對，對！」曹雪芹笑道：「我腦筋一時沒轉過來。王掌櫃近況怎麼樣？」

「挺好哇！」連三刀說：「王掌櫃為人熱心，愛朋友；官商兩面，都能吃得開。當地做了幾十年大買賣的，有時候官面兒上有了麻煩，還得託王掌櫃去說情。」

曹雪芹大為詫異，「王達臣不是那樣的人啊！」他說，「幾時學會了結交官府的本事？」

「是全靠那位內掌櫃。」連三刀興致勃勃地，「提起王二奶奶，可真是人才——。」剛說到這裡，旁邊有人在他肘彎上撞了一下說：「王二奶奶是芹二爺府上出來的。」是提醒他別說出輕佻的話來。

連三刀愣了一下，會過意來，接著說道：「怪不得！官太太都願意跟王二奶奶來往，原是見過世面的。」

「也談不到見過世面，」曹雪芹帶些謙虛的口吻說：「不過還懂規矩禮節就是了。」

「太懂了！那兒做大買賣的，遇到婚喪喜慶，非得請到王二奶奶去陪堂客，才算有面子；若是大滿棚的好日子，兩三家同一天辦喜事，你爭我奪，王二奶奶真成了大紅人了。」連三刀緊接著又說：「上回我去，正趕上一位王爺從烏裡雅蘇台回京；王爺的一個姨太太，早幾天到張家口去接，一到就把王二奶奶接了去，直到王爺到了才放回來。你瞧她的這份人緣！」

這在曹雪芹卻是新聞。不過，他也不能斷定絕無此事；平郡王福彭除了會典上規定有誥封的兩房側福晉以外，另有三妾，拿「姨太太」譯成旗下貴族的稱呼，叫做「庶福晉」。其中最小的一個姓王，是內務府一名司匠的女兒，最為得寵，也最能得太福晉的歡心。如果有先期在張家口迎候平郡王這件事，那就必定是她了。

不論如何，聽得連三刀盛讚夏雲，曹雪芹當然也很高興，而且立即想到，這些情形家裡一定不知道，應該寫信告訴秋月，必是他母親所樂聞的事。

轉念到此，不由得就想家了；但隨即自笑，離家還不到半日，便已如此，往後的鄉愁，如何得了？於是斷然拋開心裡的念頭，專心一致地又跟連三刀談王達臣。

正談得起勁，仲四親自尋了來了；看他神情愉快，大概帳目結算得很順利，曹雪芹便起身拱拱手說：「明兒再聊吧！我得住幾天，明兒找各位來喝酒；聽聽江湖上的奇聞異事。」

「儘管請過來。」一個姓秦，年紀最長的鏢頭說，「別的沒有；江湖上奇事怪事，可是誰都裝了一肚子在那裡。」

「你們裝了一肚子奇事怪事；芹二爺可是裝了一肚子的墨水。」仲四避開曹雪芹的視線，向秦鏢頭飛了個眼色，「你們可別信口開河，胡吹瞎矇，招芹二爺笑話。」

這是暗示大家，江湖上事，有些說得有些說不得，須識忌諱。曹雪芹卻不知道他們已有這樣的一個默契；心裡想到一件「怪事」，滿心打算著，明日能從這些江湖客口中，打聽出一些蛛絲馬跡。

主客僅得三人，卻設了五副杯筷。曹雪芹以為還有陪客，但入席之後，酒已再巡，卻無動靜，不免納悶。

「仲四哥，」他問：「還有誰？」

仲四笑而不答，曹震卻說了句：「回頭你就知道了。」

「芹二爺剛才是跟連三刀在談王達臣？」仲四找話來敷衍。

「是的。」曹雪芹忽然想到，「震二哥，說王爺回京的時候，是有個庶福晉先到張家口等著接。有這回事嗎？」

「有啊！是去年新娶的那個。」

「我想也應該是她。」

「怎麼樣？」曹震詫異地，「你何以忽然問到這話？」

「是談夏雲談起來的。」曹雪芹將連三刀所說的情形，轉述了一遍。

曹震聽得很仔細，一面聽，一面看仲四；終於仲四也注意聽了。

等聽完，曹震喝了口酒，望著仲四說道：「咱們談的那件事，有路子了。」

仲四點點頭，神色很謹慎，不再有別的表示。曹雪芹心知其中有花樣，卻不便率直動問。不過看樣子會牽涉到夏雲，他不能不關心；私下尋思，得想個甚麼法子，能把他們的話套出來才好。

就這時候，仲四的一個跟班，推門進來，在他主人身邊低聲說了句：「來了。」

「一個還是兩個？」

「自然是兩個。」

「好！」仲四轉臉向外，大聲說道：「都進來吧！」

那跟班的疾趨到門，掀開棉門簾，只見進來一個婦人，後面跟著個小夥子；那婦人花信年華，初看長得不怎麼好，但接觸到她的視線，那雙一泓秋水似的眼睛，有股懾人的魔力，頓時覺得她別有一種動人的風韻。

「仲四爺！」那婦人將手中衣包擱在一旁，在筵前行禮。

「來，來，先給曹二爺請安。她叫翠寶。」仲四指指點點地引見：「這是曹二爺的令弟芹二爺。」

「曹二爺、芹二爺！」翠寶一一請安，然後轉身招呼：「杏香，來見兩位二爺。」

那杏香戴著一頂罩頭遮耳的圓皮帽，身上是一件俄羅斯呢面、狐腿裡子的「一裹圓」；脫去帽子，卸下斗篷，曹雪芹才發覺是個十六七歲的女郎，長得很白，也有一雙靈活的眼睛；極長的一條辮子，襯著紅紬棉襖，顯得分外地黑。

「曹二爺！」

「你叫杏香，」曹震一把拉起她來，在她凍紅了的雙頰上摸了一下，「真是書上形容的杏臉桃腮。」說著，從荷包裡掏出一枚大內賞人用的足赤金錢，往她手裡一塞，「留著玩！」

「謝謝曹二爺。」杏香請了安，把手掌伸開來，把玩著那枚金錢說：「這上面四個字，我一個都不認得。是甚麼呀？」

「你問我弟弟好了。」

「對了！」杏香看一看曹雪芹，問仲四：「曹二爺的弟弟，怎麼會姓秦呢？」

仲四大笑，「你纏到那裡去了？」他說，「人家是別號裡頭有一個『芹』字；水芹菜的芹。」

「喔，」杏香向曹雪芹歉意地笑笑，「芹二爺！」接著福了福。

「別客氣！」曹雪芹說道：「錢上是四個篆字：萬國通寶。」

「原來這就叫篆字。」說著，杏香轉臉去看翠寶。

「沒有外人。」仲四開始安排，「就一起坐吧。」

照他的指定，翠寶坐在曹震右面；杏香卻與曹雪芹並坐一方。坐定敬酒，又布了菜，便成對地聊了起來；向隅的仲四，不時在兩面插嘴，席面上立刻就熱鬧了。

「我看你衣服多了吧？」仲四向滿臉泛紅的翠寶說。

「是啊！」翠寶答說，「倒是杏香穿斗篷的好，進屋子就脫了，出去再穿；我的皮襖穿在身上，脫了不像樣。」

「你不是帶了衣包，乾脆到裡面去換了。」說著，仲四手一指，「喏，曹二爺住這裡。」

翠寶雙眼很快地往曹震一瞟，站起身來，攜著衣包進屋去了。

「你呢？」仲四又轉臉問杏香。

杏香尚無表示，曹雪芹搶著說道：「她自然得回去。」

「我看——」

仲四還待再勸；杏香便開口了：「芹二爺說得不錯；我得回去。」

仲四與曹震相視一笑，彷彿笑他們兩人臉皮都薄；曹雪芹裝作不見，心裡卻在想，應該做點老練的樣子出來。

於是他找話來談：「你叫杏香，當然是二月裡出生？」

「是啊。芹二爺你呢？」

「我是四月裡。」

「對了！四月裡芹菜長得最好。」

杏香一面說，一面不斷點頭；那種帶些稚氣的認真，看來很可笑，但也很可愛。

這時翠寶已換了一件紫花布的薄棉襖，撒腳袴；走回來笑著說：「這一來可輕快得多了。」說著，提壺一一斟酒，斟到曹雪芹面前，向杏香說道：「你也跟芹二爺說說話才是。」

「一直在談。」曹雪芹接口：「看你出來了才停的。」

「喔。」翠寶又說：「我這妹子不懂事，芹二爺你多包涵。」

「很好。談不到包涵。」曹雪芹又問杏香：「你們是姐妹？看上去不很像。」

「不是一個娘肚子裡出來的，自然不像。」

「那——，」曹雪芹想明白了，「原來你們是姑嫂。」

「也不是姑嫂。」

這使得曹雪芹困惑了，「既非姐妹，又非姑嫂，」他問：「怎麼又以姐妹相稱呢？」

「那也沒有甚麼稀奇。」杏香答說：「你們爺兒們，不也是『仁兄』、『老弟』的，叫得很熱鬧嗎？」

曹雪芹語塞。曹震便即笑道：「倒看不出杏香生了一張利口。」

「我這妹子樣樣都好，就是嘴上，得理不讓人；到頭來自己吃虧。」

「這倒是實話。」仲四按著杏香的手，是一種長者的神情，「你如果不是那麼心直口快，那天又何至於受氣。」

聽得這一說，杏香的眼圈便有些紅了。曹震不知道是怎麼回事；但可斷定，講出來一定不會有趣，所以也不想問，只說：「好好兒的，幹麼傷心？來，來，喝了門杯，咱們行個甚麼酒令玩。」

「豁拳吧！」仲四說。

「不好！」曹震否決，「太吵了。」

「那行甚麼令呢？」仲四趕緊聲明：「文謅謅的可不行。」

「自然得想個大家都能玩的。」曹震轉臉說道：「雪芹，你倒想想。」

曹雪芹最好這些雜學，連猜枚、射覆、投壺之類，幾乎已經失傳的酒令都考查過；這時略想一想說道：「咱們『拍七』吧！」

「甚麼叫『拍七』？」杏香立即發問：「我得先弄清楚。」

「挨著往下報數，遇到『七』不能張嘴，得拍一下桌子，『明七』拍桌面，『暗七』拍桌底。」

「甚麼叫『明七』、『暗七』？」

「明擺著有個『七』，是明七；如果是七的倍數，譬如十四、二十一，就是暗七。」

「我懂了，沒有甚麼難。」

這時曹震已打算過了，隨即說道：「我做令官。杏香怎麼樣？」

「咦！」杏香問道：「震二爺怎麼不問別人，單單問我？」

「因為你嘴厲害，意見最多，所以先問問你。你不反對，我可就要走馬上任了。」

「好吧！我替你放起身炮。」

吐語尖新可喜，連曹震也笑了；旋即正一正顏色，咳嗽一聲，方始開口：「酒令大如軍令，有幾件事，大家聽清了。第一、接得要快，打個頓就算違令、罰酒；連錯兩次，罰個『皮杯』——。」

「甚麼叫『皮杯』？」杏香插嘴問說。

「回頭你就知道了。」

「不！得請令官先說明白。」

「咆哮公堂，罰酒！」曹震神氣活現地說。

杏香不服，還待聲辯；仲四勸阻她說：「你乖乖喝一杯吧！不然就要罰皮杯了。」

杏香無奈，只好喝了一杯；只聽曹震又說：「罰完重新起令，逆數、順數，或者接著數、從頭數，臨時再定。」接著便起令：「從我起，順數。一！」

順數是自左往右，以下便是曹雪芹、杏香、仲四、翠寶，周而復始又到了曹雪芹，拍了一下桌面；杏香喊八，再一轉到了仲四，脫口喊了一聲「十四」，自知違令，一言不發地罰了酒。

「接著數，逆數。」

逆數便是倒回來，該杏香接令；卻無動靜，曹雪芹便輕輕推了一下：「該你！」

「該我？」杏香慌慌張張地，「怎麼會該我？」

「不聽令官說逆數嗎？」

「啊，啊，不錯！」杏香茫然不知所措，「我該怎麼辦？」

曹雪芹不答，卻向曹震問道：「請令官的示，能不能代酒？」

「第一次不准。」

「那可沒法子了。」曹雪芹將自己的酒，故意潑掉些，放在杏香面前，「你喝吧！」

連曹雪芹都這麼說，杏香料知辯也無用；等她喝了酒，曹震說了一句：「下一個接令！」曹雪芹自十五數了下去。

曹震是有意要拿杏香開玩笑，逆數、順數、接著數、從頭數，一無準則；儘管杏香整頓全神，絲毫不敢大意，但繞來繞去，到底還是將她的腦筋攪昏了，一連錯了兩次。

第一次是曹雪芹順數到二十七，未拍桌面而開了口，罰酒一杯。等曹震宣示「往下接著數」，杏香隨即一拍桌面，暗七當作明七處理，也是一錯。

「嘿！」仲四大為高興，「要喝皮杯了！」

「令官！」曹雪芹為杏香緩頰，「第一次代酒不准；這回是第二次。」

「好！姑且照准！」曹震又向杏香警告，「再錯，可得罰皮杯了。」

「不會錯。令官請放心吧！」

「不錯最好。倒回來接著數。」

於是曹雪芹接著數二十九，曹震三十，下一輪該他三十五，故意弄錯了自己罰酒，然後又反過來接著數，曹雪芹三十六，緊接著便是杏香的三十七。

這一下便搞得她應接不暇了，四十二、四十七、五十七、六十七、七十七，輪了八圈，倒拍了五回桌子，最後一回該拍桌面，拍了桌底，終於錯了。

「雪芹，」曹震下令：「給她一個皮杯。」

曹雪芹面有難色；杏香卻還在問：「甚麼叫皮杯？在那兒？」

這對照的神態，加上令官一本正經的臉色，惹得仲四跟翠寶匿笑不已。而曹雪芹卻更覺尷尬，額上都冒汗了。

一急之下，倒急出來一個計較，「我還不大會。」他說：「回頭誰連錯兩次，做個樣兒出來瞧瞧，我再繳令。如何？」

曹震尚未答言，仲四已拍掌附和；曹震自然同意，而且自己連錯兩次，有意作法自斃。

當然，用不著他自己下令，就有仲四越俎施令，「翠寶，」他說：「罰曹二爺一個皮杯！」

翠寶看了杏香一眼，不好意思的笑著；也是為難的神氣。

「這樣吧！算我受罰行不行！」

的酒度了過去。

「不行！」杏香抱不平，「你憑甚麼受罰？」

「不算受罰，不算受罰。」仲四接口說道：「算替曹二爺代酒，不過這個皮杯仍舊得由曹二爺給。」

杏香不知該不該反對，也不知如何反對？但見曹震啣了一大口酒，摟著翠寶，雙唇相接，將口中的酒度了過去。

「原來這就叫皮杯啊！」杏香睜大了眼說：「餵酒嘛！」

「對了餵酒。」仲四笑道：「馬餵草料人餵酒。讓芹二爺餵你一餵。」

杏香欲言又止，猩紅閃亮的嘴唇翕動了幾下，最後是默默地把頭低了下去。

「請吧！」仲四推一推酒杯。

曹雪芹只是憨笑；翠寶便即說道：

「芹二爺，你可別辜負了我妹子的意思。」

聽得這一說，杏香起身就走，躲入曹震的臥室；大家都看得出來，這不是惱怒，而是羞澀。

「害臊了！」仲四向翠寶使個眼色，「勸勸她去。」

「芹二爺，」仲四等翠寶離座後低聲說道：「這杏香眼界極高，能讓她看中的人，真還不多。」

「不，不！多謝盛意。」曹雪芹答說：「這幾天在通州等於作客，萍水相逢，不必多此一舉了。」

「跟她們這些人，誰不是萍水相逢。你別怕！」曹震拍拍胸說：「有我！四叔絕不能知道這回事。」

曹雪芹主要的顧慮，便是曹頫；所以聽得曹震這一說，意思便有些活動了，但無正面的表示，只問仲四：「她們倆到底是怎麼回事？」

「原是姑嫂倆，跟普通的暗門子不同；說起來還是書香人家——」

據仲四說，翠寶的丈夫叫劉劍平，原是山東東昌府的書香舊族；這劉劍平還進過學，翠寶是地地道道的「秀才娘子」。但不知為何，劉劍平會跟他們的族長，結下了深仇大恨；那族長做過掌理一省刑名的按察使而發了大財，有名的心狠手辣，不知替劉劍平安上了一個甚麼大逆不道的罪名，居然開祠堂將劉劍平逐出宗族之外，而且具公稟給學政，將劉劍平的功名也革掉了。

由於家鄉無法存身，劉劍平攜妻挈妹，搭漕船北上，打算到天津來投奔他的一個堂兄；他這堂兄是個孤兒，由劉劍平的父親撫養成人，這樣如同胞手足的關係，居然拒而不納，只送了二十兩銀子的程儀。第二次再去，連大門都不讓進去了。

這個打擊，在劉劍平覺得比出族、革秀才還要沉重！世態如此冷酷，世途又如此崎嶇，以致生趣全無，抑鬱成病；在通州客棧中，一病而亡。

「以後就不必說了。年紀輕輕的一雙姑嫂，無依無靠，不走上這條路又怎麼辦？」仲四又說：「不過，她們倒不是那種下三濫的貨色；也不在家裡接客。杏香尤其挑剔，心直口快，不大看得起人。」

「我倒想起來了。」曹雪芹問道：「剛才提到她受了委屈，看她眼都紅了，委屈想必不小，那是怎麼回事？」

「是——」

仲四剛一張口，發現翠寶和杏香的影子，便即住了口；曹震便即笑著問道：「酒令還行不行？」

「不行了！」杏香噘著嘴說：「甚麼皮杯不皮杯，誰想出來的，這種倒楣的花樣？缺德透了！」說著，仍舊在曹雪芹身旁坐了下來。

「怎麼樣？」仲四問翠寶；又向曹雪芹努一努嘴。

「看芹二爺的意思。」

「那好。」仲四便看著曹雪芹說：「聽見了吧！」

曹雪芹笑而不答；喝口酒才問杏香：「你的意思呢？」

「嗐！」曹震大不以為然。

他剛一張口，杏香已經對曹雪芹作了回答：「我要回去。」

「是不是？」曹震大聲說道：「人家已經說了，聽你的意思，你還多問甚麼？教人家又怎麼再說？說我留下來陪你？年輕輕的女孩子，這話說得出口嗎？」

這話說到了杏香心裡。原來覺得曹震有些討厭，這一下印象改變了，報以感激的一瞥，卻又為曹雪芹辯護。

「我原是想回去的。當然，一定要留我，也是身不由主。還有日子嘛！明兒來接我姐姐，不還有見面的時候嗎？」

「好吧！都隨你。」曹震喝乾了酒說：「拿粥來喝吧！」

於是喝完了粥又喝茶，閒聊了一會，起身各散。仲四送曹雪芹回南屋；曹雪芹又要送杏香出門，穿過夾弄時，他握著她的手，低聲問道：「明兒甚麼時候來？」

「自然是下午。」

「好！下午我不出去，等你來吃晚飯。」

「嗯。」杏香捧起曹雪芹的手，按在唇上親了一回。

到得送客回來，見翠寶為他在鋪床，不無意外之感，但也無需客氣，等她鋪好了床，道一聲謝，也少不得找幾句話談談。

「剛才我聽仲四爺談了，原來你們是姑嫂。」

翠寶臉上閃過一陣抑鬱的神色，「命苦！」她只說了這麼兩個字，再無別話。

看樣子，再說下去就犯交淺言深之失了。於是曹雪芹起身說：「我震二哥大概在等了。一刻千金，你請吧！」

「喔，芹二爺，你管你二哥叫甚麼？」

「震二哥。他單名震，震動的震；我從小就管他叫震二哥。」

「那在府上，不都該管他叫震二爺嗎？」

「一點不錯。」

「嗯，嗯。」翠寶點點頭，深有領悟似地。

看看沒有話，曹雪芹再一次催促，用戲謔的口吻說：「小嫂子，你請吧！我震二哥脾氣毛躁，等急了不罵你，罵我。」

翠寶微微笑了一下，很仔細地將屋子裡都看遍了；一一交代，都是些火燭小心的話，最後探手到被窩中探了探說：「這個『湯婆子』很管用，被窩暖了，芹二爺早點安置吧！」

「是的。我也累了。」曹雪芹拱拱手：「多謝，多謝。」

話雖如此，他卻無絲毫睡意；而且他也知道，有件「大事」未辦，即使想睡亦不會入夢。這件大事，便是為秋月寫信；洋洋灑灑，寫了十三張八行彩箋，方始歇手；晨鐘已經動了。

醒來時，首先聞得松枝的香味，心知炭盆已經生起來了，揭開帳門一看，恰有條纖影，撲入眼簾；心想，這是誰？剛要發問，那條影子正側轉過來，讓他看清楚了，是杏香。

「是你！」

「醒了！」杏香走近來，將帳門上了鉤，坐在床沿上說，「這一覺睡得很舒服吧！」

「我寫信寫到天快亮才睡的。」曹雪芹說，「勞駕把書桌上的表給我。」

「我剛看過，午初一刻。」

「啊！」曹雪芹一翻身坐了起來，「快正午了。」

「不必慌。震二爺也是剛醒，還沒有開房門呢！」說著，將曹雪芹的那件皮背心拿了起來，不由得大為詫異，「你這是件甚麼衣服？爺兒們那有穿這種式樣的坎肩兒的？」

「喔！」曹雪芹接過皮背心，從容穿著，同時答說：「這有個緣故：為了臨時決定要出關，趕一件皮坎肩來不及；我娘把她的那件給了我了。」

聽得這話，杏香頓時面現悽惶，盈盈欲涕，倒把曹雪芹嚇一跳。

「怎麼啦？」

「沒有甚麼！」杏香掏出拴在鈕扣上的手絹，擦一擦眼說：「大家都有親娘疼；就是——。」她說不下去了。

「原來是為這個傷心。」曹雪芹說：「我可沒有甚麼話勸你。不過，你至少還有個親人，我看你嫂子待你還挺不錯的。」

「大概仲四爺把我們的境況都跟你說了？」

「是的。」曹雪芹說，「我就不明白，你哥哥何以會結了那麼深的怨？」

「唉！說來話長。總而言之，心不能太直。我們家的那個族長，是個老混蛋，貪贓枉法，無惡不作；有一回京裡派人來查案，問起那老混蛋的事，我哥哥不該多了兩句嘴。這個梁子可就結得解不開了。」

「這也不是甚麼罪過；就算是罪過，也不至於鬧到開祠堂出族，還革掉功名。莫非你們族裡，就沒有一個人說一句公道話，多向著那個老混蛋？」

「這是我哥哥自己不好，中了人家的仙人跳。」

「誰？」

「還有誰？自然是那個老混蛋。」杏香回憶著說：「是去年夏天的事，有一天老混蛋著人來請我哥哥，說商議修宗譜的事；約的是晚飯以後，在他修道的那個小院子裡見面。到了那裡，滿院漆黑，我哥哥心知不好，正要退出來，不道黑頭裡不知打那兒鑽出四五個狗腿子，不由分說，先一個麻核桃塞在他嘴裡；剝了他的衣服，只剩一條短袴頭，五花大綁，說是勾引他的姨娘成姦，要報官究辦。」

「這就不對了！」曹雪芹問道：「捉姦捉雙，也不能憑他一張嘴說啊！」

「自然有串通好了的人證。那老混蛋的姨娘，裝得還真像，在屏風後頭，一把眼淚，一把鼻涕，哭著說我哥哥怎麼樣闖進去逼她；我哥哥有口難辯，加以族裡有老混蛋的狐群狗黨埋伏著，說一聲：『家醜不可外揚，送官不必，祠堂裡可容不得他了。』就此攆了出來。」

曹雪芹心想，別樣可以作偽，一把眼淚、一把鼻涕的號咷大哭，如何能假？心疑莫釋，口中不覺問了出來。

「杏香，我說句話，你可別見氣；也許你哥哥，真的是一時糊塗，讓人抓住了把柄？」

「當時我也是這樣想，可是，我嫂子說，絕不會！」

「你嫂子又怎麼知道的呢？」

「當時她沒有告訴我其中的緣故，後來我才知道；也是我嫂子告訴我的，」杏香低著頭說：「我哥哥不行了。」

遽聽不解所謂，細想一想，曹雪芹方始領悟，「啊！」他說：「原來你哥哥是天閹。」

「不是天生的。不知道怎麼受了傷，就不行了。」

「那就怪不得了！這件事只有你嫂子知道，說出去也不會有人相信。」曹雪芹一面起床，一面嗟歎不絕：「世界上偏就有這種有口難言、至死莫白的沉冤！」

聽得這話，杏香心中掀起陣陣波瀾；一年多來，荊天棘地，受盡淒涼屈辱的遭遇，好不容易在這兩三個月的日子，慢慢沖淡了，如今卻又無端讓曹雪芹勾了起來。不過，記得「老混蛋」和他的姨娘，那些「狐群狗黨」，還有在天津的堂兄時，心血依舊會一陣陣上沖，恨不得要殺人似地，但看到曹雪芹這種就像自己遭受了冤屈，無限懊惱的神態，頓時心裡踏實得多，彷彿在窮途末路時，突然想起有個人可以投靠似地。

「我得到我四叔那裡去一趟，看有甚麼事沒有？沒有事，我吃了飯馬上回來；最晚上燈之前一定能見面。」曹雪芹問道：「你怎麼樣？」

「我？」杏香睃了他一眼：「又要來問我了。」

「喔！」曹雪芹歉意地笑道：「那我就老實說吧，我願意讓你陪我。」

「有這一句話，不就行了嗎？」

說完，杏香便為他打來洗臉水，然後收拾屋子。曹雪芹漱洗既罷，便管自己到對屋；屋暖如春，翠寶只穿一件緊身小夾襖，露出兩截肥藕似的手臂，替曹震在打辮子。

彼此道一聲「晚上睡得安適？」曹雪芹便問翠寶，知道不知道杏香來了。

「知道。」翠寶答說：「芹二爺，我妹子是第一回這麼待客人。」

「嗯，嗯。」曹雪芹含含糊糊答應著，然後問曹震的行止。

「我得看看京裡的人下來了沒有？你先到四叔那裡去敷衍一會兒；就說下午我會去。」

「是！我原來也有這個意思。」曹雪芹起身說道：「快放午炮了，我趕緊走吧。」

「慢著！」曹震問道：「晚上怎麼樣？」

曹雪芹想了一下，老實答說：「我跟杏香約好了，上燈以前一定得回來。」

「好！你們在家吃晚飯等我。我在那兒陪一陪四叔；也許有應酬，就得晚一點兒。」

曹雪芹答應著，找了仲老四的夥計相陪，騎馬到了曹頫寓處；不想撲了個空，曹頫到倉場侍郎那裡作客去了。

「四老爺留下話，有差使派給你。」何謹捧出一部《順天府志》來；曹頫派給曹雪芹的差使是，由京師到熱河，一路上行宮所在地的里程，與康熙、雍正兩朝為行宮所題的匾額聯對，都抄錄下來。

這件差使不費事。曹雪芹吃了午飯，從容開手；不過個把時辰，便已完工。曹頫、曹震亦都先後到了。

曹雪芹交了卷，曹頫略略看了一下，擱在一邊；正要考察他看了些甚麼書，曹震搶在前面，裝出很要緊的神色開了口。

「雪芹，你快回去吧，仲四回頭會帶兩個人來看我。有甚麼話交代，你替我記住；有東西交下來，你也替我收著。」

「是！」曹雪芹看著曹頫問：「四叔還有甚麼事？」

「事是有。今天總不行了。」

「明兒下午吧！」曹震怕他第二天早晨起不來，「明兒上午我要讓雪芹替我寫幾封信。」

「好！」曹頫點點頭，「你明兒下午來。」

「是！」曹雪芹答應著退了出來；抬頭一望，彤陰漠漠，看來要下雪了。

果然，馬到半路，空中已飄來鵝毛般的雪片；到地融化，最滑馬蹄，那趟子手是好身手，一催馬腹，趕上前來，幫著曹雪芹收緊轡繩，才不致傾跌，但已將他驚出一身冷汗。

談到剛才幾乎馬失前蹄的事，杏香不由得替他犯愁。

「年底下，一路雨雪，又是山路，怎麼走法？」

「我自己會留神，你不必替我擔心。」曹雪芹滿引一杯，「這種天氣，能跟你們倆在一起圍爐喝酒聊閒天，實在是人生一樂。」

「一點不錯。」翠寶答說：「一年多了，心裡難得有像今天這麼舒坦過。芹二爺，我有句話，不知道能不能說？」

「有甚麼不能？咱們一見如故；我說心裡的話，我可是一點兒也沒有把你們看低了的意思。」

「我知道，我知道。」翠寶一迭連聲地：「這就是我心裡覺得舒坦的緣故。下午我跟杏香一直在談芹二爺你——」

「幹麼呀！」杏香打斷她的話，不讓她說下去：「老說廢話。」

「人生在世，能說幾句正經話？」曹雪芹接口：「一天到晚說正經話，不把人悶死了？」

「好吧！你們說廢話去吧！可就別扯上我。」

「行！」曹雪芹使個小小的手段：「我今兒聽了一段新聞，足可下酒。我先讓你們看一樣東西；我屋子裡有個嵌螺甸的烏木盒子，勞你駕給拿了來。」

杏香不知是計，很快地走了；曹雪芹望著她的背影匿笑。這一笑，翠寶自然就明白了。

「原來是條調虎離山之計。」

「對了！」曹雪芹說，「你不是有話要跟我說嗎？」

「是的。」翠寶沉吟著。

曹雪芹並不催她，「該說不該說，你慢慢兒琢磨吧！」他說，「杏香一時回不來。」

「這，」翠寶問道，「那是甚麼道理？」

「根本沒有那麼個盒子。盡她找去吧！」

這句話倒提醒了翠寶，心裡在想；杏香當然知道他的用意，也會想到她會跟曹雪芹說她的事。如果她真的不願意，一定會很快地回來，藉以阻擾他們談話；否則就會將計就計，故意躲在南屋，容她從容細談。

因此，這一下倒是試杏香心意的一個機會，她就索性暫且不提了，「緩一緩吧！」她說，「我這話能不能跟你說，過一會兒就知道了。能說可以當著人說；不能說，說了也無用。」

「這叫甚麼話。」曹雪芹搖搖頭，「透著有點兒玄。」

「玄就玄吧！」翠寶笑道：「來、來、我敬你一杯酒，算是賠罪。」

但等到太久，曹雪芹畢竟也忍不住了，「你不是有話跟我說嗎？」他說：「如果不想說了，你也說一句，咱們可以聊別的。」

翠寶心想，杏香故意拖延著，她的心意便很明顯了，那就不如讓他們自己在枕上去私語，豈不更美？不過，為了踏實起見，至少有一句話得問一問。

「芹二爺，你老老實實說一句，你喜不喜歡杏香？」她緊接著又說：「你不必想別的，光說喜歡不喜歡好了。」

這表示回答之前，不須有任何顧慮，曹雪芹便毫不遲疑地說：「喜歡。」

「我看你也喜歡她。」翠寶臉上忽然浮起一種很奇怪的表情，似乎又安慰、又傷感似地，「看來我們倆要苦出頭了。」

表情奇怪，話中更透著蹊蹺；但也無從究詰，只怔怔地望著翠寶，毫不掩飾他的困惑。

「我看看去。」

等翠寶起身想到對面去看杏香時，杏香卻一掀門簾，進來便鼓起嘴說：「你騙人！那裡有甚麼嵌螺甸的烏木盒子？」

「沒有？」曹雪芹故作詫異地：「我記得是放在書桌上的。」

「別裝了！」杏香伸一指，輕輕在他額上戳了一下，「根本就是想把我支使開去，不知道要說我甚麼？」

曹雪芹忍不住笑了；轉眼看翠寶也有想嘲弄的神情，便把話頂了回去說：「你既然知道，怎麼不趕緊回來？不是明擺著讓我們有功大談你？」

「你怎麼知道我不是趕緊回來？告訴你吧，我在屋子外面站了老半天了！」杏香伸出手來，「你摸摸我的手。」

「好啊！虧得沒有罵你。」曹雪芹一摸她的手，果然冰涼，便又埋怨著說：「你看你，要長了凍瘃，你就識得厲害了。」

「趕緊揉！」翠寶接口，然後挪一挪椅子，跟曹雪芹各自拉住杏香的一隻手，在手背上使勁揉著。

「你簡直自討苦吃！我跟你嫂子，一共也沒有說上三句話，你自己罰自己站了好半天，冤不冤？」

「也不能說冤。」翠寶若無其事地說：「想聽的話，只要一句就夠了。」

「是嗎？」曹雪芹故意揚起臉來，看著杏香問。

「我不知道。」杏香把視線避了開去，還故意繃著臉。

「這會兒別問她。」翠寶暗示著：「回頭她會把我們在下午談的一切，源源本本告訴你。」

「行了！」杏香把手縮了回去，自己去捻耳垂，又摸摸臉，等覺得氣脈都流通了，才坐下來說：「我可餓了。」

剛扶起筷子，只聽門外有人聲；不言可知，是曹震回來了，杏香便又把筷子放下，與曹雪芹、翠寶一起都站了起來。

「好傢伙！」曹震一進門便嚷，「差一點摔我一大跤。」

「巧了，」杏香笑道：「真是難兄難弟。」

「摔著了沒有？」翠寶上前接過曹震的皮帽子，又替他卸馬褂。杏香便收拾餐桌，在上首另外擺了一副杯筷。

「這麼大的雪。」曹震一坐下來，便看著杏香說：「你想回去也不成了。」

「這叫下雪天留客。」杏香看著曹雪芹說：「只怕天留人不留。」

曹雪芹有些發窘；明知應該怎麼回答，只為曹家的規矩嚴，在這樣的場合，做弟弟的自然而然就拘謹了。

曹震當然明白他的隱衷，笑著說道：「你這會兒別問他，他臉皮子薄。」

曹雪芹笑笑不作聲，只捏著杏香的手，低聲說道：「你剛才不說餓了嗎？你想吃甚麼？」

「一桌子的菜，還有火燒，我甚麼不好吃。」

「我以為你想吃粥呢！」

杏香看了他一眼說：「你想吃粥，老實說好了；我還能不聽使喚嗎？何必拐彎抹角兒的取巧？」說著，她站起身來，嬝嬝娜娜地出屋去了。

原來走廊藏風之處，架著一具小風爐；翠寶拿燒鴨架子煨著一瓦罐粥，火候已到，香味透入重簾，曹雪芹很想喝一碗，卻不好意思差遣杏香，因而耍個小小的槍花。不道心直口快的杏香，一下拆穿，而且似有誤會，使得曹雪芹頗為不安，所以緊接著跟了出來。

「你又出來幹甚麼？」杏香正揭開蓋子在料理，回頭說道：「外頭冷，快進去！」

「我陪陪你。」曹雪芹說。

杏香沒功夫跟他搭話了，她一手提著「手照」，一手夾著長竹筷在撈鴨架子；白汽濛濛，往上直冒，「手照」的火焰被衝得一閃一閃，看不真切，那具鴨架子又大，纖手力弱，很難對付，剛夾了起來，「撲通」一聲，又掉在粥罐裡，滾燙的粥，幾乎濺到她手上。

「我來！」曹雪芹說：「你只管掌燈好了。」

於是杏香將竹筷交了給曹雪芹，舉燈高照；曹雪芹拿鴨架子夾了出來，杏香便下鹽、下胡椒、下香頭，最後將撕好的一碗燒鴨絲傾了下去；曹雪芹不由得就嚥了口唾沫。

「看你饞得這樣子！」杏香笑道：「那像個公子哥兒？」

「我從來都不覺得我是甚麼公子哥兒。你跟我處長了就知道了。」

杏香方欲答話，一眼瞥見魏升，便縮住了口，招招手喊道：「魏升哥，魏升哥，勞駕，來端一端。」

魏升原是有事來回，將一罐粥端入堂屋以後，趨至曹震身邊，低聲說了幾句，只見曹震的雙眉便微微皺了起來。

等魏升一退了出去，他說：「早點散吧！我明兒得起早。」

「怎麼回事？」曹雪芹問說。

「明兒一大早，京裡有人來，我非去接不可。」曹震又說：「與你不相干；你儘管睡你的。不過明兒下午，得防著四叔來找你陪他做詩。」

聽這一說，曹雪芹有些緊張，「四叔不會明兒上午來找我吧？」他問。

「不會。」曹震答說：「明兒一大早我跟四叔在一起，陪京裡下來的人，一直要到飯後。上午不會有事。」

「嗯，嗯！咱們喝粥吧。」

這頓粥自然喝得痛快淋漓。食飽摩腹，得想法子消食；自然不能喝普洱茶，便只有嚼荳蔻了。

「雪芹，」曹震在她們姑嫂收拾餐桌時，將曹雪芹邀入臥室，低聲問道：「翠寶、杏香，跟你談了些甚麼？」

曹雪芹一時無從回答，想了一會說：「翠寶問我，喜歡不喜歡杏香。」

「還有呢？」

「還有，她說，不必想別的，只說喜歡不喜歡好了。」

「那麼，你怎麼說呢？」

「因為翠寶的話，似乎表示我不必有甚麼顧慮，所以我也就老實說了。」
「是喜歡？」
「是的。」
「還有呢？」
「沒有了。」
曹震點點頭，沉吟了好一會，方又開口，「雖說一切有我，不過有四叔在，也是麻煩。」他說：「甚麼事你都推在我身上好了。」
「是！」曹雪芹說：「我本來也是這麼打算。」

「雪停了。」杏香一進門就說。
「嗯。」曹雪芹心不在焉地答應著，逕自走向書桌，先將油燈撥亮，然後坐下來開抽斗找紙。
「怎麼？」杏香一面在炭盆上續炭，一面問說：「你要寫甚麼？」
「忽然得了兩句詩，把它寫下來，明兒個也許用得著。」
紙有了，筆也有了，但墨水匣卻結了冰，硯台記不起放在何處，找起來很費事。不由得擱筆歎氣。問明了緣故，杏香說他：「你說你從來不覺得自己是個公子哥兒，可是舉動脾氣，明擺著是個公子哥兒。這麼一點事就把你難倒了，你說你有了兩句詩，索性再來兩句，湊成一首；我替你烤墨水匣子去。」
「啊，啊！」曹雪芹在自己前額上拍了一巴掌，「真的，我竟沒有想到。勞駕、勞駕！」說著，將一具雲白銅的墨水匣遞了給杏香。
杏香從小在她哥哥書房中玩，對處理這些事很在行。她是在紫銅銚子上架起一雙夾炭的鐵筷，拿抹布裹著墨水匣，置在鐵筷上用滾水蒸。不多片刻，連抹布將墨水匣提到一邊，擺到不燙手，輕輕揭開，依舊是色澤均勻稠濃的一盒好墨。

「妙極了！」曹雪芹驚喜地說：「真沒有想到，你料理得這麼好。」

「你現在相信我也是讀書人家出身了吧？」

「我沒有不相信過。對了，我還得跟你談談令兄跟你嫂子的事——。」

「回頭再談吧！」杏香打斷他的話說，「你的詩做得了沒有？」

「有一句不大妥當，仄起的頭一個字要用去聲才響，還得推敲。」

「好吧！你推敲，我烹茶。」

說完，她將紫銅銚子中的熱水倒在面盆中，悄悄打開房門出外；曹雪芹不知她去幹甚麼，也無心去問，將一首七絕改好，寫了下來。擱筆一看，恰好杏香用個托盤捧了一壺過來。

「我不知道你愛喝龍井還是大方，我沏的是龍井。」

「都行。」

杏香便倒出一杯來，自己先嘗了一口，然後轉個方向，捧給曹雪芹。

「你得仔仔細細嘗一嘗，看看到底好不好？」

聽她這麼說，料知其中有故，曹雪芹便先聞香味，然後喝一口，閉上眼睛，細細品味，覺得茶味似乎與平常不同。

「好！」

「好在那裡？」

這可將曹雪芹考倒了！不過，這也不必急，再喝一口，點頭咂舌地一面做出細味的神情，一面琢磨其中的妙處。偶爾瞥見那把紫銅銚子，恍然大悟，卻又盤馬彎弓，不直接說了出來。

「你知道京城裡的水，甚麼地方最好？」

「我沒有進過京，那知道？再說，京城那麼大，就去過，也未見得就能說得上來。」

「那麼，我告訴你吧，是玉泉山的泉水；當今皇上品評為『天下第一泉』。不過，這雪水也不錯。」

「你居然能嘗得出來是雪水。」杏香笑道：「總算我沒有白挨了半天凍。」

說著，她將雙手伸了出來——原來剛才是用十指刨雪、又用手指壓實，費了好半天的事，也不過才得了半銚子的雪水。這時候春筍似的十指，自然不凍了，但左手背上鮮豔似玫瑰的一塊紅色，按一按發硬，是凍瘃初起的徵兆。

「我替你揉化了它。不然，一結成紫紅硬塊，就非潰爛不可了。」說完，曹雪芹將她的左手握在掌中，不徐不疾地揉著。

「莫非你長過凍瘃？」杏香問，「說得滿在行；揉得也很對勁。」

「我倒沒有長過。我家從前有幾個女孩子，冬天一長凍瘃，都找我來替她們揉。」

聽得這話，杏香抬著眼看他；靈活的眼珠，很快地轉了幾下，低下頭去問說：「是她們找你來揉，還是你願意替她們揉？」

「這有甚麼兩樣？」曹雪芹緊接著說：「咱們別抬槓，聊點兒別的。」

「聊甚麼？」杏香說：「聊你家的那幾個女孩子好不好？」

曹雪芹不答，只搖搖頭；臉上閃過一抹蕭索。

「是不是惹你傷心了？」杏香很謹慎地，「如果是，芹二爺，我是無心的。」

「沒有甚麼。別提了！」曹雪芹說：「月亮出來了，把燈滅了吧！」

杏香便去吹滅了油燈；將滿之月，照映皚皚白雪，又是新糊的窗紙，屋子裡一片白光；一盆紅炭，令人興起一種莫辨陰陽的幻覺，連帶浮生了奇異的亢奮；彼此都忍不住想緊緊摟抱對方，也想為對方緊緊摟抱。

「你要在熱河待多少時候？」

「大概三、四個月。到時候，我震二哥來接我的班。」

「那麼，震二爺這幾個月呢？」杏香問說：「住在那兒？」

「自然是京裡。」

「不見得吧？」

聽她這話，似乎別有所見所聞似地，曹雪芹倒詫異了；「你說，」他問：「震二爺會在那兒？」

「我不知道。反正不會常住京裡。」

「這話是打那兒來的呢？」

杏香告訴曹雪芹說，曹震已經跟翠寶談過，打算將她安置在一處地方——不知在何處，只知絕非在京；當然，一切澆裹，都歸曹震。費安排的是杏香。

翠寶的意思是，要看曹雪芹跟杏香是否彼此有情？倘或男歡女愛，正好「綠楊併作一家春」，姑嫂配他們弟兄；曹雪芹無意於此，翠寶既然決心委身曹震，就得替杏香找個歸宿，才能脫然無累地去從良。不過，這話在翠寶跟杏香可以實說；杏香對曹雪芹卻羞於自媒，訥訥然，伶牙俐齒都不知那裡去了。

而曹雪芹卻根本還沒有功夫打算到本身；首先聽說曹震要置外室，不由得就替錦兒擔心。

杏香怎麼會猜得到他的心事；見他擁衾抱膝，一臉上心事的模樣，不由得大為困惑，推著他問說：「你在想甚麼？到底聽見了我的話沒有？」

「你，你說甚麼？」曹雪芹轉過臉來，茫然地望著。

「我是說，震二爺如果不住在京裡，會住在那兒？」

「喔？」曹雪芹定定神說，「等我來想一想。」

只要去想，就不難明白。他也聽過不止一遍，曹震由幾家大木廠撐腰，營謀陵工的差使，據說已成定局；開年一過燈節，便可動工，那時曹震常駐工地，住在何處，不言可知。

「易州。」

「易州在那兒？」

「在京城南方，偏西面一點兒。」

「有多遠？」

「這我就說不上來了。」

杏香大為失望，「問了半天，一點邊兒都摸不著。」她說：「等於白問。」

曹雪芹不免歉然，「離京城也不至於太遠。」他說：「易水你總知道吧，『風蕭蕭兮易水寒』。」

這總算讓杏香摸著點邊了，「原來是出刺客的地方。」她問：「震二爺幹麼到那兒去住？」

「大概要去修陵；陵寢，你懂不懂？」

「不就是皇上的墳墓嗎？我們東昌府就有座顓頊陵；前面有口井，叫做聖水井。」杏香又問：「震二爺是去修誰的陵？」

「自然是今年駕崩的雍正皇帝的陵。」

「那得好幾年的功夫吧？」

「不！最多年把功夫。」

「你別唬人！那有這種事，蓋一座孔廟都蓋了好幾年，說修皇陵只要年把功夫，你這話騙誰？」

杏香撇著嘴說。

「你只知其一，不知其二。泰陵已經修了好幾年了。」

「怎麼又跑出一個泰陵來了？」

「陵寢都有個名兒，譬如順治的陵叫孝陵；康熙的陵叫景陵；雍正的陵就叫泰陵。」

「為甚麼叫泰陵？為甚麼修了好幾年還沒有修好？」

「這話，說來可就長了。」

「你別不耐煩，細細兒說給我聽；你看一年能不能修得好？」杏香又說：「我替你拿茶，拿點心。」說著，便即披衣起床。

曹雪芹實在想不通，她何以對這件事的興趣如此之大？反正有事在心，睡意全無，不妨作個雪夜長談；於是掀著被說：「你別費事了，我起來吧！」

兩人都穿了短襖，撥炭烹茶；錫罐中有仲四供應的蘇州茶食。點飢消閒，重拾話題；曹雪芹對泰陵的由來，知道得不少，但也只能揀能談的談。

本來歷朝陵寢，皆集中於一地，既便於管理，亦便於祭掃；春秋謁陵，地方供應，也只有一次，累民不重。順治入關後，選定遵化州西北七十里的豐台嶺，改名昌瑞山，為陵寢重地。此山自太行迤邐東來，嵯峨數百仞，重岡疊阜，萬壑千巖，前有金星峰，後有分水嶺，左右兩水，分流夾繞，彙集於龍虎峪，照堪輿家的看法，確是局尊脈貴，氣勢綿遠的萬年吉壤。

這方圓數十里，無數眠牛吉地的昌瑞山，只葬了兩位皇帝、一位太皇太后，總共只有孝陵、景陵、昭西陵三座陵寢，雍正要選佳壤，何愁不得？但他卻要別選陵地。說穿了，不足為奇，他實在怕他的地宮，密邇父祖；更怕見為他逼死的母后，朝夕責以不孝之罪。小杖猶可；「大杖則走」，走向何處？是不能逃回人間的。

尤其是雍正七年得了怔忡症以後，下定決心「敬鬼神而遠之」。但也必須有一番做作；先把精通堪輿的福建總督高其倬調進京來，隨同怡親王允祥，踏勘相度以後，方在十二月初，下了一道上諭，第一段說：「朕之本意，原欲於孝陵、景陵之旁，卜擇將吉地；而堪輿之人，俱以為無可營建之處，後經選擇九鳳朝陽山吉壤具奏。此地近依孝陵、景陵，與朕初意相合。」

昌瑞山範圍甚廣，密邇孝陵、景陵之處，無可營建，附近總還有地可選，所以必得有九鳳朝陽山這麼一個周折。至於不能用的理由，當然是地形不好；但如何不好，必得有個能令人信服的說法。這就必須找一個公認為對堪輿一道居於宗師地位的人出來，才能壓得住浮議；這個人就是高其倬。

於是上諭在「與朕初意相合」之下，緊接著來了第二段：「及精通堪輿之臣工，再加相度，以為規模雖大，而形局未全；穴中之土，又帶砂石，實不可用。今據怡親王、總督高其倬等奏稱：相度得易州境內泰寧山太平峪萬年吉地，實乾坤聚秀之區，為陰陽和會之所，龍穴砂水，無美不收；形勢理氣，諸吉咸備等語。其言山脈水法，修理分明，洵為上吉之壤。」

吉壤發子孫，這是已經看中意了。但只顧後輩不顧先人，未免說不過去，所以又有第三段：「但於孝陵、景陵相去數百里，朕心不忍；且與古帝王規制典禮有無未合之處，著大學士、九卿，詳悉會議具奏。」

大學士以張廷玉為首，自是先意承旨；引經據典覆奏：「謹按帝王世紀及通志、通考諸書，歷代帝王營建之地，遠或千餘里，近亦二三百里，地脈之呈瑞，關乎天運之發祥，歷數千百里蟠結之福區，自非一方獨擅其靈秀。今泰寧山太平峪萬年吉地，雖於孝陵、景陵相去數百里，然易州及遵化州，皆與京師密邇，實未為遙遠。」這段文章只在遠近上做文章；對於陵寢應集中於一處以便保護奉祀，避而不談。孝陵、景陵自不便略而不提，卻又無端硬插入「與京師密邇」一語；易州在西，遵化州在東，京師居中，以目前而言，自然不算太遠，但既葬於易州泰寧山，與京師便不相干；倘謂重泉之下，亦有省親問安的舉動，相去數百里，豈非太不方便了？

當然，不會有人敢如此辯駁；因而在一段頌讚吉壤的文字之後，便是語氣欣然的上諭：「大學士、九卿等，引據史冊典禮陳奏，朕心始安，一應所需工料等項，俱著動用內庫銀兩辦理。規模制度，務從儉樸，其石像等項，需用石工浩繁，頗勞人力，不必建設。著該部遵行。」

於是雍正八年春天開始，動工修築泰陵。杏香計算了一下，前後歷時六年，應該修好了；這樣便又有了疑問。

「六年功夫修一座皇陵，還沒有完工嗎？」

「對了。」

「多大的工程，六年還修不好。」

「這有個緣故，說起來，真的是話長了——」

「又說這話！」杏香一面打斷，一面在曹雪芹額上戳了一指頭；出手很重，尖尖的指甲竟掐出一道紅印子。

這點疼痛曹雪芹還忍得住，沒有出聲；杏香卻深悔孟浪，自然也覺得歉疚，還有些心疼，也有點怕他惱怒，隨即便摟住他的脖子，陪笑撫慰。

「乖乖，我不是故意的。疼不疼？」

「沒有甚麼。」曹雪芹閉上眼睛，享受著那一份溫馨。

「既然沒有甚麼，你就慢慢兒講給我聽；其中一定有段新聞。」杏香在他耳際廝磨著，柔聲問說：「是嗎？」

這一下，曹雪芹把不能說的也說了；雍正皇帝蓄意不願在昌瑞山長眠的原因雖不便透露，卻須有句話交代：「原來說泰寧山的風水是如何了不得的好，亦不盡然；包裡歸堆一句話，那時的皇帝，不願意葬在昌瑞山。」

「為甚麼呢？」

這一問在曹雪芹意料中，所以從從容容地答說：「風水，各人有各人的看法；雍正皇上對此道也很精的，他覺得昌瑞山的風水不好，所以不願把陵修在那兒。不過，這話他自己不便說，得找個人來替他下一番說詞，當然，在昌瑞山以外，得另找一塊好地，也是高總督一定要辦到的事。無奈，看來看去，只有泰寧山比較上還好，只好將就著用了。」

「一將就，就出了毛病。」杏香很快地接著問：「是不是？」

曹雪芹沒有接她的話，管自己說道：「為了讓高總督盡心盡力，雍正皇上先下了賞，把他由福建調到兩江，管江蘇、安徽、江西三省。進京以後，怡親王把上頭的意思，悄悄兒告訴了他，陪著他去看地；看了幾塊，細細比較，說泰寧山還好。等畫了圖送了上去，雍正皇上親自召見，問他：挖下去會不會有水有砂？高總督說不會。於是讓他回去了；馬上又下了一道上諭，以兩江總督署理雲貴總督。這就是說，官是兩江總督，本衙門在江寧，家眷也在江寧，辦事可是在雲南昆明。」

「那有這樣子做官的？『雲貴半邊天』，江南的總督，萬里迢迢到那兒去辦事，倒不怕麻煩？」

「皇上不怕麻煩，做臣子的敢怕嗎？」曹雪芹又說：「其中的緣故，我不說，你倒猜上一猜。」

「我怎麼猜得到？好了，」杏香推著他說：「說到要緊關頭上賣關子，最缺德了。」

曹雪芹笑一笑說：「說我缺德，索性缺一回德；你倒杯酒我喝。」

「這會兒喝酒？」

「怎麼不能喝？不但能喝，還有名堂，叫做卯酒。」曹雪芹望著條案上的自鳴鐘說：「你看，這不是交卯時了。」

杏香抬頭看去，鐘面上長短針都指在「五」字剛過的部位，果然是卯初了；不由得微微一驚，「唷！」她說：「都快天亮了。喝杯酒睡吧！」

雖說只一大杯「京莊」花雕，卻很費事：用銅銚子倒上熱水，將酒杯坐在水中燙熱，再斟入小杯，讓曹雪芹拿杏仁之類的乾果下酒。

「酒也到口了，關子也賣過了，你該一面喝，一面講了吧？」

曹雪芹卻不想再講泰陵的故事，怕洩漏的祕辛太多，杏香不定那一天不留意，在閒談中透露了出去，只會惹禍，不會有任何好處，因而顧而言他地換了個話題。

「你懂不懂甚麼叫卯酒？」

「不就卯時喝的酒嗎？」

「為甚麼卯時要喝酒？為甚麼有卯酒而沒有寅酒、辰酒？」

「那，我就不知道了。」杏香笑道：「卯時我總是在做夢，從沒有吃過東西，更別說喝酒。」

於是曹雪芹從「點卯」、「應卯」談起；說到曉風多寒，從熱被窩中起身出門，易於受病，喝杯酒暖暖身子，風寒不侵，亦是養身之道。

「原來有這麼一個講究。」杏香說道：「那麼，出門住店，一早起來趕路，也得喝一頓卯酒囉？」

「一點不錯。」曹雪芹問道：「你要不要來一杯？」

「好！」說著杏香便伸手去取曹雪芹的酒杯。

他卻將她的手按住了，低聲笑：「你喝個皮杯好不好？」

杏香白了他一眼說：「我就知道你要出花樣。」

話雖如此，卻無拒絕之意；曹雪芹含了一口酒，哺入她口中，當然也就摟住了好久不肯放手。

「你看！」臉朝外的杏香，將頭往後一仰，掙脫他的懷抱說道：「震二爺要起來了。」

曹雪芹便轉身去望，冰紋格子的窗戶，嵌的是明瓦，中間卻是尺許見方的一塊玻璃；為了賞雪，未用窗簾，從玻璃中望北屋，只見曹震的臥室燈火燁然，而且隱約還有人影。

「震二爺上午有事；下午我有事，真該睡了，不然，中午起不來。」

曹雪芹將餘瀝一飲而盡，欠伸而起，走到窗前，望著庭中皚皚白雪，不免又想家了。

杏香將酒杯、果碟略略收拾了一下；重新鋪好了床，換了湯婆子的熱水，又封了炭盆的火，回頭看時，曹雪芹居然仍還負手佇立在窗前。

「你在想甚麼？想得這麼出神？」

「我在想家。」曹雪芹說道：「像這種天氣，家裡一定替我預備一個足料的好火鍋，因為知道我最愛在下雪天找幾個談得來的人，喝酒、聊天，或者聯句、鬥詩牌。午初開始，總要到起更才散。」

「原來你是在想那些樂趣。」杏香問道：「你說『家裡』，是誰替你預備呢？」

「反正總有人吧！」

「誰呢？」

「是——」曹雪芹說：「是我姐姐，或者是震二奶奶做了送了來，也說不定。」

「震二奶奶？」杏香不解地問：「不就是震二爺的少奶奶？那，你不是該叫嫂子嗎？」

「可也是我的姐姐。」

「哎唷！我的芹二爺，你可真把我鬧糊塗了。」

「走！」曹雪芹拉著她的手說：「等睡下來我再講給你聽。」

於是並頭而臥，曹雪芹在枕上將秋月和錦兒的身分與情分，絮絮低訴；當然也談到夏雲、冬雪，甚至碧文。曹家故事一時那裡說得完，但就浮光掠影地談一談那幾個人，已讓杏香神往無限了。

曹雪芹談得倦了，也頗有睡意了，不知不覺地住了口；杏香卻還眼睜眼閉地在沉思，不自覺地歎口氣說：「我要在你家就好了。」

自己的聲音，警覺了自己，側臉看時，曹雪芹已經熟睡，微有鼾聲，想想自己覺得好笑；心裡空落落地，有著一種迫切需要甚麼東西來填補的渴望。

首先被驚醒的是杏香，掀開帳門問道：

「誰？」

「是我！」是翠寶的聲音：「震二爺派人回來通知，要芹二爺趕快到仲四爺那兒，有京裡來的來大人，等著要看他。」

她的話還沒有完，杏香已將曹雪芹推醒，說一聲：「趕快起來吧！震二爺派人接你來了。」接著披衣下床，先開了房門，放翠寶進來。

姑嫂倆一面照料曹雪芹梳洗穿戴，一面說起經過，語焉不詳，「我也鬧不清楚，甚麼京裡來的來大人。」翠寶說道：「反正一到了仲四爺那裡就知道了。」

「你一定聽錯了。」杏香接口，「一定是京裡來的大人。」

「翠寶姐說得不錯，是京裡來的來大人。不要緊，他不過想看看我，沒有甚麼大不了的事。」

「原來真有個京裡來的來大人。」翠寶問說：「倒是誰呀？」

「是我爺爺一輩兒的；我就管他叫來爺爺。」曹雪芹想想又奇怪，「這麼個下雪天，他上了年紀的人，到通州來幹甚麼？」

「當然是有要緊事。你就快請吧！」翠寶因為曹雪芹叫了她一聲「翠寶姐」，心裡一高興，決定將替曹震預備的一小鍋銀耳、紅棗、薏米、蓮子粥，送給曹雪芹享用；當下向杏香說道：「空心肚子出門可不好，預備別的吃食也來不及了；我那兒五更雞上有蓮子粥，你去端了來。」

「那，那不是替震二爺預備的嗎？」

「傻丫頭！」翠寶推了她一推，「回頭不會再燉嗎？」

「對了，我倒沒有想到。」杏香高高興興地去了。

「芹二爺！」翠寶問道：「杏香昨晚跟你談了些甚麼？」

「那可多了。我跟她聊了一宵，到天亮才睡。」

看看時間不多，翠寶單刀直入地問：「談到她跟我的事沒有？」

「喔，我倒正要問你。」曹雪芹說：「震二爺是不是打算把你安置在易州？」

「易州？」翠寶搖搖頭，「我沒有聽他說過，我連這個地名都是頭一回聽說。」

「那麼，他是預備把你安置在甚麼地方呢？」

「說暫時還是在通州，也許得挪窩兒。」翠寶緊接著又問：「芹二爺，你到底怎麼樣？」

這話很難回答，曹雪芹故意虛晃一槍地問：「甚麼到底怎麼樣？」

「你別裝蒜，自然是指杏香。」

「我不是說過了嗎，我很喜歡她。」

「光喜歡不行，得有個辦法拿出來。」

「這，」曹雪芹無法搪塞，只有說老實話了，「你看我能有甚麼辦法？這件事，我得問震二哥。」

翠寶不作聲，很用心地想了一下說：「好吧！你的意思我知道了。我跟震二爺來商量；不過商量定了，你可又別另生意見。」

聽她說得如此有把握，儼然是另一個「震二奶奶」；曹雪芹倒不免替她擔心，怕一旦好事不諧，那份打擊會讓她受不了。

「翠寶姐，你也別心急；凡事慢慢兒來！事緩則圓，急也無用。」

翠寶似乎聽出來一絲言外之意，逼視著他問：「芹二爺，怎麼叫急也無用？你是指甚麼事？」

曹雪芹反問一句：「你心裡急的是甚麼？」

翠寶是急於求得一個歸宿。此時將曹雪芹的話體味了一下，立即悟出言外之意；接著便是心頭一涼，看來自己的打算，恐不免一廂情願。

不過這一年多來飽嘗世味，經歷了好些磨練，世間隨處是荊棘，倘或望而生畏，勢必寸步難行。這樣轉著念頭，剛洩的氣便又鼓了起來：心想，事情是有些難，幸而現成有個幫手，倒不可輕易錯過。

於是她說：「芹二爺，我也不瞞你；既然震二爺不討厭我，我怎麼能不識抬舉？像府上這樣的人家，三妻四妾是常事；將來還得請芹二爺成全我。」說著，退後一步，襝衽下拜。

曹雪芹急忙避了開去，一面拱手，一面說道：「言重、言重！只怕我效不上勞。」

「一定能幫得上忙。」翠寶極有信心地，「一定的！」

曹雪芹還想有所辯白，但已沒有機會了；因為門外已有杏香大聲在喊：「打簾子！」

翠寶去掀開棉門簾，只見杏香手端托盤，除了蓮子粥以外，還有餐具；那一小鍋蓮子粥，煨得到了火候，十分香甜，曹雪芹飽餐一頓，通體皆暖，精神抖擻地由魏升引路，騎著馬去見來保。

來保是在內務府的一個「莊頭」家歇腳。此人姓文、行三；頂著內務府一個工匠的名義，卻管著一處有一百多公頃良田的「皇莊」，家道富饒，蓋了一座極整齊的住宅。來保跟曹頫都管他叫「文老三」，曹震卻用官稱，叫他「文司務」；曹雪芹跟他見過，當然亦是如此稱呼。

到了文家，來保正由曹頫、曹震陪著喝酒；文老三卻只在廊下伺候，一見曹雪芹，親自打簾子通報：「芹二爺來了。」

「來爺爺！」曹雪芹進門便磕頭；接著是替曹頫請安，起身站在曹震下首。

「雪芹，我替你找了一匹好馬。來，先坐下來，等我慢慢兒告訴你。」

文老三已叫人在下首添設了杯筷；曹雪芹先敬了來保的酒，然後又敬曹頫，口中已在發問：「來爺爺是今之伯樂；馬能中你老的法眼，必是良駒。可不知道在那兒？」

「在糧台上；我已經替你留下來了。」曹震接口說道：「你先陪來爺爺好好兒喝幾杯再說。」

曹雪芹答應著，站起身來走到來保身邊，替他斟滿了酒；來保不待他勸，自己乾了一杯，等曹雪芹斟第二杯時，他說：「難得的還是匹白馬，一根雜毛都沒有。」

「這不是純駟嗎？應該供養在天廄的。」

「可惜破了相，耳朵上讓別的馬咬了個缺口，破了相，不能在宮裡餵了。不然也輪不到你。」

「是！」曹雪芹很高興地說：「像這種下雪天，騎一匹白馬，那才有意思；謝謝來爺爺。」

說著，他放下酒壺又請了個安。

「你倒先別謝我，我告訴你，這匹馬雖好，可是有脾氣，你得親自餵；跟馬有了感情，包管你得力。」來保又重複一句：「你得親自餵！你聽清楚了沒有？」

「來爺爺的意思是，你如果不能親自餵，趁早說。」曹震在一旁提示：「免得蹧蹋了一匹好馬。」

「餵！」曹雪芹毫不考慮地說：「我餵。」

「好！」來保說，「你坐下來，我教你一點兒訣竅。」

於是來保談了好些馬經；他很健談，加以談的是親身的經驗，益顯得真切動聽，連曹頫、曹震都聽得出神了。

這頓酒喝到未末申初，方始結束；曹震向曹雪芹作了一個暗示，讓他先行辭去。然後在文老三為來保預備的宿處——一座精緻而隱密的小院落中，還有正事密談。

原來來保是奉旨趕往蘇州，去問江蘇巡撫高其倬——這止是曹雪芹不願跟杏香說的一段內幕：泰寧山的萬年吉地，在修地宮時出了毛病，但卻不一定是高其倬看走了眼。

原來雍正對高其倬用的心思很深，一方面想重用他，一方面又不大放心，要掌握著黜陟進退，自由處置的便利；所以命他以兩江總督兼署雲貴總督，希望他能成為鄂爾泰第二之意，可說期許甚高。

但高其倬的才具怎能與鄂爾泰相比，性情更不似鄂爾泰那樣嚴毅；所以到了雲南一年多，始終還是「待觀後效」的兼署身分。

到了雍正十一年二月，高其倬奉旨回任。江南地方比雲貴舒服得多，又得與家人團聚，自是一大喜訊；奉旨以後辦交代，萬里南天，一站一站到了江寧，已是五月下旬；不想只過了一個夏天，事情又發生變化了。

當高其倬奉旨署理雲貴總督時，兩江總督本派漕運總督魏廷珍署理；此人直隸景州人，康熙五十二年的探花，為人耿直。當文覺國師奉旨朝南嶽時，所經地方，封疆大吏多以欽差之禮接待，甚至跪拜大禮，只有魏廷珍不賣帳。文覺懷恨在心，在寫給皇帝的密摺中隨便說了兩句不負責任的話，魏廷珍的江督便署理不成，回任漕督；而高其倬則撿了一個便宜，可惜為時甚暫，因為湖南巡撫趙宏恩，拍上了文覺的馬屁。

這趙宏恩字芸書，漢軍鑲紅旗人；出身是一名歲貢。此人小有才，恰恰宜於伺候小人；他知道，他人對文覺此行不甚關心不要緊，他不能不關心，因為南嶽衡山，就在他治下。因而事先仔仔細細打聽過，文覺此行到底是來幹甚麼？

打聽到一個對佛門淵源頗有研究的人，才知道五嶽之中，文覺獨朝南嶽的目的何在？就表面來說，是雍正皇帝要在大內弘開「法會」，選天下有學行的僧徒，親加考驗，特命文覺南來物色；其實呢，是文覺要過一過「衣錦還鄉」的癮。

原來佛教自達摩東來，創立禪宗以後，下分五派；至宋末元初，只「臨濟」、「曹洞」兩宗獨盛，臨濟聲勢尤在曹洞之上，而此宗的發祥地在南嶽。

到得明朝，兩宗並衰，而入清以後，由於八旗王公以及各類新貴的提倡，兩派復又大盛，依舊是臨濟更勝曹洞。

順、康年間，有兩個力能呼風喚雨的大和尚，一個是杭州靈隱寺的弘禮，號具德；一個是蘇州靈巖寺的弘儲，號繼起。弘禮門下造就了兩個名人，一個是為雍正皇帝許為正人君子的左都御史沈近思；一個是花卉翎毛名家惲南田。弘儲門下則多前明逃禪的遺民志士，如吳江縣知縣熊開元，便皈依在弘儲座下，法號正志；還有一個超揆，是弘儲最小的弟子，據說是「東林孤兒」。

明朝末年，東林黨與魏忠賢、客氏這一夥閹黨的衝突，正氣凜然的東林黨，備受荼毒；但孝子出於忠臣之門，留下了一班卓犖不凡的好子弟，以黃尊素之子黃宗羲為首的東林第二代、第三代，世稱「東林孤兒」；提起這四個字，令人肅然起敬，連「大人先生」亦不敢小看。因為如此，便有些先世是遺民，而跟東林扯得上些微關係的，往往以「東林孤兒」自居；不過超揆倒是確有來歷的。

超揆俗家姓文，單名一個果字。提起蘇州文家，名氣響遍江南；文徵明、文彭父子以後，出了個狀元文震孟，是東林巨頭。文震孟的胞弟震亨，便是超揆——文果之父；順治二年絕食而死，得年六十一歲。

「中丞」趙弘恩所求教的那個人問說：「請問，超揆如果今天還在世，應該是多少歲？」

趙弘恩被提醒了，「就算他是遺腹子好了。」他屈著手指說，「順治一年一歲，十八年十七歲；康熙六十一年就是八十八歲；今年雍正十一年，好傢伙，明年不就是百歲大慶了。」

「正是這話囉！中丞，你想，如今還會有個九十九歲的老和尚來朝南嶽嗎？」

這個「老和尚」就是文覺，他自稱是繼起「關山門」收的弟子超揆；以前一直如此冒充，現在要改口也改不過來了，只好將錯就錯充到底。但一路上隨處都有通人，有的算一算年齡不對，私底下付之一笑，不大理他；有的故意請教他俗家的年齡；凡此都使文覺大為困窘。趙弘恩決定不讓這種事發生。

趙弘恩心想，要巴結文覺，首須識得忌諱，在事的官員，不妨預先告誡；請來陪「國師」的在籍紳士，卻不便以官府勢力相加，湖南人是有名的「騾子脾氣」，越是叫他要識趣，他偏不識趣。不過湖南人最重桑梓之情，不妨從這方面下手來試一試。

於是，他備下盛筵，將省城到衡州府，預計能夠跟文覺見面的士紳都請了來。觥籌交錯之餘，閒閒談起，這一回國師南來，是一個能夠將民隱上達的難得的好機會，向大家殷殷求教，應該提出一些甚麼要求，請文覺回京覆命時，造膝密陳？

發言的很多，內容亦很廣泛，但一致認為湖南人最大的痛苦是，徭役特重。因為湖南是中原通西南的孔道，所以只要在西南用兵，湖南便是必經的衝途，當年平「三藩之亂」時，湖南被騷擾得雞犬不寧；這幾年苗疆有事，湖南復又大遭池魚之殃。國家為了戡平大亂，不得已而起大兵討伐，這是舉國皆當效力之事，不應獨獨苦累湖南百姓。

趙弘恩全神貫注地聽完了所有的意見，當即以極誠懇的態度表示，他身為地方長官，對民間的隱痛，早已深切地感受到了；湖南徭役太重，他奏報過不只一次，可是皇帝不能因為某一省督撫的請求，破格准許。此例一開，試問對他省又如何？

「國師這一次來，我當然要把本省的苦處，跟他詳詳細細談一談，請他代達天聽。不過，」趙弘恩加重了語氣說：「把我們的話，轉奏給皇上是一回事；肯不肯替我們湖南人說好話又是一回事。湖南有甚麼請求，事關通案，礙難照准，皇上也有皇上的苦衷；如果旁邊另外有人幫我們湖南人說話，皇上自己降旨加恩湖南，恩出自上，不算湖南人的請求，他省無可援例，這情形就大不相同了。」

一席話說得舉座動容，趙弘恩卻不再作聲了；讓士紳們自己私下去談論，終於得出一個結論：不管怎麼樣要把文覺拉到湖南這一邊來，幫湖南人說好話。

然則是如何一個拉攏法呢？問到這一層，趙弘恩才向幾個領頭的大紳士私下囑咐，要討得文覺的歡心，首先就不能做文覺所忌諱的事，談到他的家世，少說為妙；更切忌問他的年齡。

此外當然還有好些讓文覺感到有面了，而且皇帝亦認為處置得宜的事。譬如根據「壽比南山」這句俗語，說「南嶽為我皇上主壽之山」，在衡陽第一名剎的上國清寺興建御書樓、藏經閣，所需經費，既未向百姓加派，又未向士紳捐募；而是在提火耗充公用的款項內開支。此舉無損皇帝的聲名，便很蒙嘉許。

至於文覺之對趙弘恩大為滿意，自不在話下；回京之後，如何減輕湖南的徭役，倒沒有說多少，對趙弘恩卻盛讚不已，說他是第一等的吏才。

這話也是文覺參透了雍正的心事而說的。雍正即位以後，孜孜求治，各省吏治皆有起色，惟獨南北兩直隸，疲軟如故，引為一大恨事，這年已將善於捕盜的浙江總督李衛北調為直隸總督，而整頓兩江難以寄望於有「好好先生」之稱的高其倬，因而決定派趙弘恩署理兩江總督，高其倬則以「總督銜管理江蘇巡撫事務」，實權雖減，名義如舊，是顧全他的面子的一種做法。

可是高其倬還是大感委屈。這也難怪，無論出身、資格，都比趙弘恩高出多多，學問更不必談；最難堪的是他還封過爵。只是官場只論官位，不管怎麼說，巡撫總比總督低一等，在任何場合，都不能不屈居趙弘恩之下。為此，高其倬便想盡辦法不跟趙弘恩見面；而趙弘恩小人得志，當然懷恨在心，暗箭中傷之事，不一而足。漸漸地，弄成個勢如水火的局面了。

滿懷牢騷抑鬱，只有寄託於吟詠；唱和的對手是他的妻子蔡夫人。蔡家亦是漢軍家世；入關以後，蔡士英、蔡毓榮父子都做過總督。三藩之亂時，蔡毓榮正當四川湖廣總督，恰好封住吳三桂的去路，調兵遣將，分頭攔截，初期應變，頗具勞績；因而獲得聖祖的信任，授為綏遠將軍，專任湖廣總督；督造戰船，統率綠營，功勞不小。及至吳三桂病歿，吳世璠繼位，官軍分道合圍昆明，吳世璠自殺時，蔡毓榮為破城的主將。子女玉帛，予取予求；吳三桂有個寵姬，人稱「八面觀音」，蔡毓榮納之為妾，生一個女兒單名琬，字季玉，亦是國色；而且是才媛，她就是高其倬的蔡夫人。

這年草長鶯飛的季節，蘇州巡撫衙門後堂，飛來一雙白燕；高其倬詩興又發，決定寫一首七律，而下筆便有牢騷，那就費推敲了。第二聯的上句是「有色何曾相假借」，有藐視趙弘恩且不與同流合汙之意，自覺寄託遙深，得有個好對句才襯得起來。正當沉吟未就時，蔡夫人來了；一看他那未號完成的詩稿，提筆為他對了一句：「不群仍恐太分明。」是勸丈夫不必太認真；接下來有番切切實實的規諫，以她的父兄蔡毓榮、蔡珽為例，恃才逞強，常遭人忌。蔡毓榮為內務府所攻擊，幾乎家破人亡；蔡珽牽涉在年羹堯的黨禍中，至今囚禁在刑部的「天牢」。

高其倬倒是聽了夫人之勸；而趙弘恩卻仍舊不放過他，常在密奏中談高其倬的短處。又恰逢泰陵地宮滲水，這一下，看來要大禍臨頭了。

不過高其倬本人倒很沉著。當內務府大臣莽鵠立奉旨來查問時，他不慌不忙地，檢出雍正八年五月十九日，也就是怡親王去世以後半個月所頒的一道上諭給莽鵠立看；特別指出這一段：「怡親王為朕辦理大小諸務，無不用心周到，而於營度將來吉地一事，甚為竭力殫心，從前在九鳳朝陽山經畫有年；後因其地未為全美，復於易州泰寧山太平峪周詳相度，得一上吉之地，王往來審視，備極辛勤。其所擇吉壤，實由王親自相度而得，而臣工之精地理者，詳加斟酌，詢謀僉同，且以為此皆王忠赤之心，感格神明，是以具此慧眼卓識也。」

「請看，太平峪的吉壤，是怡親王親自挑中的；他問我如何？我說：泰寧山實在不如昌瑞山；不過一定要在泰寧山，那就是太平峪最好。」

「這話能跟皇上回奏嗎？」

「怎麼不能？」高其倬答說，「其實，我這話早就有人私下跟皇上回奏過了。」

「那麼，皇上問你動工以後，會不會有水有砂，你說不會。有這話嗎？」

「有。」

「可是，如今地宮滲水了。」莽鵠立問：「這話又該怎麼說呢？」

「你總記得雍正八年九月裡那場地震吧？地脈變動了，不該滲水的地方滲水，是始料所不及的事。不過這也不是大不了的事，工程格外做結實一點兒好了。」

「你倒說得輕鬆。」莽鵠立苦笑道：「跟陵工沾得上邊兒的人，愁得睡不著覺的人，不知道有多少。」

「這可真是想不開了！」高其倬低聲說道：「如果有大毛病，還能稱得上萬年吉地嗎？總而言之，要緊不要緊，只在各人的看法，你說不要緊，就不要緊；若說要緊，這一鬧大了，事情不好收場。」

莽鵠立聽出言外之意，便即說道：「老大哥別拐彎抹角兒了，乾脆說吧，我該怎麼回奏？」

「好！」高其倬想了一下，正色說道：「你就這麼回奏，地呢，確確實實是萬年吉壤，憑皇上的鴻福，怡親王的忠心跟眼力，這塊地能不好嗎？至於地宮滲水，是因為那年地震，地脈稍為有所變動的緣故，並無大礙。如果皇上還不放心，降旨下來，我可以進京覆勘，跟皇上面奏。」

這番話發生了效用；地宮滲水之處，總算也堵住了。不過高其倬還是得了處分，取消了總督的銜頭，由「管理江蘇巡撫事務」改為實授江蘇巡撫。

這是一年前的話，誰也沒有想到雍正皇帝這麼快就駕崩了；陵寢是現成的，添修的工程並不影響奉安大典——下葬要配合年分的干支講求山向；欽天監已挑定了日子，但就在將正式頒發上諭，宣示奉安吉期時，當今皇帝聽到一種流言，說怡親王當初看走了眼，泰寧山那塊地不甚吉利；但已經奏准，並已詔告天下，不便更改；因而憂慮成疾，最後且不能不設法自速其死，以期免禍。

這是個離奇得不能不澄清的傳說。皇帝命人檢出雍正八年五月初四怡親王病歿以後有關的上諭來看；其中有一道論泰寧山的風水，說附近「山水迴環，形勢聯絡之處，又有中吉、次吉之地，朕以王經營吉地，實為首功，欲以中吉者賜之；王驚悚變色，惶懼固辭。朕鑒其誠心，遂寢其事。」這一點可以從兩方面來看，雖是中吉之地，亦可能出帝皇，所以怡親王驚懼至於變色；但又安知不是看走了眼，葬於此處會禍延子孫而固辭？

下面提到怡親王自擇葬地的情況說：「已而在六十里外淶水縣境，得一平善之地曰：『此庶幾臣下可用者。』奏請賜給。朕彼時遲回，未曾降旨；王於病中，令侍郎劉聲芳懇切轉奏，朕不得已，允其所請。王得旨喜極，至於踴躍忭舞。云：『皇上待我隆恩異數，不可枚舉。今茲恩賜，子子孫孫俱受皇上之福於綿長矣。』即日遣護衛前往起土；越數日，護衛呈看土色，王取一塊，捧而吞之。蓋王知朕眷王之深，惟恐塋域未定，將來仍以前所欲賜之地賜之也。」

泥土是多髒的東西，健壯之身，吞下這麼一塊，輕則致疾，重則喪命，何況是病人？再說，怡親王為了決心要葬在淶水的這塊地上，大可先行動工修一個生壙，亦不必出此下策以明志。看起來自速其死，形同自裁這一說，未盡子虛。

於是皇帝再檢「雍正朱批諭旨」來看，收錄高其倬的奏摺，最後一通是在雍正十二年六月二十六日，奏報所屬各地，連日大雨，積水過多，嚴飭戽水補種。

摺後硃批是：「高其倬巡撫江蘇，安望免旱潦之虞？覽所奏雨水各情形，原非意外事，殊無足訝。其中雖經淹浸而不至成災者，乃督臣忠勤感召之所致耳。誠偽之徵，昭如影響，明者睹之，莫不毛骨悚然。第未審下愚輩作如何體會也。」又像有不盡欲言之意；皇帝越想越懷疑，決定查個明白。

這種事當然不便形之於文字，於是派個人到江蘇面詢高其倬。本來莽鵠立是原經手，應該派他；但皇帝不信任此人，改派了從小看著皇帝長大的來保，吩咐他向高其倬問明兩件事：一件是泰寧山這塊地到底是不是萬年吉壤？再一件是先帝要將附近中吉之地賜怡親王，他何以固辭，是由於已知此地不吉，怕子孫受禍呢？還是那中吉之地，也可能出帝皇；倘或如此，豈非中吉之地應為上吉才是？

「皇上為這件事，心裡很煩，要我年前趕到蘇州，盡元宵以前回京覆命。」來保緊接著又說，「昨天下午我給小王去辭行；得了個消息，皇上的意思，將來陵工讓恆親王主辦。」

一聽這話，曹頫倒不覺得甚麼，曹震卻如兜頭一盆冷水；因為承襲恆親王的弘晊，與他素無淵源，他圖謀陵工的差使，只怕要落空了。

「通聲，」來保與曹震所謀求的事有關，當然也想挽救，所以向他問計：「你有甚麼好主意沒有？」

心亂如麻的曹震，定定神，想了一下說：「現在事情還不知道怎麼樣呢？倘或高制軍回奏，說泰寧山的地不好——。」

「那有這回事！」來保打斷他的話說，「怡親王能幹那種大逆不道的事嗎？」

「那麼，」曹震問說：「何以怡親王不願意要那塊中吉之地？上吉之地出皇上；中吉之地出王公，不是順理成章的事嗎？」

「你這話問得有理，不過，有人解說其中的緣故，似乎更有理。地是好地，稍微懂一點風水的人都看得出來，不過定穴或者沒有定對；萬一有個更高明的人指出來，泰陵應該定在那塊中吉之地上，而這塊地已經讓怡親王占了，那時候怎麼辦？」

「啊，啊！原來怡親王是存著一個萬一錯了，還可以補救的心思。那就對了！」曹震又問：「穴是誰定的？」

「是怡親王的一個門客，姓鍾；前年去世了。」

「喔，」曹震又問：「沒有請高制軍看過？」

「高制軍說再看看；後來因為雍正爺催著覆命，就照姓鍾的意見定了下來。」

「這，這好！我倒有個主意。」曹震靈機一動，「來爺爺，高制軍不是在那兒受窩囊氣嗎？正好給他一個回京的機會。」

「喔，你說。」

「請高制軍這麼回奏，茲事體大，非面奏不可。皇上當然不願意無緣無故召他進京；那就不妨讓高制軍告病。」

告病就得開缺，開缺便須回旗，回旗自然到京，到京應該請聖安，那時不就能造膝密陳了嗎？這個辦法，不著痕跡；來保連聲稱妙。

曹震也很得意。因為他確信高其倬必蒙當今皇帝賞識；高其倬畢竟是名副其實的翰林，在好風雅的「今上」，會另眼相看。而且高其倬的一個堂兄弟高其佩，善於指畫，在今皇居藩時，便有往來，愛屋及烏，亦當推恩高其倬。

在高其倬，能設法讓他擺脫趙弘恩，他一定衷心感激；而論到陵工，他說話必又是最有力量的，那時何愁他不「感恩圖報」？轉念到此，曹震便不在乎將來陵工是平郡王還是恆親王主辦了。

回到宿處，已是二更時分，曹震這天起得早，人已經很倦了。但曹雪芹與杏香姑娘，都像有話要跟他請示似地，心知如果不把這一層弄明白了，曹雪芹與杏香還會逗留在他的屋子裡不走，豈非白耽誤功夫。

於是他問：「你們是有話跟我說。」

「是芹二爺有話跟你談。」翠寶搶在前面說；同時站了起來，向杏香說道：「咱們先替芹二爺鋪床去。」說著，相偕而去。

「怎麼著，你有話？」曹震坐在床沿上說。

「是！」曹雪芹換了個座位，挨近曹震問道：「震二哥，你打算怎麼安頓翠寶姐？」

曹震望了他一眼，反問一句：「她跟你談過了？」

「是的。」

「她怎麼說？」

「她說，你打算暫時把她安頓在通州，將來也許挪地方；是易州不是？」

既然曹雪芹都知道了，曹震自然不必再有何顧忌；點點頭說：「正是如此！」

「將來呢？」

這一問將曹震問住了，「將來？」他說，「我還沒有想過。」

「這麼說，是個短局？」

又是難以回答的一問；曹震心中一動，忽然得了個計較，「我倒問你，」他說，「你看是短局好，還是長局好？」

「我也不知道。」曹雪芹不自覺地又補了一句：「我也不能說。」

這一下，曹震就不能不追問了：「為甚麼？」

「我說長局好，對不起錦兒姐；說短局好，對不起翠寶姐。」

這話將曹震氣得一跺腳，「嗐，」他扭著頭說：「原來指望你替我拿個主意，誰知道你反害得我更沒有主意！」

曹雪芹不想他是這樣的態度，又歉疚、又好笑，仔細想了一下，真的替他出了個主意，「我看這樣，」他說，「相知到底還不深，不妨相處一段日子，看她性情還不錯，是能接回家去的，再慢慢兒探錦兒姐的口氣，跟她好好商量。至於我幫著疏通，是義不容辭的事。」

「你早這麼說，不就行了嗎？說老實話，怎麼辦也是幫你自己。」曹震忽又興味盎然地問：「怎麼樣？杏香不錯吧？」

「嗯。」曹雪芹不好意思地點點頭。

「好了！」曹震站起身來，在他肩上拍了一巴掌：「美人名馬都有了！睡覺去吧！來爺爺明兒午初動身，你也得去送一送。」

於是曹雪芹回到南屋，翠寶亦就急急忙忙趕回北屋來照料曹震歸寢。等鋪好了床，來為他寬衣時，看他倦得雙眼都快睜不開了，自不免失望，看樣子，這一夜是說不上話了。

「怎麼累成這個樣子！」

「你知道我今天辦了多少事，掏了多少神。」曹震人雖困倦，神思清明，知道翠寶的心事，當下又說：「你到芹二爺那裡聊聊去！多捧他幾句。」

「幹麼捧他？」

「往後你就明白了，聽我的話沒錯。」

翠寶當然也能想像得到，必是與自己切身利害有關；既然曹震這樣交代，樂得跟曹雪芹去好好談一談。於是等曹震上了床，檢點了火燭，悄悄掩上房門，到了南屋窗外，先咳嗽一聲，方始發問。

「杏香，睡了沒有？」

「還沒有。」

說是這樣說，房門一直不開；翠寶想從窗縫中張望，念頭剛動，立即自我阻止，反將身子背了過去，望著院子裡月光下的一片積雪。

房門終於「呀」然而啟，翠寶若無其事地踏了進去；臉色紅馥馥的杏香問道：「有事嗎？」

「沒事。」翠寶答說：「震二爺讓我跟芹二爺來聊聊。」擁衾而坐的曹雪芹，便要掀被下床；杏香趕緊喝道：「當心受涼！」

翠寶有些好笑，但也覺得自己有教導的責任，「芹二爺不必起來，就這麼說說話也很好。」她又關照：「杏香，你先倒杯熱茶給芹二爺，暖暖肚子。」

「暖肚子最好喝酒。」曹雪芹笑道：「我還是起來吧！」說著一伸手，只聽帳鉤一聲響，帳門已放了下來。窸窣半晌，看他穿著套褲下床；杏香已將一杯熱茶捧到他手中。

「你真的要喝酒？」杏香問道：「真的想喝，我就找酒去。」

找酒來喝，不免費事；曹雪芹搖搖頭說：「算了！『寒夜客來茶當酒』，你再去弄點雪水來。」

「這倒行。」杏香提著紫銅銚子出去了。

曹雪芹便在翠寶對面坐了下來，隔著燈問：「是震二哥讓你來找我的？」

「對了！他累得眼睛都睜不開了。」

曹雪芹明白了，曹震是委他代言；考慮了一下說道：「震二哥的意思，暫時把你安置在通州，將來也許搬到易州；他在易州有個差使，大概要待個半年八個月，有個家也方便些。你的意思呢？」

「我，我的意思，震二爺知道。」翠寶問道：「他沒有跟你說？」

「沒有。」曹雪芹說：「你不妨說給我聽聽。」

「我自然是想就此有個歸宿。我早說過，大戶人家，三妻四妾也是常事。」

「這麼說，你是甘願委屈囉？」

「芹二爺，你把話說反了。只怕是我高攀不上。」

「我不是講表面文章，我是講實際。」曹雪芹說：「我們家，我是最不喜歡講規矩、分貴賤的。不過，家規如此，要認起真來，我亦只有乖乖兒受著。我跟你說吧，前兩年我還挨過我震二哥的揍，連吭都不敢吭一聲。」

翠寶聽他這麼認真地講規矩，不免意外；他的意思當然很清楚，是特意警告，在曹家嫡庶之分甚嚴。不過，她已經從杏香口中，約略得知「震二奶奶」的情形，也是側室扶正，而且為人似乎很通情達理；他們叔嫂之間感情極好。如果是個悍潑婦人，曹雪芹也就不會這麼敬重她了。

轉念到這裡，覺得自己應該有個明確的表示；考慮了一下說道：「我自然會盡我的道理，我不是那種不知輕重、不識好歹的人。芹二爺，承蒙你叫我一聲翠寶姐，我實在很高興；我聽說你管現在的這位震二奶奶也叫姐姐，既然如此，有你在中間調和，我想也不難相處。而況，這件事現在來說，也太早了一點兒；就算我一廂情願，也不知道將來震二爺嫌不嫌我呢！」

她已經把話說盡了；曹雪芹覺得自己亦已盡了忠告，再沒有需要補充的意思了，當即點點頭說：「你明白我的意思就好。」

「是的。芹二爺，你對我的意思，我完全明白，也很感激；不過，你對杏香，到底是怎麼個打算，也得跟我說一句，我好拿主意。」

「我早已說過了，得問我震二哥。」

「既然你還是這句話，我也還是我那句話，我跟震二爺商量好了，你可別逞楞子。」

曹雪芹笑笑不答，起身去開了房門，恰逢杏香進門；他一隻手接紫銅銚子，一隻手去握她的手——這回她學乖了，找了一具漱口缸去舀雪築實，手上還裹著一塊汗巾，所以雙手並未受凍。

於是姑嫂倆一面撥火烹茶，一面便談了起來，「這兒鬧中取靜，房子也乾淨。」翠寶說道：「不知道肯不肯長租？」

杏香不作聲，抬眼看著翠寶，眼中流露出驚喜的光芒；顯然的，她已經知道是怎麼回事了。

「我想，」翠寶自問自答地，「以仲四爺跟震二爺的交情，應該是辦得到的事。」

「是啊！」杏香答說：「仲四爺也是挺熱心的人。」

翠寶點點頭，走回來坐在原處向曹雪芹問道：「這兒到承德府怎麼走法？」

「由通州往東北走。」曹雪芹用手指蘸著茶水在桌上畫：「順義、密雲，出古北口，經灤平就到承德府了。」

「要走幾天？」

「頭一天一大早，大概第三天一定能到了。」

「那也方便得很啊！」

「本就不算太遠。」

「那麼，芹二爺，」翠寶情致懇摯，「你可千萬抽空兒來看看我們。」

這話曹雪芹就有些答應不下了。想了一下，覺得還是說老實話為妙，「我四叔管得我很緊。而且，」他很吃力地說：「他是個老古板。」

「我也聽說了，四老爺治家很嚴。不過，我也見過一面，樣子長得慈眉善目，不是那嚴厲的人。」

談到這裡，雪水已煮開了；杏香來沏了茶，又端來一盤松子、一盤杏仁，曹雪芹便即笑道：「這可真是一段清福！可惜——」

「可惜甚麼？」翠寶笑道：「可惜多了我一個人是不是？」

「不是這話。我是說，可惜震二哥錯過了。」

「他不是會享清福的人，你不必替他可惜。」翠寶起身說道：「你們倆慢慢兒享清福吧！不過也別睡得太晚了。明兒不是還要去送來大人？」

「對了！」曹雪芹對杏香說：「你可提我一聲兒。」

「不要緊！」翠寶說道：「我會來叫你們。」

送走了來保，曹頫將曹雪芹留了下來，倒不是要他和韻作詩，而是有好些信要寫。吃完午飯，喝著茶息了一會，正待動手時，桐生悄悄進來說道：「震二爺讓魏升告訴我，要我回去幫忙；讓我來跟芹二爺回一聲。」

「幫忙？幫甚麼忙？」

「魏升沒有說。反正有活幹就是了。」

「喔。」曹雪芹問：「你的手行嗎？」

「好得多了。」桐生將左手伸出來給曹雪芹看，手掌手背都貼著膏藥，腫是早消了；手指也能屈曲自如，看樣子是絕無大礙了。

曹雪芹想起他受傷的由來，便隨口問一句：「你給阿蓮寫了信沒有？」

「寫了。」桐生故意作出臉無表情的模樣。

居然寫了；曹雪芹心中一動，也有些吃驚，急忙問道：「甚麼時候寫的？」

「昨天。」桐生答說，「仲四爺鏢局子裡有人進京，要給錦二奶奶去送年禮，我順便託他捎了一封信去。」

「你信上寫點兒甚麼？沒有提震二爺跟我的事吧？」

「沒有！」桐生答說，「我也不能那麼不識輕重。」

曹雪芹心一寬，「對了！」他說，「以後你往京裡寫信，千萬小心。」

「是！」

「還有。」曹雪芹又叮嚀，「你忙完了馬上回來。」

他這樣交代，是想要知道桐生回去到底幹了些甚麼？那知一直到上燈時分，亦未再發現桐生的蹤影；而且曹震雖在，不見魏升，想來兩個是在一起辦事，到底忙些甚麼呢？

寫完信又陪曹頫喝酒，曹震向他使了個眼色，示意節飲；因而曹雪芹只喝了兩杯，便向曹頫說道：「四叔，我可要吃飯了。」

「好吧！」曹頫又說，「咱們後天動身，你知道了吧？」

曹雪芹還不知道這回事；曹震便接口為他解釋，是這天下午作的決定。在通州的事已經辦完了，只等京裡裕記大木廠一個善於估料的工頭，明天到通州會齊，後天動身。

「儘後天一天，趕到密雲；大後天出古北口，那就可以慢慢兒走了。」曹頫說道：「出關到山莊，一共四座行宮；連走帶看，一處一天，得四天功夫。」

「四叔，」曹雪芹忍不住說，「是五座，不是四座。」

「五座是連避暑山莊算在裡頭。」

「不是！」

「不是？」曹頫帶些詰責的神態，「你倒數給我聽聽。」

「雪芹，」曹震有些替他擔心，「你倒仔細想想清楚，到底是四座還是五座。」

「是五座。」曹雪芹說：「出關十里，巴克什營行宮，康熙四十九年所建；往東北三十多里，兩間房行宮，康熙四十一年所建；又三十三里，常山峪行宮，康熙五十九年所建；又四十里，王家營行宮——。」

「啊！五座。」曹頫連連點頭，「再過去就是喀喇河屯了。我把王家營漏掉了。」

曹震為曹雪芹鬆了口氣，誇讚著說：「雪芹肯用功了！記性也真不錯。」

「記性好、悟性高，要往正途上走才好；弄這些雜學，也沒有多大用處。」曹頫看著曹雪芹說道：「你別小看了八股文，世運文運、息息相關，本朝開科取士，文體雄渾雅健；康熙朝韓文懿公的制藝，精潔古雅，為天下舉業正軌，國運之隆，超邁前朝，不是無因而至的。你真該好好用一用功了；我有一部《三方合稿》，你今天就帶了回去。三天背熟一篇，兩年下來有兩三百篇好文章在肚子裡，到得下場的時候，自然就會左右逢源。」

說著便找何謹，把那部《三方合稿》取了來；連史紙大字精印，紙墨鮮明，但曹雪芹向來有個疑心病，只一看到八股文就彷彿在字裡行間，聞到了一股腐臭之氣。這時勉強翻開來看了一下，才知道三方是指安徽桐城方舟、方苞兄弟，及浙江淳安的方粲如。

「原來方靈皋還是時文名家！」

方苞字靈皋，古文名家；曹雪芹本來也像一般學者那樣，稱他「望溪先生」，這時不知為何，尊敬之心大減。曹頫雖未聽出他的稱呼變化，表示觀感不同；但語氣中微帶蔑視，卻是感受得到的，當下沉著臉說：「時文也罷，古文也罷，文章之文，理無二致；莫非看不起時文，就能把古文做好了！」

曹家的規矩，長輩責備，不敢分辯；曹雪芹只有低著頭表示愧悔。曹震怕曹頫一開教訓，長篇大套，無休無止，趕緊開口解圍。

解圍的辦法便是幫著曹頫責備，「四叔剛教導你『別小看了八股文』，怎麼一下子就忘掉了！」他故意喝道：「還不把書好好收起來，回去有空就念。」

「是。」曹雪芹趁機站起身來；等他要找東西包書時，何謹已提著一方「書帕」，上來接了過去。

「四老爺，」何謹提高了聲音：「還有兩部芹官有用的書，一起讓他帶回去吧！」

這更是進一步將曹雪芹帶出了困境；到了曹頫的書房裡，何謹的臉色突然顯得神祕而又微帶憂慮地，回頭看清了沒有人，方始低聲發問。

「芹官，聽說震二爺帶著你在玩？」

曹雪芹臉一紅，「你聽誰說的？」他問。

「自然有人告訴我。」何謹拿手向外一指，「就怕四老爺也知道了，那可是一場風波。」

一聽這話，曹雪芹的心往下一沉，「四老爺不知道吧？」他說，「你可千萬替我留點兒神。」

「能瞞當然要瞞住。不過，到底是怎麼回事呢？」

「也沒有甚麼？逢場作戲而已。」曹雪芹的心很亂，「我實在說不上來，慢慢兒你就知道了。」

「咳！」何謹歎口氣，「你可別鬧得太不像話；凡事小心，收斂一點兒。」

「我知道。」

正說到這裡，只聽外面在喊「打燈籠」，知道曹震要走了；何謹便隨手拿了兩部書，連《三方合稿》包在一起，將曹雪芹送了出來。

其時曹頫已站在堂屋門口，與在廊上的曹震在說話；曹雪芹便不必再進屋了，在走廊上向曹頫請安辭別，隨著曹震策馬而回。

一進門便覺得異樣，北屋簷下高懸兩盞絳紗宮燈，魏ㄚ一聲：「二爺回來了！」棉門簾隨即掀開，入眼是一對高燒的紅燭；走近了一看，翠寶在門口含笑相迎，薄施脂粉，略帶嬌羞，鬢邊插一朵異種茶花，花紅如火，襯著她那一團烏雲似的濃髮，別有一股令人心蕩的韻味。

曹雪芹趕緊將視線一閃，落到了杏香這一面，也是一臉喜氣洋洋的笑容。

「呃，安頓好了？」曹震進門環視著，「木器是新的！」

「芹二爺那裡也是。」翠寶答說：「是仲四爺帶了人來收拾的，真虧得他。不過，咱們家的人也很得力。」

她的話剛完，只見魏升笑嘻嘻地閃了出來；後面跟著桐生，兩人一起向曹震垂手請安，魏升口中還有話。

「給二爺道喜。還得請二爺的示，怎麼稱呼？」

「起來！」曹震沉吟著。

這時的翠寶已悄悄退了兩步，半背著臉；曹雪芹便轉臉去看杏香，她卻不似翠寶，若無其事地，是看熱鬧的神情。這一下，他的疑團解開了一般，也比較安心了；這晚上的喜事，只屬於翠寶。

果然，曹震答道：「暫且叫翠姨吧！」又指著杏香說：「杏姑娘還是叫杏姑娘。」

「是！」魏升一拉桐生：「給翠姨道喜。」

「別客氣，別客氣！」翠寶身子往裡躲。

曹雪芹已知道自己身在局外，心情便輕鬆了，大聲說道：「應該見見禮。」他推一推杏香，努一努嘴示意。

等杏香去攙扶翠寶時，只聽她低聲說道：「我得先給二爺見了禮，才合道理。你把紅氈條拿出來。」聽得這話，不必杏香動手，魏升便先掇了一張椅子擺在正中，紅氈條是現成的，移到椅前就是。

一直在看著的曹震，這時開口了。

「不必鬧這些虛文了吧？」

「禮不可廢！」曹雪芹搭了一句腔。

於是杏香攙著翠寶面北而立；曹雪芹將曹震推到椅子上朝南而坐。等翠寶盈盈下拜時，他才伸手一扶，就此定下了名分。

「接下來該芹二爺見禮。」魏升權充贊禮郎，自作主張地說：「平禮相見吧！」

「這——」

「通極，通極！」曹雪芹截斷了意存謙抑的翠寶的話，「翠寶姐，咱們平禮相見。」說著他轉身向西，等翠寶在對面站正，他隨即高拱雙手作了一個揖；翠寶一面還禮，一面說道：「芹二爺，我有僭了。」

「那裡，那裡。」

「這該杏姑娘見禮了。」魏升接著曹雪芹的話說。

「我是娘家人。」杏香笑道：「可以免了。倒是你們倆，該討賞了。」

「是！是！多謝杏姑娘指點。」

當魏升要行禮時，杏香卻出聲阻止了，「慢著！」她說：「請震二爺一塊兒受賀。」

不但口中說，杏香還親自指揮著，將曹震納入椅中；安排翠寶站在椅後。這一下，魏升跟桐生便不能不朝上叩頭了。冷眼旁觀的曹雪芹，心裡在想，杏香行事，大有丘壑，是個厲害角色；如果翠寶也像她這樣，只怕錦兒將來要吃虧。

「請起、請起！」翠寶十分不過意地說；接著便從條案上取來兩個早就預備好的賞封，親自遞了給魏升跟桐生；沉甸甸地，看樣子起碼包著八兩銀子。

魏升謝了賞，立即又說：「請翠姨的示，仲四爺送的一品鍋、四個碟子、兩樣點心，是不是都開出來？」

「開出來吧！我看兩位二爺都沒有怎麼喝酒。」翠寶又說：「等我來。」

「你坐著。」杏香接口：「該我來。」

「都算了吧，讓他們弄去。」曹震發話了，「穿著裙子上灶，多不方便。」

「裙子卸了不就行了嗎？」說著，杏香一掀門簾走了。

於是魏升與桐生擺桌子；翠寶領著曹震兄弟去看她的「洞房」，床帳被褥都是新的，帳門上還貼著一個梅紅箋鉸出來的「囍」字。

「大紅大綠的有多俗氣！」曹震直搖頭。

「你不喜歡，明天換了它。」翠寶柔順地說。

「至少得把這個換一換。」曹震指著平金垂流蘇的帳額說，「簡直像在唱戲了。」

粉紅綢的帳子，配上平金帳額，真如戲台上所見；一說破，連翠寶都覺得好笑。

「是仲四爺的好意。」她問：「換個甚麼樣兒的，你說了我才好辦。」

曹震不作聲，定睛看了一會，搖搖頭向曹雪芹說：「你倒出個主意！」

「這粉紅綢子的帳子，顏色不大好配，淺了壓不住，深了又刺眼。」曹雪芹想了想，「等我來試一試，不一定行。」

「你預備怎麼換？」

「暫且賣個關子。」曹雪芹笑道：「明兒個就知道了。」

喝酒喝到二更天就散了，一則是曹震與翠寶的良宵，不可辜負；再則是曹雪芹有件事，急於要回自己屋子裡來辦。

南屋也收拾得很整齊，不過不似翠寶那種完全是新房的樣子，曹雪芹的鋪蓋已經打成卷了，床上用的是杏香的寢具。床前另外添了一張半桌，上置杏香的梳頭匣子，曹雪芹只匆匆瀏覽了一下，便喊進桐生來有話交代。

「我那卷白綾子呢？」

「在書箱裡。」

「你拿出來給我。」曹雪芹又說：「把大硯池找出來，磨墨！」

「芹二爺，」杏香詫異地問：「你要幹麼？」

「畫畫。」曹雪芹說：「你也別閒著，第一，找把剪刀來剪綾子；第二，炭盆的火要旺；第三，把書桌收一收，找一床被單鋪上。」

「怎麼半夜裡想起來畫畫？」杏香笑道：「你這個人也真怪。」

「就憑那股興致。興致來了，畫得一定好。」曹雪芹又喊：「桐生，找到了沒有？」

「找到了。」

「找到了就快拿來！」

「你別亂咋唬。」杏香從容說道：「你有畫畫的興致，我也有看你畫畫的興致。你告訴我要畫甚麼，我自然會替你預備。人磨墨、墨也磨人，急不得的事！你跟我說明白了，去一邊兒躺著，喝茶打腹稿，等我們預備好了，你舒舒服服來畫。」

這話在曹雪芹心中，句句首肯；想起她從小就為她兄長料理書房，當然也就相信她一定能預備得很妥貼。當下將曹震嫌那平金垂流蘇的帳額的話講了一遍；杏香不待他再往下說就明白了。

「喔，你是要拿白綾子畫一個帳額。」杏香點點頭說，「這個主意不錯。粉紅帳子要水墨才壓得住，也雅致。」

「對了！」曹雪芹非常高興，「你倒是行家，也是知音。」

「豈敢。」杏香矜持地問：「你打算畫甚麼呢？」

「筆墨太疏淡了，怕壓不住。有個現成極好的題材，歲寒三友，太好了！」

「又是『極好』，又是『太好』，我倒要請教，到底是怎麼個好？」

「歲寒三友是擬人。」曹雪芹答說：「松是我震二哥；竹跟梅就是我那錦兒姐跟翠寶姐了。」

「果然好！」杏香深深點頭；但使得曹雪芹掃興的是，還有一句話：「可惜了！不合用。」

「怎麼呢？」

「第一，是單數——」

「啊，喜不能成單數！我們倒沒有想到。」曹雪芹急急又問：「第二呢？」

「帳額一尺多高，你那株松樹怎麼畫法？」

蒼松之姿，美在老幹拏空；一尺多高的橫額，怎麼畫得出松樹的挺拔？曹雪芹原想畫一樹臥松；那是個不得已的辦法。如今又有單數之嫌，這不得已的辦法也不能用了。

「壞了！我竟不知道畫甚麼好了。」他搓著手說：「怎麼辦？」

「容易！畫一幅梅竹雙清圖，暗含著有松樹在裡面，不就行了嗎？」

聽得這話，曹雪芹竟肅然起敬了，「我得管你叫老師了！」他拱手一揖，「如今真要另眼相看了。」

「我也不要你另眼相看。只記著，除我哥哥以外，你是我第一個看得起的人。」說完，杏香很快地轉身而去。

曹雪芹把她的話一遍又一遍地咀嚼著；忽而欣慰，忽而犯愁，忽而感慨，忽而興奮，竟忘了身在何處了。

「請吧！」

這一聲警覺了曹雪芹，隨著杏香到了西間書房，只見書桌上覆著淺藍竹布的被單；上鋪一幅丈許長的白綾，一端拿銅鎮紙壓住；硯池、水盂、大小畫筆，擺得整整齊齊。讓曹雪芹最欣賞的是，書桌兩頭，一面一個高腳花盆架、上置燭台，點的正是北屋那一對粗如兒臂的紅燭。

「題畫的詩，我也替你想好了。」杏香很謙慎地說：「不知道你會不會嫌我話太多？」

「不會！絕不會。你說吧！」

「是忽然想起來的，記不得在那兒看到的。」杏香放慢了聲音念道：「虛心竹有低頭葉，傲骨梅無仰面花。」

曹雪芹脫口讚一聲：「好！」然後深深地看了她一眼：「你倒真是有心人。這帳額我要多畫一幅送錦兒姐。」

「我可不敢說你那錦兒姐，是怎麼樣的仰面傲人。」

「你不用表白。」曹雪芹笑道：「如果你不願意說是你的主意，我不正好掠美？」

「請！」杏香手一伸，很慷慨似地。

這時炭盆中正燒得熾旺，一室如春，宜於卸去長衣；曹雪芹手剛一伸，杏香已經警覺，上來為他解紐寬袍。短裝的曹雪芹，一身輕快，平添了幾分精神；在明晃晃兩支紅燭高照之下，望著綾子端詳了一回，簌簌落筆，竹枝低昂、梅影橫斜，配上怪石蒼苔，留下右上方一塊空白，恰好題詩。

「款怎麼題法？」

「這，我不懂。」杏香答說：「不過，我覺得含蓄一點兒的好。」

「那就單款好了。」曹雪芹題了那兩句詩，加上下款：「雪芹寫」三字。

「字數又成單了。」杏香提醒他說，「『寫』字下面得再加一個字！」

這很容易，加一個「意」字，變成「雪芹寫意」就行了。曹雪芹擱筆細看，得意地問杏香：「如何？」

「有的好，有的不好。」

這樣回答，多少出乎曹雪芹的意料；自然要追問：「好的是甚麼？不好的又是甚麼？」

「梅竹都好。」

「不好的呢？」

杏香不願作答，只說：「時候不早了，收拾了好讓桐生去睡覺。」

於是收拾書房的火燭，分別歸寢。關上了臥室房門，曹雪芹重拾話題，追問不好的是甚麼？

其實這是多餘的一問，好的是梅竹；不好的自然是奇石蒼苔。曹雪芹也知道這一點，不過他要讓杏香說出口來，才好再問何以不好？

「別問了，睡吧！」

「不！」曹雪芹像小孩撒嬌似地，「你不說，我不睡。」

「其實，」杏香遲疑地說，「我不是說你畫得不好；不過，有那麼一股沒來由的感觸而已。」

「既是感觸，就更應該說給我聽了。」

「你一定要聽，我就說給你聽。我覺得你像那塊石頭，有那麼怪，有那麼硬；我呢，就像那點點蒼苔，無法被人家踩在腳底下罷了。」

原來是這樣的感觸，「你真是多愁善感了！」曹雪芹說：「不像你的性情。」

「你倒說，我的性情該怎麼樣？」

「我看你是豁達一路。」

「豁達？」杏香問道：「你是說，被人踩了不吭氣，那才是豁達？」

曹雪芹不知她何以有這樣的話？心裡不免反感；很想反問一句：是誰踩了你了？但想一想還是忍住了；不過也沒有再開口。

這一下，杏香自然感覺到了，靜下心來細想一想，自己也很不對，無緣無故說這些負氣的話，不是太無謂了嗎？她很想認個錯，但臉皮薄說不出口。

空氣一下子僵硬了。曹雪芹覺得好沒意思；一個人靜靜地在想，翠寶是有歸宿了，即令將來性情不投，生米已經煮成熟飯，不能再有甚麼變化了。其實，曹震又何必這麼心急，就要辦這件事，也得商量商量，看如何安排杏香？如今她是進退失據，自己也是左右為難；這都是曹震做事太輕率之故。

這樣轉著念頭，不由得有些怨恨，「我震二哥獨斷獨行，全不顧人的死活。」他懶懶地站起來，卻又頹然倒在椅子上，萬般無奈的感覺，都擺出來了。

杏香有些疑惑，忍不住便問：「甚麼事不顧人的死活？」

「他全不顧我的處境；害我對不起你。」

「這是怎麼說？」杏香問道：「你有甚麼事對不起我？」

話出口了，曹雪芹覺得索性說明白了的好。

「我四叔的為人，你大概也聽說過。我不能像震二哥待翠寶姐那樣待你，咱們等於白好了一場，那不是我對不起你嗎？」

聽得他這麼說，杏香便有話也不能說了；想了一會，歎口氣說：「只要你心裡有我就好了。」

「那還用說嗎？」曹雪芹脫口答說，「依我的心思，恨不得你能陪我一塊兒到熱河去。」

「你真是這麼想？」

「當然是真的。」

「好！」杏香似乎胸有成竹了，以一種安慰的語氣說：「只要有你這句話就行了。」

氣氛又轉過來了。杏香重新沏了茶，圍爐閒談；談到那幅白綾帳額，倒提醒了曹雪芹一件事。

「我畫是畫了，可不知道下一步該怎麼辦？」

「交給我。」杏香答說，「明兒讓桐生先拿去裱；裱好了配上裡子就可以掛了。」

「這種天氣，裱一裱得好幾天才能乾。那時候，我人已經到了熱河。」

「怕甚麼！我會料理。」

「我知道你會料理，可是我看不到掛上了是個甚麼樣子。」

「一定好。」杏香突然說道：「你替我也畫一幅。」

「行！」曹雪芹問：「你願意要甚麼？」

「你別問我；問我就麻煩了。」

「不要緊！我不怕麻煩。」

「我要一幅青綠山水，配上月白帳子才好看。」

這在曹雪芹是個啟發，月白帳子配上一個青綠山水的帳額，既然好看，那何不索性就拿金碧山水來相配。

第一個念頭很得意；第二個念頭就沮喪了。遠山帆影、流水孤村、筆墨疏簡的山水，曹雪芹倒是為人所許，頗有靈氣；千巖萬壑。金碧樓台的「院畫」，得多少年的功夫，才能像個樣子，他只好敬謝不敏了。

「你出的題目倒好；不過，說老實話，在我是太難了。你另外再想。」

「那，那就來一幅蘆雁。」雁字剛出口，她馬上又改口。「蘆雁不好！」

蘆雁竹石，都是曹雪芹筆下的好題材，正喜合了脾胃，不道杏香變了卦，少不得追回原故：「挺好的嘛！你何以說不好？」

「雁字橫空，當頭的總是孤雁。」

原來是這樣的一個忌諱！女孩子終究是女孩子，看似伉爽豁達，其實心思很深很細；而細心之中，卻包含著一片願長相廝守的深情，曹雪芹既感動、也感激。

「那麼，我就畫一對交頸鴛鴦，你看如何？」

「鴛鴦就是鴛鴦，何必把交頸也畫出來？」

「『願作鴛鴦不羨仙』就因為交頸之故。你不願意，我也不勉強。」曹雪芹又說，「這得工筆，要等我到了熱河，慢慢兒畫。」

「那倒不要緊，我儘等好了。就怕你一轉身就扔在九霄雲外，讓我空等一場。」

語意雙關，曹雪芹自然聽得出來；當下答一句：「只要你肯等，事情就好辦了。」

第二天南北屋的兩對，都起得很早；翠寶親自來通知，漱洗完了，到北屋一起吃早飯。她大概天剛亮就起身了，頭光臉滑，滿面春風。曹雪芹少不得還道個賀，說幾句取笑的話；然後與杏香一起到了北屋。

「震二爺，」杏香一進門就蹲身請了個安：「給你道喜！」

「同喜、同喜！」曹震轉臉問曹雪芹：「吃了早飯，咱們一塊兒到仲四那兒去；我叫人把那匹馬拉了來，你看看該怎麼辦？」

曹雪芹微覺詫異，「來爺爺不是說了嗎？」他說：「要我自己餵。」

「你一餵了馬，那兒還有用功的功夫。」曹震答說：「這件事，四叔不以為然；跟我提了兩次了，甚麼聲色犬馬、玩物喪志，一大堆老古板的話。」

「那，那我該怎麼辦呢？」

「我的意思，馬是你的，交給仲四，讓他找人代餵，每個月破費幾兩銀子就是了。」

「來爺爺要問起來呢？」

「不會問的。你也難得遇見他。」

「也只好如此了。」

曹震點點頭，看翠寶、杏香都料理早飯去了，便低聲問說：「杏香跟你提了她的事沒有？」

「沒有明說，意思是願意等。」

「這就對了！事情要往好處去做，就只有這麼一個辦法。」曹震沉吟了一會，突然說道：「雪芹，你得趕快完了花燭。」

曹雪芹不知他何以有此一句話；無以作答，只有愣在那裡等下文。

「如果你已經娶了親，今天就不必讓杏香等了！」曹震說道：「世家大族子弟，娶親以前，房裡有兩三個人的，也不是少見的事；不過說起來，總是沒出息，也彆扭得很。我勸你今年好歹把喜事辦了，對太太有了交代；以後你愛怎麼玩，就怎麼玩，多瀟灑自由！」

曹雪芹對他最後的那兩句話，有些聽不入耳，所以仍舊保持沉默。曹震也發覺到了，正要解釋，翠寶與杏香側著身子，頂開門簾，踏了進來，一個捧著蒸籠，一個端著沙鍋。

「包子的麵，沒有發好，將就著吃吧！」翠寶一面揭籠蓋，一面說道：「還有燙飯。」

「我要燙飯。」曹震用手去抓包子，燙了一下，趕緊撒手；包子掉落在地上。

翠寶從地上撿起包子，放在一邊；從杏香手裡接過燙飯來，第一碗給曹雪芹，第二碗才給曹震；等杏香也坐了下來，她才拿起從地上撿起來的那個包子，剛取到手，曹震開口阻止了。

「那個還能吃嗎？」

「等我把髒了的地方撕掉了，你再看一看能不能吃；真的不能吃，我自然不吃。」

她乾淨俐落地撕去了包子皮，擱在面前碟子裡；曹震看了一下不作聲，只低著頭「唏哩呼嚕」地吃燙飯。

這件事看在曹雪芹眼裡，不免又喜又懼。喜的是翠寶深明事理，懂得以柔克剛的道理，能規正曹震之失，足為內助；而所懼者亦在此，怕她駕馭得住曹震，就會把錦兒壓了下去。

杏香卻根本不關心，沒有理會這件事；她關心的只是曹雪芹，不斷地招呼著：「要不要再添半碗飯？」「咱們倆分一個包子，好不好？」不但翠寶早已冷眼在注視，到後來連曹震都注意到了，但卻不便說甚麼。

就在這時候，但見門簾猛掀，帶進一陣風來；在座四個人都吃了一驚，定睛看時，魏升的臉色都變了。

「四老爺來了！」他氣急敗壞地說：「在門口下車了。」

這一下，第一個著急的是曹雪芹；不過曹震倒還沉得住氣，略一沉吟，向杏香說道：「你躲一躲！」

杏香一楞，看了曹雪芹一眼，轉身就走；而這一眼不知怎麼，激出了曹雪芹的勇氣，「不必躲！」他說，「四叔問起來，我就老實說。」

「你別胡鬧！」曹震不等他說完，便大聲喝斷；接著，便對翠寶說，「趕快把桌子收一收。」

翠寶已經在收拾了；而剛走到門外的杏香，忽又翻身入內，不等曹震開口，先說道：「我算是丫頭好了。」說完，幫著翠寶動手。

曹震沒有功夫答話，急急迎了出去；曹雪芹便跟在後面，走到垂花門前，遇見曹頫，便雙雙就地請了個安。

「我來看看！」曹頫負著手打量四周，「這兒也很不壞。」

「是！比四叔那兒稍為寬敞一點兒。」

「雪芹，」曹頫問道：「你住那兒？」

「我住南屋。」

曹雪芹倒不覺得甚麼；曹震有些著慌，他知道南屋有杏香的鏡箱，以及其他好些閨閣中才有的衣飾用具，如果曹頫要去看一看，底蘊盡露，是一場極大的麻煩。

於是他搶著說道：「四叔上我那兒去坐；北屋暖和。」

曹頫點點頭，徐步前行，曹震在前面走在邊上帶路；曹雪芹便故意落後，跟何謹走在一起，目視相詢。

何謹當然不便開口，只搖一搖手；曹雪芹看他臉色平靜，似乎曹頫尚不知他們兄弟有藏嬌之事，心裡一塊石頭落地了。

等到進入堂屋，餐桌已收拾乾淨；只有杏香一個人垂手站在門邊，並未見翠寶的蹤影。

「杏香，」曹震說道：「這是我們家四老爺！」

「喔！」杏香蹲身請了個安，口中叫一聲：「四老爺。」

「這是那家的姑娘？」

「原來就在這裡的。」曹震轉臉吩咐：「杏香，看有開水沒有，替四老爺沏一杯茶來。」

「是！」杏香答應著，趁曹頫轉身去看牆上所懸的字畫時，向曹震使了個眼色，又朝臥房努一努嘴，暗示翠寶藏身在內。

「我給你的那部書，你看了沒有？」曹頫問曹雪芹。

「還沒有來得及看。」

「你在忙甚麼？」曹頫把臉沉下來了。

「我——，」曹雪芹一急，隨便扯了一句話，「我有張畫，得把它趕完。」

「甚麼畫？」

「是一個帳額。」曹雪芹看了曹震一眼，「是鏢局子仲四託我畫的；因為快動身了，我得把它趕出來，也了掉一筆人情。」

曹頫接受了這個解釋，臉色轉為和緩了，「畫在那兒？我看看。」說著，便有站起身來的模樣。

「四叔坐著。」曹震趕緊說道：「讓雪芹去拿了來。」

「我去拿！」尚未出門的杏香更是乖覺，一面掀簾，一面在喊「桐生哥」——原是這兩天習慣的稱呼，聽起來卻令人確知她的身分是個侍婢。

到此地步，曹震大為放心了，唯一顧慮的是，自禁於臥房中的翠寶，只要她不出紕漏，整個情況都能瞞住曹頫；但要不能大意，因而他換了個座位，本來是坐在曹頫下首的，換到對面，正對緊閉著的臥室房門，萬一翠寶不知就裡，冒昧現身，還來得及應變補救。

也不過說得三五句閒話的功夫，門外足步聲起，首先進門的是桐生，將門簾高高掀起，接著是魏升，倒退入內，雙手捧著白綾的一端，另一端是杏香捧著；進屋來，旋轉身子，一東一西，扯直了帳額。桐生放下門簾，雙手將一座燭台，高高擎起，口中還說一聲：「請四老爺來看畫。」

曹頫閒閒地站起身來，臨近一看，本是無可無不可的那種隨意瀏覽的神態；及至視線一臨畫幅，神情頓改，首先是把負著的手解了開來；接著很快向曹雪芹和曹震看了一眼；然後俯下身子細看。

這時最得意的，還不是曹雪芹，而是杏香，「四老爺！」她的聲音既高且快，倒像是曹家的「家生女兒」；等曹頫轉臉望著她時，她索性大剌剌問：「你看芹二爺畫得怎麼樣啊？」

好不懂事的死丫頭！曹震在心裡罵，怎麼能這樣子說話呢？「老古板」的「四老爺」就覺得曹雪芹畫得不錯，要稱讚兩句，讓她這樣公然一問，也得板著臉說些言不由衷的話了。

那知曹頫居然反問杏香：「你說呢？」

聽這語氣，便是許可的表示；曹震鬆了一口氣，還怕杏香不識好歹，提醒她說：「四老爺問你，你就老實說。」

「自然是好囉。」杏香答說，「梅花是高士，竹是君子；畫這兩種花卉，就見得人品很高。」

曹頫有訝異之色，「你念過書沒有？」他問。

「念過幾年。」

「怪不得！」曹頫點點頭，「畫得不錯，題得也好；做人就該這樣子。」

這就是教訓，雖不必提名字，也知道是衝著誰說的，所以曹雪芹恭恭敬敬地答應一聲：「是！」

「京裡的人，」曹頫轉臉問曹震，「甚麼時候到？」

「總得未牌以後。」

「喔！」曹頫起身說道：「我跟劉侍郎有約，吃了午飯就回去；京裡的人來了，就帶到我那裡好了。」

來得突兀，去得飄忽，一場虛驚，帶來了不同的感想；最得意的是曹雪芹，倒不是為他自己，而是因為杏香出色。

「你今天的這個面子不小，四老爺很少誇獎人的；連帶我也沾了光。」

「你們都說四老爺古板、嚴厲，我看挺和氣的嘛！」杏香答覆曹雪芹說，「也許是我跟他有緣。」

「對了！」曹震接口，「你跟四老爺有緣。」接著他又向曹雪芹說，「我跟你說的那句話，你別忘了，趕緊辦。」

曹雪芹想不起是那句話，但曹震既未明說，自不便多問，只含含糊糊地答應著。

大家都談得很起勁，只有翠寶默默不語；曹震發覺了，便即問說：「怎麼啦？為甚麼不高興？」

翠寶抬眼望了望，欲語又止；曹雪芹乖覺，向杏香說道：「咱們走吧！我有話跟你說。」

其實是好讓翠寶跟曹震私下說話；她看他們走遠了，才歎口氣說：「這麼躲也不是一回事！」

「你別急。找個機會我會跟四老爺提。」曹震又說，「你不能連這一點兒耐心都沒有。」

語氣中微有責備之意，翠寶不敢再提她自己的事，但卻不妨談談杏香。

「四老爺對杏香不壞；不如把她的事先辦了吧？」

「怎麼辦？未娶妻，先納妾，四老爺一定不准；別自己找釘子碰。」

「那，杏香就得等囉？」

「對了，得等。」曹震又說，「她自己都願意，你又何必替她多操心？」

翠寶頗有「話不投機半句多」之感，便不再開口；曹震倒有些歉然，看窗外陽光明亮，動了遊興，「咱們出去逛逛！」他問，「怎麼樣？」

「出太陽化雪，滿街的泥。算了吧！」

「那，那就想個甚麼消遣的法子？」

翠寶這才發現，曹震是片刻都閒不住的性情；不由得問道：「莫非你就不能像芹二爺那樣，一個人靜靜兒地看看書？」

「啊！」曹震起身就走，「你倒提醒我了，有一樣東西，還沒有看呢！」

說完，進了臥房；翠寶不便跟進去，同時也要去看看燉著的一隻雞，火候如何？及至料理好了，走回來時從臥房窗下經過，無意間向裡一望，只見曹震捧著一本書，聚精會神地看得津津有味，臉上還帶著笑容。

是甚麼書？看得入迷了！翠寶正這樣在想，忽然發現，曹震將他手上的那本書斜過來歪著腦袋看；這就奇怪了，看書還有這個樣子的嗎？倒要去看看，那是本甚麼書。

一時好奇心發，翠寶悄悄溜了進去；走到曹震身後一望，頓時滿臉飛紅，忍不住便啐了一口：「那裡來的這些鬼書！」

「嚇我一跳！」曹震急急回過身來，「你甚麼時候進來的？怎麼我不知道？」

「你怎麼會知道？看混帳書看得靈魂都出竅了。」

看她嬌嗔的模樣，別有動人之處；本就心猿意馬的曹震，按捺不住，一把摟住了她，涎著臉笑道：「咱們挑個樣兒試一試，好不好？」

「去你的。」

翠寶極力掙扎，曹震偏是不放；她又不能喊叫，怕驚動了人，情急無奈，只有另思脫身之計。

「你倒是怎麼啦！」她故意裝得發急地，「房門都還開著，杏香要闖了進來怎麼辦？」

「好吧！」曹震將手鬆了開來，「你去關門。」剛說了這一句，忽又改口，「不！你別打算開溜，我去關。」

「你真是多心！」翠寶的心思也很快，「我不會打後房溜走。」

「說得不錯。」曹震拉著她的手臂，「咱們來個寸步不離。」

說著，便拉住翠寶，一起去關房門；誰知到得門口，手剛鬆開，翠寶驀地裡將他往外一推，趁他腳步踉蹌之際，已將房門關上，兔起鶻落地下了銅閂。

曹震猝不及防，趕緊回身過來，「蓬蓬」打門，大聲喊道：「快開門！」

「別鬧！」翠寶在門內警告，「等我把你那本混帳書燒掉了，再來開門。」

「不，不！」曹震著急地說：「是借來的！不能燒；燒掉了，我對人家怎麼交代？」

「你別大聲嚷嚷，我就不燒。」

「行！」曹震馴順地答應著，聲音不但低，而且柔和。

「還有，我開了房門，不准你嚕囌。」

「行！」

等翠寶開了房門，看她兩手空空；曹震便伸手問道：「我的東西呢？」

「我收起來了！」翠寶說道：「要看你真的改了只由著你自己的性子、不顧人死活的臭脾氣，我才能把那本混帳書還你。」

曹震無奈，頹然倒在椅子上說道：「你可好好收著，那是仇十洲的真跡；給二百兩銀子沒地方買去。」

「我可不管你甚麼仇十洲、仇九洲的；反正我不喜歡這麼胡鬧。」

這時曹雪芹與杏香，已發覺有了甚麼不對勁的地方，匆匆趕來；一看曹震的臉色都不敢造次開口了。

終於還是杏香想出來一句話，「雞燉得好香。」她說，「兩位二爺先喝酒吧。」說著，還故意鼻翅搧了兩下；燉著的那隻肥雞，確是香得逗人食欲。

誰知不說還好，一說反倒讓曹震忍不住了，站起身來大聲喊道：「魏升、魏升！」

魏升還來不及答應，杏香一看情勢不妙，趕緊說道：「震二爺，要甚麼？我去。」

「我要出去！」曹震覺得自己的聲音太硬，換了副柔和的聲音對杏香說：「你們在家吃吧！我得去等京裡來的人。」

「吃了飯再去，也不至於耽誤。」

「不！」

杏香接不下去了，只不住向翠寶使眼色；但翠寶已摸到了曹震的脾氣，這時候要跟他搭話，不管說甚麼都會碰釘子，一破了臉，反倒不容易收場了，所以對杏香的眼色，故意視而不見。

「二爺找我？」魏升出現了。

「車來了沒有？」曹震問說。

原來關照糧台上午後派一輛車來；此時尚早，魏升答說：「總得飯後才來。」

「沒有車也不要緊，咱們走了去。」說完，曹震抬腿就走。

「震二哥是到鏢局子去？」曹雪芹說，「我陪你一塊兒去。」

曹震想允許，看到杏香便改了口：「你在家陪杏香吧！」他說：「她是懂好歹的。」

說杏香懂好歹，便是說翠寶不知好歹；等曹震走遠了，杏香便用埋怨的口吻說：「你倒是怎麼啦？平白無故的，把震二爺氣成那個樣子？」

「怎麼說平白無故？自然有緣故的。」

「甚麼緣故？」

「你不知道。」翠寶不願意說。

「不是我不知道。」杏香故意激她，「是你不知道該怎麼說？」

這一激很見效，「好吧！我跟你說；你要不怕害臊，我還拿樣東西給你看！」說著，手往衣襟中一抄，接著，「拍」地一聲，有本書扔在桌上。

杏香拿起來一看，頓時滿臉通紅；倒像那本書會螫人似地，急忙往下一扔，縮起了手，口中罵道：「鬼書！」

「你也知道是『鬼書』？」

見此光景，曹雪芹自是了然於胸；為了沖淡她們姑嫂那種深怕染上瘟疫似的氣氛，他從從容容笑道：「我來看看，是誰畫的『鬼書』？」

就這一句話，解散了杏香的緊張，拉著翠寶的袖子說道：「你聽聽！他們兄弟一路的貨！他就知道『這本書』是畫的。」

翠寶不似杏香，還是初次見識「鬼書」；她跟曹震的勃谿，不在「鬼書」本身，然而這話也說不出口，只能報以苦笑。

「原來是仇十洲的東西。」曹雪芹將那本題名「春風二十四譜」的春冊，略為翻了一下，便即擱下，一面坐下來，一面向翠寶說道：「這也不是甚麼了不起的事。你們壓箱底不都有這玩意嗎？」

「壓箱底是壓箱底，那是拿來對付火神菩薩的，誰也沒有想到這上頭去；這跟特為拿來給人看，是兩回事。譬如──。」

要設譬卻又覺得不合適；而曹雪芹之外，杏香更感興趣，立即追問：「譬如怎麼樣？」

「回頭跟你說。」

「喔，」曹雪芹接口，「我明白了，這個『譬如』我不能聽；好吧，我先躲一躲。」說著，便站起身來要走。

翠寶心想，要讓曹雪芹拿自己當個「姐姐」看待，就不能給他一個不夠灑脫的感覺；於是很快地答說：「你不用迴避。我這個譬喻也沒有甚麼不能說的，譬如你們爺兒們走親戚吧，至親家穿房入戶，難免有撞著表姐舅嫂，解了紐子奶孩子的時候；那還不是趕緊躲開，馬上就忘了這回事。可是，趁沒有人的時候，有意解開紐子，讓你看她雪白的一片胸脯，芹二爺，你心裡怎麼想？」

「這個譬喻好！」曹雪芹深深點頭。

把話說開了，杏香也不覺得忸怩了，「那！」她半開玩笑地問翠寶，「剛才震二爺就是『有意解開紐子，讓你看他雪白的一片胸脯』？你大概嫌他不白，胸脯上長了一片黑毛，所以他生氣了？」

聽這一說，翠寶也笑了，但也有些惱她口齒太利，便故意問道：「你怎麼知道他胸脯上長了一片黑毛？」

杏香到底面嫩，當時便紅了臉，「我是看震二爺臉上那一大片鬍渣子，心裡猜想的。」她正色辯白，「我那裡知道他胸脯上長了黑毛沒有？」

看杏香的神色，翠寶深怕反擊得過分了，很機警地說道：「他胸脯上光溜溜的，那有黑毛。」接著，快刀斬亂麻地說：「好了，咱們吃飯吧！」

一直看她們姑嫂在門口的曹雪芹，這時注意到一件「正經事」，指著那本春冊對翠寶說：「這本冊子很不壞，像是仇十洲的真跡；你收好了。」

「原來這樣，怪不得他認真。」翠寶將春冊收了起來，拉著杏香去開飯。

廚房搬過地方了，不再是以前因陋就簡的走廊一角，是仲四向房東另外賃了角門外的兩間平房。一間堆置雜物，一間改作廚房，翠寶原來所雇的一個京東老媽子和一個燒火洗衣服、幹粗活的丫頭，都在忙著。翠寶指揮將飯開了出去，廚房裡只剩下她們姑嫂二人；杏香看看是個機會，便又問起翠寶跟曹震到底起了甚麼衝突。

「大白天，他拉拉扯扯地拖住我不放；你想，要是有人撞見了，我還有臉見人。」

「喔，」杏香明白了，好奇地問，「那麼，你是怎麼脫身的呢？」

「我騙他去關房門，他又不放心我，怕我從後房溜走，拉住我一起去關房門；我趁他不防，一推把他推了出去，關上房門。他在外面直嚷嚷，我怕把你們驚動了，嚇唬他要燒他的書，他的聲音才低了下去。」

「你倒真厲害。」杏香笑道：「其實就把我們驚動了，也不算笑話。」

「廚房裡有人，垂花門外也有人；把他們驚動了，不是鬧笑話？」

「這倒也是。」杏香又問：「後來呢？」

「後來我開了門，他一進來就跟我要書，說是借來的。我不給他。」

「為甚麼？」

「我要他改了他那個脾氣再給他。」

「這，」杏香不以為然，「這你可是做得過分了；難怪他生氣。」

翠寶默然，心裡也有些悔意，因而在飯桌上亦不大開口。曹雪芹看她神情抑鬱，少不得要動問緣由。

「你好傻！」杏香接口，「還不是為震二爺。」

「到底為甚麼呢？」曹雪芹也很關切，「總不能為這本『鬼書』生那麼大的氣吧？」

「當然還有震二爺不對的地方——」

「杏香，」翠寶打斷她的話，「你別那麼說！」

「你看看，」心直口快的杏香，為翠寶抱屈，「人家受了委屈還是處處護著震二爺。你們爺兒們那裡知道女人家的苦楚，反正一高興了，不管人家的死活；一不高興了，塵土不沾，拍腿就走，全不想想人家的苦衷。提起來真叫人寒心。」

又是一大頓牢騷，曹雪芹亦有些煩；但不去理她的話，只聽她唇槍舌劍，詞鋒犀利，倒覺得慧黠可愛。

「你笑甚麼？」

聽她這一問，曹雪芹才知道自己臉上有笑容，便索性笑道：「笑不好，莫非倒是繃起了臉才好？」

「不是這話。我看你笑得陰陽怪氣，像不懷好意。」

「瞎說！」曹雪芹正色否認，「我打算替翠寶姐勸勸架，怎麼是不懷好意？」

「那還差不多。」杏香想了一下說，「吃了飯，你回屋子裡息一息，回頭到仲四爺那裡，把震二爺勸回來。」

「好！不過我得先弄明白，到底是為了甚麼事，我才好措詞。」

「我回頭跟你說。」

說是說了，但曹雪芹在曹震面前，卻須裝得根本不知道這麼一個笑話，免得彼此都不好意思。

京裡的人已經來了，正事也都辦好了，曹雪芹找一個仲四不在，而且別無他人的機會，閒閒問道：「咱們該回家了吧？」

「你先走好了，我還得待會兒。」

「還有事跟仲四談？」

「沒有。」

「沒有就不必打攪人家了。」曹雪芹勸道：「你又何必跟翠寶姐賭氣？她心裡也很不好過！」

「你別管！」曹震餘憤猶在，「相處還沒有幾天，她已經想踩到我頭上來了；往後日子長了，還得了？」

「一時言語失和，何必看得那麼認真？」

「你不懂！第一回遷就，第二回就是理所當然了。『曾經滄海難為水』，我不吃她那一套。」

曹震難得掉文，這句「曾經滄海難為水」倒是別有意味；曹雪芹細細體會了一下，知道他是把翠寶看成死去的震二奶奶那一路人物了。

於是他又想到錦兒。如果翠寶真的如曹震所估量的那樣，卻不可不防；她能壓倒曹震，當然更能壓倒錦兒。照此看來，竟不必固勸。

但事情會如何演變，卻不能不弄個清楚，「那麼，」他問：「震二哥，你打算怎麼辦呢？就這麼僵下去？」

「你放心，不至於成僵局。我不過讓她心裡有個數兒，合則留，不合則去；她別想拿住我。」

「好！我明白了。」

「我再告訴你吧，我也是一半為你，覺得不妨湊合這個局面；如果她也能為杏香著想，最好安分一點兒，維持一個長局。」

這就說得很明白了，曹震已經打算著隨時可與翠寶分手。這不就是同床異夢？曹雪芹心裡惻惻然，意緒闌珊，卻無法分辨是為誰悲哀。

不過，一回去卻須打起精神來敷衍翠寶和杏香；當然，他得編一個曹震不能回來吃晚飯的理由，說是明天要動身了，有許多事要跟仲四接頭，而且留下一個伏筆，道是「也許會回來得很晚」。

「那還得替震二爺預備一點兒消夜的東西。」杏香提醒翠寶。

「只預備你們倆的就行了。」消夜總是在一起享用，所以曹雪芹特為如此關照。

翠寶只點點頭，不作聲，曹雪芹便把話題扯了開去；杏香卻很關心這件事，幾次要把話題拉回來，曹雪芹不便過分攔阻，於是又談到曹震了。

「我震二哥是直腸子，脾氣有時跟小孩一樣；翠寶姐，你多哄一哄他就好了。」曹雪芹這樣相勸。

「我也知道。」翠寶答說：「我是不想哄他；既然他願意受哄，那還不好辦。別的不會，哄孩子也不會嗎？」

說話到這裡，就算到了盡頭；連杏香都覺得不必再多說了。

第四章

到熱河的那天，恰好趕上欽定的限期，十二月二十日。但天不作美，雪下得很大，以至於有一個臨行之前由方觀承來傳旨的緊要差使，似乎在年內無法覆命了。

這個差使是修一座原為養馬之用的敞席棚。康熙五十年，雍親王——雍正皇帝由於扈從行圍，喝了現宰的鹿血，一時亢奮，與宮女李氏結了緣，生下「四阿哥」——當今的乾隆皇帝以後，康熙皇帝覺得皇子每年扈從，在塞外數月，不攜眷屬，似亦不近人情；倘攜眷屬，當然不能住在行宮之內，因而傳旨，年長諸王，各賜園邸。雍親王的賜園，在獅子山下，賜名就叫「獅子園」。中有翠柏蒼松亭、芳蘭砌、樂山書屋、水情月意軒、環翠亭、待月亭、護雲莊、澄懷殿、松柏室、忘言館、秋水澗、妙高堂諸勝。那個馬棚，恰好夾在中間；便重加修葺，稱為「草房」，亦算一景。這座草房，現在成了龍興的潛邸，當然又要再大修一次，但亦不便過分尊崇體制，免得洩漏真相；方觀承所傳的密旨，便是命曹頫帶工相度以後，看應如何修法，畫圖具奏。最好年前將圖樣進呈核定，以便一開了年，就能動工。

曹頫的意思是，這張圖樣讓曹震帶回去。曹震不能明說，為了成記木廠掌櫃楊胖子需要他年前趕回京，幫他去打點的話；估量大概多耽誤一兩天的功夫，尚無大礙，就勉強答應了。

如今大雪紛飛，白茫茫一片，根本無法相度地形，他自然著急；便讓曹雪芹開口說道：「看樣子一時辦不了事，京裡少不得震二哥，似乎讓他先回去的好。」

「再看一看。」曹頫答說：「也許明天就放晴了呢！」

曹震不敢多說，心裡著實焦急。公館尚未備妥，暫時住在客棧中；無處可去，曹震只是在屋子裡喝悶酒。而就在這時候，魏升悄悄來報：「杏姑娘來了。」

杏香來了！她來幹甚麼？曹震問道：「人呢？」

「她住在西關悅來客棧，是仲四爺鏢局子裡的人陪著來的；這會兒把芹二爺請了去了。」

「喔，四老爺知道不知道？」

曹頫另住東跨院，曹雪芹跟他一起住；不過桐生很機警，不但瞞住了曹頫，連何謹也不知道。

「走！」曹震站起來說：「閒著也是閒著，咱們看看去。」

主僕二人，踏雪到了西關悅來客棧；杏香住第五進院子頂靠西面那一間，屋子裡溫暖如春，她跟曹雪芹都卸了長衣，盤腿坐在炕上，隔著炕桌在喝茶聊天。

看見曹震，杏香急忙下炕，笑嘻嘻地請了個安，口中說道：「震二爺沒有想到我會來吧？」

「是啊！再也想不到的。」曹震問說：「你來幹甚麼？」

「我來當丫頭。」

笑得極其乾脆，彷彿有些開玩笑的意味；但又何必無緣無故開此玩笑？可知話中有話，曹震暫不作聲，先坐下來再說。

「震二爺是喝茶，還是喝酒？」

「都行。」

「那就先喝茶，再喝酒。翠姐讓我給震二爺帶了一小罎補血的藥酒來，這種天氣喝最好。」

杏香一面說，一面指，炕頭上有一個尺許高的小口綠磁罈，口子上蒙著的紅布，已很黯舊了，看來這罈藥酒還是陳酒。

「那兒來的這罈酒？」

「特為去買來的。」杏香答說：「震二爺不是說四肢發冷嗎？翠姐去請教了大夫，說是血分不足；喝這種藥酒最好，有張仿單，等我找出來給你看。」

「不忙，不忙！」曹震搖手阻止：「你先坐下來，我有話問你。」

「是！」杏香沏了茶來，在曹震下首坐下。

「你剛才說的話是真是假？」

「震二爺問的是，我來當丫頭的話？當然是真的。」

「那麼，你是打算住下來不走了？」

「我得伺候主子，怎麼走？」

「你倒是伺候誰啊？」

「伺候四老爺。」杏香看了曹雪芹，「當然也附帶伺候芹二爺。」

「我看是伺候芹二爺，附帶伺候四老爺吧？」

杏香臉一紅，把頭低了下去，拈弄著衣角，只是不作聲。

「你怎麼不說話？」

「震二爺已經說了，我還說甚麼？」杏香小聲答說。

「那麼，」曹震向始終未曾開口的曹雪芹問道：「你怎麼說？」

曹雪芹始終無言，就是因為一直想不出如何處置杏香才是善策。此刻便只有老實答說：「都等著你來作主呢？」

「我就能替你作主，可也得你自己有豁出去的決心才行。」

這就是說，曹雪芹得準備著接受曹頫的任何責備。倘或只是責備，他倒也豁得出去，只怕受責而仍不能不分離；那就連以後緩緩以圖的機會都葬送了。

於是他含蓄問：「只就是挨一頓罵嗎？」

曹震懂他的意思，考慮了一會兒說：「那就得看杏香了。如果杏香把四老爺敷衍好了，他又怎麼忍心攆她？」

「這，」杏香接口，「震二爺請放心，我有把握。」

曹震點點頭；喝著茶，說些閒話，等籌畫好了，突然說道：「杏香，你明天就回去；過兩天，我再叫人送你回來。」

聽得這話，杏香與曹雪芹都愣住了，因為不明他的真意何在？當然，都不會疑心他不懷好意。

「你這回來，不能讓四老爺知道。」曹震解釋，「不然，我在四老爺面前的話就不好說了。」

原來曹震也知道曹頫對杏香的印象不壞，他如果提議把她喚到熱河來照料他們叔姪的起居，曹頫一定不表反對，這樣光明正大地接了來，曹頫就絕不會想到曹雪芹跟她原是早已有密約的。

「這就叫明修棧道，暗度陳倉。」曹震得意地說：「不過——」他笑一笑，沒有再說下去。

由於笑容詭祕，不但杏香，連曹雪芹都很想知道他沒有說出來的那句話是甚麼？當然，追問還得杏香開口。

問到第二遍，曹震到底說了：「我是怕四老爺看中了你。那時候你的處境就很為難了。」

這話在曹雪芹不能接受，因為自他有知識開始，「四叔」在他心目中就只有一個方正古板的形相，若說「四叔」會看中杏香，納此少妾，在他是件不可思議的事。

杏香倒是聽進去了，而且頗為重視；略想一想，作了一個決定，不過先須問一問曹雪芹。

「你真的豁得出去？」

曹雪芹知道她指的就是曹震剛才所問的那句話；依舊照原意回答：「為你挨頓罵，我也認了。」

「那就行了。」杏香顯得滿懷信心，「既有震二爺作主，你又豁得出去，那還有難辦的事？」

曹震正要答話，只聽魏升在窗外高聲說道：「回二爺的話，四老爺請。」

「喔，進來！」等魏升進屋，曹震又問：「甚麼事？」

「大概是烏都統請吃飯。」

「烏都統不是出巡去了嗎？」

「想必回來了。」

「我看看去。」曹震站起身來，又向曹雪芹說：「你先悄悄兒溜回去吧，怕四叔會找。」

於是，曹雪芹向杏香低聲說了句：「一會兒我再來！」隨即匆匆出門。

「震二爺，」杏香抓住機會問道：「你那天回京？」

「總在這兩三天。」曹震皺著眉說：「我也急得很。」

「回京可一定得在通州住一晚。」

「那可說不定。」曹震很快地說：「再看吧！」

說完，不容杏香再開口便一陣風似地走了。

「烏都統回來了。」曹頫指著桌上的信說：「今兒下午才到；一到就派人送信來，約咱們去便飯。盛情可感，倒不可不擾他。」

曹震靈機一動，「是，是！」他連連答應，然後又說：「烏都統一回來，修草房的事情就好辦了。這場雪不是一兩天晴得了的；相度地形，也不能馬馬虎虎，草率從事。不如先問問烏都統的意思，年前上個摺子，也算初步有了交代。四叔你瞧，這麼辦行不行？」

「跟烏都統商量了再說。」

「原要跟他商量。」曹震問道：「穿甚麼衣服去？」

「信上說了，『乞輕裘相過』，穿便服好了。」曹頫又問：「約的是咱們爺兒三，讓雪芹也去吧？」

「不必了！咱們不是還得談正事嗎？行宮裡有些事，也不宜讓雪芹知道。」

「說得是！說得是！」曹頫不住點頭。

曹雪芹在對面屋子裡聽得很清楚，心感曹震關顧，把他留下來跟杏香相聚。正這樣想著，聽得門外足步聲，掀簾一望，正是曹震。

「你在家吃飯——」

「我已經聽見了。」曹雪芹搶著說。

「那就不必我再說一遍。你最好別喝酒，晚上要寫東西。」

「寫甚麼？」

「到時候你就知道了。」曹震放低了聲音說，「回頭等我想個法子，讓你能跟杏香在一起。」說完，曹震就走了。

曹雪芹守著曹震的告誡，跟杏香在一起吃了晚飯，滴酒不曾入口。吃完飯喝茶，杏香提到她的心事，也是此行的目的。

「震二爺似乎對翠姐還存著意見，你看這件事怎麼辦？」

「不會吧？」曹雪芹說：「震二哥不是那種人。你是從那裡看出來的呢？」

「只說一件事好了，我請他回京路過通州，無論如何住一晚；這本來是用不著別人提，自己就該這麼辦的。那知道人家提了，他還是不肯。」杏香又不勝憂慮，「不但存著意見，而且意見深著呢！」

如果真有其事，確為可憂；但從另一方面去看，卻又不像準備決裂的樣子，否則，他對杏香的態度就不同了。

「你別瞎疑心。他既然能許咱們在一起，又何至於會對翠寶姐有異心。」曹雪芹含蓄地說：「你倒仔細去想一想其中的道理。」

想想果然，她們姑嫂跟他們兄弟是兩對，如果曹震打算割斷跟翠寶的關係，當然也就要設法阻止她跟曹雪芹在一起，免得牽絲扳藤，發生糾葛。這樣轉著念頭，心就寬了些。

「震二哥年下有要緊事得趕回京裡去辦；他如果抽得出工大，一定會在通州住一晚。你回去勸勸翠寶姐，別擔心，即或有點兒誤會，有咱們倆在，慢慢兒不也就替她化解了嗎？」

「嗯！」杏香深深點頭。

「我得到前面去了。我四叔回來了，如果不見我的影子，不大合適。」曹雪芹緊接著又說，「我回頭還來。震二爺說了，他會想法子讓我跟你在一起。」

曹震回來很高興，烏都統那裡談得很順利；他不但贊成曹震的意見，而且有現成的圖可用。這樣，在明天下午就可以動身回京了。

「奏摺稿子，我讓雪芹來擬；意思我會告訴他。」曹震又說：「我還有好幾封信，要讓雪芹寫，得弄到很晚才能回來；怕吵醒了四叔，乾脆讓他睡在我那裡好了。」

「也好，」曹頫問說：「奏摺稿子弄好了，明天上午我自己抄，儘來得及；圖怎麼樣？」

「我回京找人畫了，附在密摺裡面一起遞好了。」

「好！就這麼說吧！」

於是，曹震帶著曹雪芹退了出來，命魏升在他所住的屋子裡守著；收拾筆硯雙雙來到杏香那裡。

杏香燈下獨坐，困倦無聊，一看桐生點著燈籠，抱著筆硯，引領他們兄弟，雙雙而至，頓覺精神一振；開了門，高高興興地將他們迎入屋內，挑燈撥火，立即滿室如春了。

「我讓雪芹寫點東西，寫完了喝酒；然後，我就把他交給你了。」曹震笑著問杏香，「你可怎麼謝謝我這個媒人？」

杏香本想答說：我不也給你做了媒人了嗎？轉念覺得先別牽扯到翠寶的好；當下羞澀地笑道：「請震二爺自己說好了。」

「好！有你這句話就行了。反正你欠我一個情就是。」

這時桐生已將筆硯在靠窗的方桌上陳設妥當，曹雪芹便問：「震二哥，有甚麼話交代桐生；如果沒有，就讓他回去睡吧！」

「怎麼沒有？」曹震吩咐：「你到櫃房裡去問一問，他們廚房裡還有甚麼吃的？不拘點心，還是菜，只要能下酒的就行。」

「有吃的。」桐生答說：「承德縣送了四老爺一個火鍋、四樣點心；何大叔叫留著，就存在櫃房裡。」

「點心是甚麼？」

「包子、肘絲卷、油糕，還有一樣記不得了。」

「把包子、油糕，連火鍋一起端了來。」曹震說道：「你明天跟老何說，我跟芹二爺趕夜工吃掉了。」

「是。」桐生問說：「要不要跟櫃房要酒。」

「酒有。」杏香接口。

曹震不作聲，桐生看看別無話說，便即走了。於是曹震招呼曹雪芹坐下，等他伸毫鋪紙，準備好了，方始問道：「你以前替四叔代筆寫過密摺沒有？」

曹雪芹愕然，「從回京以後，四叔又甚麼時候得要跟皇上寫密摺？」他這樣反問。

問得有理！曹頫以廢員回旗，連個請人代奏的身分都不具備，更那裡來的上密摺的資格？曹震回想當年在金陵繁華全盛之時，自不免萬千感慨，但畢竟喜多於悲，眼角中的兩滴淚水，涵而未墜；嘴角上的笑意，卻欲隱還顯。

「如今可又到了咱們家給皇上寫密摺的年頭兒了，三十年風水輪流轉，雪芹！」他拍著曹雪芹的手背說：「你得好好兒幹！」

接著，曹震便指點寫密摺的格式，最要緊的一點是必須時時刻刻記著，上摺的是甚麼人，不可露出一點代筆的語氣。敘事要條理分明，切忌浮詞堆砌。措詞不必講求典雅，以恭順為主，肫摯為尚。

曹雪芹心想，這又何煩檢點？不過口中還是唯唯應著。接著，便依曹震的意思，用曹頫的語氣，寫了個奏報修葺草房初步計畫，附上簡圖的密摺，寫完擱筆，將稿子倒過來，推向曹震面前。

「寫得不錯。」曹震對最後一段：「特命奴才胞姪曹震，冒雪星夜賫摺進京，囑其務在年內趕到，上達御前，俾得稍釋聖懷」，更為滿意，「對了，」他指著稿子說：「照這麼寫法，你就算得了竅門兒了。」

聽得曹震誇講曹雪芹，一旁的杏香聽了也高興；笑吟吟地提高了聲音說：「上炕來坐吧！」於是兄弟倆在炕上隔著炕几對坐；炕几兩頭，一頭擺燭台，一頭是杏香打橫，照料杯盤。喝的是翠寶特為帶給曹震的藥酒，色如琥珀，微帶苦味，但極香極醇；加以曹震的心情，豁然開朗，所以一連乾了三杯，顯得興致極豪。

「這酒很好吧！」杏香問說。

「美得很！」曹震深深點頭。

曹雪芹靈機一動，接口便念了兩句《詩經》：「『匪汝之為美；美人之貽。』」

這一下便自然而然地接到翠寶身上了；曹震舉杯沉吟，是在盤算行程及年下有多少急事要辦，而杏香卻有些等不及了。

「震二爺，明天就回去，辰光總敷餘了吧？」

「嗯！」曹震點點頭，卻並未表示準能在通州留宿。

杏香還待再說，讓曹雪芹的眼色攔住了，接著，他又把話扯了開去。

「在烏都統那兒談了些甚麼？」

「談他這回出巡。」曹震問道：「你知道他這回出巡是去幹甚麼？」

「出巡，無非看看圍場、考查考查部下勤惰。還能幹甚麼？」

「非也！他是找地方要蓋寺廟，而且還不止蓋一座。」

「那當然是先朝的意思；如今的皇上剛剛登基，不會幹此不急之務吧？」

「非也！」曹震說道：「是聖母的意思。」

曹雪芹愣了一下，方始明白，「聖母」是指當今皇帝的生母；杏香卻莫名其妙，悄悄問道：「震二爺說的是誰？」

「你不知道的一個人。」曹雪芹在這些地方很識輕重，用告誡的語氣說：「你以後在這裡，或許會聽到許多奇奇怪怪的話，聽了放在肚子裡，別跟人說，也別問。」

杏香深深吸了一口氣，「我的老天爺！」她說，「這可不悶殺人了！」

「對了！」曹震說道：「你要願意來，就得守這個規矩；是個很重要的規矩。不過，以你的聰明，要不了一個月，你就全都明白了。最要緊的是自己明白，別跟人去多說。」

杏香不作聲，偏著頭想了半天，搖搖頭說：「好吧！等我都弄明白了再作道理。」

「我倒想起來了。」曹震放下酒杯說：「你明天甚麼時候走？」

「我跟震二爺一起走行不行？」

「行！」曹震答說：「不過你得先動身，在前站會齊了再一起走。」

取得這個承諾，杏香比較放心了，「謝謝震二爺！」她替曹震斟了酒，又替曹雪芹斟滿；同時低聲說道：「你們聊你們的。」

於是曹雪芹問說：「原來聖母也信佛！」

「怎麼能不信？二十多年的日子，跟在冰窖裡一樣，除了拜佛求菩薩保佑以外，甚麼倚靠都沒有。如今總算熬出頭了，真正菩薩有靈。」

曹雪芹大為詫異，「怎麼會跟在冰窖裡一樣？」他問，「至少，有子封王，也不能沒有人照應啊！」

「不是說她沒有人照應。衣食無憂，表面看起來，日子過得很舒服；可是行動不能自由，也不准有人去看她。照應她的老太監、老嬤嬤，都是先交代了的，不管她說甚麼，別理她，只能談家常，不能談身世，稍微能訴訴苦的話，一句都不能說；一說，就讓人家攔了回去：老太太，你累了，歇著吧！」

「怎麼，」曹雪芹問說：「稱呼是『老太太』？」

「是的。」

「如今呢？應該不同了吧？」

「下面還沒有改；不過烏都統他們已加了『聖母』兩個字。」

「這位『聖母老太太』真虧她！」曹雪芹設身處地想了一下，有不寒而慄之感，「那種日子比打入冷宮更淒涼，換了我怕一天都過不下去；居然二十幾年都熬過來了。」

「她是熬過來了。以後，上頭的日子，怕不大好過。」

這「上頭」自然是指當今皇帝；曹雪芹點一點頭表示會意，不解的是：「何以不大好過？」

「你想，這二十多年所受的委屈、所積的怨氣，該發在誰頭上？這還不去說它；頂糟糕的是，有點兒瘋了，一發作會哭個不停，怎麼勸也勸不住。」

「那可麻煩。」曹雪芹又問：「這毛病早就有了吧？」

「不！怪就怪在這裡，是得了大喜的信兒才得的這個毛病。」

所謂「大喜」，是指雍正駕崩，乾隆即位；曹雪芹便說：「這是喜極而涕！應該不難治。」

「你倒說，該怎麼治？」曹震非常注意他這句話，「烏都統為此愁得飯都吃不下，你懂治法，那可就太好了！我真沒有想到，你還懂醫道。」

「我可不懂醫道！」曹雪芹急忙聲明，「我是從情理上設想；請教請教大夫，一定有辦法。」

「能請教大夫還愁甚麼？就因為是個不能露面兒的人！烏都統連應該不應該出奏，都還拿不定主意。」

「當然應該出奏。」曹雪芹斷然決然地說：「諱疾而出了亂子，這個罪名他擔當得起嗎？」

曹震臉色矍然，放下酒杯說道：「你這話說得不錯。烏都統跟咱們家的交情，一向很厚；既然見到了，倒不能不告訴他。」

「請四叔告訴他好了。」

「當然。話要由四叔去說。」緊接著，曹震鄭重囑咐杏香：「咱們談的話，你千萬別說出去。」

「我只當沒有聽見。」杏香又說：「真的，我聽過就丟開了。」

「這話，」曹震看著曹雪芹說：「你信嗎？我可不信。如果我聽見這些話，一定疑疑惑惑，這是怎麼回事呢？心裡會好一陣子靜不下來。」接著，下命令似地，用手一指：「你摸摸她的心跳不跳？」

曹雪芹卻未接受命令，只正色向杏香說道：「震二爺跟我談的那些話，確是驚心動魄，你自己說，你聽了心跳沒有？」

「你摸好了！」杏香坦然答說。

曹雪芹只好伸手按在她左胸上，隔著棉襖，測探不出甚麼，不過看她臉色平靜，相信她沒有說假話。

「跳倒不跳。」

「那好！」曹震表示滿意，對杏香說道：「你能這樣了，才能叫人放心。」

杏香矜持地微笑不答，提起壺來要替曹震斟酒時，發覺壺中已空；還待續酒時，讓曹震搖手攔住了。

「快三更天了。明天上午大家都有事；早點睡吧！」曹震又囑咐曹雪芹，「你可別失睒了，四叔也許一大早就會找。」

「那！」杏香推一推他說：「你還是回去吧。」

「回去倒不必，真的吵醒了四老爺也不合適。反正只要你到時候叫醒他就是了。就怕你們折騰到天亮才睡著，那就非睡過了頭不可。」

想到桐生就坐在門外，杏香不由得臉一紅；「我可不懂震二爺說的甚麼？」她沒話找話地說：「這麼好一個火鍋，沒有大動甚麼，可是糟蹋了。」

「怎麼會糟蹋？」曹雪芹接口，「讓桐生帶回去跟魏升一塊兒吃。」

「說得是！」

於是將桐生喚了進來，收拾殘肴。他一手提食盒，一手持燈籠，照著自己抱了筆札的曹震，往前院而去。杏香走回來關上了房門，撥一撥爐火說道：「咱們也別睡了，聊一會兒，你就請回去吧！」

「如果你願意聊聊，我也贊成；倘說為了怕四老爺找我，連睡都不睡了，大可不必。那有怕成這個樣子的？」

「你不怕我怕，犯不上貪一時之懶，誤了大事。」說著，坐到曹雪芹身邊，拿手摸著他的臉說：

「你好像胖一點兒。」

「才分手幾天的功夫，那裡就看得出胖瘦來了。」

「你別那麼說！我可是真的這麼覺得。」

「真的嗎？」曹雪芹摸著自己的臉，怎麼樣也沒有異樣之感，便即笑道：「你知道是甚麼緣故？大概你總以為咱們一離開了，我朝思暮想，人一定瘦了；實在沒有瘦，你就覺得胖了。是不是？」

這話很不中聽，不過杏香倒也沉得住氣，「你這話說得很好。」她說：「不過不說更好。」

「原想不說的，誰知道忍不住，還是說了。」曹雪芹自嘲似地說：「江山好改，本性難移。」

「只怕你將來會吃虧在你這個脾氣上。」

「誰知道呢？」曹雪芹將話題扯了開去，「你明天怎麼走法？」

「我得找從前陪我來的人。」

「你知道在那兒找嗎？」

「知道，在安平鏢局。約好了的，只要我一招呼，隨時可以走。」

「那，明兒一早，我讓桐生替你去辦這件事。那人叫甚麼名字？」

「姓陳，行三。名字我可不知道。」

「有姓就行了。」曹雪芹又談另一件事，「有句話，我想問你，翠寶姐從前也是這麼剛強精明的嗎？」

杏香一時無以為答，她得把他所說的「剛強精明」四個字，仔細琢磨一下，才能有所辨別。

「我再老實跟你說了吧，照她現在這個不肯遷就的脾氣，將來在我們家過日子，恐怕會很不痛快。」

這就不勞杏香再去思索，便很清楚他的意思了。大家規矩重，嫡庶之分很嚴，側室如果性子比較剛強，一定會成眾矢之的，處處遭遇打擊。當然，她沒有想到，他問到翠寶的性情，一大半是為錦兒擔憂，只當他關心翠寶，所以笑語帶著些感動的意味。

「你實在是個忠厚的好人，一直在替她著想；不過，你大可放心，翠寶為人很精明，脾氣還是很好的，也很會做人。這一回是想勸震二爺，做得太過分了一點，她自己也悔得要命，不然也不會特為要我來這一趟。」杏香加重了語氣說：「總而言之一句話，到了你們曹府上，一定上上下下都合得來，絕不會有是非。」

「這樣就再好不過。」

看他那欣慰的神色，可見得他對這一點很重視。於是杏香不能不想到自己身上；自己當然也是朝翠寶這條路子在走，有一天會成為「芹二姨奶奶」。到了那時，自己心直口快的脾氣，能不能為曹家上上下下所容？性子直爽的，也許也投緣；但忠言每每逆耳，煩惱常因口快，可想而知的，絕不會有甚麼好結果。

這樣轉著念頭，頓時心都冷了；神色也就不自覺地顯得沮喪。曹雪芹看在心裡，不免奇怪，輕聲問道：「怎麼啦？」

「我在想，」她說：「像我這樣的人，倒真的會處處吃虧。」

曹雪芹想了一下，知道她是指未來之事；覺得此刻言之過早，就不願作何表示，免得看起來像作了承諾似地。

這就必然惹得她懷疑了，「你問我，我也回你的話了。」她說：「怎麼你倒不開口了呢？」

「不是我不開口。」曹雪芹答說：「是我無法回答。」

「何以答不出來？」

「因為，你將來會遇到那些人，現在還不知道。」曹雪芹緊接著又說：「至於眼前，假如說，你馬上就能跟我回家，包你都合得來。」

這是句杏香愛聽的話，便即追問：「你能不能說清楚一點兒？」

既然已這麼說了，當然不妨再多說些，「先說我們老太太，最能體恤人的，只要守她的規矩，最好說話。」曹雪芹又說：「再說一句，我們老太太遇到我的事，總是另眼相看的。」

「老太太的規矩重不重？」

「不重。」

「另外呢？」杏香問說：「還有那幾位長輩？」

「長輩可多得很，不過不在一起住，也不大來往。只有四老爺，喔，」曹雪芹突然想起，考慮了一下，覺得說亦不妨，「四老爺兩個姨娘，一個姓鄒、一個姓季；那季姨娘，最好少惹她。」

「怎麼呢？」

「不大明事理。」曹雪芹說：「還有個人，現在就跟我們家姑奶奶一樣了，她是我祖母的人，一直不肯出嫁；我娘現在也少不得她。人，可是再好不過。」

他口中的秋月如此；而杏香卻又是一種想法，曹老太太的丫頭，如今成了個不嫁的「老小姐」，可又當著家。這不是一件好事。

「為甚麼不嫁呢？」

「這話，說來可長了。」曹雪芹確有無從談起之苦，「以後慢慢兒講給你聽吧！」

杏香卻急於想知道原因，「不是相貌上有甚麼缺陷吧？」她問。

「不是，不是！長得很端莊的，而且還會做詩。」

「我明白了！這是讓高不成、低不就給耽誤了。」

「也可以這麼說吧。不過，也不光這麼一個緣故。」曹雪芹停了一下又說：「不是我不告訴你，是要打我小的時候談起，你想，這話很長不是？反正有的是日子，你將來自然會知道。」

話說出口，方始發覺，心裡不願作任何承諾，嘴上已經都許下了。因而不免有些失悔，甚至是懊惱，站起身來想走了。

「你要幹甚麼？」

「我想回去了。」

「回去？」杏香詫異，「這會兒？」

這會丑時已過，寅時未到，連客棧中都尚無動靜，回去叫起人來開門，豈非擾人清夢？曹雪芹自己也覺得不合適，便又坐了下來。

「怎麼一下子不耐煩了？」杏香偎倚在他身邊，無限關切地低聲問說。

柔荑在握，相對無言，終於還是擁抱在一起了。

由於不久便能重聚，或許就此長相廝守，所以杏香離去時，無絲毫的離愁別緒。曹雪芹高高興興地送她上了車，回到自己屋子裡，回想與杏香此番意外相逢，倒有一種如夢如幻、不甚著實的感覺。

突然間，桐生探頭進來說道：「我打量著芹二爺一個人閒逛去了，還好在屋子裡；四老爺派人回來，接芹二爺到烏都統衙門，車子在門口等著呢！」

「喔！」曹雪芹本想問一問何事；轉念覺得問也未必知道，反正到了那裡就知道了。於是套上一件馬褂，坐車來到都統衙門。

車子停在西角門，進門越過一排閒房，便是花廳。熱河都統衙門叨當年興修行宮及各處賜園的光，收拾得格外整齊；西花廳是都統接待王公貴人之地，更為精究，院落極大，花木極多，兩樹蜜黃的蠟梅，正開得熱鬧，五開間的抱廈，東西開門，正面是一排四扇大玻璃窗，窗簾未垂，已可望見主客三人，正圍著一張大圓桌在談話。聽差掀開西門簾；曹雪芹踏進去一看，廳中高大軒敞，粉壁如新，格外明亮，轉過一架多寶槅，迎面看到的是，坐在紫檀圓桌上首的曹頫。

「四叔！」他招呼得一聲，剛要請安，卻讓曹頫攔住了。

「先給你烏大叔行禮。」

原來這烏都統名叫烏思哈，滿洲鑲紅旗人，他跟曹雪芹的父親曹顒同歲，只是月份小些；在為老平郡王訥爾蘇護衛時，就跟曹家走得極近，所以曹頫命曹雪芹以通家子弟的禮節相見。

「烏大叔！」曹雪芹跪下去磕了一個頭。

「起來、起來！」烏思哈伸手扶了一把，等曹雪芹站起身來，他將身子後仰，偏著臉端詳了一會，然後向曹頫說道：「一雙眼睛像極了連生。長得比連生結實；連生有他這副身材，又何至於——。唉！」感傷念舊，溢於詞色。曹雪芹是遺腹子，父親在他只有想像中的感情，此時不會忽生悲戚，不過他不能不將頭低了下去，意似悼念，其實是遮掩他臉上的沒有甚麼表情。

「你今年多大？」烏思哈又問：「應該是二十一吧？」

「是！」

「在那兒當差？」

「在御書處。」

「是個閒差使。」曹震代為答說：「還是在家讀書的時候多。」

「對了！萬般皆下品，唯有讀書高。」烏思哈說：「要讀書才有見識。」

這就順理成章地談到曹雪芹的見解，不應諱「聖母老太太」之疾；曹頫亦頗以為然，特為來忠告烏思哈。三個人研究下來，上奏的措詞甚難；烏思哈既隸鑲紅旗，不如寫信稟告本旗旗主平郡王福彭，應該如何密奏，或者作其他處置，平郡王自有權衡，以後只要遵旨或遵命行事就是。

「烏大叔很誇獎你。」曹震說道：「四叔的意思，既然是你出的主意，這封信不如你來寫，話才說得透澈。你倒試著擬一個稿出來看看。」

「是！」曹雪芹問：「烏大叔有甚麼意思交代？」

「沒有別的意思，只請你格外要提到，這個責任很重；不但我擔不起，似乎也不是我一個人的責任。」烏思哈又加了一句：「不過話要說得宛轉。」

「是，是。我明白。」

「請這面來吧！」烏思哈向東首喊了一句：「阿元！」

「來啦！」

人隨聲現，畫屏後面閃出來一個十七、八歲大的丫頭，長身材，皮膚不白，但高高的鼻子，配上一雙睫毛極長的大眼，顯得另有一股懾人視線的魔力。

「曹二少爺要寫點東西，你好好兒伺候著。」

阿元沒有作聲，不過那雙靈活的眼睛，馬上就轉了過來，眼光中透露著歡迎的神色，而且立即浮起了親切的笑容。

「請吧！」烏哈思擺一擺手。

等曹雪芹一站起來，曹震也跟著起身，阿元前導，進了畫屏隔開的東間，曹震站住，曹雪芹便停住腳步。

「你知道稱呼嗎？」曹震問說。

「稱殿下？」

「太文了。」曹震搖搖頭，低聲說道：「仍舊稱王爺，自稱是門下。信要寫得親切；另外要加一句，信由我面遞，如果王爺有不明白的地方，問我好了。」

「知道了。還有別的沒有？」

「沒有了。」曹震轉身要走，忽又回身說道：「你回頭少喝點兒酒！烏大嬸跟太太從小就在一起，說不定要看看你。」

「是了。」

這時阿元已將書桌鋪排好了；手中捧著一杯茶問：「曹二少爺，你的茶在那兒喝？」

「就擱在書桌上好了。」

說著，曹雪芹便在書桌後面坐了下來，抬眼看這間書齋，收拾得纖塵不染，書桌靠裡堆著一疊書，看浮籤上標的是「山海經」、「西京雜記」、「金石錄」，不由得大為驚異；烏都統居然在看這些書，實在難得。

正這樣轉著念頭，一縷異香，飄到鼻端，轉臉看時，阿元正在一具蟹殼青的宣德爐中焚香。

「這些書，」曹雪芹忍不住問說：「是你們老爺看的嗎？」

「喔，不是。」阿元停了一下又說：「是我們二格格看的。」

這就越發令人驚異了；曹雪芹想再問下去，卻不知該怎麼說，只是望著阿元，有些發愣的模樣。

阿元已看出他很想知道有關二格格的事，便接下去說道：「我們二格格，從小就喜歡文墨；從的可是一位名師，前年點了翰林了。」

聽她的談吐，便知她也知書識字；曹雪芹問道：「你大概跟你家二格格是同學？」

「曹二少爺高抬我了。」阿元笑道：「二格格跟老師念書，我伺候筆硯，略識之無而已。」

「你太客氣了。」

阿元笑一笑不作聲，然後說道：「要白紙，左面頭一個抽屜就有。」

這是提醒他該動筆了，曹雪芹點點頭，收拾閒思，凝神想了一會，提筆就鋪好在桌上的素色箋紙起稿，一共寫了三張，從頭細看一遍，改正了幾個字，可以交卷了。

「脫稿了？」阿元問說。

「是的。」曹雪芹站起身來，收拾信稿，飄落了一張，彎下腰去拾時，不道阿元也在替他撿；彼此的視線都專注在下，以至於腦袋撞了一下。

「啊！」曹雪芹急忙站起來，歉疚地問：「碰痛了沒有？」

「我還好！」阿元是碰在頭頂上，有頭髮護著，不算太疼；曹雪芹卻在額上撞出來一個包，她伸手說道：「我替你揉一揉。」

溫軟的手掌在他的額上輕勻地摩著；曹雪芹的痛楚頓減，口中不斷地說：「多謝，多謝！行了，行了！」

阿元放了手，嫣然一笑，「頭一回伺候你就出亂子。」她說：「叫我們老爺知道了，一定會罵我。」

「我不說，我不說。」

果然，烏思哈一見他額上的包，便問是怎麼回事？曹雪芹只說是自己砸的，不疼，隨即遞上信稿，這件事便掩飾過去了。

烏思哈一面看信稿，一面點頭；看完說道：「寫得很切實，費心，費心。」接著將信稿遞給曹頫，問一句：「老四，你看怎麼樣？」

「還可以說得婉轉一點兒。」曹頫吩咐曹雪芹：「取枝筆給我。」

曹雪芹答應著向東間走去，剛轉過畫屏，趕緊站住，跟阿元又面對面了。

「差一點兒又碰上。」阿元看著手中的墨水匣說：「這一回要碰上了，一盒子墨潑在你身上，那亂子可不小。」

曹雪芹笑笑不響，閃開身子，讓阿元將筆墨捧了出去；等曹頫動手改稿子時，烏思哈關照：「告訴他們，把飯開出來！」

「開在那兒？」阿元建議，「不如在挹爽軒擺席，那兒離小廚房近，菜不會涼。」

「這話不錯。就在挹爽軒吃吧！」

這時曹頫已將信稿改好；烏思哈略看一看，連稱「高明」，轉臉向曹雪芹說道：「一客不煩二主，索性再勞世兄駕，賸一賸正。」
「是！」曹雪芹接了信稿就走。
「不忙！不忙！」烏思哈急忙說道：「吃了飯再動手。」
「信不長。」曹震插進來說道：「就遲會兒，寫好了也了掉一件事。」
曹雪芹心知他急於帶著信趕路；想到杏香在前站等候，也希望曹震早早動身，當即說道：「我也是這麼想，好在不費事。」
等坐下來一看，才知道有麻煩；原來曹頫改得過於含蓄婉轉，語氣顯得不夠力量。怎麼辦？他心裡在想，如果照模賸正，只怕平郡王接到信，會把這件大事看輕了；要馬上拿回去提出異議，又絕無此規矩，而且也耽誤功夫。
看他肘彎撐桌，手托在額，而臉上又有些發愁的模樣，阿元誤會了。「怎麼啦？」她不安地問：「剛才碰的地方，這會兒疼了不是？」
「喔，不是，不是！」
就這時曹雪芹斷然作了決定，將語氣改了回來，雖不必如原先那樣加重，至少要將話說明白。這得好一會功夫；曹雪芹略想一想，又有了計較，「姐姐，」他對阿元說：「請你悄悄兒找震二哥來，我跟他有話說。」
阿元愣了一下，方始轉身而去；接著，曹震匆匆而來，曹雪芹便略略說知緣由，並有所叮囑：「這要費點事，不便讓主人跟四叔久等；你跟烏大叔說，你們先吃吧！不然，很不合適；只怕連你趕路都耽誤了呢。」
「好。就這麼辦。」
這下，曹雪芹心無旁騖，筆下反倒快了，連改帶賸，寫好了信，又開了信封，只見阿元遞來一把熱毛巾，「完工了！」她說：「擦把臉，請過去吧！」

「多謝！多謝！」

「曹二少爺，」阿元替他在茶碗中續了水，看了他一眼問道：「剛才你那一聲『姐姐』是叫我？」

「是的。」

「那可真不敢當。好像沒有這個規矩。」

「那是我們曹家的規矩。」曹雪芹又說：「叫你一聲姐姐，也是應該的。」

「真不敢當。」阿元笑得很甜，是由衷的喜悅。「怪不得都說江織造曹大人家，待下人最寬厚，都願意一輩子在主人家，原來是有道理的。」

說著，她已從櫥中取出來六七寸見方的黃楊木盒，裡面是大大小小的圖章，挑了一方烏思哈的名章鈐在信上；接著摺好信箋，套入信封，取漿糊便待封固。

「要不要給你們老爺看一看？」曹雪芹問。

「你說呢？」阿元答說：「平時我們二格格替老爺抄信稿子，抄好對過沒有錯就不用再給老爺看了。」

曹雪芹這才知道，阿元伺候書齋，不光是磨墨洗硯，還能料理筆札。既然他家有此規矩，樂得由她；否則信中稍有改動之處，問起來還得有一番解說，反而費事。

「這是交給我們震二哥帶去的，請你交給他。」

「是！我來交給震二爺。」阿元又問：「曹二爺在家，聽差老媽，管你叫甚麼？」

「我名字中有個芹字，也是行二——。」

「喔！」阿元不待地畢詞，便接口說道：「是芹二爺。請吧！」

到得挹爽軒，阿元將信遞了給烏思哈，他只翻過來看了一下；隨手轉給曹震，說一聲：「勞駕！」

接著便招呼曹雪芹：「費心、費心！請坐吧！」

「烏大叔好酒量。」曹震說道：「我要趕路，不能多喝；雪芹，你陪烏大叔跟四叔，好好兒喝幾杯。」說完，他乾了杯，向接替聽差伺候席面的阿元問道：「有粥沒有？給我一碗。」

「有香粳米粥，也有小米粥，震二爺要那一種？」

「小米粥好了。」

匆匆吃完一碗小米粥，曹震起身告辭；主人要送，客人力辭，最後是曹震自己提議，讓曹雪芹代送。烏思哈可以想像得到，他們弟兄臨別總有話要談，因而欣然同意。

「我跟四叔說過了，把杏香找來，他也說好。」曹震低聲說道：「我年前就把她送了來；不過，你可機警一點兒，別在過年的時候惹四叔生氣。一年運氣所關！」

「我知道了。」

「明年是乾隆了！這一年很要緊；咱們曹家能不能興旺，就看明年這一年。」曹震的聲音更低了，「烏大叔將來一定會得意；他也很看重你，你別錯過機會！」

何以謂之「別錯過機會」？曹雪芹不甚明白；但曹震行色匆匆，無法細談，只好答應一聲：「是！」

「你有甚麼話，要帶給太太？」

「就說很好！請太太別惦著。」曹雪芹忽然問道：「翠寶姐的事，你還不打算公開吧？」

「那可不一定。」曹震問道：「你有甚麼話？」

「我是說杏香。最好別提起。」

「我知道了；暫且瞞著。」

到得第三天，烏思哈又折簡相邀；曹雪芹跟著他四叔，第二次到烏思哈家作客；坐下來不久，阿元出來向主人稟報，說烏太太想看一看曹雪芹。

「去吧！」曹頫說道：「烏大嬸跟你母親是閨中姐妹；你本來就應該先給烏大嬸去請安。」

「是！」

曹雪芹照曹頫的吩咐，恭恭敬敬地給烏太太磕了頭；又跟已嫁而正好歸寧的烏大小姐，還有烏思哈的獨子、十五歲的烏祥分別見了禮，獨獨未見阿元口中的「二格格」。人家不說，他也不便問，不過心裡卻一直像有件事放不下似地。

烏太太很健談，遇見曹雪芹，卻又有一個平時無人可談的話題，也是觸動了她的「塵封」的記憶；回想三十年前與馬家比鄰而居，與馬夫人都還待字閨中，年齡相仿、脾氣也合得來，所以朝夕過從，比同胞姐妹還親熱。

她也談彼此的家世，也正就是兩家交好的原因。原來烏太太娘家姓安，也是上三旗的包衣，她家的那個佐領，與馬家所屬的那個佐領，跟其他包衣佐領都不一樣。馬家是天方教，所屬的那個佐領，稱為「回子佐領」，隸屬正白旗；安家則是「朝鮮佐領」，當初太宗率同多爾袞，渡鴨綠江征韓時，將降卒合編一個包衣佐領，隸屬正黃旗。正黃旗、正白旗的地，在內城東北，東至東直門，北至安定門，就因為汛地接壤，安家與馬家才得以結鄰。

「談咱們兩家的世交，可深著呢！」烏太太又說：「我娘家七爺爺，跟你們祖老太爺的交情極厚；你們祖老大爺喜歡買書，每得了一部古書，總要帶到揚州，或是天津來給我七爺看。你不信你回去看看那些古書，上面都有我七爺爺的圖章，或是題的字。」

聽到最後兩句，曹雪芹想起來了；烏太太口中的「七爺爺」，便是安岐，字儀舟，號麓村，自署松泉老人，行七。

他本是康熙權相明珠的家僕，長於貿遷，領了主人家的本錢，又借主人家的勢力，先在天津經營長蘆鹽；後來成為揚州名氣不算頂響、而實力相當雄厚的大鹽商，替明珠獲致巨利，自己也發了大財，與據說因為獲得李自成逃竄時遺落山谷間的輜重而成巨富的山西亢家，合稱「北安西亢」。

這安岐是讀過書的，而且精於鑒賞，收藏極富。但他是少年得志，雖有「松泉老人」之號，算年紀也不過五十出頭，烏太太最多小他十歲，何以稱之為「七爺爺」？這樣轉著念頭，心裡便又多了一件放不下的事；很想探問一下，卻不知如何措詞，而且似乎也不容他有發問的機會，因為烏大小姐也跟她母親一樣善於詞令，不時也插進來發話，談的卻都是關於曹雪芹個人的事，跟誰讀過書？如今在何處當差？因何來到熱河？又問娶了親沒有，尚未娶親的緣故安在？

「大概緣分未到。」曹雪芹只好這樣回答。

「你母親倒不著急？」烏太太問：「你們祖老太爺，嫡傳的就是你這個孫子；換了別家，早就娶了親，有孩子了。」

這使得曹雪芹想起他祖母，不免有「不孝有三，無後為大」的歉疚，烏大小姐看他無以為答，便即說道：「想來你是眼光太高？」

「也不敢這麼說。」曹雪芹又說：「不過家母倒是很開通，總說婚姻是一輩子的事，勉強不得。所以也不大催我辦這件大事。」

「老太太表面不急暗地裡急。二弟弟，你總要仰體親心！」

「大姐說得是。」曹雪芹鄭重其事地，「我一定記在心裡。」

這時烏思哈已派阿元進來催請，要開飯了。曹雪芹便起身告辭；特別聲明，回頭不再進來拜別了。

「常來玩！」烏太太看了她的獨子一眼，笑著說道：「你祥弟弟也不知道從那兒打聽到的。說你畫得挺好，還想跟你學畫呢！」

烏祥面皮嫩，提到他的事，先就溜掉了；曹雪芹便謙虛著說：「祥弟弟一定打聽錯了，我的畫那裡就敢教人了。」

「這麼說，是會畫的。」烏大小姐接口，「小弟野得很，能跟你學畫，把他的心收一收，倒是好事，你就別見外了，得空就來；我家也還有幾幅好畫，可以讓你看看。」

這就不宜再推辭了，「是！」他說：「我應該常來給大嬸請安。」

「好說，好說！」烏太太親自在前領路，「你上前面喝酒去吧！」

到了第二天，烏都統派人送了一封信來，曹頫看完，隨即告訴來人：「我馬上就去。」

曹雪芹想跟了去，去看那「幾幅好畫」；照他的推測，那些畫說不定就是安岐所贈，必是古人的名蹟，很想先睹為快。不過曹頫沒有表示，他就不便開口了。

這一去，曹頫直到晚上才回來，醺醺然地，似乎興致很好；曹雪芹把他接了進去，不曾坐定，便從身上掏出一張素箋，遞給曹雪芹。

「烏都統託你替他做幾副春聯。」

曹雪芹微覺詫異，「國喪不是不過年嗎？」他問。

「百日服制已滿，只要八音日子好遏過密，不作樂，不宴會，家裡過年，貼上幾副春聯，不犯禁忌。」

「是！」曹雪芹打開素箋看，一筆很娟秀的字，寫的是：「大門、二門、中門、後門、花廳、書齋、廚房，煩各製春帖一副。」下署：「慎齋敬託。」

「這是烏都統寫的嗎？」曹雪芹問說。

「你可好好兒用點心。」曹頫答非所問地，「人家在考你吶！」

原來還有考驗的作用在內；但曹雪芹卻不明白，烏都統考他的用意何在？不過，他卻不想探究這一層，只覺得有些緊張；怕做得不好，落個無趣。躊躇了一下，只好請教叔父了。

「請四叔的示，應該如何著眼？」

「春聯的要訣，無非切時、切地、切身分。」曹頫答說：「明年建元，這一點要照顧到。」

「是！」

「還有一層很難，要說得含蓄。」曹頫又說：「熱河是今上發祥之地。」

「是！」曹雪芹馬上有了聯想，「四叔，有一層意思不知道能不能說？」

「甚麼意思？」

「是類似祝頌萱堂日永這種意思。」

「不必！」曹頫很快地回答，「那會弄巧成拙。」

領受了指示，曹雪芹回到自己臥室裡去構思；苦於手頭「類書」不足，這一夜燈下琢磨，只做好了三副。

第二天起早，漱洗過後，先到曹頫那裡去請了早安；順便表明，春聯還不能交卷，不過在這一天之中，一定可以完工。

「筆下要好，也還要快；將來下場，快的總占便宜，有了草稿，還有功夫推敲。」曹頫又說：「烏都統替我找了一處公館，我本來想帶你一起去看看；既然對子還沒有做好，你就不必去了。」

曹雪芹沒有想到曹頫對這件事很認真，而且期待甚深。轉念又想，誰不要面子？既然人家是出題目考試，做叔叔的當然希望他答得又好又快，臉上才有光彩。

爭強好勝的他，便即問道：「四叔甚麼時候回來？」

「我回來吃午飯。」

「歇了午覺以後呢？」曹雪芹問：「今兒是不是去看烏都統？」

「不一定，今天不去；明天去也行。」

「四叔如果今天去，我把春聯都做出來，請四叔帶了去。」

「你有把握嗎？」

「是！」

曹頫點點頭說：「你把做得了的三副，寫出來我看看。」

曹雪芹原是寫就了的，曹碩仔細看了，為他改了幾個字；又嫌後門那副，上下句說的是一個意思，成了所謂「合掌」，不論上聯、下聯，要改一句才合格。

曹雪芹很仔細地領了教，由於存著一個爭氣的念頭，思慮容易集中；未到中午，全部脫稿，謄好了等曹頫回來看。

「芹官，」突然間，何謹探頭進來，「聽說你在做春聯？」

「是烏都統，不知道為甚麼要考考我。你看，」曹雪芹得意地，「怎麼樣？」他將一幅抄了春聯的素箋遞了過來。

「都不錯！」何謹說道：「不過芹官，我可提醒你，說不定當面會考你。」

「當面考。譬如說那兒還少了一副，請你補上。這可靈不靈當場試驗的玩意，得稍為預備預備。」

曹雪芹覺得他言之有理，但不知如何預備；躊躇著說：「我不知道他會出甚麼題目？也許讓我做一首詩呢？」

「絕不會！那樣考人的痕跡就太顯了，必還是做對子。」何謹停了一下又說：「烏都統家你已經去過，倒想一想，還有甚麼能貼春聯的地方？」

這下提醒了曹雪芹：「你說得是。」隨即回想烏都統那裡屋宇的格局，預備了三、四副在那裡。

「老何，」曹雪芹忽然想起，「我今天不去；是四老爺帶了去，沒有當面考我的機會。」

「誰說的？」何謹答說：「四老爺臨走的時候，我跟他請示，晚上想吃甚麼？他說不必預備，晚上帶芹官一起在烏都統家吃。」

這一說，是曹頫跟烏都統早就約好了；卻又何以言語閃爍地不肯明言？曹雪芹的疑團更深了。

到了烏家，曹雪芹當面交卷；烏思哈細細看著，看他臉上的表情，曹雪芹知道「榜上有名」了。

「太好了！世兄真是高才。」

曹雪芹不大會應酬這些套語，只謙遜地笑著；曹頫便說：「獎飾逾分，助長了他的驕氣。」

「真的好！」烏思哈喊道：「阿元，你送進去給太太看。」

阿元應一聲，接過素箋先捧在手裡看；這不成規矩，烏思哈開口呵斥了。

「你又懂甚麼！還不快拿進去。」

阿元笑一笑，向曹雪芹看了一眼，轉身飛快地走了。曹雪芹心想，原來烏太太也通文墨；轉念想到安岐，便不足為奇了。

「房子看得怎麼樣？」烏思哈問曹頫。

「太大了一點兒。」

「大一點好，將來通聲來往也方便。」烏思哈又說：「年裡就搬進去吧！明天我派人去收拾。那裡門房、花兒匠、打雜的都有了；老四，你還要添甚麼人？」

「行了！」曹頫又說：「倒是得找一個能寫字、又能打算盤的人；要託大哥物色了。」

「容易、容易，現成就有。」接著，烏思哈提了兩三個人，年紀不一，各有長處，年紀大的，比較穩重；年紀輕的，手腳勤快。在曹頫自然取穩重的。

正在談著，阿元回來了，站在當地，朗然說道：「太太說的，真虧得芹二爺，七副春聯，副副都好；大門跟花廳上的兩副更出色。不過還得請芹二爺再補一副。」

「喔，」烏思哈問道：「還缺那兒的？」

「挹爽軒。」

「好！」烏思哈轉過臉來抱一抱拳，「請世兄還要費心。」

曹雪芹急忙站起身來答說：「不敢當，不敢當。」

「老爺，」阿元又說：「太太還有話。」

「還有話？你怎麼不說？」

「太太說，索性請芹二爺大筆一揮。如果今天來不及，請二爺改天來寫亦可，反正年前寫出來就行了。」

曹雪芹心想，原來「考官」是烏太太，考文字還考書法；倒要露一手給她瞧瞧。

爭勝之念一起，隨即說道：「寫倒方便，不知道箋紙現成的不是？」

「現成。」阿元答道：「太太說，現在還是國喪，不用梅紅箋，仿照宮裡的規矩，拿白宣紙寫好了。不過墨得現磨。」

聽得這話，曹雪芹就不響了，他當然不能自告奮勇，連磨墨的差使都攬下來；可也不便要求人家即時磨墨。

「我去看看，」阿元自己把話拉回來，「昨兒剩下的墨汁，還能用不能用。」

看了回來說，剩下的墨汁，還能寫兩三副，問曹雪芹的意思如何？

「那就先寫吧！」他說：「能寫幾副就幾副。」

「就寫一副好了。」烏思哈接口，「寫好一副，咱們喝酒。」

聽這句話，考驗的意味更濃了；曹雪芹矜持地微笑著，隨阿元了了東間，先試筆墨；然後相度紙，摺出落筆的部位，很用心地將貼在後門上的那副八言春聯，先寫了下來。

「寫完了，怎麼辦？」曹雪芹問。

「就晾在地上，等墨乾了，我拿進去給我們太太看。」阿元接下來說：「我領你到延爽軒去吧！兩位老爺已經先去了。」

曹雪芹側身靜聽，外間毫無聲息；當下隨著阿元到了延爽軒，聽差迎上來說：「老爺陪著曹四老爺到箭圃，看新掘來的幾塊石碑去了。芹二爺先到屋裡坐吧！」

「不！我就在外面看著好了。」曹雪芹對阿元說：「你請回吧！」

目送阿元的背影消失，曹雪芹收攏眼光，看這座建在假山上的延爽軒，地處東偏，向西開門；當門遠眺，是一片畫屏似的蜿蜒山峰，高塏空闊，令人耳目一爽。北面是一帶危欄長廊，遠處樓閣參差，映著青山，恰似李思訓的一幅金碧山水——原來那裡就是避暑的行宮。

這樣玩賞著風景，不由得想到，還有一副春聯要做；轉念尋思，何不做副嵌字的楹帖，用「挹爽」二字冠頂，應該不會太難。

於是徘徊覓句，到得遙遙望見烏思哈與曹頫的身影時，那副春聯的結構，大致已經建立起來了。

「怎麼樣？」曹頫問道：「還差一副補起來了吧？」

「是！差不多了。」

「慢慢兒來，不要緊。」烏思哈說：「咱們先喝酒。」

進了屋子，隨即入座；肴饌精潔而曹雪芹卻有些食而不知之感，因為曹頫已經在催問了，他急於將那副對子做出來，專心一致地逐字推敲，甚麼都顧不得，連該敬主人的酒都忘掉了。

終於完工了，曹雪芹看另一張方桌上有紙筆，便即說道：「做是做得了一副，不知道能不能用；我寫出來請烏大叔跟四叔看。」

須臾寫就，交到烏思哈手裡，他接過來一看，便驚喜地說：「還是一副嵌字的對子。」接著念道：「挹退延賓東閣在，爽明接地北辰尊。」

「我看看。」曹頫看了向烏思哈說道：「但願如雪芹所頌，是拜相的先兆。」

「這是指東閣延賓的典故，我可不敢當。」話雖如此，烏思哈卻是笑容滿面；然後又說：「我覺得下聯倒真是好。」

「『明』字牽強得很，為了平仄有點兒硬湊了。挹退雖可作謙退，究竟欠渾成。其實這副對子命意還不壞，不如不用嵌字，還可以做得好——。」

「不，不！」烏思哈搶著說：「嵌字好，嵌字好！」接著吩咐聽差：「你把這個交給阿元，讓她送到上房裡去。」

「慢著！」

曹頫要改動一個字——最後的「尊」改為「居」。因為「辰尊」連讀，拗口而不響；「爽明接地北辰居」，不但音節上好得多，而且用《論語》上的話，「為政以德，譬如北辰居其所，而眾星拱之」；也比泛寫的「尊」字來得典雅。

「改得好！」烏思哈很高興地，「我得找『造辦處』的好手，把這副對子做成烏木嵌銀的，掛起來才夠氣派。」

上房中傳出來的評論，也說「改得好」；但畢竟還是本來就好，改「尊」為「居」是錦上添花。「太太又說，」阿元向烏思哈覆命，「上回答應芹二爺，有幾幅好畫要給芹二爺看，已經從書箱裡撿出來了，請芹二爺去鑒賞，順便請芹二爺把那幾副春聯的意思講一講。」

於是，曹雪芹隨著阿元到上房，仍舊只見到烏太太、烏大小姐及烏祥。烏太太母女都大讚曹雪芹，聽他講了那幾副春聯的涵義，然後請他看畫。

畫一共是四件，最好的是趙孟俯的一個絹本手卷，畫的是竹林七賢，人物著色，竹是墨竹，仿蘇東坡的筆法，畫上並無題款，但有趙孟俯的印。

不過曹雪芹最欣賞的，卻是唐伯虎的一幅「女兒嬌」圖，是一件白紙本的小品，一尺六、七寸高，一尺一寸寬，上畫水墨牡丹一枝，用墨色的濃淡，來分紅白二色，上面有唐伯虎的題識；原來這種「正白樓子中泛大紅數葉」的牡丹，即名「女兒嬌」，是出在四川的奇種。畫好，字也好；曹雪芹從牡丹的墨法中，悟出許多畫理，視線只在畫面上移動，真有觀玩不盡之慨。

「你喜歡這幅牡丹，」烏太太說：「你就帶了回去。」

「不，不！」曹雪芹急忙辭謝：「這樣珍貴的名跡，絕不敢受。」

「雪芹！」烏大小姐逕自呼他的號，「莫非『長者賜，不敢辭』這句話，你都忘掉了？」

聽她的語氣，曹雪芹感覺她們母女必是早就商量好了，打算著等曹雪芹看中了那一幅，即以相贈，曹雪芹實在不願意欠她們這樣重的一個心情；當即答說：「大姐說得是，我不能不識抬舉。不過，今天的情形不一樣，我剛擬了八副春聯，好像拿這幅珍品作為酬勞似地。這可真是太不相稱了，我絕不敢受。」

「假使沒有請你擬春聯這回事，送你一幅畫呢？」烏太太問。

「那才是『長者賜，不敢辭』，我只有給大嬸磕個頭拜領。」

「好吧！我替你留著。」

「雪芹！」曹頫用一種難得有的興奮的語氣說：「這回你可找到丈人家了！你烏大叔、烏大嬸對你都很中意，願意拿雲娟許給你；雲娟的眼界很高，她要考考你。如今算是讓她取中了。」

怪不得！曹雪芹總覺得這回的考驗，有些突兀，也有些不大對勁；聽曹頫這一說，方始明白。可是反感隨之而生。

而且反感還不止一端；但此時亦不容他去細想，他只覺得要將曹頫的興奮壓一壓，但又不能當頭澆上一盆冷水，只好推到他母親身上。

「四叔，這件事我得問我娘。」他格外加強了語氣說：「我許了我娘的，不論如何，總得她答應了才算。」

「那當然，父母之命是一定要的，我會跟你娘談。不過，先要看你自己的意思怎麼樣？」

看曹頫的神情，光說一句「願意」，只怕還未饜所望；他所期待的回答，應該是「求之不得」。若非如此，在他看便是「人在福中不知福」。轉念到此，不覺有些氣餒，擔心一句話會說得他的臉色陰沉下來；曹雪芹最怕看這種臉色。

「說呀！」

一逼之下，倒有了個計較，「四叔，你別問我。」他故意裝出那種年紀輕，談到自己婚事，不免靦腆的神色，「要問我娘！」

在曹頫看，他自然是千肯萬肯，只不好意思明說而已。當下以體諒的心情說道：「這也是你一番孝心，我倒不好埋沒你。好！我先告訴烏家，回來寫信給通聲，讓他告訴你娘討回音。」

到烏家去了回來，情形改變了。烏太太跟大女兒商量下來，認為「相親」這個步驟是絕不能省的；不然馬夫人亦無從定主意。但京師、熱河，人隔兩地；將雲娟送進京讓曹家相攸，未免有失女家身分，而且就算做長輩的肯遷就，雲娟也一定不肯成行，所以唯一的辦法是將馬夫人接了來。

這件事一定可以辦得到，因為有個很好的理由，只說當年閨中知交，睽違多年，思念不已；想接馬夫人來敘舊，且不談婚事，馬夫人為了探望愛子，亦必欣然受邀。烏思哈同意如此辦法，而且認為應該由烏大小姐進京去接，禮節比較周到；日期當然就在元宵以後。

「烏都統的信已經發了，是烏太太出名；可不知道是不是他們二小姐代筆。」曹頫又說：「這樣，我就不必寫信了；你寫封家信，把烏家接你娘來的本意告訴她。」

曹雪芹心想，家信當然要寫，婚事亦必然要談，可是信中的話不能讓「四叔」知道；而又不能不讓他先看，這豈非一大難題。

這樣一想，毫不考慮地答說：「還是請四叔寫的好？」

「那不是一樣嗎？反正拿事情說明白就行了。」

「不一樣！」曹雪芹說：「在我娘面前，四叔的話跟我的話，分量不一樣。」

「說得倒也是。」曹頫深深點頭，「本來這是一件大事，也應該我出面來說，才合道理。好吧，我來寫。」

當天晚上，曹頫燈下修書，曹雪芹卻在燈下沉吟，始終不能決定自己的家信是單獨另寄，還是與曹頫的信合在一起發出？另寄比較妥當，但不知何處去覓便人；如果合在一起寄，又怕曹頫問起信中內容，飾詞搪塞，未免問心有愧，萬一陰錯陽差，拆穿真相，更是件不得了的事。

「芹二爺，」桐生突然出現，「四老爺請。」

「喔！」曹雪芹答應著起身，順口問一句：「不知道甚麼事？」

「聽四老爺跟何大叔在商量，打算派我回京去送信。」

曹雪芹大感意外，不由得站住腳想了一下；然後踩著輕快的步伐，直奔北屋，掀簾一看，除了曹頫，還有何謹。

「今天二十六，明天二十七，這會兒託人進京送信，害得人年下不能團聚；這件事太說不過去了。」曹頫說道：「我跟老何商量下來，只有派桐生最合適。」

「這兒鏢局裡，有仲四掌櫃的人，要回通州過年，」何謹接著說：「正好把桐生送到通州；到了通州，桐生就能一個人回京了。」

曹雪芹點點頭問道：「四叔打算讓桐生甚麼時候走？」

「當然明天就走。」

「是。」曹雪芹又問：「四叔打算甚麼時候搬？」

「烏都統給我的公館，一切現成；過了破五就搬。」

「你可聽見了！」曹雪芹轉臉對桐生說：「信送到了，馬上就回來幫著搬家。」

「那也不必！總歸是趕不上了；而且，通聲不說把那個杏香趕在年前送到嗎？去了一個，來了一個，人也夠用了。」曹頫又告誡桐生：「在路上凡事小心，別賭錢，別喝酒。」

「我不會喝酒。」

「那就別賭錢！」何謹接著說：「四老爺賞你二十兩銀子做盤纏，只要不賭錢，路上滿富裕的了。」

「我不賭。」

「我信也不寫了！」曹雪芹指著桌上好幾個拿信箋揉成的紙團說：「怎麼樣措詞也不合適；你只把我的意思，悄悄兒告訴秋月好了。」

「喔，」桐生有些困惑，「是甚麼事，在信上說不清楚？」

曹雪芹站起身來，在屋子裡閒走了幾步，突然站住腳問：「烏二小姐你見過沒有？」

「見過一回。」桐生答說：「那天四老爺讓我給烏都統去送信，有位小姐在角門下轎，只看到一個背影；烏家的聽差告訴我，那就是他們家二小姐。」

「你還見過她的背影；我可連背影都沒有見過。」曹雪芹的怨氣上湧，憤憤地說：「考這樣，考那樣，不知道自己有多大學問似地！考完了，連個影兒都不露；我可是像猴兒似地，讓人耍了個夠。你說，這算甚麼！」

「原來芹二爺為這個不高興。」桐生勸道：「嬌生慣養的小姐嘛！又是才女，難免的。」

「我可討厭這種眼高於頂的人。」曹雪芹放出很鄭重的臉色：「你跟秋月說，烏家這個二小姐，脾氣太高傲；不見得能跟人和睦相處，我不打算娶她。讓秋月把我的意思，稟告太太。」

「知道了。」

「我的意思弄明白了沒有？」

「明白。」

「還有件事，」曹雪芹又叮囑：「翠寶跟杏香的事，你可別跟人說。」

「不會，不會！我那能去多這個嘴。」

桐生到家，正是乾隆元年正月初一。雖由於仍在國喪期間，八音遏密，既聽不見爆竹之聲，也看不見鮮豔服飾，但街上熙來攘往，自有一種雍正年間所缺少的閒豫氣象；加以這天日麗風和，更顯得人人臉上有一股喜色。

「咦！」一進門便遇見秋月，她是代馬夫人送客出門，正要回進去時，發現了他，詫異而又有些不安地問：「大年初一趕回來，有甚麼急事？芹二爺怎麼了？」

桐生也很機靈，知道她心生疑懼，急忙答說：「沒事，沒事，是喜事。」

「甚麼喜事？」

「喏，」桐生按在胸前說道：「有四老爺的信在這裡，等太太看了，你就知道。」

於是秋月帶著他直奔上房，馬夫人正由錦兒陪著在閒談；看桐生突然回家，亦頗感意外，正待發問時，只見桐生已跪下來磕頭賀歲，接著從貼內小衣的口袋中，取出曹頫的信，雙手奉上。

「四老爺的信。」秋月說道：「桐生說有喜事。」

「喜事？」馬夫人急忙拆開信來，卻以老花眼鏡不在手邊，便遞了給秋月說：「你快念來聽。」

秋月不是念是講，「原來烏太太請太太到熱河去是相親。烏家的二小姐，才貌雙全；烏都統跟烏太太都看中了芹二爺。」她笑著大聲說道：「烏二小姐還考了芹二爺，十分中意。四老爺說，這是一頭極好的親事，只等太太去了，看一看烏二小姐，事情就定局了。」

「謝天謝地！」錦兒高興地嚷道：「這可真是天大的一件喜事；真是踏破鐵鞋無覓處，得來全不費功夫。過了燈節，我陪太太一起上熱河。」

「你別忙！」馬夫人說道：「等我先來問問桐生，到底是怎麼回事？」

「烏二小姐是才女。先說烏都統要請芹二爺做春聯；做了還要寫，又臨時出個題目，要做一副嵌字的春聯；芹二爺做了，送進去給烏太太看，直誇芹二爺做得好。後來四老爺回來談這件事，才知道烏都統、烏太太看中了芹二爺；烏二小姐說要考一考芹二爺。現在當然也中意了。」

「喔，」馬夫人又問：「烏二小姐長得怎麼樣？」

「我只見過背影，個子高高的，比芹二爺矮不了多少。」

「對了！」秋月突然想起，「芹二爺的信呢？」

桐生一楞，旋即省悟，「芹二爺沒有寫信。」他說，「只叫我給太太請安，大家問好。芹二爺說，反正一過了元宵就可以見面了，有甚麼話當面談。」

他算很機警，將曹雪芹不寫信的原因，掩飾得很好。秋月卻看出他眼神閃爍；而最後那句話，亦似有弦外之音，心知其間必有蹊蹺，要背著馬夫人才能尋根究柢問明白。

於是她問：「你還沒有吃飯吧？」

「沒有。」

「這會兒還沒有吃飯？未時都過了。」馬夫人很體恤地，「先吃飯去！回頭我還有好些話問你。」

又向秋月說：「他也辛苦了，又是大年初一；別弄些冷飯冷菜吃了不舒服，你去交代一聲。」

此言正中下懷，秋月便向錦兒使個眼色說道：「你陪太太聊聊，我招呼他去吃飯，順便問問芹二爺的情形。」

於是就在曹雪芹書房外間，秋月為桐生要來了兩碗年菜、一個火鍋；一面看著他吃，一面談話。

桐生是不待她開口發問，就先轉述了曹雪芹的口信：「烏家的親事，四老爺很熱心；芹二爺並不樂意，所以不寫信；怕寫了信，四老爺要看。」他說：「一看，準是一場風波。」

「怎麼呢？」

「芹二爺說：他不願結那頭親。烏二小姐太驕，將來娶了來，也未見得會孝順太太；跟大家也不會處得和睦。」

「這話是怎麼來的呢？」

「是這麼一回事——」

等桐生將曹雪芹對烏二小姐何以不滿的前因後果說明白以後；秋月認為是誤會的成分居多，當下問道：「那麼，你總聽人談過，烏二小姐是不是那種嬌生慣養、任性乖張的人？」

「沒有大聽說。」桐生答道：「只聽說不太愛理人；那是因為她有一肚子墨水，不大有人能跟她談得來的緣故。」

「才女都是這種性情，她既然很賞識芹二爺，就不會談不來了。」

桐生想了一下，點點頭說：「這話說得不錯。」

「模樣兒呢？」

問到這一點，桐生依舊只能搜索記憶，無奈所見的只是背影，仍然只有一個身材不矮的印象；想了好一會說：「只聽說烏二小姐有才學，沒有聽人說她長得怎麼樣。」

這句話倒是透露了好些消息。不必說烏二小姐長得如何美，只要過得去，眾口相傳，必是加上「才貌雙全」這句老話。只誇她的才，不提她的貌，看來縱非貌醜才豐，也好不到那裡去。

「秋姑娘，」桐生問道：「太太打算那一天動身？」

「不知道。」秋月又說：「現在那裡談得到動身的日子？去不去都還在未定之天。」

「這——」桐生很關心地，「是因為芹二爺不願意，就不想去相親了？」

這一問，使秋月警覺到談這件事的措詞，必須檢點，不然會引起嚴重的誤會，好事未諧、無端結怨，惹來無數煩惱。

於是她正色說道：「你想到那裡去了！芹二爺也不過那麼一句話，認不得真；婚姻大事，太太當然要仔細打聽了，才能拿主意。烏二小姐是才女，烏家也不是提不起名兒的人家，要打聽還不容易；如果烏二小姐不是像芹二爺所想的那樣，這門親事就好談了，這會兒去不去相親，不是頂要緊的事。你懂這話不懂？」

這話本來不難懂，但她有結尾那一句，彷彿另有未說出來的意思似地；桐生便老實答說：「我不太懂：秋姑娘有話，就明明白白告訴我好了。」

「好！我告訴你，芹二爺對烏二小姐說不定有誤會；你只當沒有聽過他批評烏二小姐的話。如果有人問起芹二爺的親事，你就說不大清楚。」

「我懂了。芹二爺的話，我絕不會跟人去說，免得生是非。」

「對了！」秋月欣慰地說：「你算是明白了。」

「不過，有件事我還得問題清楚。太太如果元宵以後動身，我跟著一起去；倘或根本不打算去了，我就不必在家等，早一點回熱河。」

「你原來為此！好，過一兩天告訴你。」

一直過了「破五」，秋月亦無一個確實的答覆給桐生，因為馬夫人始終未能決定，是不是該接受烏太太的邀請。本來是件無所謂的事，只為敘舊其外而有相親之實，倘或不打算結這門親，不如婉轉設辭謝絕；去相了親而辭謝婚事，必然是親家未結，結成冤家，馬夫人怎樣也不肯做這種事。

其中的癥結，實在大出秋月的意料。打聽到的烏二小姐，說法不一，有的說她有脾氣，有的說她待人接物，一派大家風範；談到相貌，有的說她長得庸俗，有的說她長得端莊。最令人困擾的是，打聽了四個人，恰好一半這麼說，一半那麼說，不知聽誰的好？

「照我看，事在兩可之間，脾氣是有，不至於不講理，人長得不算齊整，可也不醜。這就要看緣分了。」馬夫人說：「如今芹官對人家有誤會，凡事朝壞的地方去看；如果我們看中了，他本人不願意，這件事怎麼辦？」

錦兒與秋月都無以為答。就這樣躊躇不定地好幾天，桐生忍不住找到秋月去「討進止」了。

秋月考慮一下，斷然決定地說：「你不必等了！先去吧。」

「那好！我明兒就動身。不過，到了熱河，四老爺問起來，我怎麼說？」

「你是說，四老爺會問，太太那一天動身？」

「是啊！」桐生又說：「不光是四老爺，人家烏家也在等回信；只怕我一回熱河，烏大小姐就要進京來接太太了。」

「烏家倒不要緊，已經有回信給人家了，說身子不太好，天氣也還冷，得緩一緩才能動身。」

「那，四老爺問我，我就拿這話回他。」

「不錯。」

「芹二爺呢？我又該怎麼說？」

秋月考慮了一下答說：「我另外寫信給芹二爺。」

等桐生回到熱河，半月之隔，情形大不相同了，搬了家也多了兩個人：杏香與阿元。

烏都統代為安排的公館，對曹頫叔姪二人來說，有點大而無當，除大廳之外，正屋兩進，後帶一個花園；曹頫一個占了第二進上房五間；第一進作為辦事會客之用，還有餘屋可作客房；曹雪芹住的是花園，園中有軒、有亭、有水閣。為了起居方便，曹頫為他挑了位在花圃之中，後有一樹丹桂的三楹敞軒，題名「金粟齋」；烏都統亦贊成他住在這裡，認為是個「蟾宮折桂」的好兆頭。

房子大了，用的人就要多。房主是戶部當過好些肥差使的一個司官，如今派在湖北收稅，留下司閽、花匠、打雜各一人看房子，當然都要留用；烏都統又薦了一名熟悉官場的幹僕，充作曹頫出門辦事拜客的跟班。上房照料起居不能沒有人，便將阿元也派了來。

「這不必了！」曹頫辭謝，「通聲會送一個女孩子來使喚。」

將阿元派來，原是烏太太、烏大小姐商量好了的；烏太太是滿意要曹雪芹做女婿了，而且自覺這頭親事已成定局了，一切的打算，都拿曹雪芹當未過門的嬌客看待；阿元原是派來照料曹雪芹的書房，督促他讀書用功，不過不便明言。一聽曹頫的話，正好將這件事挑明了，說他們叔姪分住兩處，一個丫頭照顧不到；杏香伺候上房，阿元照料金粟齋，方為兩全其美。曹頫覺得這話不錯，而曹雪芹卻有苦難言；這一來，他跟杏香便無從親近了。

杏香是除夕那天到的，起初茫無所知，只看新年裡與烏家往還密切，不是烏都統帶著兒子來訪，便是派人將曹頫叔姪接了去盤桓，而且烏家天天有人派了來，或者送食盒，或者跟何謹來接頭搬家的事，在在顯示兩家不是普通的交情；到得聽說烏家要派一個叫阿元的丫頭來，她覺得不能不打聽了。

「何大叔，」杏香也這樣喚何謹，「這烏都統跟四老爺的交情真厚，是多年世交吧？」

「是啊！原是世交，現在又要結新親了。咱們芹官將來是烏都統的女婿。」

一聽這話，杏香立刻想到阿元；心裡不知是何滋味？這天找到一個機會，直接向曹雪芹動問。

「芹二爺，恭喜你啊！」

曹雪芹猜到她指的是甚麼，即故意問一句：「甚麼喜事？」

「咦！不說要娶烏家的小姐嗎？」

「喔，你指這件事。」曹雪芹坦然說道：「這件事還不知道怎麼樣呢！四老爺非常熱心，我亦不便潑他的冷水；反正到頭來是一場空。」

「怎麼？芹二爺我不懂你的話。」

「好！我告訴你——。」他細談了親事的來歷及對烏二小姐的觀感，接著又說：「只要我娘不來，這件事便等於無形打消了；你等著，看桐生回來怎麼說。」

等桐生到熱河時，阿元管領金粟齋已經五天了。先看到阿元，大感意外；再看到杏香，雖是意料中事，卻陡生濃重的不安，深怕旦夕之間會起風波，著實為曹雪芹擔著心事。

首先是見曹頫覆命，照秋月的話說了一遍；曹頫已從烏家得知馬夫人一時還不能來的消息，所以並未多問。

接下來是到金粟齋去見曹雪芹，因為有阿元在，不便多說，只將秋月的信交了出去。信寫得很長，也很坦率，說在京中已多方打聽烏二小姐的一切，並不如他所說的那樣，所以疑心曹雪芹是有了成見；勸他虛衷以聽，冷眼觀察，打破心中的蔽境。又說，人之相知，貴相知心，烏二小姐既然親自考驗，深為賞識，即此一端，便是知心；就算本性高傲，對他也會另眼相看。

這番見解，已使得曹雪芹對烏小姐的看法動搖了；最後的一段話，衝擊的力量更大，她說馬夫人為愛子的婚事，已苦惱了好幾年，這一次更覺煩心，她一方面不能不顧他的愛憎；另一方面又不能不顧烏太太當年情如姐妹的情分。即令烏二小姐不堪作配，要辭謝這門親事，本就很難；若是各方面都過得去，而硬生生回絕了，倒像是有意作對，於心何安？因而由衷地盼望曹雪芹仰體親心，就算烏二小姐不如理想，娶了她略嫌委屈，看在老母的分上，也就容忍了吧！

看完信，他的雙眼潤濕了；阿元忍不住問道：「好端端地，為甚麼傷心？」

「唉！」曹雪芹歎口氣：「天下父母心！」

這就不便深問了；她很識進退，料想桐生應有許多不足為外人道的話要說，以迴避為宜。於是她託辭找杏香有事，飄然遠去；這時曹雪芹還未開口，桐生卻以極關切的語氣問道：「阿元怎麼來了？杏香的脾氣不大好，會出事。」

這話說中了曹雪芹的心事，「眼前倒還好。」他說，「杏香還沉得住氣，在形跡上沒有顯出來；日子一長，可就不知道會出甚麼事了。」

「杏香是怎麼個說法？」

「她也知道烏家的事。」曹雪芹答說：「我告訴她，這件事不會成功的。太太不來，就算無形中打消了。她大概是在等這件事的下落，所以這幾天深藏不露。」

「那麼，芹二爺到底是怎麼個打算？看樣子，烏家的親事會成功。」

「噢！」曹雪芹很注意地問：「你是從那裡看出來的呢？」

「四老爺、太太、秋姑娘、錦二奶奶，全都贊成這門親事；光憑芹二爺一個人反對，恐怕反對不了。」桐生又說：「芹二爺真的反對，就不該讓阿元來！這就像打仗一樣，主將未到，先鋒已經把人家的營盤都占領了；芹二爺你倒想，能不投降嗎？」

聽這一說，曹雪芹方始發覺，自己已在無意之中陷入重重糾結、層層束縛的困局之中。細細想去，竟不知何以自解？

「唉！」他軟弱地歎口氣，「聚九州之鐵不能鑄此錯！」

「錯也已經錯了。」桐生接口說道：「芹二爺，你得拿定主意才好。」

「我毫無主意；不知道該怎麼辦。」他搖搖頭說，「我實在不甘於投降！」

「不投降行嗎？芹二爺，你得把事情想明白，烏家的親事，看來非成不可；麻煩是在杏香，趁早了斷的好。」

「怎麼個了斷法？」

「告訴她，不能要她了！」

「那不是薄倖？」曹雪芹使勁地搖頭，「負心之事，我不能做。」

「不願意這麼做，就只有一個辦法。」

「你說，說來我聽聽。」

「告訴四老爺，你得把杏香收房；烏家也不能管你這件事。不過，芹二爺，」桐生問說，「你有敢跟四老爺說的膽子嗎？」

聽此藐視之語，曹雪芹勃然大怒，想立即回他一句：「有何不敢？」但念頭尚未轉完，便已氣餒；怒火當然也消失無餘，只剩下慚愧了。

桐生對他此時的心境，可說洞若觀火；心裡在想，想拿杏香收房，是不容易辦到的事，就能辦到，對她也沒有甚麼好處；但要讓他親自來斬斷與杏香的一縷情絲，卻又是千難萬難。看樣子，只有自己做惡人了。

「你，」曹雪芹抬眼問道：「可有甚麼兩全其美的辦法？」

「那裡有甚麼兩全其美的辦法？弄得不好，還兩敗俱傷呢！」

曹雪芹楞了一下，「兩敗俱傷，兩敗俱傷。」他輕輕地念了兩句突然大聲說道：「對了！就讓它來個兩敗俱傷好了。」

意思很明顯的，他不能要杏香，但亦不願娶烏二小姐——猜想他是推託的手段，不說不願，只說事業未成，功名未立，一時不想娶親；甚麼立下誓願，非中了舉人不娶親。想中舉人很難；想不中是他自己作得了主的。為了逃婚耽誤了功名，這種傻事，在他是做得出來的。

桐生摸熟了曹雪芹的脾氣，勸亦無用；只有另闢蹊徑來挽救此事。這樣轉著念頭，突然覺得負荷加重了，本來只須想法子弄走杏香即可；現在還得設計讓他不能不娶烏二小姐，否則即無法避免兩敗俱傷的結局。

由於朝夕相處的地利之便，以及桐生那略帶稚氣的憨相，易於打動女孩子的心，所以只不過三、五天的功夫，跟阿元就像是一起長大的同伴那樣了。

當然，交不淺言也就慢慢深了。她關心是馬夫人甚麼時候熱河來；他就正好跟她談烏二小姐。

「我家太太一定會來，也一定會看中你家二小姐。不過，姻緣這件事也很難說。」

「怎麼難說？」

「嗯。」桐生在鼻子裡哼了一下，再無別話。

阿元是亢爽的性情，立即表示不滿，「我最恨人說話吞吞吐吐！」她說：「虧你還是男子漢，一點都不乾脆。」

「不是我說話吞吞吐吐，」桐生答說：「怕你裡藏不住話，會惹是非；不是我自己跟自己找麻煩？」

阿元不服氣，「你說！」她提出質問：「甚麼時候我心裡藏不住話？」

「我是猜想。」桐生原是算計好了的，「看你現在的樣子，似乎可以跟你談幾句私話。」

「私話，」阿元有些疑惑，「甚麼私話？」接著，她又正色說道：「我跟你可沒有私話。」

「那就算了。」

阿元知道自己說錯了話——他的私話，當然有關曹雪芹的姻緣；自己的表白是多餘的。心想把話說回來，但看到桐生揚著臉拿喬的神情，覺得軟語央求，心有不甘，因而默不作聲。

桐生倒也沉得住氣，坐下來拿起阿元夾繡花樣子的一本布面舊帳簿，細細翻閱。那種好整以暇的神情，像是有意在折磨人似地，惹得阿元一陣陣冒火。

「你到底說不說？」她終於忍不住開口了。

「說甚麼？」桐生揚著臉問。

「你還裝蒜！」她走上去使勁掐他的手臂，咬著牙說：「我教你識得厲害！」

女孩子肯這樣動手掐人，那就不是泛泛的情分了；桐生痛在臂上，樂在心裡；伸手握著她的手腕告饒：「好了，好了，我說！」

阿元鬆開手，得意地說：「諒你也不敢！」

這時桐生的想法又不同了；認為已能掌握得住阿元，那就不妨好好的談一談。

「我不但要跟你說，還要跟你商量。不過，我先有幾句話問你，你得老實回答我。」

「我幾時跟你說過假話？」

「那好！我先問你；你們二小姐，配得上我家芹二爺不？」

「哼！」阿元冷笑，「你怎麼不說；我家芹二爺，配得上你們二小姐不？」

「聽這話，我家芹二爺倒是高攀了？」

「也不是甚麼高攀，只不過相貌、脾氣、才情，那一點也不輸你們芹二爺就是。」

桐生大為興奮，「照這麼說，咱們真得好好兒談一談了。」他說：「你知道不知道，有件事，芹二爺心裡很不舒服？」

「喔，」阿元很注意地，「甚麼事？」

「你家二小姐翻來覆去，把我們芹二爺都快『烤糊』了；可是二小姐的金面不露，芹二爺覺得、覺得——」

「覺得委屈了不是？」

「也不能說委屈，似乎不太公平。」

阿元默然半晌，失色說道：「我倒沒有想到，芹二爺的氣量是這麼狹！」

「不，不！那你可弄錯了！」桐生急忙分辯，「芹二爺只當二小姐嬌生慣養，又恃才傲物，將來性情不投，難以相處。夫婦是一輩子的事，我們芹二爺的顧慮，也不能說錯。」

阿元點點頭，「這倒是我錯怪芹二爺了。不過，」她皺著眉說：「這個誤會可是太大了。」

「是啊！既然是誤會，得想辦法。」桐生也深鎖雙眉，「這個辦法還不好想。光是空口解釋怕沒有用。」

「何大叔，」桐生伸手說道：「你把花園後門的鑰匙給我；芹二爺有個同學從京裡來，打算在花園後門下車，比較方便。」

「芹官的同學？」何謹有些疑惑，「你怎麼知道京裡有芹官的同學來；京裡的車子又怎麼找得到咱們這兒的後門？」

「不是京裡的車子。」桐生從容答道：「芹二爺跟人家約好的，如果想來玩，到通州找仲四爺，自會把他送了來；這會兒是這裡的鏢局子來送的信。在花園後門下車，是芹二爺的意思，他懶得到前面來接；人家遠道來作客的，也可以少走好些路。」

這裡是狹長的基地，進儀門穿過三座廳堂，到後園金粟齋很有段路要走；何謹聽他說得有理，把鑰匙給了他。

等開了後門，把客人引了進來；轉入花圃甬路時，桐生搶前數步，掀開門簾，高聲說道：「芹二爺，有客。京裡來的吳二公子。」

「吳二公子？」曹雪芹大為詫異，「誰啊？我怎麼想不起來有這麼一個朋友。」

「你一瞧就知道了。」桐生回身招呼，「吳二公子，請！」接著又喊：「阿元伺候茶水。」

「來了！」阿元不知從甚麼地方一閃而出，接手打門簾；桐生便管自己走了。

滿腹疑團的曹雪芹，站在書房中間，目迎來客；看年紀不過二十上下，著一件灰布面的「蘿蔔絲」皮袍，上套玄色貢呢「臥龍袋」；腳下踩一雙薄底快靴；頭上卻是一頂極名貴的海虎絨「兩塊瓦」的皮帽。帽子很大，帽沿壓到眉際，上面還聳得很高。

「恕我眼拙。」曹雪芹問，「尊駕是——？」

「我姓烏，行二。」聲音出自喉際，聽來有種造作的味道。

「吳？」

「烏。」

「烏？吳？」曹雪芹微皺著眉在辨別這兩個字的四聲。

阿元卻忍不住笑了，但旋即掩口；然後輕聲說了句：「露相吧！」

於是「吳二公子」一伸手摘了皮帽子；隨即晃了一下腦袋，漆黑的一頭長髮抖散了披在肩上。

「我是烏雲娟。」她恢復了本來的聲音；嗓音微啞，但如彈動琴弦似地，餘韻不絕。

曹雪芹楞住了；突然間又驚又喜地醒了過來，還亂眨了一陣眼，彷彿要辨別是不是在作夢似地。

「請坐，二小姐。我實在沒有想到，金粟齋會有你這位從天而降的不速之客。」

「果然從天而降，『速』也無用。」烏雲娟用很平靜、但很冷的聲音說：「你不是抱怨，我快把你『烤糊』了，也看不見我的影兒；如今我在這裡，你儘管看吧！」說著將臉向側面一揚，帶著挑釁的神情。

曹雪芹既困惑，又惶恐，「二小姐，」他看了阿元一眼說：「我不知道你這話是怎麼來的？」

「請你不必問，只說有這話沒有？」

曹雪芹定定神想，他只跟桐生說過抱怨的話；那不用說，是桐生在阿元面前搬嘴，而阿元又把她搬了來。只不知來意為何？

這樣想著，不由得又轉臉去看阿元；她臉上是狡黠而得意的神情，當然不會存著甚麼壞心眼。

「如果二小姐興的是問罪之師；我負荊請罪就是了。」

「我如何敢興師問罪；只是來奉告足下，我不是狂妄沒有教養的人。」

這一說，曹雪芹真如芒刺在背了，「言重，言重！我可真要請罪了！」說著，幾乎長揖到地。

烏雲娟仍舊不理不睬，看看要成僵局，阿元便說：「得了！請坐下來，先喝碗熱茶吧！」說著，上前接過她的帽子，扶著她坐下。

「這麼冷的天，」曹雪芹不安地說：「只為我一句無心之言，竟讓二小姐衝寒勞步，真太過意不去了。」

「只怕不是無心之言吧！」

「是無心之失。」曹雪芹復又致歉：「種種無狀，我知罪了。請二小姐寬宏大量，放過我這一回。」

「芹二爺，」阿元插嘴說道：「你打算著還有第二回？」

「不敢，不敢。」曹雪芹很客氣地：「二小姐請用茶。」

烏雲娟的臉，繃不下去了；端起茶杯，垂著眼，輕輕噓氣，將茶水中的浮沫吹開，曹雪芹趁此機會，深深看了兩眼，覺得她的相貌像一個人。那是個甚麼人，急切間卻怎麼也想不起來。

「芹二爺，」阿元拋過來一個眼色，「你的詩稿呢？拿出來讓我們二小姐瞧瞧。」

「喔，」曹雪芹心知她在穿針引線，但以稿本中有不便示人的詩句，便只好謙虛了，「見不得人的東西，怎麼敢在二小姐面前獻醜！」

「你太客氣了。」

「是啊，芹二爺不必客氣——」

「阿元，」烏雲娟打斷她的話，「別強人所難，那裡有把自己的詩稿隨便給人看的。」

這雖是體諒的話，但曹雪芹反倒不能不表示坦然了，「其實也沒有不能讓二小姐看的詩。」他硬著頭皮，打開抽斗，將一本裝訂得很精緻的詩稿取出來，放在烏雲娟面前，還加了句：「請指教。」

「不敢當！」烏雲娟將手按在詩稿上，「不如請——」她停了一下才又往下說：「請芹二哥抄幾首大作給我，我回去細細拜讀。」

「是，是！」曹雪芹連聲答應，隨即掀開墨水匣，吮毫鋪紙，說一聲：「請寬坐。」打開稿本，考慮那幾首詩可以公開。

眼角瞟處，只見烏雲娟已悄悄起立，在打量四周的陳設；不久聽得她跟阿元在交談，語聲低不可聞，也就不去管她們，專心一致地抄三張紙，數一數一共九首詩，已可交卷，便將筆擱了下來。

「抄好了？」是阿元在他身後問。

「是的。」曹雪芹取了個信封，將詩稿裝了進去，提筆寫上「敬求郢正」四字，站起身來，雙手捧上。

「今天實在有點兒冒昧。」烏雲娟接著信封說：「此會不足為外人道。」

「謹遵所命。」曹雪芹很鄭重地回答。

「我告辭了。」

「芹二爺不必送。」阿元緊接著說：「我跟桐生送出去好了。」

曹雪芹有些遲疑，不知是不是該聽阿元的話？又想到臨別之際似乎還應該說一兩句甚麼話；但就在他躊躇未定之際，烏雲娟已經跨出房門，回頭看了一眼示意作別。這就不由得讓曹雪芹在心裡念了句：「『臨去秋波那一轉』。」

這就自然而然地想到了阿元，那不是活生生的《會真記》中的紅娘！自己呢？他在想，算不算張生？

於是，他眼前浮起了烏雲娟的影子；但卻像宋朝畫家粱楷的潑墨人物、模糊不清，而由她臉的輪廓，又觸動了他的感覺，確是像他曾經見過的一個熟人，絕非無端而起的幻想。

那是誰呢？這個疑問不時在他腦際出現，形成干擾，使得他無法靜下心來，考慮他與烏雲娟之間的一切。

非把他想出來不可！他自己跟自己賭氣，苦苦思索，杳無蹤影；正當打算放棄不想時，突然一條影子闖入心頭，失聲說道：「不是繡春嗎？」

繡春的影子是非常清晰的，拿來一比，連對烏雲娟的印象也很明顯了。他很快地發現了自己何以只覺面善，而一時想不起的緣故，原來只像得一半，雙頰以下，鵝蛋臉、長隆鼻、菱角嘴，無一不似；此外，烏雲娟的額頭要比繡春寬些，但那雙眼睛卻沒有繡春來得大，也欠靈活——那是必然的，身分不同，講端莊就得目不邪視，如何能有雙顧盼自如的眼睛？

繡春到底怎麼樣了呢？他惻惻地在想，心裡浮起陣陣酸楚；而就在這時候，阿元悄悄回來了，唇角含著一絲詭譎的笑意。

曹雪芹拋開繡春，定定神問說：「是怎麼回事？」

「桐生把芹二爺對我們二小姐的誤會，告訴我了。」阿元老實答說。

「喔，」曹雪芹問道：「你就照實告訴了你們二小姐？」

「當然不能『灶王爺上天，直奏』。」阿元答說：「不過誤會要弄清楚；桐生說，這不是空口講白話的事。我覺得他的話不錯，所以，我跟我們二小姐說，敢不敢做一件別人不敢做的事？她問是甚麼？我才把芹二爺讓她考了半天，連個影兒都沒有瞧見的委屈，跟她說了；問她敢不敢來看芹二爺？我們二小姐，只要一激她就敢作敢為了。」

「照這麼說，是瞞著你家老爺、太太，偷著來的！」

「大小姐知道。」阿元緊接著問道：「如今，芹二爺可是明白了，我們小姐不是那種脾氣孤傲任性的人？」

「看起來，」曹雪芹有些不甚情願地說：「是我錯了。」

「也不必說誰錯誰不錯。我只問，芹二爺現在打算怎麼辦？」

這一句單刀直入，問到緊要關頭的話，曹雪芹自然不能輕率回答；想了一下，故意問說：「照你看，我該怎麼辦？」

「現在是我們二小姐變成委屈了；芹二爺你得有點兒意思表示。」

「那行！」曹雪芹點點頭，「不過，我可想不出來，該怎麼表示？能不能寫封信道歉？那樣做，合適嗎？」

這一下輪到阿元考慮了，她倚著門、咬著嘴唇想了好一會，問道：「芹二爺，你到底打不打算娶我們二小姐？」

「這不是我一個人的事。」曹雪芹仍有些閃避的意味。

在阿元聽來，這話卻很有分量，彷彿是在要求保證：「如果我倒想娶；你家二小姐可又不願意了，那該怎麼辦？」這就不由得使她想起一件她未說出來的事，烏雲娟確有些負氣的模樣，曾經有過表示：「我只是要讓他知道，我不是他所想像的那種人；倘以為我有求於他，那就大錯特錯了。」照此看來，說不定弄巧成拙；或者說是弄假成真，真的惹起了她的「小姐脾氣」，不願做曹家的「少奶奶」，那可成了個難以收場的僵局。

想想又不至於如此；且等將他的意向弄清楚，果然他「一見傾心」了，再跟他說實話，一起來想個萬全之計，也還不遲。

打定了主意，阿元便又說道：「我也知道不是你芹二爺一個人的事，至少還要老太太點頭；不過那都好想辦法，頂要緊的還是要芹二爺你回心轉意才行。」

「你這『回心轉意』四個字，我可當不起。」曹雪芹急忙解釋，「我本來就沒有甚麼不願意。」這是當面撒謊，阿元覺得好笑，但也不必跟他辯；反下這樣急著表白的態度，就很能讓人滿意了。

「好！芹二爺你的意思我明白了。現在把話說回來，我們二小姐受了委屈，得想法子讓她心裡好過些。」阿元想了一下說：「你說寫信不大合適，這話倒也是，提名道姓的，落在外人眼裡很不妥當；不如你做首詩吧！」

「啊、啊！」曹雪芹頓覺詩興勃發，「行！我今天就做。」

「還有，再過半個月，是我們太太生日；最好也能意思點甚麼。」

「你說呢？」曹雪芹說：「若說辦份重禮，只是我跟四老爺一句話的事，顯不出我的敬意來。除非我寫張字，或者畫張畫。」

「畫張畫好了。」阿元問說：「你想畫甚麼？」

「這還得琢磨，反正不離祝壽的格局。」

「那就慢慢兒琢磨吧！還有，這可是一樁大事，老太太到底來不來？」

「來！」曹雪芹很有把握地，「一定來。」

「甚麼時候？」

「那，」曹雪芹照顧著馬夫人向烏家說過的話，「總得到春暖花開。」

「那可還早得很吶！」阿元躊躇著說，「宜乎快！最好能趕上我們太太生日。」

她雖未提夜長夢多的話，但意思卻看得出來；曹雪芹將她前後的話回想了一遍，不由得狐疑了。

「怎麼？阿元，你好像有話還擱在肚子裡？」

「是。」阿元坦然承認，「不過，有話也是為了芹二爺，為了我們二小姐。」

「那麼，是甚麼話呢？」

阿元想了一下，用很果決的語氣答說：「芹二爺也別問了。反正談親事總得乾宅多上勁；而且好姻緣也都是求來的。」

曹雪芹默然，想起秋月的信，又想起繡春的影子，心裡亂得很。

見此光景，阿元只替他換了一杯熱茶，便悄悄退了出去。她知道曹雪芹這時候需要有一段靜靜的時間去細想；她倒是寧願他謀定後動，免得將來失悔，自己亦於心不安。

飯桌歸杏香伺候，她最盼望的一件事是，曹頫晚上有應酬，只有曹雪芹一個人吃飯，便可以談些心裡想說的話；當然，也還要看另外有沒有人在旁邊？桐生還好，有阿元在就不方便了。

這天的機會很好，只有他倆單獨相處；可是，曹雪芹一坐上桌子，就像有心事，扶起筷子卻又放下，發了一會愣，視線在桌上亂轉，彷彿在找甚麼東西。杏香不免詫異，開口動問了。

「我找調羹喝湯。」

「那不是！」

原來醬油碟子與湯匙擺得太近，已靠桌沿，而他又只朝外看，難怪找不著。

「心不在焉，怎麼回事？」

「沒有甚麼！」曹雪芹舀了一匙湯，忽又倒了回去。

看這失魂落魄的樣子，杏香自然關切：「你一定有心事！」她說：「能不能告訴我？」

曹雪芹不作聲；定定神方始答說：「心事是有；可是只有我自己知道。」

「你這叫甚麼話？你的心事，當然只有你自己知道。」

「我不是這意思。」曹雪芹吃力地說：「我是說，我的心事，只有我自己才想得出辦法。」

「你是說，誰都幫不上忙？」杏香緊接著又說：「我可不相信。除非你是做了虧心事，怕人知道。」

曹雪芹一驚，臉上的顏色，不自覺地變了；杏香看在眼裡，越發驚疑不定；「你讓我說中了？」她怯怯地問：「你做了甚麼虧心事？」

「沒有！」曹雪芹這回倒是答得一點都不含糊，「就為的不願做虧心事，才有心事。」

這話意味就深長了。杏香不再多說，只是緊閉著嘴，一面思索，一面注視著曹雪芹的臉色。

「你聽四老爺說過沒有，震二爺那天來？」曹雪芹突然問說。

「彷彿聽說過了。」杏香思索了好一會答說：「就在這幾天，江南有位來大人要來；震二爺要來接他。」

曹雪芹點點頭，卻又不再作聲；杏香忍不住追問，曹雪芹便有些不耐煩了，「你別多問。」他說：「能告訴你的，自然會跟你說。」

從結識以來，杏香還是第一次受他這兩句搶白，心裡覺得委屈，眼眶頓時發熱；趕緊自己硬起心腸來，總算沒有讓淚水流出來。

曹雪芹也發覺了自己的態度，內心不免歉疚；只好自道心境，作為解釋，「你不知道我心裡很煩。」他說：「自己管不住自己。」

「我也看得出來。」杏香強自保持著平靜的語氣，「我不知道你是甚麼事煩心；我疑心是為了我。不過，我實在也想不出來，是甚麼事讓你心煩了。」

曹雪芹心想，她這話不能不回答；不答便是默認，馬上尋根問柢，惹得人更煩。因而很快地答說：「不是為你，與你無關。」

那麼是為阿元？杏香這樣在想，卻不敢問出來；只說一句：「只要不是為我，我就安心了。」

經過徹夜的考慮，曹雪芹終於作了決定；而這個決定必須告訴桐生。開口之前，他先把秋月的信拿給桐生看。

「芹二爺，」桐生持信在手，卻先問道：「是甚麼事？」

「你看了就知道了。」

看完信，只明白一半；想來要談烏家的親事。他靜靜地將信封好，放回桌上，很沉著等著。

「烏家的事，如果照我的意思，太太會很為難，再說烏二小姐又這麼親自來解釋，我再有甚麼話，就是不通人情了。」曹雪芹略停一下說：「你回京裡去一趟，就說我照太太的意思辦好了。太太如果願結這門親，最好早一點兒動身。」

「是！」桐生對他的決定很滿意，也很得意，有一種幹成了一件很艱難的事的感覺；他揚起臉答說：「天氣也轉暖了，我自有說詞，能催得太太馬上動身。」

「也不必太匆促，定了行期，盡快捎個信給我；你就在家，伺候了太太來。」

「那當然，一定是這麼辦的。」桐生緊接著說：「烏二小姐自己來過，這話能說不能說？」

「問你自己啊！這件事大概我不讓你說，你嗓子眼裡也會癢得忍不住。」

桐生笑了，然後又問：「還有甚麼話要我稟告太太的。」

「有件事，你仍舊跟秋月說好了。就是——，」曹雪芹很吃力地說：「杏香的事。」

聽這一說，桐生眼睜得很大，「杏香怎樣？」他問。

那神氣有些咄咄逼人；曹雪芹頗感威脅，咳嗽了一聲，方能發話：「我不能做始亂終棄的事。」

桐生跟曹雪芹讀書，讀過《西廂記》的曲本，當即答說：「她又不是崔鶯鶯，談不上始亂終棄。」

「話不是這麼說。」曹雪芹一鼓作氣地說：「你跟秋月說，讓她稟告太太，親事歸親事；杏香歸杏香，我不能喜新厭舊。」

桐生覺得他的話說得不夠清楚，「那麼，」他問：「芹二爺，你是想太太怎麼替你辦這件事？」

「請太太作主，能讓我把杏香留下來。」

桐生沉默了片刻答道：「我說是說。不過這件事，我看太太也為難。」

「你別管，只把話說到了就是了。」

「是！」桐生拿他的話咀嚼了一下，竟有所會，即便問說：「太太要是不許呢？」

「不會不許。」

「萬一不許呢？」

「那，那可是沒法子的事了。只能問震二爺，該怎麼辦。」

「是的。」桐生點點頭，「我也在想，這件事怕只有震二爺才能辦。」

原來桐生已別有意會——對烏家這門親事，他從一開始就非常熱心；這也是他對主人家的一片忠心，想起馬夫人的心事，也想到曹雪芹的前程，覺得聯姻烏家是件再好不過的事。特別是在這天見了烏雲娟以後，更下了一個怎麼樣也要促成這件好事的決心。

可是好事多磨，起了那個誤會，好不容易已挽回過來，絕不能再生波折。但是，杏香卻明擺著是個障礙。

「要不要再跟阿元商量？」他一直在想；他很佩服阿元，相信她一定會有消除這個障礙的好辦法。但那一來必須洩漏曹雪芹的祕密，這會引起甚麼不可測的後果，他不能不顧慮。

想了一夜，始終委絕不下；第二天起來，先收拾了隨身行李，然後跟曹雪芹去討回話：「芹二爺跟四老爺說好了沒有？說好了，我好跟何大叔去要盤纏。」

「等一等吧，聽說震二爺馬上要來了。」

桐生精神一振，「這是那裡來的消息？」他問。

「鏢局子送來的信。」

桐生靈機一動，隨即說道：「芹二爺，我想先迎上去接震二爺，把這件喜事，先跟他說一說，免得一來了跟四老爺談起來，接不上頭。」

曹雪芹無可無不可地答說：「也好！」

得了這句話，桐生立即趕到鏢局，打聽到了曹震的行蹤，跟鏢局裡借了一匹馬；中午趕到尖站，很順利地找到了曹震。

「你怎麼在這裡？」曹震問說：「是要回京嗎？」

「不是。」桐生答說：「是特為來接震二爺的。」

「喔，」曹震很注意地問：「是有甚麼事嗎？」

當然。不是有事，何必特為迎了來？桐生只點點頭，卻不開口；曹震便知是必須私下才能談的話了。

於是，他將隨從都遣了開去，然後說道：「是甚麼要緊話，你說吧！」

「芹二爺的親事，震二爺聽說了？」

「是啊！我在京裡聽說了。」曹震問說：「烏家二小姐的脾氣不大好，是不是？」

「不！是誤會。」桐生放低了聲音說：「烏二小姐私下來看了芹二爺，當面說清楚了。」

「甚麼？」曹震又詫異、又好奇地問：「你說烏二小姐來看了芹二爺？」

「是的。」桐生將經過情形，細說了一遍。

曹震是一直含著笑在傾聽的；聽完了，很興奮地說：「這可真是一件喜事；烏二小姐的人才，足足配得上你芹二爺。而且——。」他將跟烏家結親，對曹家有幫助的話咽住了。

「好事倒是好事，有一樁為難的事，要請震二爺作主。」桐生停了一下說：「杏香怎麼辦？」

這一說，曹震楞住了；考慮了一會兒才問：「你芹二爺的意思怎麼樣？」

「芹二爺的意思是，最好能請太太作主，把杏香留下；如果真的不行，也就沒法子了。」桐生又說：「這件事如果先跟烏家說明，怕太太難以開口；倘或事先不說，等烏二小姐過來了，忽然屋子裡又跑出一個人來，烏二小姐一定不高興，說不定——。」

「你別說了！」

曹震揮一揮手說：「我明白。你先找魏升吃飯去。」

吃完飯，一起上路；曹震只在臨上車以前，說了句「等我到了再說。」更無別話。桐生一直覺得曹震神通廣大，甚麼事都難不倒他；反正只要把話說到了，也就等於把事情辦成一半了，所以也不再多說，跨馬疾馳，到了承德，先到鏢局還了馬，再趕回家，曹震也是剛到。

一到當然先跟曹頫談正事。第一件當然是修行宮草房的事；曹頫年前到熱河時，正逢大雪，相度地形，當然有困難；皇帝對這層頗為諒解，交代平郡王傳旨，只要天一晴，就盡快辦這件事，而且定了個限期，在皇帝謁陵回京以後，便能到圖樣。

「皇上啟駕的日子，定了沒有？」曹頫問說。

「定了，正月廿四啟鑾。」曹震屈手指數，「這回只謁昭西陵、孝陵、孝東陵、景陵，來去大概十天功夫。今天正月二十，咱們有半個月的功夫。」

「半個月？」曹頫頓時緊張，「踏勘、畫圖、覆奏，來得及嗎？」

「來得及。我找了一個好手來，明天就到；咱們盡月底以前把它弄妥當，我帶覆奏回京，正好趕上。」

聽這一說，曹頫略為心寬，「今天太晚了，」他說：「明兒一早咱們先找烏都統，要他多派人照料。」

「喔，」曹震被提醒了，「聽說雪芹快要做烏都統的女婿了？」

「是啊！我正要問你吶！你二嬸，到底甚麼時候動身。烏家的親事，總要等她來了才能談。」

「還要談嗎？」曹震有些詫異。

「不是談別的，是談下定跟迎娶。」曹頫又說：「烏都統夫婦都很器重雪芹。烏二小姐也很賞識他；可不知道雪芹心裡想的甚麼，彷彿不大起勁似地。」

曹震當然明白其中的緣故，但不便跟曹頫明言；還有杏香的事，更不透露。想了一下，只是建議曹頫寫封信，催一催馬夫人。

「四叔最好晚上就寫。」曹震又說：「明天等把人送到了，護送的人馬上回京，正好把信帶走。而且，打明兒起，要大忙特忙，怕四叔找不出功夫來寫信。」

「好，我今晚上就寫。」

這時何謹來回事，是將曹震的臥室鋪排好了——原來就預備他住這二進，家具陳設是早就安排好了的；此時只是將他的鋪蓋打開來，料理一張床就算妥當了。

可是曹震卻願意與曹雪芹同住，為的結伴熱鬧，諸事方便；而且最要緊的是，可以細談烏家的親事，以及如何處置杏香？

這晚上，堂兄弟倆聯床夜話，曹震聽得多，說得少；他對曹雪芹的心境，完全了解，既不願落個負心之名，又不忍讓老母為難。唯一的願望是烏二小姐能容忍杏香；如果事難兩全，非捨棄杏香不可時，又將如何？他卻無以為答了。

很顯然地，果真走到那一步，曹雪芹也只好做個負心漢了。曹震心想，這件事跟他沒有甚麼好商量的，如今只是如何將杏香作個妥當的安置；這個難題，只有自己來設法對付，跟他談亦無用，因為他根本不可能拿出甚麼主意來的。

曹震同時也想到，這件事還要處理得快，倘或杏香已知其事，依她心直口快的脾氣，多半就會直接找曹雪芹去問個明白。那就很可能會張揚開來，對曹雪芹的親事，非常不利，稍往深處一追究，自己脫不得干係，而且連帶會把翠寶也抖漏出來；雖不會起甚麼大風波，但正當轉運，有許多正事要辦之時，最忌這種麻煩。

意會到此，他採取了斷然的處置；第二天一早，在何謹為他預備的臥室中，悄悄將杏香找了來，一開口就說：「昨天沒有來得及告訴你，你嫂子身子很不好，沒有個得力的人照應，想你想得很厲害，我讓魏升送你回通州，明天就走吧！」

「喔，」杏香問說：「我嫂子甚麼病？」

「偏頭痛，晚上睡不著。」曹震胡編著，「又有肝氣痛。」

「請大夫瞧了沒有？」

「自然請了。」曹震答說：「大夫說，總是心境不好之故；有親人陪著，讓她不至於太寂寞，比吃甚麼藥都強。我又不能常在通州陪她，只有靠你了。」

「既然如此，我當然要盡快趕回去。不過，震二爺，有件事我想問一問；聽說烏都統家二小姐要許配給芹二爺，已經談得差不多了。有這回事沒有？」

原來她已經知道了！這得善於應付，好歹把她弄走了，始為上策。於是很謹慎地答說：「也不過剛開頭在談，成與不成還在未定之天。」

「若是成了呢？」

「成了不是一樁喜事嗎？」曹震聽她問得含蓄，便故意這樣含含糊糊地回答。

「我是說我。」杏香終於明瞭，「不知道當初的話，算不算數？」

「甚麼話？」

一聽這話，杏香不由得就冒火；但轉念又想，當初是一種默契，自己暗示願意等，曹雪芹暗示不會讓她空等；此外無論曹震或是曹雪芹，皆無明確的承諾。這就怪不得他要問「甚麼話」了。

於是，她冷笑一聲說道：「震二爺要裝糊塗，我也沒法子。那怕白紙寫黑字，要不算還是白算；何況只不過彼此有那種意思而已。我倒不一定想賴上誰，只覺得人心不應該變得那麼快。」

「杏香。」曹震笑道：「你這一頓夾槍帶棒的牢騷發得沒道理！咱們在通州那麼多天，也不知道談過多少話；我怎麼知道你問的是那一句話？人心沒有變，可也不能像你所想的那麼容易；事緩則圓，你別心急。」

「我不急！」杏香覺得應該沉著些，便故意將話題扯了開去，「明兒甚麼時候走？」

「自然是一早。」

「好！我收拾行李去。」說完，她退後兩步，準備退出去了。

曹震靈機一動，將她喚住了說：「我還有話跟你說，你等一下。」

說完便走了出去，找到魏升，走遠些有話交代。

「你馬上去找芹二爺，讓他趕緊躲開；最好今天別回來，回頭如果杏香找芹二爺，你就說四老爺派他接來大人去了。」

魏升點點頭，匆匆忙忙地走了。曹震便回臥室，故意說了好些讓杏香轉告翠寶的話；拖延得夠時候了，才放她走。

「四老爺那兒怎麼辦？應該跟他說一聲吧？」

「不必！」曹震答說：「我來告訴四老爺好了。你管你自己去收拾行李。」

杏香點點頭出了屋子，不回自己臥室，卻倚著廊柱，定下心來好好想了一陣，然後直奔後園，走向金粟齋，迎面遇見阿元，兩個人都站住腳，各自打量對方；阿元的神態本來很平靜，但看到杏香的臉色有異，她也不免有些驚疑不定了。

「是找我有事嗎？」

「我找芹二爺。」杏香的聲音很高。

「咦！」阿元詫異，「芹二爺不到前面去了嗎？」

「前面？那兒？」

「不是魏升來通知的，說四老爺找，匆匆忙忙就走了。」

杏香一聽這話，頓時滿腹生疑；明明看見曹震找到魏升，不知交代了些甚麼？怎麼一下子魏升又為「四老爺」所差遣了呢？

「你坐一下好了，」阿元倒是一番好意，「也許馬上就回來了。」

杏香躊躇了一會，點點頭說：「也好！」

阿元心想，她會有甚麼事找曹雪芹？且又不肯明說；加以眉宇之間，似乎心事重重的模樣，實在不能不讓人懷疑，她跟曹雪芹有甚麼不足為外人道的糾葛在！

這當然會使阿元關切，一面倒茶給杏香，一面在思量，該怎麼樣逗她自己開口說明來意。不道就在這時候，桐生闖了進來；發現杏香也在，一時楞住了。

「芹二爺呢？」阿元問說。

原來魏升很機警，覺得曹震的話不宜當著阿元說，所以飾詞將他調到前面，才說明究竟。曹雪芹不知要避杏香的用意何在，唯有照辦；因為要在外面住一夜，便交代桐生回金粟齋去收拾一個簡單的行囊。此時讓阿元一問，桐生心想，既是為避杏香，就不能在杏香面前說實話，卻又匆遽間想不出適當的回答，只有支吾著裝作不曾聽見她的話。

於是，杏香也問了，「芹二爺呢？」她說：「四爺找他幹甚麼？」

這一下倒是提醒了桐生，「四老爺派芹二爺去接來大人。」他一面想，一面編，「已經走了，臨走以前交代，要我收拾隨身用的東西趕上去。」

這是太出人意外的一件事；杏香驀地裡省悟，是有意要躲她，隨即冷笑一聲問道：「要你趕上去，趕到那兒？」

桐生也非弱者，很沉著地答說：「趕到鏢局裡，芹二爺在那裡等我。」

聽得這一說，杏香不免躊躇；桐生心想，眼前倒是敷衍過去了，可是杏香只要掉頭一走，回到前面，立刻就能發現曹雪芹，那一下豈非糟不可言！

轉念到此，急出一身冷汗；不過也急出了一條緩兵之計，「杏香，你在這裡最好。」她說：「幫著阿元收拾收拾芹二爺要用的東西，還要帶詩集、帶筆硯；我得趕緊去找何大叔，弄幾兩銀子揣在身上，不然，打尖住店怎麼辦？」說完，裝得極其匆忙的樣子，掉頭就走了。

「你怎麼走了？」阿元趕緊喊：「行李怎麼辦？」

「我一會兒來拿，你們快收拾。」

阿元也是被蒙在鼓裡人，真以為曹雪芹要去接「來大人」，卻不知道是到那裡去接，在路上要住一夜、兩夜，還是三夜？因而跟杏香商議：「你看要帶幾件甚麼衣服？」

杏香那裡有心思來管這件事？信口答說：「多帶幾件。」

「對！多帶幾件好。」阿元接著她的手說：「你來看看，帶那幾件？」

這樣，杏香想有甚麼行動，一時也脫不得身了；索性先拋開心事，定定神幫阿元收拾好了曹雪芹的行囊，再作道理。

料理到一半，桐生回來了；這一次神閒氣定，因為都安排好了，曹雪芹由魏升陪著，先到附近的法藏寺靜等，等桐生去了，再定行止。

「行了！」阿元理好一口小皮箱，又是一個衣包，對桐生說道：「你拿去吧！」

等桐生一走，杏香頗有徬徨之感；阿元便說：「你回前面去吧！怕四老爺會找。」

「不會！四老爺不會找我了。」

「怎麼？」阿元倒微吃一驚，「你出了甚麼樓子？」

「沒有。」杏香答道：「我明兒要走了。」

「為甚麼？」

「嗯——。」杏香遲疑了半天，終於發現，自己是吃了啞巴虧，有苦難言。

「怎麼好端端的，就要走了呢？到底為了甚麼？」阿元倒被勾起了滿懷離情別緒，還打算有所挽回，所以搖著她的手，不斷追問。

杏香在這片刻之間，已都想過了，只要一談過去，便顯得曹雪芹薄倖，而自己卻有乞憐的意味。她的性情，屬於剛強一路，寧願打落牙齒和血吞，不願受憐，所以昂起頭來，裝得很灑脫似地說：「原是我自己想錯了，我根本不該來的？」

「你當初是怎麼來的呢？」

「是震二爺要我來的。」

「你？」阿元兼有關切與好奇，抓住線索追根究柢：「你跟震二爺又是怎麼認識的呢？」

「這，說來話就長了。」杏香拿定了主意，不再多透露一星半點；站起身來說，「再談吧！我走了。」

說完，頭也不回地走了，挺著胸，步子很快；但走得太匆促，不免有些腳步踉蹌。阿元倒為她擔著心，深怕她摔倒。

杏香的影子，消失在金粟齋，卻留在阿元的心裡。曹雪芹不在，十分清閒，這就讓她不斷地在想這件事了。「震二爺讓她來的，來幹甚麼？」她在想：「為甚麼又要走了？這是震二爺來了才有的事；看來要她走，多半也是震二爺的意思。可是，臨走何以又要找芹二爺呢？」

這一連串念頭轉下來，自然而然地就有了一個了解，杏香之走，必與曹雪芹有關。這件事倒要好好打聽一下。

曹雪芹是第二天快中午時分才回來的，也沒有去遠，是到喀喇河屯行宮住了一夜；當然不是在行宮裡面，而是行宮西面三里，專為內務府人員預備的一處行館。喀喇河屯行宮有個筆帖式叫巴穆哈，比曹雪芹只大三歲，有一回因為行宮的公事來見曹頫，彼此結識，頗為投緣。曹雪芹早就想去看他；這天正好了此心願。

巴穆哈也是單身在熱河，不過有個從小帶他的金嬤嬤跟了來照料。那金嬤嬤燒得一手好南方菜，而且殷勤好客，因此，曹雪芹頗得賓至如歸之樂。這天因為到得遲，午飯本已誤時，到未時方始上桌；劇談快飲，佳餚不斷，因此這一頓午飯連上晚飯，吃到起更方始結束。曹雪芹有了七八分酒意，加以騎馬勞累，一上床便已入夢。黎明起身，主客周旋著吃了早點，倒又要踏上歸途了，在這一日一夜之間，曹雪芹一直懷著一個疑團，為何要他避開杏香？

路上當然也問過，桐生只答一句：「我也不知道，得問震二爺。」曹雪芹知道他未說實話，但卻找不出功夫來細細盤問，因此一到家便找曹震。

「震二爺陪著四老爺，還有京裡來的楊司務進宮去了。」說完，阿元問道：「來大人接到了沒有？」曹雪芹楞了一下才想起，這是他避開杏香的一個藉口；含含糊糊地答說：「還沒有。」緊接著又問：「杏香呢？」

這一問，發楞的就是阿元了；她將曹雪芹從頭看到腳，倒像要估量一個人的身分似地。像這樣看人，自然惹得曹雪芹不悅；當即板起臉說：「我的話，你聽見了沒有？」

「聽見了。等我想一想。」

「想甚麼？」曹雪芹的聲音，不知不覺地高了。

「芹二爺，剛剛到家，你先歇一歇；我替你沏茶去。」

「我不渴。你只趕快回我的話就是。」

阿元沒有理他，借沏茶的功夫，將昨日至今，接連發生的意外情形，並在一起來想；她原以為杏香要走，是曹雪芹早就知道的，如今方知不是。但看他問到杏香的那種急迫精神，卻是證實了自己的推斷不錯，杏香之走，必與他有關。

那麼是甚麼關係呢？這個疑團要打破，也很容易；只一說實話，看他的表情就知道了。

「杏香走了！」阿元一面說，一面將一杯茶遞了過去。

在曹雪芹，就像劉備聽得曹操說「天下英雄唯操與使君」那樣，心中一驚，手上一震，捏不住那只康熙五彩雙耳蓋杯，掉在地上，打成數片。

竟是如此震驚！這就見得關係太不尋常了！阿元故意避免去看他的臉色，俯下身去，撿拾磁片，口中說道：「可惜了！這麼好一只杯子。」

曹雪芹當然也發覺自己失態了；不過他也不願過於掩飾心事，便又問說：「到那裡了？」

「說是回通州看她嫂子去了。」

原來是這個緣故；想必是翠寶有病，或者出了甚麼意外，杏香急著去探望。可是，何以未聽曹震談起，而且，更何必要自己避開？

曹雪芹已看出來，其中大有曲折，不是一兩句話可以問得明白的。因而索性暫且不問，坐下來靜一靜心，等阿元收拾了碎磁殘茶再細細來談。

「阿元，」他說：「你把杏香怎麼忽然回了通州的情形，都告訴我。」

「我也不太清楚。」阿元答說：「昨兒，也就是芹二爺剛讓魏升請了出去，她就來了，開口就問到芹二爺你；我覺得奇怪，芹二爺不就在四老爺那裡嗎，怎麼沒有瞧見。接著桐生進來，說四老爺派你去接來大人；又說你已經先去了，要他來收拾行李，隨後趕了去，杏香還幫著收拾行李——。」接著，又將她如何催杏香回去，怕「四老爺」會找，杏香這才透露她要走了；以及問她何以忽然要走？杏香是如何欲語還休，終於自怨「根本不該來的」，然後踉踉蹌蹌地走了，真怕她會摔倒的種種見聞，都說了給曹雪芹聽。

曹雪芹明白了，是曹震逼著杏香走的；料到杏香會來找他，所以讓他匆匆避開。於是，他又回想到前天晚上，與曹震聯床夜話的光景；顯然的，他是用快刀斬亂麻的手法，為他破解了兩難之局。這是好意，但這樣做法，必然會讓杏香誤會他心存薄倖，有意棄絕；最使曹雪芹不安的是，杏香除了恨他，還會看不起他，出以這種不敢明說，只在暗中搗鬼的卑鄙手段，那像個光明磊落的男子漢。

看他久久無語，阿元可是忍不住了；「芹二爺，」她說：「如今該我問你了；杏香找你到底有甚麼事？」

「想來，她是要把震二爺要她回通州的話告訴我。」

阿元想問：她為甚麼特別要來告訴你？話到口邊，改了這樣說：「震二爺為甚麼要她回通州？」

「這話，」曹雪芹答道：「我也正要找震二爺問呢！」這句話答得很巧妙，阿元竟無法再往下探問：杏香跟他到底是何關係，始終未能明白。

曹雪芹卻還有話要問：「杏香是甚麼時候走的？」

「今兒早晨。」阿元答說：「魏升送了去的。」

「你送了她沒有？」

「沒有。等我得了消息，趕去想送她，她已經走了。」

「昨兒晚上呢？你們睡一屋，總要問問她吧？」

「怎麼沒有問？誰想到，她就是不說；只說了話：震二爺告訴她，她嫂子病了，很想她。」阿元突然問道：「芹二爺，她嫂子病了，很想她；震二爺是怎麼知道的呢？」

這又是一句難答的話，曹雪芹心想，既然自己有瞞著的話未說，於理也不能洩曹震的底，因而隨口答說：「這就不知道了。」

看他似乎有懶得多說之意，阿元很知趣地不再提這件事，只問：「四老爺跟震二爺都不在家，前面也沒有甚麼人伺候，飯是不是開到這裡來吃？」

「也好！」曹雪芹等她走到門口時，忽然改了主意：「不必了！我還是到前面去吃吧，省得麻煩，反正有桐生在。」

改主意的緣故，就是為了可以避開阿元跟桐生說話；他作了一個決定，必須盡快告訴桐生。

「我要跟杏香見一面。」他說：「咱們吃了飯就走，趕一趕，一定可以趕得上。」

桐生一驚，立即推託：「都走了大半天了，怎麼趕得上？」

「怎麼趕不上？杏香當然是坐車，咱們騎馬；馬比車快，趕到宿頭不過晚一點，一定能見著面。」

「何必呢！」桐生勸道：「人家都已經走了。」

「不！」曹雪芹固執地：「一定得見一面。」

「見了面又能說些甚麼？」

「我得告訴她，我不知道她要走——。」

「芹二爺，」桐生搶著說道：「那一來就大糟特糟了！」

「怎麼會？」

「怎麼不會？」桐生問道：「芹二爺，你見了她，把話跟她說明白了，意思是仍舊要她；那麼，是怎麼安頓她呢？」

「我叫她跟著她嫂子，總有一天會把她再接了來。」

「那一天？」

「總有那麼一天。」

「萬一沒有那麼一天呢？」

桐生一句接著問，咄咄逼人的氣勢，讓曹雪芹招架不住了。

「芹二爺，」桐生平心靜氣地勸道：「這件事很難，太太跟人家說不出口；四老爺知道了，臉色一定不好看。就算勉強弄成了，人家烏二小姐心裡會痛快嗎？而且杏姑娘也不是怎麼肯遷就的脾氣；何必弄得家宅不和、自己找罪受？」

想想他的話也不錯，可是曹雪芹總覺得於心不安；如果往後總是衾影自慚，終身受良心的責備，倒不如慎之於始。

「芹二爺，你別再三心二意了；倘或你覺得這件事，是你心裡的一塊病，我倒有個法子。」

聽這一說，曹雪芹心中一喜，「你快說！」他催促著，「是甚麼法子？」

「這樣，過兩天我到通州去一趟，把前後經過情形跟翠姨說一說；把杏姑娘送走，是四老爺跟震二爺，瞞著芹二爺幹的事。芹二爺知道了要趕來表明心跡，讓四老爺拘管住了，寸步難行；為此，讓我到通州來一趟，請杏姑娘暫且忍耐，芹二爺一定會想法子把這件事辦成。你看，這樣子好不好？」

「好！」曹雪芹毫不遲疑地回答：「你說的話，跟我說的話，不就是一個意思嗎？」

他不知道桐生的打算是，當著杏香說了這一番話；私下跟翠寶還有一番話說，是作為桐生自己旁觀者清的勸告；看樣子這件事很難，也不知那年那月才辦得成；勸杏香死了心吧，免得耽誤了青春年少。翠寶當然明白，這就是回絕的表示，自會慢慢去化解此事。

如果他把這一層意思也說了出來，曹雪芹一定不會同意；因為跡近欺騙，所以他只藏在心裡。而且他打算好了，不必特為到通州去一趟；想來會派他進京接馬夫人，路過通州，順便就辦了這件事。

修行宮「草房」的事很順利，如期在正月底以前，畫好了圖樣，備好了奏摺，曹震定在二月初一回京覆命。

早在三天前，曹頫便談到烏家的親事；曹震對於當時馬夫人何以託詞進延的癥結，已完全了解，曹雪芹的想法既已改變，杏香這個障礙亦已消除，馬夫人自然可以來了，因而很有把握地說：「我回京跟二嬸一說；請她盡早來。四叔不妨先通知烏家，二月裡一定可以來赴約。」

「嗯、嗯。」曹頫答說：「烏家當初原說要派人去接，我想也不必麻煩人家了。你看，是你那裡派人送呢；還是我這裡派人去接？」

曹震認為護送內眷，以派家人為宜；但商量派誰，卻有些難處。老成可靠自然是何謹，只是他上了年紀，體力衰頹，難耐勞苦，旅途上照料不過來。此外只有桐生，但又怕他年紀太輕，不夠老到。談到這裡，曹雪芹覺得不能不開口了，「應該我去。」他說：「有桐生，再帶上何誠，路上也照應得了啦。」

曹震猶未開口，曹頫已大為贊成，「這也是你一番孝心，理當如此！」他說：「就這麼辦吧！」

見此光景，曹震自然不必再多說甚麼。他並不反對曹雪芹去迎接老母，只是顧慮著經過通州，會跟杏香見面，又生枝節；這一層卻不能不先說清楚。

「這一回，你是專程去接太太。」他暗示地說：「其他的事，都擱在後頭。」

曹雪芹一時沒有聽懂；多想一想才會過意來。他的自告奮勇去接母，先是出於自覺有此義務之一念，但隨後卻發現正好順路去看杏香；同時他也有了一個主意，要把他跟杏香結識的經過，在秋月面前和盤托出，看她有甚麼好辦法。

因此，在了解了曹震的意思以後，一時不願有所表示；心裡在想，如果秋月能籌得善策，可以不負杏香，那在通州見不見都無所謂了。

不過，此中又有一層難處，跟秋月談杏香，少不得也要談翠寶，這就牽連到曹震了。轉念到此，覺得不妨先問一問他；弄清楚了他的意向，才好拿自己的主意。

「震二哥，」他問：「易州的差使，是十拿九穩了？」

「雖不敢說十拿九穩，六七分把握是有的。」曹震反問：「你怎麼忽然提到這件事？」

「自然是為了翠寶姐。」曹雪芹說：「你打算先把她帶到易州；等陵工差使一完，要回京了，你怎麼辦？」

「不用等差使完，我就得找機會跟你錦兒姐說了。」

「把她接回去？」

「當然。」

「這麼說，主意是現在就已經定了。」

「是啊！」曹震很從容地說：「我看她人不錯，待人接物，很知道分寸；將來不至於跟你錦兒姐處不來。」

「既然如此，何不現在就過個明路？」曹雪芹緊接著又說：「你要是覺得自己不大好開口，我替你來說；我也不是直接跟錦兒姐打交道，我告訴秋月，讓她給你做個現成媒人，最妥當不過。」

曹震深深看了他一眼說：「你倒很熱心！」

曹雪芹知道他動疑了，急忙說道：「我完全是為翠寶姐，早有歸宿，也好安心。」

曹震信了他的舌，細細考慮了一會說：「說不妨說，不過有個說法：我易州的差使成功了，不能沒有人照應。可是我不能把你錦兒姐接了去，山上生活苦，她又有孩子，這都不說；陵工差使，根本就不准接眷。所以翠寶姐一時也還不能進門，如果有了名分，就不能跟我到陵工上去了；她的這件事，只有等差使完了再說。倘或我未得陵工差使，那也就一切不必談了。」

「你是說，如果未得陵工差使，就不接翠寶姐進門，這段姻緣就算——。」

「你放心，我跟翠寶的事，吹不了。」曹震懂他未說完的那句話的意思，「這麼說，不過是為我自己占個地步而已。」

「我明白了！」曹雪芹深深點頭，極有把握地，「錦兒姐不是那種小器的人，這件事包在我身上，一定能辦成。」

「慢點！」曹震終於發覺了，「你跟秋月談翠寶，提不提杏香？」

曹雪芹看機關已露，不便瞞他，便即答說：「那是免不了的。」

「那麼，你是怎麼個說法呢？」

「我想問問她，有甚麼好辦法？」

「她也無能為力。」曹震大為搖頭，「你最好別再提杏香；對你的終身大事，非常不好。」

聽得這話，曹雪芹頗為反感，不由得針鋒相對地頂了過去：「找杏香來，不也是你作主的嗎？」

話不大客氣，不過曹震倒沒有生氣，「此一時也，彼一時也！」他說：「而且，我找來的，仍舊是我把她送回去，你一點兒麻煩都沒有。」

聽得後面兩句話，曹雪芹為之啼笑皆非；知道多說無用，只照原來的想法，向秋月問計是正辦。

曹震是早就打算好了的，並且上車之前就作了交代：「咱們盡今天太陽下山以前趕進京；到通州打擾，也不必擾仲四掌櫃了，隨便找個館子，吃完了就走。」桐生與魏升無不會意，這是為了不讓曹雪芹跟杏香有見面的機會。曹雪芹自己也知道，不過他心中已有算計，所以並不在意。

那知通州附近，這一陣子細雨連綿，路途本就泥濘不堪，加以皇帝謁陵，扈從的官員由間道抄到前站去辦差，千輪萬蹄，將順義到通州這條大路，蹧蹋得不成樣子；好不容易掙到通州在望，騾車卻又陷在深溝之中，連曹震、曹雪芹一起出力，累得滿頭大汗，依然無濟於事。

「二爺，不行了！」魏升向曹震說：「你跟芹二爺騎我跟桐生的馬，先到通州吧！留桐生跟車把式看行李，我想法子找人把車子弄出來。」

事出無奈，只好如此。到得仲四鏢局裡，大家看他們兄弟倆那種狼狽的模樣，無不吃驚；等問清楚了是怎麼回事，仲四趕緊派人去接應；然後叫人置備潔淨衣衫新鞋襪，又關照廚房備酒飯，為他們兄弟壓驚接風。

盡日落前趕進京的計畫，自然成了泡影；回翠寶那裡去住，亦勢不可免，因為仲四已經派人去通知過了。

飯罷喝茶，看曹震有些愁眉不展的模樣，曹雪芹知道他的心事；心想，不必讓他為難，杏香那裡，不妨明天派桐生去解釋誤會。打定了主意，便即說道：「震二哥先回去吧！我在這兒等行李，今兒就住在這裡了。」

「何必、何必！」仲四接口：「都交給我好了！兩位爺累了一天，好好息著去吧。」

他倒是一番好意，曹雪芹卻有難言之隱；於是曹震說：「不！讓雪芹今兒住你這裡。」以仲四的江湖閱歷，自然聽得出來，其中別有蹊蹺；使改口答說：「好！好！那麼芹二爺也就早早安置吧！行李我會叫人照看。」

由於仲四預先已有通知，翠寶跟杏香便有一番忙碌了，收拾屋子，預備飲食——當然足夠他們兄弟兩個人食用的。

「我不是一再跟你說，芹二爺不是那種人，一定會有一個交代。」翠寶欣慰而得意地，「你看，怎麼樣？」

原來魏升送杏香回來時，只私下告訴翠寶說：「有人替芹二爺提親，杏姑娘在那兒不便，讓我給送了回來，有話等震二爺來了再說。」語焉不詳，只有自己去推測，翠寶猜想，大概杏香跟曹雪芹的事，已經很明顯了；花燭未完，倒已有人等著當姨娘了，這自然會使媒人尷尬，對女家不大好說話。所謂「不便」的意思，如此而已，並不是說不要杏香了；曹雪芹不是那種寡情薄義的人。以後細問了杏香，越覺得所見不差，是曹震瞞著曹雪芹所作的處置；那個甚麼阿元是烏家派來的坐探，杏香自以暫避為宜。

杏香原是懷了一腮幫子的委屈回來的，雖有翠寶竭力勸慰，依舊將信將疑。但此刻心頭，卻是疑雲盡掃，重來是錯怪了曹雪芹；如果當時是有意躲開，眼前又何必自投羅網。

「來了！」

杏香耳朵尖，已聽得門外人聲；果然，不久聽得叩門的聲音，年前所用的僕婦去開了大門，門外是曹震，他是由仲四派了兩個夥計，前後打著燈籠走了來的。

翠寶、杏香一齊迎了出去；雙燈高照，卻只得一條人影，翠寶便問：「芹二爺呢？」

「在鏢局子裡等行李。」曹震大聲說道：「今兒真是慘不可言。」

「怎麼回事？」翠寶看著他身上問，「你穿的是誰的皮袍？下襬短那麼一截！」

「仲老四的。」曹震接著跟護送來的人道勞；打發他們走了，才進堂屋坐下，談路上所遭遇的意外，「魏升跟桐生，還在對付那輛車呢！行李裡頭有要緊東西，雪芹要在仲四那裡看著，倘或散了，還得重新捆紮，費事得很，今先就下來了。」

姑嫂倆都釋然了，「預備了消夜。」翠寶說道：「你喝著酒等芹二爺吧！」

將消夜的飲食擺了出來，翠寶伺候曹震喝酒；杏香坐在一旁，神思不屬地說話，只注意著大門外面。但聽到翠寶問起曹雪芹的親事，她自然而然地就暫且拋卻門外了。

「那烏都統夫人，是我們太太從小在一起的。烏二小姐是才女，眼界很高；雪芹居然讓她看中了。不過，這件事得要我們太太跟烏太太會了面，才能定局。」

「太太跟烏太太甚麼時候見面？」

「還不知道。」曹震喝了口酒，慢吞吞地說：「慢慢兒來！世界上凡是好事，沒有不慢的。」

翠寶聽出他話中，對杏香有暗示的意味，遂即湊合著說：「這大概就叫好事多磨了。」

「對了！看著挺好、挺順利的一件事，往往臨時就會起變化。不，」曹震緊接著改口，「不是變化，是有波折。」

「是啊！我想也不會變化。路子是不錯的，不過一下子就走到，得繞個彎子，那也沒法，只有耐著性了等。」

「不錯，耐性最要緊。好比遠長路，沒有耐性，就會心浮氣躁，越發走得慢了。如果有耐性，根本就不去想，要時候才能走到，反倒不知不覺地就到家了。」

兩人一吹一唱，整套話都是說給杏香聽的。言者有心而裝作無意，最能打動聽者的心，杏香在想，耐性也有個限度，好事多磨會把耐性都磨光！見了曹雪芹必得跟他討一個日子，耐性等到那一天？

「我不想再喝了。」曹震推杯而起；取出懷錶，掀開蓋子看了一下說：「二更都過了。」

「你不喝碗粥？」翠寶問說：「是拿野鴨子熬的。」

「我不餓！你們喝吧。」

「咱們喝！」翠寶跟杏香說：「明兒就不好吃了。」

於是姑嫂倆喝野鴨粥；曹震手持剔牙杖，在屋子裡一面踱方步，一面想心事。

就這時突然聽得有人叩門，杏香立刻停止咀嚼，側身靜聽；翠寶卻大聲喚道：「吳媽、吳媽，有人叫門。」

話雖沒有完，曹震已經接口：「我去！」隨即掀簾而出。

「剛才怕熬了粥沒有人喝，可惜；這會兒只怕又嫌不夠了。」翠寶問道：「如果三個人都來了，粥不夠怎麼辦？」

「我看看去。」杏香答非所問地往外走；翠寶便也跟了出去，站在走廊上等著看，來了幾個人？等了好一會兒才看清楚，只來了一個，是魏升；只聽曹震在問：「芹二爺呢？」

「行李散了！看著桐生跟車把式在捆行李呢。」魏升答說：「我怕二爺不放心，特為來說一聲。」

這時主僕居停都已進了堂屋；魏升向翠寶與杏香都招呼過了，聽曹震又問：「芹二爺甚麼時候來？」

「只怕不能來了！我還得趕回去幫著拾掇行李。」

「好吧！你趕回去好了。」

「是！」魏升答應著往後退。

「等等，」翠寶喊住他說：「喝碗熱粥再走。」

「是，謝謝翠姨。」

這就像自己家一樣，魏升逕自到廚房裡去喝粥。杏香卻格外體恤，「今兒晚上很冷。」她說，「讓他喝點酒，擋擋寒氣。」說完，從桌上拿起酒壺，又取了一碟風魚，去送給魏升。

「杏姑娘，」魏升笑嘻嘻地站起來，「多謝，多謝！」

「謝倒不用謝。不過，我問你句話，你可別跟我胡扯。」

一聽這話，就知道不能說實話了；魏升笑道：「杏姑娘先就疑心我了；倒像我騙了你多少回似地。」

「不多一回。上次你送我回來，我問你芹二爺提親的事，你說從沒有聽說過；那不是騙人？」

「這我就不用分辯了！我確是沒有聽說過，你楞說我知道，這跟誰分辯去？」魏升又說：「你想，那時候我跟震二爺到熱河才一天，跟何大叔一共沒有能說上十句話，怎麼會聽說過芹二爺提親的事？」

「那你現在是聽說了。」

「是啊！」

「好！你說給我聽聽是怎麼回事？」

這是個難題，魏升不知道那些話能說；那些話不能說？不過，剛才進門時，聽曹震教他的那套話，已可會意，少提「芹二爺」為妙，因此他只談烏家那方面。

「烏都統、烏太太、烏大小姐全看中了芹二爺；烏小姐一肚子的墨水平常人看不上眼，要考過了再說——」

「考甚麼？」杏香打幾他的話問。

「考芹二爺，做詩做對子；得考中了才提親。」

「原來考這個！」杏香不自覺地發笑，「王三姐拋彩球；烏二姐考女婿。」

「可不是嗎？少有出見的事！」

「那麼，考中了沒有呢？」

「你想？」

「考中了。」

「是的。」

「還有呢？」

「還有！」魏升搖頭作個苦笑，「我可不知道了；我知道的就這麼多。」

杏香不信，但又無法再多逼出他的話來，恨恨地說道：「我就知道你胡扯！」

「是不是！我就知道你會疑心我。我真的不知道，你讓我說甚麼？」

「好！那麼我問一句你一定知道的話，芹二爺這趟回京去幹甚麼？」

「不是去接我們太太嗎？」

先前應付得滴水不漏，這句話可露了馬腳；杏香心想，剛才問曹震，馬夫人跟烏太太何時見面？他說還不知道。明明都已經進京奉迎去了，何能不知？顯見得曹震是說假話。

要琢磨的是他為甚麼要說假話？杏香心想只有一個理由，根本就是他要把她跟曹雪芹隔離開來。這又是為了甚麼呢？

因為如此，想跟曹雪芹見面的念頭便愈迫切；於是，毫不考慮地說：「我託你捎個信給芹二爺，請他明天一大早就來。」

魏升心中一跳，這跟曹震交代的話，大為牴觸；曹震要他告訴曹雪芹，明天一大早就走。到時候杏香不見人到，追問起來，存心避她的真相就會拆穿，豈非大大的一場風波？

魏升考慮下來，認為只有一個應付的辦法，就是把杏香所託之事，透露給曹震；看他的眼色，再作道理。

於是他說：「杏姑娘，你先請回吧！你的話，我替你帶到。」

「一定要帶到。」

杏香猶自叮囑一句，方回堂屋；曹震已回臥室，翠寶正在收拾桌子，杏香上前幫忙，在燭光下突然發現翠寶眉宇間堆滿了心事似地，不由得一驚。

「怎麼啦？」她問：「你的氣色不大好。是不是——。」她想問：是不是震二爺說了甚麼？但怕曹震聽見，所以縮回去了。

翠寶不即回答，索性坐下來，摸一摸臉，然後支頤沉思——這是真的有了重重心事的樣子了。

杏香也坐了下來，湊近翠寶，低聲問道：「剛才震二爺說了甚麼？」

「一會兒我到你那裡去。」

顯然的，就剛才她跟魏升談話的片刻，曹震不知道談了甚麼足以讓翠發愁的事。那是件甚麼事呢？莫非她跟曹震之間，起了甚麼變化？

「二爺、二爺！」是魏千在外面喝。

杏香便去掀開門簾，放他進屋；曹震短衣趿鞋，亦從臥室中踏了出來。

「我要回去了。二爺還有甚麼話交代？」

「你告訴芹二爺，我明兒上午到鏢局子裡去。」

這就是搭話的機；魏升接口說道：「芹二爺明天上午會來。」說著微微使了個眼色。

主僕倆這樣眉目傳語慣了的，雖只是眼皮一眨，曹震已經會意，隨即問道：「芹二爺跟你說了的？」

「不是！杏姑娘要我帶信給芹二爺讓他明兒一早來。不過，」魏升轉臉對杏香說：「如果今兒晚上收拾行李麻煩，睡得遲，明兒一大早，恐怕芹二爺起不來。」

這是暗示曹震有這回事；但他會擋曹雪芹，至少不讓他一早就來，那時就有騰閃回轉的餘地了。

意會到此，曹震很從容地說道：「好吧！明兒早晨看，如果芹二爺來得早，我不必過去了，在這兒吃了中飯動身。」

這樣說法，看是安排妥當了，魏升辭去，曹震回臥室；杏香幫著收拾完了，亦回自己屋子，在燈下靜靜地喝著茶等翠寶，不過心裡卻一直在琢磨一件事，看曹震的神情，不像是他準備跟翠寶分手的樣子。

因此，當翠寶一來，她首先問到曹震跟她的事：「震二爺到底甚麼時候帶你到易州去？」

「不一定到易州。」

「到那裡呢？」

「他的意思，想跟他們家說清楚，把我接了回去。」

「那好啊！」杏香喜動顏色，「這真是件喜事！」不過馬上警覺，既是喜事，她眉頭何以沒有喜色，反有憂愁？

「好倒是好！有件事我可真為難了。」

「甚麼事為難？」

翠寶不作聲；然後抬頭看了她一眼，胸脯起伏，似乎要鼓起勇氣才能把她的話說出來；可是，結果仍是沉默。

杏香的臉色也變了！是何難事，如何艱於出口。急躁之下，不由得聲氣就有些粗暴了。

「你倒是說呀！甚麼要命的事，這麼為難？」

翠寶用歉疚的眼光看著她，突然，又低下頭去說：「算了！等一陣子再說。」

杏香把她這句話咀嚼了幾遍，終於辨出滋味來了；不過這滋味並不好受，不知是酸是苦？也不知道這酸苦的滋味，是不是該與翠寶相共？

「想來是礙著我？」她問：「震二爺怎麼說？」

話由杏香自己說破，翠寶自然發了一口氣：「我是不願意讓你受委屈。」她說：「我已經低三下四了；何苦又教人家把你也看低了。」

這是怎麼說？杏香想了一下問道：「你是說，曹家會看低了我？」

「你想，以我在曹家的身分，把你帶了去，人家會把你成甚麼人？雖說芹二爺——。」

「你別提他了！」杏香搶著說道：「如今我跟了你去，連陪嫁的丫頭都算不上；我不進他曹家的門，不是他家的丫頭，還不行嗎？」

「是啊！」翠寶附和著說：「所以我決定擱一擱，等芹二爺跟你的事辦妥了，咱們一起進他曹家的門。」

「哼！」杏香冷笑一聲，「你別作春夢了，那裡還有甚麼芹二爺跟我的事？震二爺早就算計好了，乾脆一句話，只要你，不要我！」

翠寶先不作聲，過了一會兒才說：「他不要你，我可不能不要你。」

「嫂子，有你這句話就夠了，不枉咱們姑嫂一場。你也是『泥菩薩過江，自身難保』，你就不用管我了，先打算你自己的事；你有了歸宿，我也放心。」

「那麼，」翠寶問說：「你呢？」

「我？」杏香內心茫然，老實答說：「這會兒那裡有甚麼好主意？反正『船到橋頭自然會直』，不能說一離了你，我連日子都不過了。」

「你一個人怎麼過？」

這才是翠寶要來談的事；聲馬彎弓，落入主題，就不必再多說廢話，她說她打算將杏香託付給仲四——當然，這也要靠曹震的面子；還有句沒說出來的話，曹震的意思是，讓仲四留意做個媒，將杏香嫁了出去；他願意送一份嫁妝。

杏香只聽她說，並無表示；自己在心裡琢磨，如何不受屈辱地一個人活下去？倘或真的想不出好辦法，最後一條路，便是照翠寶的話，暫時投靠仲四。

「妹妹，」翠寶催問著說：「你的意思怎麼樣呢？」

「我還在想。」杏香答說：「你不用心急，我既然許了你，不讓你為難，你儘管放心去辦你自己的事好了。」

翠寶臉一紅，「我只是不放心你。」她說：「反正你一天沒有安頓好；我一天不談曹家的事。」

魏升根本無意為杏香帶信；曹雪芹也不會睡得很晚，甚麼收拾行李原是子虛烏有之事，早睡早起，在漱洗時便在盤算如何派桐生去看杏香，傳達自己心裡的一番打算。

有一點是很明白的，有曹震在，桐生一去就會引起他的懷疑，而且怎麼樣也找不到跟杏香單獨談話的機會。想來想去，唯一的辦法是，讓桐生落後一步。

「看樣子總要吃了午飯才動身。等我跟震二爺上了車，你到杏香那裡去一趟。」

桐生已知道幹甚麼；平靜地答一聲：「是。」

「你跟杏香說，我不會丟了她不管，等我回京以後，我會想法了接她進門；請她耐心等著。」

桐生大不以為然，忍不住說道：「芹二爺，你能想出甚麼法子來？何必弄個空心湯圓給人家吃？」

「你怎麼知道是空心湯圓？我自然有我的法子。」

「那麼，芹二爺，」桐生盡量裝出合作的神情，「你是甚麼法子，能不能跟我說一說？萬一不大妥當，還可以商量。」

「我是找秋月，她一定有法子。」

他不能說找秋月無用，因為沒有理由。這樣，就沒有甚麼好說的了；桐生點點頭說：「好，我知道了。」

「把話說到了，你隨後趕了來。」

「那當然。」桐生心想，別說秋月，就是「太太」也未見得能有甚麼法子；多一事不如少一事，根本就不必去找杏香。

那知等曹震一來，曹雪芹忽然變了主意。原來曹震聽得翠寶告訴他，杏香如何負氣，既然已經有那樣決絕的表示，就不必再迂迴轉折地移花接木了，乾脆將杏香託付給仲四；當然，這件事還得跟仲四奶奶細談，所以一早就趕到鏢局來，曹雪芹聽說他跟仲有事商量，問明吃過午飯動身，而且不再去翠寶那裡了，心想這不是私下去看杏香的絕好機會？

於是，他喚了桐生來，悄悄說道：「我自己去一趟；回頭震二爺問起來，你隨便編個理由，可千萬別說我到杏香那兒去了。」

桐生不防有此變化；阻攔無計，只有出以要賴恫嚇的手段了。「芹二爺，」他說：「這件事我可不敢保險；震二爺的事，可沒有準譜兒，回頭心血來潮，要再看一看翠姨，撞見了可別怪我！」

曹雪芹聽他言語支離，神態又帶著些桀驁不馴，再想一想他過去的言語行動，恍然大悟，他也是站在曹震這一面的。當下有被背叛了的感覺，怒氣勃然茁發，但還是忍了一下。

「好，你這個猴兒崽子，你打算告密，讓震二爺隨後趕了來是不是？這會兒我沒功夫跟你算帳，反正只要震二爺知道了這回事，我就唯你是問！」

吳媽沒有見過曹雪芹，迎著臉問：「你這位少爺找那一家？」

「就找你家。我找翠姨。」

吳媽不知道翠姨是誰？她受雇在此，不明白主人家的情形，只知道「太太」、「姑娘」與「震二爺」；因而一下子愣住了。

曹雪芹以為話已說明白，應該可以進門；不道一腳踏進門檻，立即被阻，「你這位少爺，一定認錯地方了。」她說：「我們這裡沒有你說的甚麼翠姨。」

曹雪芹詫異，莫非真的認錯地方了，退後兩步認一認門；門框旁邊，梅紅箋上「曹寓」二字，還是自己寫的，何曾認錯？是了，他在想，這新來的老媽子不明就裡，不能怪她。

但正當要開口說明自己是誰時，一眼瞥見一條背影，不由得張口就喊：「杏香、杏香！」

杏香也是聽得人聲，出來探視，看清了是曹雪芹轉身就走；聽得他喊，不由得停步，但只是頓了一下，隨又拔足，而且走得更快了。

這一下當然驚動了翠寶，出來一看，大為驚異。「芹二爺，」她迎上來問：「你怎麼來了？」

吳媽這才明白，「翠姨」就是「太太」，趕緊開直了大門；曹雪芹一面踏進來，一面問道：「你們家是不是另外有堂客？」

「沒有啊！」翠寶不解地，「芹二爺怎麼無緣無故問這麼一句話。」

「不能沒有緣故。剛才我看見杏香的影子，叫她她不應，反倒走得更快了；所以，我才疑心你家另有堂客，是我看錯了。既然就是她，為甚麼不理我？必是對我有誤會了。」

翠寶一時無從作答，只說：「裡面坐。」

進了堂屋，翠寶為隨後跟進來的吳媽，解說了曹雪芹的身分；然後在吳媽張羅茶水時，她很快地一掀門簾，往外疾走，繞著回廊走向杏香臥室，想不到的是雙扉緊閉，推一推還推不開，是在裡面上了門。

「妹妹！妹妹！」她在門外喊。

「不必喊！」杏香在裡面答說：「我不想見他。」

真是如此決絕，倒是翠寶所想不到的；她躊躇了好一會又問：「你真的不想見他。」

「自然是真的。」杏香尖刻地說：「莫非自己人面前，還使手段，玩兒假的不成？」

翠寶聽出她話中有火氣，卻不知道她是發誰的脾氣？但有一點是很明白的，她跟曹雪芹見了面，一定會吵起來，不見也好。於是問說：「那麼，你有甚麼話要我告訴他？」

「沒有話！」

翠寶心想，這又不是真的決絕；真的打算決絕了，反而會平心靜氣，或者默不作聲，像這樣賭氣的態度，正見得她心裡拋不掉曹雪芹。

於是她說：「你先把氣平一平，我也不知道你那兒來的這麼大的火氣？這樣子對事情沒有好處。我先去問問他的來意再說。」

「問亦無用。」

翠寶不再答話，一路走、一路想，見了曹雪芹應該如何說法？如果據實而言，曹雪芹一定會自己來叫門，做低服小，說上一大套的話，也許杏香就會開門相見；這一來，又將如何？

想到這裡，覺得真的要好好琢磨了！曹震的主意，其實很不壞，她心裡在想；快刀斬亂麻，已經都下手了，就使勁，手一軟，斷不乾淨，反倒更不知怎麼辦了。

主意一定，自然就知道該如何處置；面對著焦躁不安的曹雪芹，翠寶顯得格外沉著，「芹二爺，」她說：「你說得不錯，杏香是誤會你了，而且誤會得很厲害。芹二爺，如今說空話沒有用處——。」

「絕不是空話。」曹雪芹搶著說：「我一定想法子，讓她跟我。」

「我也盼望她能在一起。不過，芹二爺，你應該有句實話。」

「怎麼叫實話？」曹雪芹搔著頭說：「我剛才說的，就是打心眼兒裡出來的話。」

「光有心願不成。我說的實話，是要芹二爺你規定一個日子，到底甚麼時候能把事情辦成？」

「這——，」曹雪芹囁嚅著說：「日子可沒法子定，得走著瞧。」

「瞧誰啊？」

「看看我們老太太的意思。」

「這應該容易定啊！」翠寶答說：「我聽震二爺說過，太太膝下就芹二爺你一個，向來說甚麼就是甚麼，只要太太一點頭，事情就算成了。當然，這得在芹二爺完花燭以後；不要緊，杏香可以等。」

「不是！」曹雪芹很吃力地說，「事情不那麼容易。」

「難在甚麼地方？不就是太太一句話嗎？」

曹雪芹無法改口——須求教於秋月。他只相信她一定有辦法；是甚麼辦法，何時辦成，皆無所知，這就根本談不上一句實話了。因此，他只能加重了語氣說：「反正我盡力去辦。能不能成功，有幾分把握，我一回京就知道了。」

「那好！」翠寶很快地接口，「包在我身上，勸得她回心轉意。今天她不願見芹二爺，就不必勉強她了；勉強見面，一碰僵了，反為不美。包裡歸堆一句話，只要老太太答應了，不愁杏香不姓曹；不然，就說上一籮筐的好話，到頭來還是免不了哭一場。」

曹雪芹覺得她的話，說得非常透澈；既然她作了保證，一定勸得杏香回心轉意，那就沒有甚麼不放心的了。如今要擔心的，只是秋月能不能想出斡旋難局的妙計？

送走了曹雪芹，翠寶順路又來看杏香；房間已經開了，因為曹雪芹已走，沒有理由再閉門了。不過，她雖不曾摒拒翠寶，卻仍舊繃著臉，而且不理不睬；翠寶不免心虛，將剛才自己跟曹雪芹說的話回想了一遍，沒有甚麼不妥，才比較泰然。

「我沒有讓他跟你見面。」翠寶一開口就這樣說；接著解釋原因：「怕你們吵起來，大家不好。我只是逼他上緊去辦你們這件事；只要他們老太太答應了，就算成功了，不過得等他完了花燭才能接你進門。如今倒是我——。」

翠寶故意把話頓住，臉上又是疑難的神色。杏香本來可以不理她；但既然她自己彷彿有了難題，看在姑嫂的分上，不能不問。

「你怎麼啦？」

「我說過，你一天沒有安頓好，我一天不談曹家的事；如今看樣子，你的事有著落了，就是要等一陣子。這一來，我就不知道該怎麼辦了？」

「怎麼叫你不知道該怎麼辦？」

「你想嘛，我自然要陪著你等——。」

「我明白了！」杏香打斷她的話說：「你不必管我；我早說過，你只張羅你自己好了。」

「你是這麼說，我又怎麼能丟下你不管。你也別一個勁兒顧自己說得大方；該倒過個兒，替我想一想。換了你是我，你也忍心這麼辦嗎？」

杏香不作聲，心理卻不免歉疚；原來只當她盡顧自己，專聽曹震的指使，現在看來是錯怪她了。從她臉上的表情，翠寶看出她的意思活動了；於是又說：「你如果體諒我，就該聽我一句話。」

「那一句話？」

「就是，」翠寶問道：「莫非你就不能在仲四爺那裡暫時住一些日子？」

「好吧！」杏香委委屈屈地回答。

「這才是我的好妹子。」翠寶言不由衷地，「你暫時忍一忍；反正將來咱們仍舊在一起。」

接著，翠寶便開始為杏香打算，應該帶那些衣物到仲家；因為她知道，仲四奶奶下午就會派人來接了。

到了下午，鏢局子倒是派了人來了，但要接的不是杏香，而是翠寶。

「恭喜你！」仲四奶奶笑道：「這一回真的要改口管你叫翠姨了。震二爺臨走以前都說了，只等杏香安頓下來，就會來接你進府；那時可別忘了我們。」

「四奶奶說那裡話！我跟杏香得有今天，全仗你們公母倆，拉了我們一把；以後也還要費四爺、四奶奶的心，那裡敢忘恩負義！」

「我是說笑話，你別認真。」仲四奶奶問說：「我不敢冒冒失失去接杏香，先得把你接了來談一談。你探過她的口氣沒有？」

「行了！」翠寶低聲說道：「今兒上午，芹二爺去過了。」

仲四奶奶微吃一驚，「他去過了！」她問：「她跟杏香怎麼說？」

「跟杏香沒有見面。」翠寶將經過情形，細細地說了一遍。

仲四奶奶是何等樣人，一聽就明白了，是翠寶故意不讓他們見面。心想，這也是個厲害腳色；將來仲四有許多要倚仗曹震庇護的買賣，如果她從中亂出主意，卻是可慮。

想是這樣想，辭色之間，自然絲毫不露；只說：「翠姨，你辦得很妥當。有件事不知道震二爺跟你說了沒有；他打算讓杏香做我的乾閨女。」

「這好啊！」翠寶大為贊成，「說是沒有跟我說；大概是臨時想起來的。」

「既然你說好，那就這麼辦吧！不過，杏香的意思，不知道怎麼樣？」

「我想——，」翠寶不甚有把握，「我想她應該樂意的吧！」

聽得這樣的語氣，仲四奶奶就慎重了，「翠姨，」她說：「你先探探她的口氣。」

翠寶的意思是，最好先把杏香接了來，相處日久，有了感情，自然水到渠成；此刻聽仲四奶奶這麼說，只好答應一聲：「好！我來跟她說。」

「說定了，咱們挑個日子，請請客。」仲四奶奶又說：「最好能讓震二爺也來；或者索性把你們姐妹倆的事，一起辦了，又熱鬧、又省事。」

這倒是個很妥當的安排，翠寶欣然贊成；很高興，也很客氣地告辭回家。當天晚上很宛轉地將仲四奶奶的一番好意，透露給杏香，問她的意思如何？

「我雖然苦命，也沒有隨便去認個娘的道理。」

一開口就碰了釘子，翠寶知道這件事棘手。這不算太意外，但沒有想到杏香的答覆是這樣直率。當然，應該怎麼來勸，她也是打了腹稿的，「這不是件壞事。成了母女，情分不同，甚麼話都可以說，方便得多了。而且，」翠寶說道：「仲四媽媽能幹是出了名的，你有了這麼一位乾媽，還怕甚麼？」

「我怕她太能幹了！」杏香答說：「如果只是暫住，我的事不用她管；一認了乾媽，她凡事替我作主，我不是處處受她的拘束？」

翠寶愣住了，沒有想到杏香的心思這麼深，這麼細；看起來曹震跟她的打算，恐怕要落空了。想一想只有不承認她的看法，「你也想得太多了！」她說：「仲四奶奶也是通情達理的人，不能胡亂替你作主；你說，你是甚麼事不願受她的拘束呢？」

杏香不肯說。她已經把整個情形通前徹後想過了；對曹雪芹根本就不抱甚麼希望，答應到鏢局暫住，完全是為了解除翠寶的困擾。只等她讓曹震接了回去，就隨時可以離開鏢局；杏香覺得此刻唯一掌握在自己手裡的，就是這一份自由，無論如何不能放棄。

「你說啊！」

「沒有甚麼好說的。」杏香想了一下答道：「像這種事，要彼此處得久了，她有意，我有意才談得到。冒冒失失地湊合成了，我固然受拘束，她覺得處處要盡到她做乾媽的心意，又何嘗不是拘束？總而言之，這件就算能行，也不是現在就能辦的。你別說了。」

翠寶默默無語；思前想後竟找不出一句能駁她的話，只能這樣問說：「那麼，你叫我怎麼回覆人家？」

「你跟仲四奶奶說，她的好意，我很感激；不過，我只是暫住一住，這件事將來再說吧。」

「我怎麼能這麼回答人家；那不是不識抬舉嗎？」

杏香聽她的話有些不大講理，知道她也詞窮了；與她平時的老練沉著，判若兩人，這一點實在很值得玩味。

這片刻的沉默，雖感難堪，但同時也讓翠寶能夠冷靜下來，自己也覺得不必操之過急，便即說道：「很好的一件事，別弄砸了。你多想一想，明天再說吧。」

說著，站起身來回自己臥室，雖然累了一天，神思困倦，但因有事在心，不想上床；於是將牙牌取了出來，撥亮了燈「通五關」，打算藉此將心事丟開，有了睡意，去尋好夢。

南屋的杏香，也是獨對孤燈，了無睡意；胡思亂想著最後落到曹雪芹身上，心裡在想，他此來當然是來看她的，能讓翠寶一番話說得他拋棄來意，而且從窗戶中望出去，走時是很滿意的神色，想來必是翠寶說了能讓他安心的話。不然，乘興而來，掃興而歸，就不應該是那樣的態度。

那麼，翠寶是說了甚麼使他能安心的話呢？她這樣在琢磨著，偶爾發現，翠寶屋子裡還亮著燈，心中不免一動，何不再找她去談談？

但此念一起，隨便就為她自己打消了；不為別的，只為自己覺得一直是倔強的，忽然洩了氣，倒像投降似的，多沒意思！

然而來自北屋的那熒然一燈，始終對她是一個無法抑制的誘惑；想來想去突然想通了，又不是甚麼不解的冤家，找她去談談，只要不談這件事，又有何妨？

於是，她悄悄開了房門，繞迴廊到了有燈光的窗下，輕輕叩了兩下。

「誰？」翠寶在問。

「是我。」

「啊！你還沒有睡。」

接著，就見翠寶站起來的影子；從聲音中聽出來，開臥房門，開堂屋門，將杏香接了進去。

桌上有一副散亂的牙牌和酒瓶、酒杯，還有一碟乾果；杏香詫異地問：「你怎麼想起來一個人喝酒？」

「不想睡，想弄點酒喝得迷迷糊糊好上床。」翠寶臉已經發紅了，「你怎麼也不睡呢？」

「你到仲家去了，我一個人無聊，睡了一下午；這會兒一點都不睏。」

翠寶答不下來，端起酒杯問道：「你喝不喝？」

「不喝。」

「你不喝，我也不喝了。」翠寶說道：「我剛才在想，我一回來，話還沒有說清楚，就弄擰了。應該先把仲四奶奶的話，詳詳細細告訴了你，再商量也還不遲。」

既然她自己談了起來，杏香樂得答說：「好吧，你這會告訴我好了。」

「仲四奶奶的意思，兩件喜事一塊兒辦，又省事、又熱鬧。」

「怎麼叫兩件喜事？是你的喜事，加上我認乾媽？」

「是啊！那不是兩件喜事？」

「喔！」杏香問道：「她的意思是，我暫時不必搬了去，等震二爺來接進京的那一天，我也就搬了去。」接著不等翠寶答話，便自己表示：「那倒可以商量。」

看她意思活動了，翠寶不肯放過機會，進一步追問道：「你的意思是，願意這麼辦？」

「是的。」

「就是我跟震二爺回去的那一天，你認仲四奶奶作乾媽？」

「不錯！」杏香埋怨她：「你好嚕囌。」

「要把這件事弄停當了，不能不嚕囌。」翠寶又說：「明天，我就這樣子回覆仲四奶奶了？」

杏香點點頭。翠寶的心算是定了；她沒有想到，眼看要成解不開的死結，不想急轉直下，三言兩語就說妥當了。這件事很痛快；一高興之下，不由得喝了一大口酒。

「你別喝醉！」杏香說道：「你喝醉了上床睡覺；我沒有人陪，怎麼辦？」

「我知道了，不會喝醉。」

「今天，」杏香裝作不在意似地問，「你跟人家說了甚麼，能讓他乖乖兒地就走了？」

「你是指芹二爺？」翠寶答道：「還不就是我剛告訴你的那些話，我催他趕緊回京去談你的事。我說，杏香這兒你別管，只要你把事情辦成了，你怎麼說，她怎麼聽，儘管放心好了。」

「你就那麼有把握？」

翠寶沒有聽懂她的話，「甚麼那麼有把握？」她問。

「我是說，你就準有把握，他怎麼說，我怎麼聽？」杏香說道：「他辦成功是他的事，我聽不聽是我事。」她忽然自心頭湧起一股怨氣，忍不住要發洩，「說實話，本來倒可以順著他的意思辦，就算委屈一點兒，也不是甚麼不能忍的。誰知道一波三折，說來就來，說走就走，要長要扁，盡由著人家的性子折騰。泥菩薩也有個火氣，總有一天讓他們曹家的人知道，我不是能隨人擺布的。」

翠寶心裡明白，這頓牢騷是針對曹震而發的；她覺得不表示態度最好，當下笑一笑，又喝一口酒。

發洩了怨氣的杏香，心裡自然舒暢些；但隨後便又有些失悔，覺得自己的話說得太滿、太硬，將來怕轉不過彎來。

「你們兄弟倆弄出這麼多花樣來！我真服了你們了。」秋月口發怨言，「招惹了麻煩，都來找我；倒像我有多大能耐似地。」

曹雪芹不作聲，只愁眉苦臉坐著，靜等秋月回心轉意。

「要不管呢，又怕看你犯愁；要管呢，真不知道從那兒管起？還有震二爺。」秋月又說：「他實在有點兒對不起你錦兒姐。」

「這，我倒不是幫著震二哥說話；他得了陵工的差使，修陵照規矩不能接眷，他一個人在易州山上怎麼辦？」曹雪芹又說：「翠寶跟了震二哥不是去享福；是去吃苦，代錦兒姐吃苦。」

秋月沒有接他的話，卻忽然問道：「我聽人說，你管翠寶叫翠寶姐，有這話沒有？」

「你聽誰說的。」

「這你甭管！只說有沒有這話好了。」

「反正不是魏升就是桐生說的。」

這便等於默認了，「認識不久，能讓你管她叫翠寶姐，想來是好相處的。」秋月沉吟了好一會說：「兩件事我許你一件；我幫你翠寶姐一個忙。」

「杏香呢？」

秋月早就在桐生與魏升口中，得知曹震的意向，以及他的處置，認為那是正辦；「棒打鴛鴦」，已成定局，曹雪芹卻還蒙在鼓裡，如今要琢磨的是，如何應付曹雪芹的一片癡心；是婉轉相勸，徐徐化解，還是來個當頭棒喝，趁早教他死了心。

考慮下來，覺得如俗語所說的「長痛不如短痛」，這就像拔牙一樣，只要有把握，自以速去病齒為妙。

於是，她冷冷地說道：「你別癡心妄想了，萬萬辦不到的事。」

語聲雖冷，卻能急出曹雪芹滿頭的汗，「怎麼你也這樣說？」他結結巴巴地，「我跟杏香的滿懷希望都寄託在你身上，只當你一定有好辦法；誰知道，誰知道——。」他驀地裡頓一頓足說：「這可真是束手無策了！」

見此光景，秋月心一軟，真想笑出來，但只要一出笑聲，就棒喝不成了；茲事體大，她終於硬起心腸，仍舊是那副「一笑黃河清」的面孔。

「也不能說束手無策，我教你一個法子，打太福晉那兒起，你挨個兒去問；倘或十位之中有三位說你該娶杏香，我就替你跟太太去說，怎麼樣也要成全你的心願。」

「這，這話怎麼好去問人？」

「原來你也知道這是開不得口的事！」

這才是當頭棒喝！曹雪芹開不得口了，只是心裡還是在想，只要秋月肯幫忙，總有辦法好想。於是他改了軟語央求，但剛喊得一聲「好姐姐」，就讓秋月截斷了。

「你說出大天來也沒用。我再跟你說了吧，就算太太答應了，我也要反對。」

這話說得曹雪芹一愣；心想，從來沒有見她有此霸道跋扈的態度，因而忍不住大聲問了句：「為甚麼？」

「為甚麼？你以為我敢不把太太放在眼裡？你錯了，我是憑仗老太太的遺命。」秋月將嗓子提得好高；用意是想讓前房的馬夫人也聽見：「老太太交代過，芹官須到三十歲，而且還要三十歲無子，才准娶姨娘。這話太太也聽見的。」

搬出這頂大帽子來，曹雪芹嘿然無語；但也不免懷疑，祖母生前是不是說過這話？

曹老太太何嘗說過這話？完全是秋月靈機一動，假託遺命；不過既然假了，就要假得像；略想一想，想到可以利用一個人：季姨娘。

「老太太是有一回看四老爺受季姨娘的氣；想到季姨娘平時惹的那些是非，才特為鄭重其事交代下來的。」

「那不同。」曹雪芹緊接著說：「季姨娘怎麼能跟杏香比？」

「老太太可沒有交代，倘或娶的人不像季姨娘那等不明事理，就可以通融。」秋月冷冷地說：「我只知道老太太既把你託付給我，我就得照老太太的遺命辦事。」

說到這樣的話，在世家大族是件極嚴重的事；除非當時就能提出很有力的理由與證據，推翻對方口中的「遺命」，否則便是承認；承認就得遵從，就算明知是「挾天子以令諸侯」，亦只有唯唯稱是。

而況，曹雪芹一向心服秋月；看她是有些發怒的神態，自然而然地想到了祖母在日，難得一發，而一發必使全家肅然悚然的情形，彷彿秋月此刻，便是祖母當年，不由得就把頭低了下去，雙手垂在雙腿之中，是那種束身待罪的樣子。

秋月卻有些不安了，因為曹雪芹對馬夫人亦從未有過這種尊敬的姿態。同時也想到，以自己的身分，對曹雪芹這樣說話，是不是太過分了些？就算真有這樣的遺命，亦應該請馬夫人來宣布；越過這一層以「顧命」自居，在馬夫人會不會覺得她是「僭越」了？

因此，她又把話拉回來，「當然！老太太不在了，太太是一家之主；凡事我亦須秉命而行。」她略停一下又說：「不但你這件事我做不得主，就是震二爺的事，我也要請示了太太，等太太點了頭，我才能到錦兒奶奶那裡去疏通。」

聽了她的話，曹雪芹卻未存幻想，以為自己可以直接去向母親乞求，猶有挽回的希望。秋月的決定，母親是一定支持的；而況還有祖母的「遺命」在。看樣子，還是得向秋月磨一磨。

打定了主意，便只訴自己的苦衷：「這件事都是震二哥一個人弄出來的，我是受了他的擺布。如今，他裝得沒事人似地，害我落個薄倖的名聲，教人家恨我一輩子，你想，我良心上過得去嗎？」

「沒有那麼了不得！你也不算薄倖，她也不會恨你一輩子。」

「你怎麼知道她不會恨我一輩子？你沒有見過她，見過她，就知道她的性情了。」

看來杏香的性情是剛強偏執一路，秋月越發像鐵了心似地，毫不為動；冷冷地說：「你別自作多情了。人家倒是很灑脫，提得起、放得下；根本就不是非當芹二姨娘不可。」

「咦！這話從何而來？」曹雪芹忍不住怒氣勃發，「必是魏升，還是桐生造謠；我得好好兒問他們。」

「他們那裡敢造謠；我也不會聽他們的話。」

「那麼，你的話是從那裡來的呢？」

「杏香自己在熱河跟震二爺表過心跡的。」

曹雪芹大為驚異，也似乎有些不能相信，急急問道：「她跟震二哥怎麼說？」

「她說，她並不想賴上誰，不過——」

「不過怎麼樣？」

「不過她覺得人心變得太快了一點兒。」秋月緊接著說：「這話可不是指你，是衝著震二爺說的，一會兒讓她到熱河，一會兒讓她回通州；成也蕭何，敗也蕭何，她只怨震二爺，沒有怨你。」

「不！不！」曹雪芹不斷搖頭，「我剛才告訴過你了，她一見我就賭氣躲開，這不是怨我嗎？」

「那可是沒法子的一件事。」秋月揮一揮手，作個截斷的手勢，「總而言之，言而總之一句話，你這件事辦不到！而且也不是甚麼麻煩得不可開交的事。境由心造，作繭自縛；好不容易人家幫你斬斷了這一縷似續還離，沒有著落的情絲，你又何苦非沾染不可？如果你連這點小事都擺脫不開，倒試問，你將來還能辦甚麼大事？」

這是師長才有的教訓，秋月說到這樣的話，也有萬不得已。而在曹雪芹則是絕望之外，還有慚愧與警惕；與杏香重圓好夢的心算是死了，想到的只是如何彌補歉疚。

於是他定定神說：「好吧，咱們談談不帶感情的話；只按一般情理來說，應該怎麼樣安撫她？」

「這倒是一句正經話。」秋月點點頭說：「在這上頭，我不能不替你盡點心。不過，這會兒我沒法子告訴你，等我好好想一想。」

「還有，震二哥的事，怎麼說？」

「你有說你那『翠寶姐』的事？」秋月笑道：「『皇上不急太監急！』」停了一下她又說：「這要看震二爺的差使到底成不成？萬一不成，得另外有個說法，反正這件事我答應了，一定有擔當。」

於是，這天晚上，秋月跟馬夫人一直談到深夜，馬夫人知道她假託遺命的苦心，不但沒有怪她，而且還很誇獎了一番。但談到如何慰撫杏香，卻以對她的情形，幾乎一無所知，無從籌畫，必須先問了曹震，再作道理。至於翠寶的事，馬夫人也同意秋月的看法，等曹震的差使定局了再擺明了辦，方是名正言順的正辦。

「真正要緊是，芹二爺的親事。」秋月問道：「太太打算甚麼時候動身，得趕緊定下來，通知烏家；怠慢了人家可不大合適。」

「如今怎麼定？總得把那兩件辦妥了，我才能動身。」

「太太說得是。」秋月從容答說：「不過大概的日子，是可以算得出來的。聽說震二爺這幾天忙得不可開交；差使成不成，似乎也該有確實信息了。」

「嗯！」馬夫人點點頭，「你明天去看看錦兒，看她怎麼說？」

「是！」秋月答應著又說：「依我看，這兩件事，一個月之內，一定可以辦妥；那時候天氣也暖和了，太太不如就定了三月下半月動身，讓芹二爺先寫信給四老爺，轉告烏家，大家都好放心。」

馬夫人想了想說：「好！就這麼辦。」

第五章

如曹震所設計的，高其倬告病解任；將江蘇巡撫印信交了給藩司護守，靜等由漕運總督調任的顧琮來接收以後，緊接在奏報起程回京日期的摺子之後，悄悄地到了京裡。

他的行程，來保是知道的；為了照顧曹震，特為派他接待高其倬，這就是他「忙得不可開交」的緣故——高其倬到京，公私兩方面都是曹震為他安排奔走。

宮門請安以後，謁陵剛剛回鑾的皇帝，擱下了好些亟待裁決的大事，在養心殿召見高其倬，垂詢了整整一個時辰之久。

「皇上問我，原來打算給怡親王的那塊地，到底是中吉，還是上吉；如果不會看錯，真是中吉之地，以怡親王的身分應該居之不疑，何以堅辭不受？這話，來大人在蘇州就問過我；我跟他說：我不知道怡親王是何用意。這回進京，一路上我都在琢磨這件事；想來想去，或許是這麼一個緣故，怡親王怕葬在那塊中吉之地上，衝斷了龍脈。不過，這不是不能明白回奏之事，何必那樣張皇？」高其倬向曹震問道：「老弟，你說是不是呢？」

「大人的稱呼，真是不敢當。」曹震答說：「請大人直呼其名好了。」

高其倬想了一下問：「你別號是那兩個字。」

「賤號通聲。政通人和的通；聲聞於天的聲。」

「好！我就不客氣叫你通聲了。通聲，你說我剛才的話如何？」

「大人說得極是。」曹震答說：「怡親王辭那塊中吉之地，必是有甚麼不便明言的苦衷。」

「不錯，正是這話。」高其倬點點頭：「因此，我跟皇上回奏：得到泰寧山細細看了，才能考查出緣故。通聲，」高其倬略略放低了聲音說：「我拜託你一件事。」

「大人言重了，儘管請吩咐。」

「怡親王有個門客，姓鍾；泰陵的穴，是他定的。姓鍾的已經去世了；聽說他有個兒子，已得父傳，不知道此人現在何處？我想找他來談一談。」

「是！」

「還有，這件事以私下打聽為宜。」

「是，是！」曹震急忙答說：「請大人放心，我識得其中的利害關係。」

於是曹震託內務的一個好朋友，輾轉打聽，很快地有了結果；那人名叫鍾永明，原籍江西，繼承父業，以堪輿為生。此刻為保定一家富戶請了去相陽宅，不知那一天才能回來。

「怎麼辦呢？」高其倬大為躊躇，「此非數日可了之事，而我──。」

話雖沒有說出來，也能猜想得到，他急於了解其中奧祕，以便覆命。所以曹震自告奮勇，「大人不必著急，」他說：「我趕到保定去，好歹把姓鍾的請了來。」

「能請來最好；有些情形，非當面細談，莫知端倪。不過，富家延請地理先生相看陽宅，卑詞厚幣，只怕他不好意思先走。」高其倬想了一下說：「萬一不能來，請他照我所問，逐條回答。我此刻就寫信，勞你的駕，辛苦一趟。」

高其倬當時便寫了一封信，對當日鍾永明之父，在泰陵定穴的經過，假設了許多疑問，一條一條列出來；封緘嚴密，面交曹震，並有一番交代。

「請你跟鍾某人說，不是他父親定的穴，有何不妥之處；叫他不用怕，不會有甚麼麻煩，只要據實回答即可。同時，要他務必保守祕密。」

曹震在路上盤算，「叫他不用怕」，便意味著會有可怕之事。鍾永明一聽這話，不但不會來，而且很可能不會據實作答。這件事要辦得漂亮，須要個小小的手段。

於是到了保定，先在糧台上落腳，打聽到了鍾永明的居停之處；備一份帖子，登門拜訪。

他是故意耍了排場的，一輛簇新車圍、「銅活」雪亮藍呢後檔車，前有「頂馬」，後有「跟馬」；魏升另騎一匹，傍車而行，看著將到大門，一抖韁繩，搶到前面去投帖。

那家富戶姓蒯，以燒鍋起家；保定城裡提起「蒯燒鍋」，幾乎無人不知。他家的下人自然見過世面；一看魏升滾下馬，趕緊上來兩個人，一個接過韁繩；一個便含笑動問：「二爺貴姓？」

「我姓魏。敝上內務府曹二老爺，特為來拜訪鍾先生。」

「是，是！鍾先生在。」那人說道：「曹二老爺的轎子，請抬進去吧！」

說完，接帖進去通報，鍾永明正跟蒯燒鍋在花廳上談論新造住宅的風水；聽說是內務府的官員，又聽說氣派非凡，不敢怠慢，急忙迎了出來，曹震恰好在大廳簷前下轎。

彼此一揖，通了姓名，互道久仰；曹震見那鍾永明三十左右年紀，一臉精明之氣，便知自己那套小小的手段，必能奏效。

「曹二老爺，請裡面坐。」

「謝謝！」曹震從容說道：「跟貴居停未見過面，不便冒昧相擾。此來有幾句要緊話跟老兄談，談完了就要告辭。」

「敝居停亦很仰慕的，等我來引見——。」

「不，不，謝謝。」曹震搶著說道：「咱們就立談數語好。」

「那麼請吩咐。」

「江蘇巡撫高大人，見過沒有？」

「沒有見過。不過先父承高大人不棄，倒是追隨過一陣子。」

「高大人也提過令尊，頗為傷感。」曹震緊接著說：「他此番告病回旗，有好幾家王公，爭著要請他踏勘陰宅，急於請一位幫手。知道老兄盡傳家學，是尊公的跨灶之子，特為派我來延請老兄去幫忙。」

鍾永明又驚又喜，能為王公大臣勘定陰宅，又是為鼎鼎大名的高其倬做幫手，不但這一回能收好幾份重禮；以後又何愁名不盛、利不厚？

不過，有一層難處是蒯燒鍋之事未了；想了一下，微皺著眉說：「承高大人抬舉，感激不盡。我想請曹二老爺回覆高大人，我盡快把這裡的事趕完，立刻進京，替高大人去請安。」

「喔，受人之託，忠人之事；老兄大概還要多少日子，才能趕完。」

「總得半個月。」

「這太久了。高大人恐怕等不及。」曹震略停一下，「我跟老兄素昧平生，但既能讓我專程來會一會，總算有緣；我倒捨不得老兄坐失大好機會。這樣吧，老兄先跟貴居停告三、五天假，進京見了高大人，把事情說妥當了，那就別說半個月，一個月也不要緊；高大人剛剛到京，應酬極多，也總得個把月才能敷衍得下來。現在要緊的是，要把事情敲定，老兄懂我的意思不？」

「懂！懂！」鍾永明一迭連聲地答應著，「初次幸會曹二老爺，你老這麼看顧我，我真不知道要怎麼說才好。」

「言重、言重！」曹震說道：「我原先替定邊大將軍平郡王管糧台；如今平郡王的大將軍雖已交了出去，這裡糧台，都是我的舊部，車馬夫子都現成的；老兄能不能明天一早就動身？」

「是！是！我跟敝居停說一說，反正三五天即回，誤不了他的事。準定明天動身好了。」

到第三天回京，曹震先將鍾永明安置在客棧，隨即便去見高其倬；將他給鍾永明的信，原封不動地遞了上去，還有一番說詞。

「大人既然交代，能面談最好；我想，像這些事，大人留了筆跡在外頭，也不妥當，所以我把鍾永明搬了來。不過有句話，得先跟大人稟明，要請大人包涵；我是把他誆了來的。」

曹震說明經過，還請了個安，表示要請高其倬替他圓謊。

既欣賞他幹練能辦事，又嘉許他誠實不欺，高其倬深為滿意，著實誇獎了他幾句；又說：「你也不算騙他；反正王公大臣之中，總少不了有請我看地的人，我將來用他就是。」

「那就更好了。」曹震問道：「大人打算甚麼時候讓他來見？」

「這會兒就可以。」

「是！我馬上帶他來見。」

於是曹震一面派魏升去接鍾永明；一面在僻靜嚴密、當作高其倬書房的那間屋子裡，備下了精緻的酒果，靜等客到。

鍾永明是穿了官服來的，原來他也捐了個七品功名在身上；暖帽上黃橙橙簇新的一顆金頂子，頗為耀眼。問起來還是捐的一個縣官；曹震便改口稱他「鍾大老爺」；連聲道歉：「失敬、失敬！」

「曹二老爺——。」

「不，不！」曹震急忙阻止，「這個稱呼萬不敢當。」

「彼此，彼此！」

正在謙讓的當兒，高其倬進來了；鍾永明隨即磕下頭去，高其倬趕緊雙手扶起，又命自己的聽差取便服來替「鍾大老爺」換。客氣了好一會，方始坐定；曹震知道應該告退了。

「通聲，你一起坐吧！」高其倬說：「你也仔細聽聽，過幾天陪我上山。」

有他這句話，曹震便知陵工差使十拿九穩了。當下抖擻精神，在盡做主人道理的同時，用心聽他們談論。

高其倬談堪輿，當然是從相傳為唐朝一個外號為「救貧先生」，僑寓江西的楊筠松所著，上卷名為〈撼龍經〉，中下卷名為〈疑龍經〉的這部書談起。鍾永明看過這部書，但亦只是看過而已；好的是他的虛心與恭敬，讓高其倬覺得孺子可教，頗加稱許。

漸漸提到泰寧山皇陵定穴的經過，這時就是高其倬聽鍾永明談了；他談得很仔細，而且不時用牙箸蘸著酒，在紅木桌面上畫圖。雖然定穴是他父親主持，而動手的卻是鍾永明，因此，對於高其倬所提出來的疑問，都能詳詳細細地解答。

高其倬一面聽，一面回憶泰寧山的形勢，找不出定穴有何不妥之處；便將話題一轉，談到怡親王的墓地。

「皇上曾經打算拿泰寧山的一塊中吉之地，賜給怡親王。」他說：「那塊地我也看過，因為不算頂好，就沒有多看；不知道令尊看過這塊地沒有？」

「看過。」鍾永明答說：「怡親王看皇上有這意思，特為叫先父去細看；我是伺候了先父去的。」

「喔，」高其倬故意閒閒地問：「令尊看了怎麼說？」

「先父說：這塊地在平常人家，是上上吉地；怡親王的身分而論，也是相稱的一塊好地，是大富不絕之穴；不過只有兩個年分好葬，一是卯年，一是未年。別的年分不是不吉，就是妨害主穴。」

「嗯、嗯。」高其倬又問：「怡親王怎麼說呢？」

「我只聽怡親王說：這塊地不合我用。是不是還有別的緣故，不想要這塊地，我就不知道了。」

高其倬卻已經大有所悟了。不過，他沒有再談怡親王的墓地，卻跟鍾永明討論葬法跟方位——地理有三科，但通人認為只有兩科，一科是形勢，一科是方位。高其倬善看形勢，鍾家父子卻是看山向、講方位的專家，連帶也要講二十四種葬法。高其倬畢竟只是書本上的學問，談到這些實務，倒是向鍾永明很討教了一些東西。

「通聲，」高其倬在曹震送走了鍾永明以後，很高興地向他說：「怡親王為甚麼不肯要那塊中吉之地，我知道其中的緣故了。」

「喔、喔，」曹震答說：「請大人倒跟我說一說，讓我也長點見識。」

鋼才鍾永明不是說，只有卯、未兩年可葬，怡親王等不到那麼久。想來你總知道，那時候怡親王操勞過度，身子虛弱至極，自知不久了；那年是庚戌，第六年乙卯，就是今年。未年更在四年之後，親王薨逝，何能等五六年才安葬？這話還不能奏明，奏明了皇上為難；是等到卯年再葬呢，還是不等？當然要等；可是風水到底是風水，說為了卯年下葬方始吉利，拿怡親王的靈柩淨厝好幾年，有悖入土為安的古訓，上諭上如何措詞？」

「是、是！」曹震的得失目前繫在高其倬身上，見他解消了難題，自然也很高興；當下問道：

「大人是馬上覆奏呢？還是得到陵上去走一趟再說？」

「皇上很惦念這件事，我想明天就進宮。通聲，託你跟方章京聯絡一下看。」

方章京是指方觀承。曹震答應著立刻到方家去了一趟；回來向高其倬覆命，說皇帝明天上午，親自挑選已成年而未封的近支親貴為侍衛，不知何時才能畢事；最好後天一早進宮，等皇帝召見了總理王大臣以後，他會安排「叫起」。

「這也好。我原打算面奏以外，再詳詳細細寫個摺子；有明天一天功夫盡夠了。」高其倬又說：「不過，我要找個人替我抄一抄摺子，你有妥當的人嗎？」

「有、有。我讓舍弟來當差。」

「有令弟幫忙，那是再嚴密妥當不過。」高其倬欣然說道：「上午我拿底稿弄出來，請令弟下午來好了。」

曹震答應著，派魏升去通知了曹雪芹；第二天近午時分，親自將他接到高其倬的行館，辦完了事，又親自送他回家，少不得要給馬夫人去請安問候。

「事情辦妥。」馬夫人問說：「沒有出錯吧？」

「怎麼會出錯。」曹震代為答說：「雪芹在熱河，辦奏摺辦過好兩回了。」

「喔，」馬夫人又問：「你的差使怎麼樣？定局了吧？」

「定局還談不到。不過，也差不離了。」

「到甚麼時候才有準信兒呢？」

「那要看明天高制軍進宮以後的情形了。順利的話，三兩天就有準信兒。」

「一有了準信兒，馬上告訴我。」馬夫人緊接著又說：「等你的差使完了，我才能定動身的日子。」

曹震答應著，又說了些閒話，方始告辭。第二天一早，陪著高其倬進宮；先在九卿朝房將他安頓好了，然後到內奏事處找到相熟的孫太監，請他派人去通知方觀承，說高其倬正在宮門待命。

事情很順利，不過一盞茶的功夫，便有御前侍衛到九卿朝房，將高其倬帶到養心殿；曹震便在隆宗門等候。這一等，等了足足一個時辰才等到。

看高其倬的臉色，便知奏對稱旨；果然，等曹震迎到面前時，見他匆匆說道：「皇上交代，我馬上得去見恆親王；明天還要上山去看定的穴，我還不知道怎麼走法，又要費你的心了。」

「是，是！」曹震急忙答說：「大人不必操心，我會料理。」

「勞駕，勞駕。」高其倬又問：「鍾永明走了吧？」

「是的，昨天就走了。」

「能不能再找一找他？總還有用得著他的地方。」

「要用他得在半個月之後，不知道日子上怎麼樣？」

「行！」高其倬躊躇了一會說：「還有好些話，等我回來再談吧！」

這便證實了早先的消息，確是派恆親王主持陵工——老恆親王允祺行五，與先帝同年；他與先帝所痛恨的皇九子允禟同為宜妃所出，但弟兄性情不同，允禟剛強幹練，而允祺和平庸弱，從小跟先帝在一起時，便顯得對這個同年的哥哥，敬畏如對長兄。所以先帝得位，猜忌手足，唯獨對允祺很放心；只是過於老實無用，所以不能派甚麼差使給他。

雍正十年閏五月，革去誠親王爵，圈禁在景山的三阿哥允祉，與恆親王允祺相繼下世，而恤典不同，允祉並未復爵，只照郡王例殯葬；對恆親王則輟朝三日，加祭二次，諡號為「溫」，是皇帝即位十年以來，他的同胞手足中，死得最風光的一個。

襲爵的是恆溫親王的次子弘晊，謹守家風，為人處世，以事事小心出名，因為如此，當今皇帝才決定派他監修泰陵。當高其倬到達時，恆親王已接到宗人府的通知；但他認為未曾親奉上諭，而親王向不接見內外官員，因而高其倬的「手本」遞了進去，竟被原封不動的退了回來。

高其倬大感意外，命隨行的跟班去問王府護衛，何以不見，碰了個釘子回來，道是：「王爺不見就不見，用得著有理由嗎？」

「我，」高其倬親自去打交道：「我是奉皇上面諭，來見王爺的。」

「高大人，」那護衛不亢不卑地答說：「你老官至總督，總知道王府的規矩。若說奉旨來見王爺，應該御前侍衛送了來才是啊！」

「啊！啊！」高其倬失悔了，「有位姓王的御前侍衛，倒是要送，我辭謝了。早知有這麼一個規矩，我就不會跟他客氣了。」

那護衛淡淡的一笑，大有「姑妄言之，姑妄聽之」的味道。高其倬明明是奉旨，卻拿不出證據來，心裡窩窩囊囊地很不是滋味。

正在這進退維谷、大感困窘的當口，曹震趕到了；他是來接高其倬的，不道高其倬還在門房裡，問知經過，再看一看那護衛的臉色，心中有數了。

「高大人，王府的規矩不可不遵。」他故意提高了聲音說：「你老先請。」說著使個眼色，拉一拉高其倬的袖子，一起退了出來；走到車後，避人商議。

「大人略等一等；我去投帖。」

他從跟班手裡接過拜匣，到自己車上鼓搗了一會，復又回至高其倬那裡，領著二次登門。

「卸任江蘇巡撫高大人，奉旨來見王爺。」曹震將拜匣遞了過去，「有手本在此。」

「光有手本不行啊！」原來的那護衛說。

「是！除了手本，還有別的。尊駕打開拜匣就知道了。」

其實，不打開拜匣也知道了。這拜匣是那護衛第二次經手，前後分量不同，估量內中有個二十兩銀子的門包。於是將匣蓋掀開寸許，一瞥之間，證實了估計。

「尊駕貴姓？」曹震問說。

「複姓歐陽。」

「歐陽兄，」曹震說道：「你倒想，甚麼事可以開玩笑吹牛，這奉旨也能假的嗎？除非不要腦袋了。高大人今天進宮，為泰陵的事，跟皇上面奏；奉到上諭，即刻來見恆親王，見過了明天一大早還要趕到陵上去吶。你就勞駕一趟，跟王爺回一聲兒。」

那護衛點點頭先問：「尊駕貴姓？是在內務府當差吧？」

「是的，敝姓曹，行二。」

「曹二爺，話不說不明，你這麼說開了，事情不就辦成了。楞說要見王爺，又問為甚麼不見；我可就懶得跟他多說了。好吧，你先請高大人進來坐一坐，我馬上去回。」

由於二十兩銀子的力量，高其倬很快地就見到了恆親王弘晊。品官見親王須下跪；而且清朝的親王，跟唐朝的宰相一樣，所謂「禮絕百僚」，受禮而不須答禮。但行過此禮以後，恆親王卻很客氣，親自起身讓座；他自己是坐在炕上，讓高其倬坐在客位之首的一張紫檀大理石「太師椅」上，微微俯身向前，傾聽客語，是一種很尊重的姿態。

「皇上交代，要我來面見王爺；泰陵的工程，由王爺一手主持，我是備顧問的。王爺有所垂詢，盡請明示。」

三十歲的恆親王，音吐沉著，一臉的老成持重，「自從怡賢親王懇辭先帝所贈墓地以後，外面風風雨雨，很有些閒話。」他慢吞吞地說：「皇上派我主持陵工，第一件要清清楚楚、明明白白弄清楚的事，就是到底泰陵是不是萬年吉壤；定的穴妥當不妥當？還要請高大人指教。」

「王爺言重了。」高其倬答說：「就京西來說，只有泰寧山是萬年吉壤；定的穴，亦很妥當。今天我進宮，是跟皇上回奏，怡賢親王為何堅辭那塊中吉之地的原因；皇上已經放心了。」

接著，高其倬將其地雖吉，一時卻不能用；拿〈撼龍經〉上「地吉葬凶禍先發，名曰『棄屍』福不來」的道理，細細講解；恆親王很用心地聽著，還不時提出疑問。到得聽完，已無疑義；神態中對他的解釋，深表滿意。

「定穴的奧妙在那裡，我不懂，『知之為知之，不知為不知，是知也』，這個知，就寄託在高大人身上了。你怎麼說，我怎麼聽；我的責任，就是看著大家，能照你的話做，一點都不能變動。」

「譬如，」恆親王想了一下說：「這麼說吧，你挑的是辰初一刻三分，梓宮下金井，我就釘住這辰初一刻三分，早一分、遲一分都不行。至於這個時刻挑得好不好，那就是你的事，不是我的事了。」

高其倬聽得這話，頗生警惕；恆親王辦事，持著守住自己分際，辨明本身責任的宗旨，與他共事，也要像他那樣認真才好。

「至於陵工的用人用錢，我概不過問。」恆親王突然問道：「皇上派了你沒有？」

這是指辦陵工而言；高其倬答說：「除了王爺以外，派的是內大臣海公總辦。」

「喔，是海望。好。」恆親王又問：「高大人你呢？皇上怎麼交代？」

「皇上交代，讓我來見王爺，備顧問。」

恆親王點點頭，沉吟了一會說：「咱們遵旨辦事，你未派陵工，只給我當顧問；那就是只有你我兩個人打交道。要用甚麼人、要花多少錢，我都讓海望去管；不過用人很有關係，你如果覺得誰該用，誰不該用，你告訴我，我來交代海望。假設說，該用這個人，海望不用，出了事，我參他；照你的意思，用了這個人，如果出了事，我就不能參他了。」

不參海望，自然是參保舉的人；高其倬心裡在想，曹震當然要保薦；但他會不會出事？會出甚麼事，卻須預先顧慮。

這一層，高其倬很快地就想通了。他久任督撫，京裡的規矩，不甚熟悉，以致才有辭謝御前侍衛相送，無法證明他是奉旨來見恆親王的窘境發生；至於官官相護，聯絡一氣的情形，無處不然。他看得多了，胸中自有丘壑。

他心裡在想，以曹震的精明強幹，自然識得輕重；恆親王所重視的是陵工要一點一畫照規矩辦，至於該用多少工款，他不過問。曹震如果出事，亦無非是浮報工款；而這又必是與海望說好了才能下手的，根本不會出事。

於是，要考慮的是，此刻就保薦，還是看一看再說，這也容易決定，不必亟亟，謀定後動為宜。及至告辭出府，與曹震各坐一輛車回行館時，他的想法更透澈了；保薦曹震根本不必託恆親王，直接向海望提出，反可避去「拿大帽子壓下去」的嫌疑。如果海望不識趣，那時再請恆親王「交條子」，海望就無話可說了。

事情很巧，回到行館，剛剛換了便衣坐定，待與曹震細談會見恆親王的經過時，忽然門上報：「戶部海大人來拜。」

海望由內大臣兼戶部尚書，雖是後輩，但以目前的官位而論，較高其倬為高；又是天子近臣，自然應該具衣冠肅衣冠；那知海望已經等不得了，「章之、章之！」他一路喊著高其倬的別號，逕自闖了進來。

「海公、海公，」高其倬在屋子裡高聲答說：「容我換公服迎接。」

「換甚麼公服，我也是便衣。」說著，海望已經踏了進來，一看打簾子的是曹震，便又說道：「通聲也在，好極了。」

曹震不知道他所說的「好極了」，是何意思，只很客氣地代盡主人之禮；等海望與高其倬相互招呼坐定，才悄悄退了出去，卻未走遠，只在廊下靜聽。

「見了恆王了？」海望問說。

「是的。」

「章之，我這趟差使，你看在老朋友的份上，得要多幫我一點忙；不然，我怕頂不下來。」

「言重，言重！」高其倬說，「不過，海公，我有一層難處，要請你體諒。」

「甚麼叫體諒？你的難處，就是我的難處；話說回來，我的難處，也就是你的難處，咱們商量著辦。」

「難就難在我不便跟你商量。恆王的性情，你是知道的，一絲不苟，界限劃得很清楚，他說：『咱們遵旨辦事，你未派陵工，只給我當顧問；就只有你我二人打交道。』又說：要用甚麼人，告訴他，他來交代足下。海公，你想，我的處境不是很為難嗎？」

「沒有甚麼為難，你有甚麼意見，儘管先交代我；我辦妥了，你就不必告訴他了。或者先告訴我，讓我心裡有個數兒；過後你再告訴他，讓他交代我。這樣子，辦事不就順利了嗎？」

高其倬故意想了一下答說：「好！我遵命就是。」

「老哥兒們，說甚麼遵命不遵命！章之，我有幾件事，要跟你商量，請你指點。」

「是，是！請吩咐。」

「第一，大葬的日子定了沒有？」海望說道：「我聽欽天監懂地理的人說，以山向而論，今年九月裡最好；是嗎？」

「是的。」

「可是，九月裡怕來不及。」海望問道：「往後一點，還有那個月份好？」

「那就是明年三月；不過不如今年九月。」

海望聽得懂這話，左右望了一下，低聲說道：「你不能說成一樣好嗎？」

高其倬覺得茲事體大，不敢隨便允許；而且也不知道他還有甚麼要求，所以決定先把話宕了開去。

「有第一，總還有第二吧？」

「要等第一有了結果，我才能說第二。」

「這又是何道理？」

「章之，我老實跟你說吧，」海望先浮起一層歉疚的神色，「如果明年三月不行，非今年九月奉安不可，我就要把老大哥你給留下來了。」

「這話，海公，我可不明白了；請道其詳。」

「我剛才說了，九月裡怕來不及，如果一定要趕那個月份，只有添人手；而且是要很內行、很能幹的人。章之，」海望笑一笑，略停一下說：「章之，你明白了吧？」

高其倬恍然大悟；也有些生氣，海望是打算用要脅的手段逼他選定明年三月大葬；否則就要奏請添派他為「恭理泰陵事務大臣」，那一來，起碼得在明年三月以後，才能外放；甚或留在京裡，補為尚書。做京官到底沒有當督撫舒服，這一層關係不小。

考慮下來，已打算跟他妥協；但就此改口，便是屈服，畢竟心有未甘，因而仍舊用的是「宕」字訣。

「第三呢？」

「第三就得跟你要人了。」

高其倬點點頭問說：「沒有別的了吧？」

「就這三點。」

「好！」

高其倬有了很好的主意，「第三點，我樂予遵辦，保薦一個又能幹、又妥當的人給你。」

「誰？」

「人就在這裡；平郡王的至親。」高其倬站起身來，往外便走。

一直在窗外靜聽的曹震心裡明白，高其倬是親自來找他，要為他正式舉薦給海望；急忙走開幾步，臉望著空中，裝作只是在廊下待命，並未在窺伺似地。

果然，高其倬喊了，「通聲，通聲！」他說：「你來見一見海大人。」

「原來你是保薦曹通聲。」海望說道：「我原來也就要請他幫忙的。」

「那就再好沒有了。」高其倬轉臉向剛進門的曹震說道：「海大人跟我要人，我想你應該到陵工上去效勞；那知道海大人也有這個意思，足見是人才，到處都吃香。」

「兩位大人過於誇獎了；多謝兩位大人的栽培。」說著，曹震撩起下襬，蹲身下去，很漂亮地請了個「雙安」。

「通聲，」海望說道：「你寫個履歷給我，我好叫人下札子。」

「是。」

「你在北路糧台上還有差使沒有？」

「已經交卸了。」

「那好。」海望說道：「你可以在陵工上多出點力。」

「是！理當盡心盡力。」

「你坐下來。」海望又說：「咱們好好兒談一下。」

於是，曹震在下首坐了；聽海望問他，易州是否熟悉；可認識那個木廠的掌櫃，以及好些土木工程上的事。談得十分起勁，倒將高其倬冷落了。

曹震一面應對，一面想到天色將晚，應該留海望吃飯，便等交談告一段落之時，起身說道：「海大人如果沒有應酬，就在這裡便飯吧！」

「有兩個應酬，我回掉了；今兒原是打算跟我們高老大哥好好來談一談的。」

「那麼，請兩位大人談正事吧！我去預備。」

「不必費事，有甚麼吃甚麼；只要酒好就行。」

「是！是！酒一定好。」

等曹震一走，海望卻只跟高其倬閒談，不及正題；主人亦無意談客人想要知道的事——彼此彷彿取得了默契似地，有甚麼交涉，只跟曹震談好了。

「你看，大家都說老海心地厚道，想不到他會來這一手，逼我非定明年三月的日子不可；不然，他會把我留下來。你說，可惡不可惡？」

「想來他也是經高人指點，才會使這麼一著。」曹震問道：「如今，大人是怎麼個意思呢？」

「選明年三月，亦未嘗不可；不過，我心裡很不舒服就是了。」高其倬問道：「通聲，你有甚麼好主意沒有？」

「是！」曹震拿起銅鋏去剪燈花；藉這片刻考慮了一下，方始回答：「既然明年三月，未嘗不可，那就是未誤大事。不過，咱們也不能輸給人家；我看這麼辦不知道行不行？」

「怎麼辦？」

「大人回覆海公，不妨說選的是今年九月；面奏之時，得想一番說詞，讓皇上自己覺得以明年三月為宜。這一來，大人的面子保住了；人家的事也辦通了，豈非兩全其美。」

「著！」高其倬拍案稱賞，「你這一計真高。」

當然，曹震要先跟海望悄悄打招呼，道是儘管高其倬堅持己見，不必在意；他拍胸脯擔保，上諭下來，一定挑的是明年三月。海望亦知道高其倬已擺脫不了他的要脅，只是表面上要做得不受挾制而已。當下表示，但求公事順利，自己的面子委屈些也不要緊。

不過，高其倬到底也是老謀深算的人，覺得已經表示選定了本年九月，而上諭改為明年三月，顯得言不見聽，更傷面子，所以等海望來探問確息時，他換了個說法。

「是今年九月，還是明年三月，各有利弊；我只有面奏皇上，恭候欽定。」

海望因為有曹震的先入之言，就不必再多談此事，只問：「打算那一天見皇上？」

「我已經寫了個摺子，遞進去；要等皇上批覆。」

「是那一天遞的？」

「昨天。」

「那應該批下來了。」

「大概皇上還騰不出功夫。」高其倬說，「我在摺子上寫得很清楚，得要詳詳細細面奏，還有請旨事項；皇上得找個比較閒的日子召見。」

「我替你去打聽。」

打聽的結果，已獲批覆；皇帝定在第三天早膳後，在西苑瀛台召見。這天一早，仍由曹震陪著，到了西苑，遞了請起的牌子，皇帝賜膳——早膳即是午膳，時間是在巳正、午初召見，一直到未正才見高其倬退了下來。

海望是早就在等候了，一見高其倬的影子三腳併作兩步，迎上去問道：「怎麼樣？」

高其倬反問：「你希望怎麼樣？」

見他臉上隱含笑意，海望知道所願已遂；當下兜頭一揖：「費心，費心！多謝，多謝！」

「不敢當，不敢當。」高其倬急忙還禮：「此亦非我之力，不過適逢其會而已。」

何以謂之適逢其會？海望少不得還要請教；高其倬笑笑不作聲，不過第二天他就知道了。

第二天，皇帝除了召見恆親王弘晊及海望，面諭大行皇帝奉安之期，定在明年三月以外，另有一道上諭：「內外臣工所舉博學鴻詞，聞已有一百餘人；祇因到京未齊，不便即行考試，其赴京先至者，未免旅食艱難，著從三月為始，每人月給銀四兩，資其膏火，在戶部按名給發，考試後停止。若有現在在京食俸者，即不必支給，並行文外省，令未到之人，俱於九月以前到京。若該省無續舉之人，亦即報部知之，免致久待。」顯然的，九月間要舉行博學鴻詞制科考試，是皇帝將先帝葬期改在明年三月的原因之一。

當然，這在高其倬陳奏措詞時，極有關係。他首先反覆陳述，葬期雖以本年九月為最好，但明年三月亦很不壞，再者相較，出入並不太大；可是另一方面，定在本年九月，卻有許多不便之處，首先是九月秋深，轉眼雨雪交加，工程難期妥善；其次就是博學鴻詞，倘或定在秋天考試，兩項大典，同時並舉，禮部衙門恐怕無法兼顧。

先帝的奉安大典，自然一點都馬虎不得；但舉行博學鴻詞，是早在雍正十一年四月，即已下詔，迄今三年，試期未定，亦是先帝在天之靈所垂念的大事。高其倬又說，他來自江南；東南人文薈萃之區，士林中對此大典，期望極高，都盼及早舉行。皇帝正在全力收拾人心之際，對他的這番陳述，當然動心；同時覺得先舉行博學鴻詞，亦是了掉先帝的一樁心事，所以決定將先帝的葬期延後。

雖說是「適逢其會」，但實在虧得曹震從中斡旋，彼此的隔閡能很快地消除，才能及時陳奏；高其倬與海望原來很可能鬧意氣的，結果各各如願，都想到應該好好酬謝曹震。因此，當高其倬說明希望，願見曹震獲一優差時；海望立即表示，打算派他總司工程提調——這個差使就跟內務府的「堂主事」一樣，實權一把抓，陵工上不論用人用錢，都得先經他那道關。

消息一傳，其門如市；曹震找了族中一弟一姪來幫忙，為他應付謀求差使、兜攬工程，以及其他關說人情的訪客。預先關照，凡有人送禮，一概辭謝；擺出弊絕風清的模樣，連恆親王都知道了，上朝時遇見平郡王，很誇讚了曹震幾句。平郡王回府談起，太福晉也很高興；特為將馬夫人找了去，說娘家人都要像曹震這樣才好。

「那件事可以談了。」馬夫人跟秋月說：「是你先去探探錦兒的口氣呢；還是把她找了來談？」

「我看把她找了來談的好。」秋月笑道：「如今連太福晉都誇獎震二爺，事情就好辦了。」

這倒提醒了馬夫人，可以利用太福晉開端；將錦兒接了來以後，先談太福晉對曹震的好感，接著又談太福晉對他的關切。

「在易州要住到明年三、四月，而且是住在山上，太福晉說不能沒有一個人照應；可是，在陵工上當差，照例不能接眷的，你看，這件事怎麼辦？」

錦兒一楞，轉臉去看秋月與曹雪芹的臉色，卻都是漠然無動於衷的樣子。這就使錦兒奇怪了，按彼此的情分來說，他們不應有此毫不關心的表情；而居然有此表情，其中的緣故就大可琢磨了。

看錦兒未曾答話，馬夫人忍不住問道：「你沒有聽明白我的話？」

「喔，」錦兒定定神反問一句：「太太看呢？」

馬夫人心想：你不肯鬆口；我亦不必出頭，推在太福晉身上好了，「太福晉的意思，得要替他置一個人。」她說：「你的意思是怎麼樣呢？」

「好啊！」錦兒只能如此回答，但雖帶著笑容，而那笑容彷彿勉強掛上去的，一碰就會掉。

秋月發覺情況不妙，便即接口說道：「這個人總要脾氣好，守規矩，讓錦兒奶奶看得上眼，不至於惹她生氣的才行。」

「我倒無所謂，要震二爺看中了，能把震二爺伺候得很舒服，那才是頂要緊的事。」

「對了！」曹雪芹也開口了，「這個人，實在就是代替錦兒奶去照顧震二哥的。」

「是啊！若有這麼一個人，錦兒奶奶就可以放心了。」

這一吹一唱，很見效用；錦兒胸中的酸味大減，以商量的語氣問道：「一時三刻，那裡去找這麼一個人？」

馬夫人母子和秋月都不作聲，彼此用眼色該當如何回答？不過，這一回錦兒倒沒有生疑，因為她誤認作大家都在思索，熟人家及年的丫頭或者「家生女兒」，有甚麼合適的人？

「要不，把阿蓮派了去。」錦兒話還沒有說完，先就去看曹雪芹的臉色。

果然，曹雪芹立即表示反對，「那怎麼行？」他說：「你不是把阿蓮許了給桐生了嗎？」

「阿蓮不行！」秋月也說：「年紀太輕，怎麼照應得了。震二爺在那裡少不得也有點應酬；譬如屬下來回公事，到了吃飯的時候，能不留嗎？這就得年紀大一點兒的，才能料理得過來。」

曹雪芹心想，為曹震開條件，就是為翠寶鋪路；當下附和著說：「我也是這麼想，第一、要年紀大一點；第二，要能幹；第三、要脾氣好；第四、要肯吃苦；第五、陵工上來往的都是工匠甚麼的，要能應酬這些人才好。」

「照這麼說，根本就不能在熟人家找。」秋月接口：「不是家生女兒，就是從小養大的；那能跟粗人打交道？」

「我看這樣吧，」馬夫人靈機一動，「不如把這件事託了仲四掌櫃。」

「這也好。」錦兒連連點頭。

見此光景，曹雪芹真忍不住好笑；恰好在喝茶，便裝做喝得太急，嗆了嗓子，捂著嘴出了屋子，在走廊上大咳了一陣，也大笑了一陣。

等從小丫頭手裡接過毛巾，擦淨了笑出來的眼淚，重又進屋，見馬夫人和秋月一本正經地在跟錦兒商量，如果「弄這麼一個人，打算花多少身價銀子」時，他又忍不住想笑，但讓秋月的大個帶譴責的眼色止住了。

「只要人好，多花幾兩銀子，倒算不了甚麼？不過——」錦兒遲疑了好一回，終於以一種委屈的語氣說了出來，「這件事是太太作主；將來如果人家欺負到我頭上，請太太也得說公道話。」

「那當然。」

「不會的。」曹雪芹幾乎是同時開口，「誰要欺負錦兒姐，第一個我就不能答應。」

「你又是憑甚麼？」馬夫人深怕露馬腳，呵斥著說：「你就少說兩句吧！」

曹雪芹也醒悟了，自己也怕再待下去，保不定又會忍不住要開口；真的露了馬腳，將一件好事弄成僵局，那就不知如何收場了。因此，他搭訕著說：「好、好！我也該看我的書去了。」一面說，一面起身往外走。

「慢慢，請回來！」秋月叫住了他，又跟馬夫人請示，「我看，不如就讓芹二爺寫封信給仲四掌櫃吧？」

「也好。既然說定了，早辦了掉一件事。」

於是曹雪芹就在馬夫人屋子裡寫信，是他出面，但開頭便說明，是照馬夫人的意思，請仲四物色一個「良家女子」，接下來便開明了五個條件；至於身價銀子，口說請仲四「酌辦」，連如何付款都不必提。

信是寫完了，實際上只是做給錦兒看的；曹雪芹心中卻另有個主意，乘錦兒跟馬夫人在談她家這兩天如何熱鬧時，悄悄向秋月拋了一個眼色，把她調到外屋來有話說。

「你把錦兒絆住，我得馬上去找震二哥，把事情的經過，源源本本告訴他。不然，錦兒一回去談起來，兩下對不上頭，咱們的謊就圓不起來了。」

「正是！」秋月連連點頭，「我也正就是為這個在嘀咕，你跟我還無所謂；明兒拆穿了，說太太幫著震二爺撒謊弄小老婆，這可不大好聽。」

「好！既然你也這麼說，我馬上就去辦——。」

「慢點，」秋月打斷他的話說：「你知道不知道到那兒去找震二爺？」

「問桐生就知道了。」

「對了！桐生知道。不過，我可有句話，你跟震二爺把話說清楚了，最好馬上就回來。」

曹雪芹不明白她這話的意思；同時也很奇怪，似乎對曹震的行蹤，她比他還清楚。這兩點疑問，本想問個明白；轉念又想：不必問她，只問了桐生大概就清楚了。

「我知道。」桐生答說：「是魏升告訴我的，震二爺這一陣子，每天晚晌都在磚塔胡同。」

曹雪芹恍然大悟，秋月不願他在那種場合流連；當下又問：「不就是那個叫甚麼班嗎？」

「不是！震二爺跳槽了。」

「你說甚麼！」

「跳槽！」桐生答說：「芹二爺你不明白這句轍兒嗎？跳槽就是不在那兒逛，換了一家了。」

「換的那一家？」

「叫鳳鳴班。我沒有去過，不過一到磚塔胡同就找到了。」

「何以見得？」

「只看震二爺的車在那裡，不就找到人了？」

果然，一進磚塔胡同，走不到一半，就發現曹震的那輛簇新的藍呢後檔車；車夫牛二正在車後，跟人賭錢，一見曹雪芹，趕緊起身，陪著笑說：「芹二爺也來逛逛了？」

「你別瞎說，芹二爺有事來找震二爺。」

「那不是！」

說來正巧，曹震正送客出門——勾欄中本無主人送客出大門的規矩；曹震大約是有話不便當著旁人說，借送客為名，站在門外，並頭低語。他也看到了曹雪芹，先揚一揚示意，仍舊跟人在談話。

曹雪芹一直等他談完了，方始上前，「你怎麼來了？」他說：「既來之，則安之，裡面坐吧！」

「震二哥，」曹雪芹說：「我有件事告訴你；說完了我得趕回去。錦兒姐在我們那裡。」

一聽這話，便知曹雪芹所談之事與錦兒有關；當即問道：「明兒談不行嗎？」

「不行！不然你一回去就擰了。」曹雪芹說：「我得把我們跟錦兒姐是怎麼說的告訴了你，話才接得上頭。」

對翠寶之事，曹震本來是有十足的把握；聽曹雪芹這一說，自更放心。但剛剛離席跟工部的司官密談了好半天，已是不甚妥當的行徑；倘或再不歸席，更非做主人的道理，因而不免躊躇。

「這樣，」曹震定了主意，「你先跟我到席面上，稍為敷衍一陣；咱們再到旁邊去談正事。這樣，我做主人的，面子上就能過得去了。」

曹雪芹無奈，只得點頭答應；跟著曹震昂然入內，沿雨廊向右一轉，便聽得笙歌嗷嘈——曹震是在這東跨院的北屋請客；兩間打通了，只擺一張圓桌面，顯得很寬敞；客人也不多，只有四個，每人身後坐著一個窯姐兒；另有一個站著剛唱完，也轉過臉來看著曹震兄弟。

「玉如呢？」

曹震剛一問，便有人答應：「在這兒！」語終簾啟，從西面屋子裡出來一個年可二十的女人，就是曹震新結的相好，鳳鳴班的紅姑娘玉如。

「這是我兄弟。」曹震一開口，同席四人不約而同地都站了起來；「請坐，請坐！我來替大家引見。」

曹雪芹這才認出來，其中有一個是在咸安宮當過差的藍翎侍衛德保，便先招呼：「那不是德四爺嗎？」

「好！兄弟，你還認識我；咱們算是不白交了。來，來，」正好德保旁邊便是那工部司官留下來的空位子，「咱們坐一起，好好兒敘一敘。」

「那是客位，他不能坐。老四，你別忙；以後還少得了跟雪芹見面的機會嗎？」

「是，是，說得是！震二哥，你就替雪芹引見吧。」

於是曹震一一介紹，一個是木廠掌櫃，姓胡；一個是內務府造辦處管事的七品筆帖式，姓馬行六；再一個也是內務府的筆帖式，名叫額尼，年紀跟曹雪芹差不多。

這時玉如已重新作了安排，在曹震旁邊設座；「芹二爺請坐。我叫玉如，金玉的玉，如意的如。」一面說，一面陪笑；笑容很甜。

「雪芹，你陪大家喝一輪。」

「兄弟，」德保又開口了，「這兒有個規矩，除了姑娘，都是坐著喝酒；一站起來就得罰，罰唱一支曲子，你可留意噢！」

「是，是！多承關照。我就先敬德四爺。」

一面敬酒，一面少不得寒暄幾句；這一輪酒敬完，曹雪芹發現他身後多了一個人，約莫十六七歲，長得倒還清秀。

「是我妹妹。」玉如說道：「她叫珍如，不懂事；芹二爺你多包涵。」

珍如像應聲蟲似地，接口說道：「芹二爺，你多包涵。」說著，提壺替曹雪芹斟滿了酒，道聲：「請。」

曹雪芹乾了一杯；等她第二次來斟酒，他將手捂住杯子說：「我不能喝了。」

珍如不善應酬，不知道該怎麼說；提著壺的手僵在那裡，伸不回來。曹震便問：「怎麼回事？你的酒還早得很呢。」

曹雪芹是因為由玉如珍如姐妹，想到翠寶與杏香，不自知地大生警惕；此時聽曹震一說，自己也覺得過分了些，當下將手放開，等珍如替他斟滿了酒，方始開口。

「就此一杯！」他說：「我來找我震二哥有事，談完了我還得趕回去呢。」說著，把酒乾了。

於是，曹震便向同席告個罪，帶曹雪芹著到一邊；等曹雪芹低聲講完，他卻並未作聲。

曹雪芹倒詫異了，原以為他會很高興，不道是這樣的神情，便即問說：「辦得不妥當？」

「不，不！」曹震急忙答說：「我沒有想到是這麼一個結果。這樣子，我對錦兒就很好說話了，不過費點事。」

「怎麼費事？」

「要跟翠寶裝作不認識，一切從頭來起，不是很費事嗎？」

「費事是費事，不過很好玩。」

「露了馬腳就不好玩了。」曹震問說：「信呢？」

「信沒有帶來。」曹雪芹問：「該怎麼辦？是我打發人去，還是把信交給你？」

曹震想了一下說：「這樣，你把信交給錦兒，就說讓她帶給我，派人送了去。信別封口。」

曹雪芹點點頭，忍不住問起：「杏香呢？她怎麼辦？」

「這也得託仲老四。」曹震又說：「也許已經辦好了。」

「怎麼？」曹雪芹急急問說：「怎麼叫也許已經辦好了？」

「這話——，這會兒也說不清楚。你先回去吧！」

曹雪芹無奈，只得向德保等人招呼過了，帶著桐生回家。已是上燈時分，正要開飯；錦兒與秋月都在堂屋裡。

「你到那裡去了？」錦兒說道：「我剛才跟太太在說，我想陪太太一塊兒到熱河去；順便先到通州，跟仲四奶奶詳詳細細說一說，把震二爺的事情給辦了。你看我這個主意怎麼樣？」

這是個意外的情況，曹雪芹一時無從判斷她這個主意是否可行；當下轉臉看著秋月問道：「太太是怎麼個意思？」

「太太當然願意錦二奶奶陪著去，可是震二爺剛得了差使，怎麼分得開身？」

「也沒有甚麼！外頭的公事，有人料理，我根本就插不上手。」錦兒又說：「震二爺的這件事，不提倒也罷了；一提到，我心裡不知道為甚麼，急得很。」

這時曹雪芹已經想通了，錦兒絕不能到通州；否則翠寶跟杏香的事都會瞞不住，因而也出言攔阻。

「這是急不得的事！相處一輩子的人，得要慢慢兒物色。再說，你家現在族裡兩個人在幫忙，你做女主人的，怎麼能離開？算了吧！」

「我倒是猜到她的心思。」秋月笑道：「她是急於想去看一看烏家二小姐，是怎麼一個才貌雙全？」她又看著錦兒問：「我猜對了沒有？」

「那也是。」錦兒答說：「兩件事都是我放不下心的，所以我才想到，不如跟太太去一趟。」

「再商量吧！」秋月說道：「且先把信寄了出去，等通州有了回信，再作道理。」

這一下提醒了曹雪芹，「喔！」他對錦兒說：「我想，這封信最好讓震二哥派人送了去，信不封口，讓他看一看，省得你再細說根由了。」

「還是得說。怎麼能不說？」

曹雪芹與秋月都想問她，打算怎麼跟曹震說；但也都想到，這一問會勾起錦兒的醋意，以不問為妙。

「吃飯吧！」秋月問錦兒，「想不想喝點酒？」

「喝呀！怎麼不喝？喝震二爺的喜酒。」

曹雪芹可真忍不住要取笑她了，「你別是喝醋吧？」他笑著說。

「那有這話！」秋月怕錦兒不悅，趕緊搶在前面說：「錦二奶奶最賢慧不過。」

「賢慧，賢慧，就這兩個字，害死了我們這班老實人。」錦兒畢竟還是發了牢騷。

送走了錦兒，自然要細問曹震的態度；秋月回自己臥房卸了妝，隨即又到了曹雪芹的書房裡，只見他正對著燈火在發楞。

「在想甚麼？」

「我在想，翠寶的事倒有著落了；杏香怎麼辦？」曹雪芹說，「你說要好好想個安撫她的法子，應該想出來了吧？」

「這得跟震二爺商量。」秋月答說，「你先把今天跟震二爺見面的情形告訴我。」

「把信交給他，就是他的主意。這件事，咱們不必再操心了，他自己會料理。不過，有句話，我至少不明白。我問他對杏香該怎麼辦；他說已經託了仲老四，也許已經辦好了。我不知道他是怎麼託人家的？」

「那當然也就是安撫杏香的意思。看來就這件事。」秋月笑道：「咱們也不必再操心了。」

「你倒說得輕鬆，我看，不那麼容易。」曹雪芹又說：「杏香胸中頗有丘壑，不是能隨便聽人擺布的人。」

秋月不答，心裡卻只是在想，曹震會用甚麼辦法安撫杏香。

「譬如說吧，」曹雪芹管自己談杏香，「那回要畫個帳額送翠寶，本想畫歲寒三友圖；杏香說成單數不好，勸我畫梅竹雙清圖，暗含著有松在內——」

「怎麼？」秋月打斷他的話問：「你是說，松是指震二爺？」

「是啊！梅竹就是梅妻竹妾。」

「你又杜撰典故了，只有梅妻鶴子，那有梅妻竹妾？」

「不錯，不過讓杏香用兩句成語來題這雙清圖，梅妻竹妾就說得通了。」

「那兩句成語？」

「『虛心竹有低頭葉，傲骨梅無仰面花。』」

「好！」秋月脫口讚了一聲；又說：「這是勸她們彼此相敬相讓之意。看不出，她肚子倒真還有點貨色。」

「本來人家是好人家的女兒；她哥哥是秀才。」曹雪芹又說：「你如果見了她本人，也會喜歡她。」

秋月倒是對杏香感興趣了，很想多問一問；但驀地裡警覺，那一來不是又惹上了麻煩，因而默不作聲。

「我在想，」曹雪芹又說：「我想給錦兒姐也照樣畫一個。」

「你是說帳額？」秋月說道：「那一來你不是自己招供，早就串通好了，哄你的錦兒姐？」

「這個倒也是。」

「我教你個法子。」秋月說道：「翠姨的那個帳額先別使；等你照樣畫一個送你錦兒姐，等她掛了她再掛，那就把你們串通的痕跡都遮蓋了。」

曹雪芹點點頭，「這也說得是。」他停了一下又說：「不過要說串通，你不也有分？這件事將來總有拆穿的時候，那時候不知道會不會挨罵？」

「要罵，連太太都在裡面呢。」秋月歎口氣說：「這可是沒法子的事！只求眼前不生麻煩，將來的事只好再說了。『豈能盡如人意，但求無愧於心。』做人也只有如此而已。」

曹雪芹不作聲，只靜靜地喝著茶；秋月看看無話可說，便站起身來，打算離去，曹雪芹卻又把她攔住了。

「你說『但求無愧於心』；對杏香，我可是問心有愧的。」

「只有用安撫來彌補。」秋月答說：「震二爺不是在辦了嗎？等他明兒來了就知道了。」

「他明兒會來嗎？」

「會來。太太已經交代錦二奶奶了。」

曹震第二天一大早就來了。馬夫人將為他說服了錦兒，同意他納妾的事，告訴了他；同時說明，太福晉根本不知此事，不過用一頂大帽子擋住了錦兒而已。作此交代的用意是，曹震也常有見太福晉的機會，萬一真當太福晉關切，向她道謝，假話就會拆穿，豈非彼此受窘？

聽得這話，曹震自然感激，跪下來給馬夫人磕頭道謝；隨即又說：「太太這麼操心，我自己要把假的辦成跟真的一樣；過一天，我讓仲四奶奶把人領了來給太太磕頭，太太只說一聲好，餘下的事就容易辦了。」

「人到底好不好呢？」馬夫人說：「你媳婦可是說了，將來受了欺負，要我替她出頭，真的鬧到我這裡來；我還真不知道該怎麼辦呢！」

「不會，不會！太太請放心好了。」曹震答說：「人是個很能顧大局的人。」

「能顧大局就好。」馬夫人急轉直下地談到杏香，「聽說她還有個小姑？」

「是，叫杏香。」

「這個人怎麼辦？」馬夫人正色說道：「可別惹出麻煩來！」

「絕不會有，」曹震極有把握地，「我已經把她交給仲四奶奶了。」

「這倒是個能幹的人，可也是個極厲害的人；她會怎麼安置杏香？」

話中聽得出來，馬夫人是心存厚道，怕仲四奶奶只為了免除麻煩，處置杏香的辦法，可能會峻刻了些。不過，這是一旁靜聽的秋月的感覺；曹震卻並不能理會。

「仲四奶奶一定有辦法，也一定料理得乾淨俐落。」

這一下，秋月可不大放心了，「震二爺，」她說：「芹二爺為這件事，一直放不下心；總覺得要好好安撫人家才好。到底是怎麼個辦法，總也跟仲四奶奶商量過吧？」

「是啊！當然要商量。仲四奶奶答應收她作乾閨女，以後替她找婆家，就不用旁人再操心了。」

「這，不又是跟——。」馬夫人突然頓住了。

曹震跟秋月都覺得奇怪；馬夫人說話，很少像這樣說半句的。是甚麼話礙口呢？稍為細想一想都明白了。秋月不動聲色；曹震臉色卻有些忸怩了。

「也罷了！」馬夫人說道：「你跟仲四奶奶說，請她多費心；好好替她找個婆家，我送一副嫁妝。」

「這也不用太太操心了。」曹震很慷慨地說：「我這趟差使下來，總可以多個幾吊銀子；她也總算是翠寶的人，我會好好嫁她。」

「那才是。」馬夫人點點頭，卻又提出警告：「小王爺跟太福晉都誇你；你可千萬謹慎當差，別鬧出笑話來。」

這是因為他說這趟差使，可以多下好幾千銀子；怕他不擇手段去撈錢，所以特加告誡。曹震認為這是過慮，當即答說：「太太請放心，絕不會鬧笑話。太太又不是不知道，內務府辦事都是有多年老規矩的；我只辦我分內之事，一句話都不必說，攤到我名下的，也不會少。」

「那就是了。」馬夫人真的放心了，所以說話也比較率直了，「我真的怕你亂伸手要錢；你可千萬記著，當年是怎麼摔下來的！」

「那也不能全怪我。」

然則還要怪誰呢？曹震認為他是為去世十年的震二奶奶所激使然。由此便談到震二奶奶的生前，可是語氣卻是從容的；馬夫人也沒有因為曹震批評她的內姪女而有甚麼不悅。畢竟十年了，漫長的歲月沖淡了愛憎恩怨，只是平心靜氣地回顧崎嶇的來路，隱隱然有一種「終於都走過來了」的慶幸心情而已。

正談著，曹雪芹回來了；曹震便問：「你一大早上那兒去了？」

「我到琉璃廠買紙去了。」

「這麼早，南紙店開門了嗎？」

「我是溜達著去的。走到了，也就差不多了。」曹雪芹問說：「昨晚上，錦兒姐跟你怎麼說？」

「沒有說甚麼？」

「也沒有甚麼不高興的樣子吧？」

「傻話！」曹震答說：「你見過那家的娘兒們，遇到這種事會高興的？不過，有的擺在臉上，有的擱在心裡而已。」

「震二爺倒是老實話。」秋月笑道：「真的把堂客的心裡摸透了。」

「就因為我把她們的心裡摸透了，所以杏香的事，我寧願做惡人，讓她罵我；也不肯讓烏家二小姐心裡不痛快。」曹震又說：「這是你的一件大事，但願順順利利把喜事辦了，太太了掉一樁心事，你也好收了心往正路上去奔。不管是找個好差使，還是讀書下場，非得把道兒畫出來，上緊巴結不可。雪芹，咱們曹家眼看是轉運了，可真得同心協力，好好兒抓住機會。」

從來都沒有聽曹震能說這麼一番正經話，秋月驚異，而馬夫人是欣慰；只有曹雪芹幾乎無動於衷，淡淡地答一句：「你的差使，我又插不上手；不知道怎麼才能跟你同心協力？」

「不一定要幫我當差，才算同心協力。將軍休下馬，各自奔前程；只要你上進，就算是同心協力，能把咱們曹家再興起來。」

「你震二哥這是一番掏心窩子的好話！」馬夫人正色說道：「你得好好兒聽著。」

聽得母親如此說，曹雪芹只能馴順地答說：「是了，我都記在心裡。」

「不光是記在心裡，還得有個打算。」曹震索性擺出做哥哥的款式：「依我看，你的性情不大肯遷就人；內務府的差使，也沒有甚麼你合適的。乾脆還是好好用功，從正途上去巴結；倘能弄個兩榜出身，就不補缺也是好的。」

「這是怎麼說？」馬夫人問。

「不是說永遠不補缺。」曹震略想一想作了解釋，「有個資格在那裡，到時候自有人會抬頂轎子來請你坐。譬如說吧，有些差使、有些缺，內務府是一定得抓在手裡的；倘或差缺來了，找不出夠格的人去頂窩兒，大家都不好。兩榜出身，又是滿員，這份資格，那就沒有甚麼差使不能當；也幾乎沒有甚麼缺不能補。讓大家把你抬了上去，坐享其成有多好呢！」

這番話，曹雪芹不以為然，微笑不答；秋月卻是聽進去了，所以等午後馬夫人歇午覺時，特意跟曹雪芹來談這件事。

「震二爺說的可真是實實在在的好話。」她說：「內務府的差使，譬如像派在『茶膳房』甚麼的，你還能伺候皇上喝茶喝酒，成天跟太監打交道？別人巴結不上的好差使，在你就算委屈到家了。所以只有在正途上求個出身，像震二爺說的，讓大家把你抬了上去，那才真是好。」

「你聽他說得好，只知其一，不知其二。誰是生來該人抬的，誰又是生來抬人的命？我看轎子沒有坐成；坐蠟倒是真的。」

「『坐蠟』是句不雅的市井之語，秋月懂它的意思，卻不便出口，只問：「有甚麼不好？你倒說給我聽聽。」

「人家把你抬上去幹甚麼？無非想你聽他的話；譬如說吧，粵海關向來是內務府要抓在手裡的，如果把你抬了上去，假傳聖旨，今天要這樣，明天要那樣，你又怎麼知道，是不是真的上面要？反正要甚麼，給甚麼；鬧了虧空是你的事，與他無干。這種轎子能坐嗎？」

秋月算是有些懂了，但覺得他說得過分了些，「事在人為。」她說：「同樣是織造，為甚麼老太爺當得那麼風光；四老爺當得那麼窩囊？」

「不錯，事在人為。我可不是做那種官的材料。」

「就算你不願跟人同流合汙，反正從讀書趕考上求功名，總是不錯的。等中了進士；人家要抬你，你不願意，還不是由你嗎？」

「那要能中進士；中不了又奈之何？」

「何以見得中不了？你存著這個妄自菲薄的心，就是，」秋月有些氣了，話說得很重，「乾脆說吧，你這就是不長進。」

「那可是沒法子的事。」曹雪芹冷然問道：「你知道考甚麼？考八股！世界上甚麼書我都要看，就是八股文讀不下去。天性如此，命也運也！」

「我可不愛聽你這話。」

「你放心！」曹雪芹半開玩笑地，「這一回趕不上了；下一回再開博學鴻詞，我一定好好兒拚一拚。」

秋月卻不以為他在說頑話，立即問說：「博學鴻詞考甚麼？」

「上回是一首詩、一篇賦；這回不知道出甚麼題目。反正絕不是考八股。」

「那麼，下一回是甚麼時候呢？」

「不一定。」曹雪芹很快地將這個話題甩開，「你跟震二哥談了杏香沒有？有甚麼安撫她的辦法？」

「無非替她找婆家。」

「誰替她找？」

「你想呢？」

曹雪芹想了一下說：「仲四奶奶。」

「一點不錯。」

「這不就是當年替繡春想的法子嗎？」

馬夫人跟秋月的感想，也正是如此；秋月怕無故勾起曹雪芹的閒愁，便不答腔，顧而言他地說：

「你今天去買了綾子了？」

「喏，那不是！」

秋月轉眼去看，有好幾卷白綾置在條桌上；便又說道：「你何不早早畫了出來，讓我也欣賞欣賞。」

「好，明後天我就動手。」曹雪芹問：「你要不要？我替你也畫一個。」

「畫甚麼呢？」

「隨你高興。」

「等我想想。」

「你想吧！」曹雪芹站起身來，把錦兒送的紅葡萄酒及蘇州茶食，都打了開來；用只茶杯倒了一杯酒，慢慢啜飲著，想自己的心事。

「你替我畫兩句詩意，行不行？」

「怎麼不行？那兩句？」

「『天意憐幽草，人間重晚晴。』」

「意思倒真好，不過很難畫。」曹雪芹說：「『幽草』還好辦，『晚晴』怎麼辦？」

這一下，他把自己的心事丟開，苦苦思索如何把這兩句詩畫出來？秋月見他攢眉吸氣的那種窘態，便勸他說：「不是急的事，何必這麼自討苦吃？」

「要苦才有樂，要花心思的玩意，就是這麼一點迷人。」

「可惜，你的心思常常不用在正路上。」

「怎麼回事？」曹雪芹皺起眉說：「這我趟回來，覺得你變過了！」

「變過了，怎麼變？」

「幾時弄成這樣子的頭巾氣！」

「我不懂甚麼叫頭巾氣；不過自己倒覺得有點兒婆婆媽媽。也許真的老了吧！」

聽得這話，曹雪芹一陣心痛，卻又不是那種美人遲暮的憐惜；彷彿如見一朵亭亭兀立、玉潔冰清的白蓮，未得盛開，便已萎縮。於是忍不住定睛去細看。

秋月並未發覺，因為她正在替曹雪芹剝香榧；硬殼之中，果仁以外的那層黑衣，要細細地刮乾淨了才好吃。此時，只見她垂著眼簾；睫毛在平常看似有若無，這會才看清楚，雖細且淡，卻既密而齊，眨眼時如兩幅湘簾，倏起倏落；曹雪芹不由得就忘其所以，盡盯著看了。

秋月偶一抬頭，當然發覺了；她對曹雪芹所有反常的言行，都是不肯輕忽的，當下問道：「怎麼啦？」她伸手去摸自己的臉：「有那兒不對勁？」

「我一直在瞧你的眼睫毛。」曹雪芹童心十足地，拿手比畫著，「刷，一下上去；刷，一下下來。記得不？我小時候，最愛放簾子。」

怎麼不記得？一到夏天，滴水簷前又高又寬的蘆簾，總在辰時便得放下；曹雪芹最愛抓住經過轆軸的簾繩，突然鬆手，蘆簾一失拘束，「刷拉」一聲，直垂到地，帶來一片清涼的陰影，覺得是件最痛快、最好玩的事。

「你還說呢！就為你聽那『刷拉』一聲，害我差點摔死！」

記不得是康熙六十年，還是六十一年的夏天了，那天夕陽西下該當是捲簾的時候，恰好眼前無人，秋月自己端了兩張方凳疊起來，爬了上去用畫叉去鉤那反彈到頂的繩頭；不道下面方凳有條腿壞了，一側之下，秋月仰面栽了下來，將後腦杓都摔破了。曹老太太從沒有認真罵過孫子，只有那一回心疼秋月，狠狠訓了曹雪芹一頓。

十幾年前的事，恍如眼前；曹雪芹歉意地笑道：「不過，我可也為你挨了老太太的罵。」

「不罵還好，罵了我更受罪。」秋月回憶著說：「當時你是哭著讓人哄走了；老太太可又疼你在心裡，說不出口。那一下甚麼人都不對勁了，嫌這個，說那個，還是得我起床來對付。」

「我倒還不知道這一段。」

「你怎麼會知道？老太太在日，上上下下為你受的委屈，可多啦！」秋月又說：「你要是不能替老太太爭這口氣，咱們的委屈，可都是白受了。」

聽得這話，曹雪芹心裡很不安，「你說，我要怎麼樣才是替老太太爭氣？」曹雪芹說道：「老太太常說，只望我無災無難，平平安安過一生。那可是得看命，不是能強求的事。」

「怎麼叫不能強求？莫非你就不知道『自求多福』這句話？」

曹雪芹默然；就著秋月替他斟的香椿，喝了兩口酒，到底還是忍不住說了一句：「不一定要會做八股才能『自求多福』。」

「不要說這個了！只要你肯用功讀書就行了。」秋月又加了一句：「省得臨時抱佛腳。」

曹雪芹懂她的意思，很想告訴她：「博學鴻詞」數十年不一定舉行一次；是哄你的話，別癡心妄想吧！轉念想到秋月聽了這話的反應，便不忍出口了。

既不忍出口，就索性再哄哄她；至少也可以讓她快慰於一時。曹雪芹想定了便說：「你的話不錯！我得好好兒在《昭明文選》下點功夫；杜詩也得重新理一理。」

果然，秋月愉悅地微笑了；眼角唇邊浮起的皺紋，看來顯得老了，但那雙眼卻仍舊澄如秋水，令人不敢起甚麼雜念。

「你最近做詩了沒有？」曹雪芹突然問說：

「早就丟開了。」秋月答說：「我這那叫詩？不過你倒真得下點功夫；免得將來閨中唱和，給比了下去。」

「你也說得太遠了。事情還不知道怎麼樣呢？」

「還會怎麼樣？還不是太太一去，就得下定了。」秋月又說：「太太連見面禮兒都預備好了。」

「是甚麼？」

曹雪芹不過好奇，秋月卻當他關心婚事；便故意說道：「偏不告訴你。」

曹雪芹一笑而罷；卻又說道：「你也別把人家看得太高了；說不定她做的詩，還沒有你好。」

「得了！絕不會有的事——。」

「喔！」曹雪芹打斷她的話，「你到底去不去？」

去是去熱河，馬夫人曾跟秋月商量過幾次。秋月很想早日見一見這未來的「芹二奶奶」，到底長得如何才貌雙全；馬夫人當然亦願意將秋月帶在身邊，得有種種方便，但一則不能沒有人看家，二則曹震跟翠寶的好事，萬一由於錦兒翻覆而生變，只有秋月能轉圜，因而至今尚未定議。

不過，此刻倒是可以作決定了。秋月發覺迎翠寶進門，以及安撫杏香這兩件事，都需要細心安排，注意變化，實在非在京留守不可。

「熱河，我想去去不成。不過，通州倒是只怕去一兩趟還不夠。」

這一說，曹雪芹自然明白了；點點頭說：「我想，你也是坐守老營為宜。」

第二天上午，秋月將她的決定，告訴了馬夫人；同時也提起曹雪芹對曹震的想法，不以為然的話。本來只是信口閒談；那知馬夫人卻深為動容，一時塵封的往事，都湧上心頭了。

「他的想法，不能說不對。當年四老爺就是吃了這個虧；那幾年，十天半個月京裡就有人來，一會兒說要燒瓷器，一會兒說要燒琺瑯，都是傳的皇上的旨意。虧得康熙爺聖明，有一回朱筆批下來說：要這要那，上頭都不知道，也不知道騙了你們多少東西。以後如有這樣的事，務必在宿摺內回奏明白。格外又交代：『倘或瞞著不奏，後來事發，恐於擔當不起，一體得罪，悔之莫及。』」

「那麼，」秋月問道：「四老爺知道不知道呢？」

「當然也有點兒知道。」

「既然知道，為甚麼瞞著不奏呢？」

「一奏不是等於告狀了嗎？內務府裡的人，你不知道有多陰狠險毒；得罪了他們，不知道甚麼時候會受暗算？幸而有皇上交代，以後這種事就少得多了。可是，」馬夫人又說，「不必假傳聖旨，或是套交情，或是報信息，弄到頭來要好處，還是不能不敷衍。做官做官，要會做才行；四老爺不會做，芹官也不是做官的材料。他有這一份自知之明，依我說，倒是好事。」

這番話，在秋月心裡激起不小的波瀾，自己是一直以榮宗耀祖期望曹雪芹的，那知馬夫人並無這種期待，反而是跟曹雪芹同樣的想法。

「爬得高，掉得重，富貴實在不必貪圖。」馬夫人又說：「有人在想，只要富貴到手，小心謹慎，富貴就能保得住；上了高枝兒，根本不掉下來，那就管它重也罷，輕也罷，與我何干？這話呢，倒也說得通；可是，世上的事那裡包得定？就算命裡帶來的富貴，保不住還是保不住。你看看從康熙爺駕崩算起，這十來年！」

秋月明白，指的是雍正年間，宮中兄弟鬩牆的種種變化。她很奇怪，馬夫人一向不聞外事，想不到此時會發這麼深的感慨。

「如今的皇上，也真是命好，才接了大位。不過，」馬夫人的話說得很慢，看得出她雖是私下跟心腹閒談，措詞也很謹慎，「不是有句老古話，『皇帝背後罵昏君』，再是有道之君，也未見得個個心服。我看，是非遲早會有的；但願小王爺沒有捲進去。」

「這，」秋月想了一下，終於說了出來，「沒有是非便罷，倘或有是非，小王爺恐怕也躲不開。皇上跟小王爺，從小就像親哥兒一樣，如今又是這麼重用，有了是非，他能不站出來擋在前面嗎？」

「光是擋是非，倒還不大要緊；就怕是非還沒有現出來，他倒先就捲在裡面。」

這話說得有些玄，但也說得很深；秋月似懂非懂，就不敢再往下多說。換了個話題問道：「太太打算那天動身？」

馬夫人不作聲；沉默了好一會，方又開口：「只要我去了，這頭親事當然就算成了。不過，我不知道四老爺跟震二爺，當初是怎麼跟人家談的；聽震二爺的口氣，彷彿結這門親，做官當差，彼此都有幫襯。如果是這樣子，結這門親就沒有沒有甚麼意思了。」

秋月大為詫異，不知馬夫人何出此言？於是率直問道：「太太的心思，怎麼變了呢？」

「我原來就不怎麼熱心。」馬夫人說：「烏太太從小就有點勢利；烏大小姐跟她娘一樣，很能幹，可也很厲害，不做沒有好處的事。那烏二小姐若是性情像她姐姐，再加上肚子裡有點墨水兒，甚麼人都瞧不上眼，那樣的兒媳婦娶了來，你想呢？」

秋月不答。這是無需要回答的話；同時她有些覺得馬夫人的話是杞憂，不過既不能反駁，也無法辯，那就只好默不作聲了。

「如果在京裡，又如果我跟烏太太不是從小在一塊兒的，事情倒還好辦，相不中就算了，了不起得罪了人就是。烏家可不同，我要就是不去，去了，就不容你打退堂鼓了。我苦了一輩子，不能到老了，還受兒媳婦的罪！秋月，你想呢。」

這一下，不能不回答了，「既然如此，就這緩一緩，好好打聽確實了再說。或者，」秋月說道：「託一個靠得住的人，先去看一看，烏二小姐到底是怎麼樣一個人？」

「我正就是這個意思。」馬夫人忽然搖搖手說：「等我想一想。」

在馬夫人凝神考慮時，秋月倒想到了一個人。十天之前，她去探望鄒姨娘，聽說曹頫曾有信來，因為中饋無主，起居飲食，都感不便，打算將鄒姨娘接到熱河去照料。不過，雖有此意，卻須視「京信」而定。京中是甚麼人寫信給他，所談何事？雖無從猜測，但可料到，這封「京信」必須是有關曹頫今後的動靜；倘或在熱河要多住些日子，才會接鄒姨娘，否則就不必多此一舉了。

秋月心裡在想，既然「四老爺」有這意思，慫恿鄒姨娘到熱河去一趟，又何嘗不可？這樣，相看烏二小姐不就正好託鄒姨娘嗎？

「秋月，」馬夫人也想停當了，「我看，只有你去一趟。」

「我？」秋月不免感到意外。

「怎麼？」馬夫人問：「你不想去？」

「不是！」秋月急忙答道：「太太交代，我當然得去。不過，我倒也想了一個人，鄒姨娘。」接著她將有此念頭起因，說了給馬夫人聽。

「鄒姨娘順便辦這件事，不露痕跡，倒是好主意；不過，烏二小姐是才女，鄒姨娘不通文墨，能看得出她的深淺嗎？」

「喔，這一層我倒沒有想到。」秋月想了好一會，忽然有了新的主意。「我陪了鄒姨娘去。不然，我到了熱河，既不能住在烏家；四老爺那裡也不方便。有鄒姨娘在，就不要緊了。而且兩個人看，總比一個人看更靠得住些。」

「說得不錯。」馬夫人深深點頭：「你，就算我專門派你去跟烏太太道歉的；話說得活動一點兒，說我身子很不好，一時不能去，如果相得不中意，安下這個伏筆，我不去也不要緊了。」

商量定了，立即派人去接了鄒姨娘來，細說緣由。鄒姨娘本就讓秋月說動了，很想到熱河與曹頫做伴，但礙著季姨娘，不便開口。如今有馬夫人的委託，師出有名，可說求之不得，自然連連答應。

「鄒姨娘，我託你的事，你回可別跟季姨娘提。」

季姨娘知道了這件事，會在親戚之間鬧得滿城風雨；鄒姨娘當然識得輕重。不過，這一來就得另外找一個熱河之行的理由了。

「不要緊。」馬夫人說：「就說我也接到四老爺的信，想接你去；正好我要派秋月給烏太太去送禮，所以找你來商量，是不是一塊兒？」

「是，是，太太這個說法很好。跟季姨娘也說得過去。」

看她還有遲疑之慮，秋月便自告奮勇，「鄒姨娘，你別為難。」她說：「我陪你回去，等我來跟季姨娘說。」

「那可是再好都沒有了。咱們這會兒就跟太太告假，一起走吧。」

「別心急！震二爺快來了，等一等他。」

找曹震來的意思，無非責成他安排車馬及護送的人，卻沒有將秋月此去的作用告訴他；馬夫人還是只說派秋月去給烏太太送禮。

「那麼，太太呢？是不是仍舊定在三月裡動身？」

「想是這麼想。」馬夫人含含糊糊地答說：「還不知道到時候怎麼樣呢？」

「雪芹呢？」

「當然得留下來陪太太。」秋月搶著說道：「等我回來了再走。」

「這也說得是。不過，四老爺那裡實在也少不得他這麼一個人。」

這下倒是提醒了鄒姨娘，「震二爺，我跟你打聽一件事，」她問：「四老爺是不是會在熱河住下去？」

「這可不一定。」

「喔，怎麼呢？」

「或許上頭會另外派四叔一個差使。」

「甚麼差使？」馬夫人信口問說。

是馬夫人問，曹震不能不答：「大概是在行宮裡，要另外蓋一個廳；派四叔監工。」

這一說，馬夫人就知道了，因為她聽曹雪芹談過。秋月亦有意會，所謂「京信」，多半是等曹震的消息。

「那麼，」她問：「震二爺，你看四老爺的這個差使，有幾分把握？」秋月緊接著解釋她發此問的原因：「如果有八九分把握，鄒姨娘該把夏天的衣服也帶去；另外動用器具也該多帶，免得到時候又回來料理，多奔波一趟。」

曹震想了一下說：「八九分難說；六七分是有的。」

「六七分也差不多了。」馬夫人說：「你倒好好兒去打聽一下。」

「是！」曹震答說：「我晚上再來。我還另外有事託秋月。」

可想而知的，必是為翠寶的事；還是杏香，也為馬夫人關心，因而問說：「仲四有消息沒有？」

「他今兒下午來。」

仲四一來，要談的事就多了；馬夫人便說：「你晚上來吃飯吧？」

曹震躊躇著說：「今兒晚上我有三個飯局。」但馬上又作了斷然的決定：「不要緊，那些飯局都可以回掉。」

說完，曹震就去了；鄒姨娘望著他昂然的背影消失，不由得感慨地說：「震二爺可真是越來越走運的樣子。回想在南京的那幾年，臉色不是青、就是灰；走路一溜歪斜，全不像咱們家的爺兒們。」

「是啊！」馬夫人深深點頭，「說起來倒也是，真像換了個人似地。」

「這，」鄒姨娘忍不住說：「不是人都過去好幾年了，我還提她；當年也實在是有震二奶奶拘著，左右不自在，久而久之弄成那副倒楣相。如今的這一位，倒是有幫夫運的。」

這就是鄒姨娘忠厚之處，提到錦兒總是說她好；不比季姨娘，最妒忌的就是錦兒，就因為她扶正了的緣故。秋月這樣想著，心中一動；四老爺中饋久虛，鄒姨娘實在也應該按錦兒之例辦，倒不妨促成這件事。可是一想到季姨娘，一片熱心，頓時冰冷；要扶正，自然是有子之妾居先，如果拿鄒姨娘扶了上去，季姨娘不吵翻了天？

季姨娘每一回看到秋月，總有一種親熱得過分的殷勤；反使秋月為之不安，急急託詞避去，但這天卻逃不掉，因為有話跟她談，非先忍受不可。

好不容易找到一個能容她插嘴的空隙，秋月單刀直入地說：「季姨娘，今天太太把鄒姨娘請了去，是告訴她一件事；四老爺託人捎信來，要把鄒姨娘接了去。」

一聽這話，季姨娘的臉色馬上變了，麗日暖風，忽然烏雲密布。連心裡有預備，料知她不會有好顏色的秋月看著都有些害怕。

「怎麼會是接她不是接我呢？」是一種懷疑的聲音；倒像原來是要接她，而馬夫人在搗鬼，故意換成鄒姨娘。

有此感覺，不由得讓秋月冒火，沒好氣地答說：「誰知道。」

「不會是太太聽錯了吧？」

這話便證實了秋月的感覺無誤：季姨娘有樣本事，可以使得原本怕她的人，一下子變成不怕她；秋月冷冷地說：「聽錯是不會的；也許太太跟你過不去，本來四老爺要接你的，特為說成接鄒姨娘。」

季姨娘一聽話風不妙，趕緊說道：「秋月姑娘，你錯會了我的意思，我絕不是疑心太太幫鄒姨娘。太太看待她跟我兩個，向來一碗水往平處端，不會有偏心的。」

「那麼，季姨娘，你怎麼瞎疑心呢？」

「我不是疑心，我是怕太太聽錯了。」

「疑心太大太聽錯了？」

秋月抓住「疑心」二字，堵得季姨娘透不過氣，脹得臉紅脖子粗地；突然朝窗一跪，口中說道；「我罰咒給你聽，若是我瞎疑心太太，叫我天打雷劈，不得好死！」

見此光景，秋月真覺可氣可笑又可憐；當下伸出手去相扶，本想說：「別這樣、別這樣，我是跟你鬧著玩的。」話到口邊，驀地醒悟，季姨娘是不能假以詞色的人，倘或這樣一說，她馬上又覺得自己有理，不中聽的話又無休無止了。

於是她只扶了她起來，自己復又坐下，繃著臉是仍有餘怒的神情。

「我咒也罰過了。」季姨娘陪笑說道：「秋月姑娘，你再生我的氣，就是你不對了。」

「我不是生你的氣。」秋月淡淡地答了一句。

「好了、好了！既然不生氣了，太太有甚麼話吩咐，就請說吧！」

「太太就是這句話，告訴你一聲兒。我原說，就這麼一句話，讓鄒姨娘跟季姨娘說好了。太太說不好，得你替我去說，才算敬重人家。不想敬重出一大堆疑心來了。這是那裡說起。」

季姨娘心想，原來是這麼一段根由！秋月回去一說，馬夫人一定生氣，心裡又悔又恨，又有些害怕，不自覺地淌出兩滴眼淚。

這就到了可以拿季姨娘搓圓拉長，無所不可的時候了。秋月一面從腋下鈕扣上抽出手絹，塞在季姨娘手裡，一面埋怨地勸說：「你就是這個凡事不肯多想一想的脾氣害了你！四老爺不接你，接鄒姨娘去，自然有他的道理；你不想想，你一去了，鄒姨娘管得住棠官嗎？」

這是秋月編出來的理由，可是很管用；季姨娘信以為真，自怨自艾地說：「是啊！我怎麼沒有想到呢？」

「現在是想到了？」

「想到了，也明白了。」季姨娘的臉上，又是一種雨過天青的神色，站起來說：「秋月姑娘，你坐一坐；我今天做了酪，你嘗一嘗。」

「不，不！」秋月一把將她拉住，「我這兩天胃不好，吃了酪，回頭嘴裡發酸，難受得很。咱們靜靜聊一會，我就要走了。」

於是季姨娘復又坐了下來，談起曹雪芹的親事，問馬夫人何時動身到熱河？秋月便恰好提到與鄒姨娘結伴同行的話。

「太太身子不好，一時還不能出遠門，所以讓我去一趟——。」

「是去相親？」季姨娘迫不及待地問。

「不是。」秋月答說：「給烏太太去送禮。人家捎了好幾回信來，意思挺誠懇的，既然一時不能去，禮尚往來，總也得表表心意。」

「原來這樣。」季姨娘說：「其實你也不必吃這趟辛苦，要送甚麼禮，讓鄒姨娘帶了去，豈不省事？」

這句話倒是說在情理上；秋月心想，必得有個合情理的解釋，否則季姨娘一起疑心，便又有許多是非了。

「我也是這麼說。可是太太另外有想法，她說她跟烏太太從小就像姐妹似地；得專派一個人去，才顯得出情分不同。」秋月又說：「就像今天太太特為派我來，是一樣的道理。」

「是的，是的。」季姨娘感歎地說：「太太真正是賢德人，才想得這麼周全。」

總算遮掩過去了。秋月心存警惕，不能再跟她談了，言多必失，早走為妙。當下起身告辭；季姨娘殷勤相留，卻不曾留住。

到家已是上燈時分，一進中門，便遇見曹雪芹；「太太說你跟鄒姨娘要到熱河去。」他問：「何以突如其來，有此一行？到底去幹甚麼？」

聽他這樣發問，便知馬夫人有意隱瞞她的使命，因而她也不說真話，「太太沒有跟你說？」她這樣回答：「是一時不能去，特為派我跟烏太太致意。」

「沒有別的事？」

「你說，會有甚麼事？」

「我只當為我的事去的呢！」

秋月笑笑不答，只問：「震二爺來了沒有？」

「還沒有。不過，已經派魏升通知了，得晚一點才來。」曹雪芹又問：「他來幹甚麼？」

「你想呢！」秋月一面走，一面說：「回頭再說吧！我先去看太太。」

見了馬夫人，將季姨娘忽怒忽憂，倏忽之間，表情數變的事，當作笑話略略講了一遍；秋月趕緊到廚下去檢點，事先交代了幾樣曹震愛吃的菜，預備妥當了沒有？

這時曹震已經來了；一見了馬夫人便說：「太太讓我跟秋月私下談一談，行不行？」

「怎麼不行？」馬夫人隨即叫小丫頭到廚房裡來找秋月。

到了馬夫人屋子裡，曹震立即起身；迎著秋月說：「你來，我有點麻煩，非託你不可。」

秋月不知道怎麼回事，看馬夫人及曹雪芹神色如常；當即答說：「震二爺在這裡談，不一樣嗎？」

「不一樣，不一樣！」曹震答說：「你錦兒奶奶關照，一定得跟你私下談。」

「喔！」秋月答應著，卻有些躊躇之意。

曹雪芹懂她的意思，是在考慮到何處去談？當即說道：「你們到我書房裡去談吧。我在這兒陪太太。」

於是到了曹雪芹書房裡，曹震坐在曹雪芹的書桌前面，將椅子換了個方向；示意秋月端一張凳子坐在他身邊，都是面對著房門。

「告訴你一件再也想不到的事；我不知道這是喜事，還是麻煩？想來想去，只能跟你談；看看你有甚麼主意沒有——？」

「震二爺，」秋月有些著急了，「到底甚麼事，你請快說吧。」

「她，」曹震在手中畫了個字，「有喜了！是仲四來說的。」

秋月沒有看清楚他寫的是甚麼字？但旋即意會；驚異莫名地楞住了。

發楞之際，看到院子裡又紅又白的一樹杏花，便即指著窗外問道：「震二爺是說她。」

曹震轉臉看了一下，點點頭說：「對了。她本人還不知道，只說身上兩個月沒有來了。仲四奶奶很在行，私下仔細看一看就知道了。仲四說，如今就聽咱們這裡一句話，如果不理這個碴，仲四奶奶可以料理乾淨俐落。」

「她是怎麼料理呢？」

「還不就是弄劑藥給她服。」

秋月立刻就想到繡春當年的遭遇；心往下一沉，但此刻她還不便表示甚麼，只很快地答說：「這件事關係不輕，我得先跟太太請示。」

「是的。這件事得太太拿主意。」曹震問道：「我甚麼時候來聽回音？明兒一早行不行？」

秋月想了一下答說：「好！不過，震二爺，你別來！這件事，這會兒還得瞞著芹二爺；看明兒上午，我到甚麼地方去看震二爺？」

「到我那兒來好了。」曹震答說：「我家那口子明兒要去燒香還願，中午才能回來；你也不必來得太早，防她還沒有出門。」

「是！我知道。」

回到馬夫人那裡，兩人都是聲色不動；馬夫人問起仲四，曹震道是「還沒有來」，這就連翠寶的事都無可談了。由曹雪芹陪著他吃完了飯，揚長而去。

馬夫人睡得早，醒得也早，通常卯初便已經醒；秋月一聽前房有了響動，隨即起身，悄悄走了出來。馬夫人聽得腳步聲，在床上發問：「你怎麼這麼早就起來了。」

「是有話要跟太太回。」

「這時候？」馬夫人問。

「是！」秋月去剔亮了燈，揭開馬夫人的帳門說道：「其實昨兒晚上就該跟太太回的；我怕那一來，害太太一夜睡不好，所以捱到這時候。」

聽得這話，馬夫人倏地挺身坐起，驚恐地問：「出了甚麼事？」

「太太先別著急！」秋月歉意地陪笑，「說起來也許還是喜事。」

「噢！」馬夫人舒口氣，「你真嚇著我了。」

於是秋月服侍她起身，在熹微的曙色中，陪著她坐在窗前，促膝傾談。

「仲四來說，杏香有喜了。」

聽這一說，馬夫人不由得錯愕失聲，不過隨即恢復為平靜，「芹官的？」她問。

「不是芹官的，仲四用不著來告訴。」

「說得不錯。你往下說吧。」

「杏香本人還不知道，仲四是來跟震二爺討主意，倘或要料理掉，仲四奶奶說，那也是很方便的事。」

「這是怎麼說？是把『它』拿掉？」

「應該就是這麼個意思。」

「這麼辦不好！」馬夫人毫不考慮地說：「如果老太太在，就只有一個辦法，馬上把杏香接了回來；可是如今不比當年，這個辦法能不能行得通，得好好兒琢磨。」

「我也在想，拿掉不是辦法。弄到不好，像繡香那樣差點出人命，可不是玩兒的事。」

「那麼，你看該怎麼辦呢？」

「我想了一夜，沒有能想出好法子來。」秋月答說：「錦兒奶奶今兒要去燒香還願不在家，震二爺等著我給他回話呢！」

馬夫人點點頭，不作聲；秋月心裡在想，墮胎一事，既不可行，當然是要等杏香把孩子生下來。如今要考慮的是，杏香的出處，留子去母呢？還是接回家來？這就又牽涉烏曹家的親事了。

「這件事很難辦。」馬夫人說：「回頭我也到震二爺家去，一起來商量。」

「是。」秋月問道：「芹二爺呢？要不要告訴他？」

「暫時先別提。」

「那，那得想法子調虎離山，不然他會問，太太到震二爺那兒去幹甚麼。」

「這好辦。」馬夫人答說：「那天太福晉還問起他，說老沒見他的人了；今兒讓他給太福晉請安去。」

「太太這主意真高。」秋月笑道：「芹二爺一去，跟那位方老爺聊下了，總得下午才能回來；太太盡有功夫跟震二爺核計這件事。」

「話雖如此，咱們自己也得有個主意。」馬夫人問：「那杏香，到底是怎麼樣一個人呢？」

從那回曹雪芹跟她談了畫帳額的事以後，秋月對杏香已頗有了解，亦頗有好感，不過這時候的話，出入關係很大，她覺得應該謹慎，更應該公平，所以前前後後細想了一下，方始作答。

她還沒有開口，馬夫人卻又在催問了：「芹官總跟你談過她吧？」

「是！談過還不止一回。」秋月徐徐答說：「這個人很爽直，見識也不低，倒像是肯顧大局的。不過聽說性子有點急，有點剛。」

「相貌不知道長得怎得樣？」

「能讓芹二爺看中的，想來總醜不到那裡去。」

馬夫人點點頭，不再作聲；秋月伺候她梳了妝，正在吃早點時，曹雪芹來了。

「吃了沒有？」秋月說道：「要不就在這兒陪太太吃；我去下碗羊肉麵。」

「我不想吃麵。」曹雪芹問說：「昨兒晚上吃的素盒子，還有不？」

「大概還剩下幾個。」

於是秋月為他煎了四個素盒子，又舀了一碗全羊湯，一面吃，一面馬夫人便交代了。

「你也該去看看太福晉了。還有老王爺；他倒是常誇你的。」

「是！回頭我就去。順便看看方先生。」

他口中的「方先生」，便是秋月所說的「方老爺」方觀承。馬夫人跟秋月目視而笑，曹雪芹卻有些疑惑，也深深看了秋月一眼，希望她解釋。

解釋的是馬夫人，「你讓秋月料中了。」她說：「說你一去了王府，跟方老爺聊上了沒有完。」

「今天我回來得早。」

「不必！」馬夫人趕緊說道：「今兒天氣不錯，我也許帶著秋月串門子去，你也在太福晉那裡吃了飯回來好了。」

到得曹震那裡，恰好仲四也在；馬夫人因為他一直很巴結曹家，而以後也還有好些事要他出力，因而頗假以詞色，問起仲四奶奶的近況，很談了一陣子，才讓曹震請上房去密談。

「通聲，」馬夫人說：「有件事，可千萬得弄清楚；杏香肚子裡的孩子，到底是們曹家的種不是？」

曹震一楞，細想了一會答說：「我想不會錯。」

「那麼，這件事她嫂子知道不知道呢？」

「我剛才問了仲四，說仲四奶奶已經告訴翠寶了。」

「那，是錯不了啦。」馬夫人說道：「既是曹家的孩子，當然得讓她安安穩穩生下來。咱們現在商量，怎麼安置她吧！」

這話多少是出乎曹震意料的。他也想過這件事，揣摩馬夫人的性情，知道多半不會出以決絕的手段；但應該是議無善策，迫不得已的一種結果。不想馬夫人的言語如此爽朗明白，將杏香的生產，視作理所當然之事。

這一來，安置杏香的事，就必須從頭想起了；思緒有些亂，想事就不容易有條理了。冷眼旁觀的秋月，自覺是了解他的心境的，認為應該拿話刺他一下。

想停當了，開口問道：「震二爺，你不是在想繡春那年從蘇州回來的事吧？」

這一刺很見效，想到當年繡春墮胎的往事，對震二奶奶最不能原諒的是，完全不理會「不孝有三，無後為大」的古訓；然則此時馬夫人的想法，不正跟自己得知繡春懷孕時的心境相同嗎？

轉念到此，思慮立刻集中在如何安置杏香這一層上面了。他覺得唯一的顧慮是烏家；馬夫人究竟對烏家這一頭親事是怎麼個打算？不弄清楚了，就很難籌畫出甚麼妥當的辦法。

想是這樣想，卻一直不曾開口；因為找不到適當的措詞。馬夫人可有些不耐煩了。

「你想到了甚麼辦法，儘管說！說出來再商量。」

「辦法很多，不過都是救眼前一時之急。我還在想：一定能想得出來。」

想了很久，沒有好辦法；馬夫人有些困惑，秋月調停地說：「我看震二爺似乎不知道從何說起？那，這樣吧，震二爺覺得有甚麼辦不到的，或者不妥當的地方，不妨先提出來談，等琢磨好了，餘下的事就容易了。」

「好！」曹震點著頭說：「太太到底打不打算去熱河？」

「震二爺，」秋月抓住他話中的縫隙，毫不放鬆，「你是不是覺得太太似乎不打算去熱河了？」

「我不敢這麼說。反正太太對烏家這頭親事，不怎麼在乎，那是誰都看得出來的。」

秋月沒有答話，心裡已承認了曹震的看法。馬夫人卻不大能理會；只是催問著：「通聲，你別扯烏家的事，只說怎麼安置杏香好了。」

「安置杏香容易，讓她跟翠寶一起住在易州好了。有翠寶照料，將來『坐月子』，太太都不用擔心了。」曹震也有些急了，話說得很快，「我是在想以後，等把孩子養下來，怎麼安置她。」

「那是以後的事。」馬夫人說：「這會兒可以不管。」

「太太可以不管，我不能不管。」話一出口，曹震才發覺自己的語氣太硬了；於是停了一下，放低了聲音說：「我跟太太說我心裡的想法吧，將來怎麼安置杏香，得看烏家二小姐的意思。雖說這件事有太太在，容不得她作主；可是剛進門的新娘子，她若是覺得委屈，心裡這不痛快，就不容易消掉。那是他們小倆口一輩子的事，不能不多想一想。」

馬夫人默無表示，秋月卻認為曹震為人謀事甚忠；怕馬夫人不盡了解他的意思，便為他作個補充。

「震二爺是這麼個打算，如果未來的芹二奶奶能容得下杏香，那不用說，當然留下來。倘或不願意，不能為了杏香，讓他們小夫婦生意見；那就得另外想法子安置人家。可是，這不能說要就要，說不要就不要；事先得籌畫出一條路子來，一步一步引著往這條路上走，到時候才不會出事。」

「著啊！」曹震猛一拍大腿，「秋月真說到我心裡來了。」

馬夫人點點頭，又深深地看曹震一眼，才緩慢地開口：「你想得不錯，大概往那條路子走，也想好。不過，這總不是十天半個月的事吧？」

這話就很明白了，曹震立即答說：「好！我先這麼辦，讓她跟翠寶到易州去；等太太熱河回來再說。」

「嗯！」馬夫人隨口應著。

「現在要談翠寶的事了。」曹震看著秋月說：「這可得仰仗大力。」

「震二爺這麼說，可真不敢當。」秋月答道：「震二爺吩咐下來，我照辦就是。」

「反正裝作以前根本不認識，一切從頭做起。不說請仲四奶奶物色嗎？如今就算是有回信了，人有了，該怎麼辦吧？」

「那當然先要告訴錦兒奶奶，太太跟我裝著不知道。看錦兒奶奶怎麼個主意，我接著說是。」

秋月又說：「事先也不必多想，反正辦這種事都是有規矩的，咱們按部就班，自然不錯。」

「話是不錯，可就是其中夾了個杏香在那裡，只怕裝得根本不認識也不行。」

這確是一大障礙。翠寶帶著個有了孕的小姑來，問起來是怎麼回事？不就都拆穿了？

「太太請放心！眼前是不能不這麼辦，等翠寶進了門，跟錦兒處好了，我自會跟她說實話。」

「那得到甚麼時候？」

「很快。」曹震很有把握地說：「只要她們倆見個兩三回，翠寶就能把錦兒籠絡住；我就可以說實話了。或者，這話讓雪芹跟他錦兒姐去說。」

第二天，錦兒一大早就來了，到馬夫人那裡請了安，陪著只是閒談。她的來意是很明白的；既然不願在馬夫人面前談，當然是先要跟秋月商議。因此，馬夫人使個眼色，秋月會意，悄悄離座，回到後房的套間中。

果然，沒有多少時候，錦兒就溜進來了；拉著秋月並坐在床沿上，低聲說道：「仲四掌櫃那裡有消息來了。」

「甚麼消息？」秋月裝得茫然不解地。

「不就是我們震二爺娶姨娘嗎？」

「喔！是物色到了？」

「是的，據說通州有一雙流落在那裡的姑嫂，姓劉，還是好人家出身。」

「那姑娘多大？」

「不是姑娘，是嫂子。」

「是嫂子？」

「是啊！我當時也奇怪，有丈夫的，怎麼給人做小呢？問起來才知道是居孀的。」

「那當然，不居孀怎麼別嫁。」秋月問道：「有多大年紀？」

「二十六歲。」錦兒答說：「說人很能幹，德性也好，要我去相看。」

「那你就去啊！」

「去是要去的，不過，我想了一夜，怕我這一去，會中圈套；所以我想請你替我去一趟。」

聽得這話，秋月不免一驚：「怎麼說是中圈套？」她問。

「我疑心震二爺已經先就說好了，架弄我到了通州；你知道的，仲四奶奶那張嘴多厲害，在場面上拿話拘我，答應是答應，不答應也得答應。果然人品不壞，倒也罷了；萬一是個難惹的，將來說起來是你自己看中的，怨誰？那時候我要求太太作主都難了。」

秋月覺得她的顧慮是應該的，可是她又是怎麼料中真相的呢？因而率直問道：「你怎麼會疑心震二爺先就說好了的。」

「他自己透露的。」錦兒答說：「昨晚上他告訴我這回事；我說能幹、德性好，都不算，要模樣兒讓你瞧得上眼，才能談別的。你先去看，看中了再告訴我，你知道他怎麼說？」

「我猜不到，你說吧！」

「他說，不用看，我知道。這不早就有往來了嗎？」

秋月心想，曹震似乎也不是完全裝作事先不知情的模樣；既然如此，就不必過分盤馬彎弓了。盤算了一下，開口問道：「你現在的意思怎麼樣呢？」

「我不是說了，請你替我去看一看。你說好就算；不然，我也不必去看了。」

「你倒真信得過我。」秋月笑道：「早知如此，我還可以敲震二爺一下，他得好好兒替我送份禮，不然我就叫他不能如願。」

「你放心，他少不得會謝你——。」

「閒話少說。」秋月搶著說道：「這件事我不能不效勞，可是責任很重；你得先告訴我，才能合你的意？」

「合我的意，是絕不會有的事；就盼將來別給我氣受，那是最要緊的。」

「此外呢？」

「性情就要爽朗一點兒的。」

「還有呢？」

「還有？」錦兒沉吟了一下說：「你自己想去，反正覺得容得下的，我也容得下。」

「那可不一樣。」秋月乘機說道：「倘或如你猜想的，她如果早就跟震二爺認識了，你介意不介意？」

「介意誰？」

「自然是你讓我去看的那個。」

「不會。」錦兒緊接著說：「不過，我得跟他算一算帳。」

這個「他」自是指曹震。秋月便又問說：「你跟他算甚麼帳？」

「問他為甚麼騙我。」

「算了吧！爺兒們在外面都是這樣子的；他騙你，可知還忌憚著你。」秋月勸道：「你不說破，他懷著鬼胎，處處顧忌，唯恐你洩他的底；真的戳穿了，也不過淘一場閒氣，以後倒是心安理得，甚麼都不在乎了。」

錦兒不作聲，怔怔地想了半天說：「你的話是不錯。不過，我就這麼讓他騙了？這口氣想想真有些嚥不下。」

「看在太太跟我的份上，別嘔這口氣吧！」

錦兒突然發覺弦外有音，立即說道：「這也奇了！跟太太、跟你有甚麼關係？」

秋月很想即時說破真相；但終於還是持重，只這樣答說：「你嘔氣嘔出病來，太太跟我不心疼嗎？」

話是解釋得通，但錦兒總覺得語氣不同；一時無可究詰，只好暫且丟開。

「你見太太去吧！」秋月牽著她的手起身，「你要我替你去，也得太太答應才行。」

「那當然。我是要跟你談妥當了，再去回太太。」

「還有件事，倘或芹二爺在，你就先別提這件事。」

「為甚麼？」

「你現在別問；將來自會知道。」

錦兒疑雲又生，細想了一下說：「照這麼看，我也不能向芹二爺談這回事？」

「那還用說。」秋月知道她心裡嘀咕，便又加了一句：「你好歹在心裡忍一忍，緣故，我一時不便說；反正等我通州一回來，就都知道了。」

「好吧！我就納幾天悶。」

果然，到了馬夫人那裡，恰好曹雪芹也在；錦兒便又扯了好些閒話，曹雪芹盡坐著不動。最後是馬夫人看出來了，率直地下了「逐客令」。

「你去吧！我們有話要談。」

曹雪芹笑笑走了。等他出了中門；錦兒才將曹震告訴她的話，以及她想請秋月替她到通州去相看的打算，細細告訴了馬夫人。

「你呢？」馬夫人看著秋月說：「你的責任不輕，你可自己估量著。」

「是！」秋月答說：「所以我細問了錦二奶奶，要怎麼樣才算合意，怎麼樣是不合意。」

「你只去看好了，看了是怎麼個情形，讓錦兒自己拿主意。」

「我看，也不必我拿甚麼主意了；事情是十拿九穩了。」

這明明是說，有個現成局面在那裡，無非大家相約隱瞞而已。馬夫人有她的一份做長輩的尊嚴，聽她這話，頗覺刺耳；考慮了一下，認為錦兒畢竟還算賢慧，說穿了事情反倒好辦，因而用徵詢的語氣向秋月說道：「說實話吧？」

這一來，秋月倒覺得有些尷尬，看著錦兒說不出話；錦兒卻不敢將得色顯現在臉上，只頑皮地向秋月笑了一下，意思是說：好啊，原來你跟我搗鬼！

「去吧！」馬夫人說：「先別讓芹官知道。」

於是，又回到秋月那裡，依然是並坐在床沿上交談。前後經過很複雜，又牽涉到曹雪芹與杏香；而且有些細節是秋月所不明瞭的，所以談起來很吃力，錦兒不斷插嘴發問，就越發費功夫，一談談到近午時分，才把整個經過說清楚。

「先吃飯吧，」秋月說道：「吃了飯再商量。」

飯桌上有曹雪芹不能談；而錦兒不但關心翠寶的事，更以曹雪芹的緣故，對杏香大感興趣，急於想議出一個結果來，便即提議：「走！到我那裡吃飯去。」

秋月還有些躊躇，禁不住錦兒再三催促，終於跟她坐一輛車走了。

在車上都沒有說話，錦兒得將整個情節好好理一遍，然後才能決定處置的辦法；在回憶時，覺得杏香頗為可愛，連帶對翠寶的敵意也減了許多。

「為了杏香的緣故，我凡事可以馬虎。可是將來究竟拿她怎麼辦呢？」

其實是為了曹雪芹，愛屋及烏才關切杏香。她的心情，秋月很了解；但如何處置杏香，尚在未定，錦兒過分關切，將來處置不如她的理想，就會發生障礙。秋月為馬夫人，也為她自己著想，覺得錦兒的這份關切，還是不必接受的好。

「你別把兩件事扯在一起。翠寶是翠寶，杏香是杏香；兩件事都圓滿，兩好併一好，固然再妙不過，可是各人的利害不同，還是各歸各辦的好。」

「怎麼叫各歸各辦？」

「我的意思，還是照你原來的辦法，由我替你到通州去一趟；翠寶只要性情過得去，肯敬重你，你就落得放大方些。至於杏香的事，要看情形再定，眼前還說不上來，究竟該怎麼辦？」

「咦！」錦兒詫異地，「不是說，跟翠寶一起住在易州，等做了月子再作道理嗎？」

「這不過其中的辦法之一。」

「另外呢？另外還有甚麼辦法？」

「住在仲四奶奶那裡，也是一法。」秋月答說：「仲四奶奶是她乾媽；人家也是有權作主的。」

錦兒不作聲，想了好一會方始問道：「太太是怎麼個意思呢？」

「如今也不是自己能作主的時候，要看看人家的意思。」

錦兒明白她的所謂「人家」，是指烏家對杏香的意見；這一點她覺得不足為慮，即或妻妾不便同時進門，杏香可以跟翠寶多住些時候，一年半載以後再接回來。

「這件事，」錦兒想起，「為甚麼不告訴芹二爺呢？」

「這會兒告訴他，一點好處都沒有。」秋月答說：「現在好幾個頭緒，還不知道怎麼下手；出主意的人一多，不更亂了嗎？」

「對極了！」錦兒矍然而起，「這樣吧，一切都等你通州回來了再作道理。如今只太太、你、我三個人知道底細；我先不跟我們二爺談。」她又得意地說：「他瞞得我好，我也讓他在鼓裡睡幾天。」

「好！就這麼說定了。」秋月起身說道：「我得走了。回頭讓震二爺撞見了，一起疑心，你就沒法子把他蒙在鼓裡睡幾天了。」

「喔，還有，你打算甚麼時候走？我好告訴震二爺替你預備。」

秋月想了一下說：「明天上午動身好了，能當天趕回來最好。」

「當天一定趕不回來。再有，你這一去，芹二爺一定會知道，只怕你不告訴他也不行。」

秋月已經想好了，很快地回答她說：「我只告訴他一半。」

這「一半」是關於翠寶的部分。她告訴曹雪芹說，受錦兒之託，到通州去看看翠寶是怎麼樣一個人，順便跟仲四奶奶商量，如何安撫杏香？又說錦兒只知道仲四奶奶為曹震物色了一個姓劉的寡婦，並不知道就是翠寶，更不知道有杏香這麼一個人，叮囑曹雪芹不必跟錦兒談曹震納妾的事。

曹雪芹自然是她說一句，答應一句；但卻提出意願，想伴她一起到通州。

這當然絕不可行。但秋月卻未率直拒絕，只推在馬夫人身上，「你問太太。」她說，「准不准你去？」

曹雪芹廢然無語；因為他知道問也是白問。

秋月是曹震親自陪了去的。錦兒說得好：「你自己再去看一看，模樣兒到底如何？秋月是替我去看她的性情。只要你們兩個人都說好，這件事就算成了。」

因此，曹震在路上就跟秋月說好了，一到通州，先到翠寶住處，談好了她的事，再談杏香。同時他又交代魏升，催快了馬，先去通知翠寶，說有客來，要備飯款待。

秋月在曹家儼然是個「當家人」，那是翠寶早就知道的；此來等於是代表馬大人來相看，事成與否只在她一句話。因此，待客的禮節，一點都不敢疏忽，打扮得頭光面滑，換了出客的衣裙；等聽得車走雷聲，到門而止，急忙帶著丫頭，迎了出去。

車是二輛，前面一輛剛停，只見曹震已探出頭來；翠寶顧不得跟他招呼，走到第二輛車前，掀開車帷，未語先笑；然後說道：「是秋月姑娘？請等一等，等擱好了車凳再請下來。」

「喔，」秋月也含笑招呼：「這位想來就是我們芹二爺說的翠寶姐了。」

這個稱呼是秋月經過考慮才決定的，第一是為了避免叫「翠姨」，表示還沒有承認她的身分；其次是為曹雪芹拉交情，在談杏香時，可多得翠寶的助力。

在翠寶當然是謙稱「不敢當」；一面說，一面親自扶著秋月，踩著踏腳凳下車。這時曹震已站在大門外等候，以秋月是「客」的理由，要讓她先進門。

「不！震二爺先請。」秋月一口堅辭；理由是：「曹家沒有這個規矩。」

聽得這話，翠寶默識於心，言行就格外謹慎了；進了堂屋，站在下首先問「太太好」；再問「芹二爺好」，然後才跟秋月見禮——雖是平禮，卻站在西面，自居於下。

「這也就像到了自己家一樣。」曹震對秋月說：「隨便坐吧！」

「秋月姑娘請進來先擦把臉。」翠寶知道堂客行長路而來，最盼望的，就是先找個隱祕的所在休息；所以親自引路，將秋月領入臥房，隨手關了房門，拿曹震摒絕在外。

就這「問安」的那套禮節，與這番體貼入微的心思，便將秋月的心拴住了；再看她笑容自然，舉止溫柔，絕非難相處的人，這一下替錦兒也放了心。於是等翠寶為她絞熱手巾來時，稱呼馬上就改過了。

「多謝翠姨！」

「不敢當。」翠寶喜上眉梢，「叫我名字好了。」

「怎麼能叫名字？」秋月拉著她問：「翠姨貴處是山東？」

「東昌府。」

「那是大地方。我到過。」

所謂「到過」，也不過是從南京回旗時，在那裡住過一宿而已。這樣把話套近了來說，就更顯得投機了。翠寶略略說了些她的身世；也表達了必能尊敬大婦的誠意。秋月也是說了實話。

「錦兒奶奶是極平和、極顧大體的人；你跟震二爺的事，她也知道。本來想來看你的，只為京裡事多，一時分不開身，特為託我來談好日子。」

這話就坐在堂屋中，隔著一層板壁的曹震聽得清清楚楚；原來他跟翠寶的事，錦兒已經知道了！然則何以聲色不動？看來錦兒胸有城府，不是容易對付的人；以後倒要小心才是。

在這樣想著，只見門簾啟處，秋月在前，翠寶在後，雙雙出現；曹震裝作沒有聽見她們的話，笑嘻嘻地問道：「你們談些甚？」

「談的是喜事。」秋月問道：「震二爺，你打算甚麼時候讓我跟仲四奶奶見面？」

「隨便你。」曹震答說：「今兒下午就行。」

「在那兒見？」

「這也得看你的意思。」曹震又說：「先吃飯吧！一面吃，一面商量。」

聽得這話，翠寶便退了出去，預備開飯；秋月便說道：「我沒有跟翠姨談杏香；下午我也不想當著翠姨跟仲四奶奶談。」

「等一等！」曹震答非所問地，「從下車進門，我到現在還沒有跟翠寶好好說過話呢。」說完，他匆匆忙忙去了。

秋月知道他是去找翠寶，首先要問的，自然是杏香的情形。仲四先回通州，當然要將馬夫人決定讓杏香安然生產以後，再作道理的話，告訴了仲四奶奶。可是，仲四奶奶是不是已跟杏香說了呢？說不說都有可能；因為說不說都不錯。不說是持重；說呢，當然是好消息讓杏香先聞為慰。秋月細想仲四奶奶的性情，應該持重的可能居多。

那知竟猜錯了！「仲四奶奶已跟杏香談過了。」曹震走回來說：「事情可真還有點兒麻煩！秋月，你到我書房裡來。」

這是尊重她的意願，避免當著馬上會到堂屋裡來開飯的翠寶談杏香。據曹震剛剛從翠寶那裡得到的消息是，杏香已經發覺自己有身孕了，卻不知如何跟仲四奶奶開口？那種焦躁不安的神情，落在仲四奶奶眼中，當然也能了解她的心境；不過她得裝作不知道，要等仲四進京就曹震那裡討得確實回話，才能動問。如果曹家決定讓杏香墮胎，她早已預備了一劑藥，不管杏香怎麼說；反正這劑藥總能讓她服下去。

但是，這是仲四奶奶迫不得已，為了巴結曹震而「造孽」；因此，聽到仲四從曹家帶回來的話，不但替杏香欣慰，她自己亦有如釋重負之感。在這樣的心情之下，一向處事老練周到的仲四奶奶，當天晚上就與匆匆地跟杏香深談，證實了她懷著孩子，確是曹家的骨血，隨即便轉告了曹家的安排。

「震二爺娶你嫂子，有芹二爺的老太太作主，不會再生波折了。總在十天半個月以後，翠寶就得搬到易州去了；曹家的意思，讓你跟翠寶一起住，把孩子安安穩穩生下來再說。你要是不願意去易州，住在我這裡也行。」

「乾媽，」杏香把羞紅了的臉，低了下去，艱澀地說：「生了以後呢？」

「曹家當然會有安置你的辦法。」

「乾媽，甚麼辦法？」

仲四奶奶沒有想到，她會「打破沙鍋問到底」；一時倒有些艱於應付，吃力地答說：「這一層，人家沒有說；你乾爹也不便問。曹家向來是積善之家，不會虧待你的。」

「不虧待，也無非多給幾兩銀子。乾媽，」杏香羞澀之態漸去，伉直之性流露，「明明是留子去母，我為甚麼那麼傻？」

「那也不見得——。」

話一出口，仲四奶奶就發覺自己失言了；「不見得」的反面就是「有可能」，那就無怪乎杏香有這樣的想法。為今之計，只有以撫慰來彌補失言。

「你現在別想得太多！反正曹家馬上會有人下來；咱們跟人家慢慢兒談。你是怎麼個打算，先老老實實跟我說，我好替你去爭。」

「我也不想跟他們爭甚麼；是他們自己該盡的道理。如果他們沒有個明明白白的一句話，我是不會跟翠寶到易州去的。翠寶姓了曹，跟我們劉家就毫無瓜葛了！乾媽，你老人家倒想，我憑甚麼跟她住在一起？」

仲四奶奶微微點頭，臉色轉為很少見過的凝重神情；這就連杏香都驚訝了，在她的記憶中，仲四奶奶就不曾有過為難的表情，前一陣丟了趟二十萬兩銀子的鏢，「保家」的人來大吵大鬧，她叫仲四暫且躲開，出面應付保家，亦仍是從從容容，不似此時憂慮之深。

「乾媽，」杏香不安地問：「我不知道說錯了那一句話，惹你老人家生了氣？」

「你沒有說錯；倒是我想錯了。」

仲四奶奶是真的認錯。她從未想到過劉家寡婦嫁作曹家小星，杏香就不能跟翠寶再論姑嫂了。照此說來，除非有確定的承諾，杏香定會歸宿曹家，她就沒理由依翠寶而居。

當然，如果仲四奶奶能為曹家作此承諾，那就一切都迎刃而解了。所苦的就是不能。想了好一會，只有把杏香到底是何意向探明了再作道理。

「咱們打開天窗說亮話。」仲四奶奶的聲音又轉為沉著了，「你是要怎麼樣，才願意跟翠寶住在一起？」

這實在也是故意逼杏香自己說一句。她到底年紀太輕，臉皮還薄，說不出非嫁曹雪芹不可的話；考慮了一會，才這樣答說：「總得跟翠寶扯上點兒甚麼關係才好。」

「這好辦！從前你們是姑嫂；現在算是姐妹好了。」仲四奶奶又恢復她那迅利的話風了，「你認了我作乾媽；不妨認一個乾姐姐。易州、通州兩頭住，愛住那兒住那兒，不挺好的嗎？」

這話驟聽很合情理，一無可駁之處；但往深處去想，卻反像坐實了曹家有「留子去母」的打算。杏香的臉色便顯得很陰鬱了。

仲四奶奶不敢催逼，怕把事情弄僵了，難以挽回；同時想到她跟杏香的名分，不由得說了句：「你管我叫乾媽，我能不護著你嗎？我會替你爭。」

一聽這話，杏香立即雙膝跪倒，磕著頭說：「請乾媽替我作主。」

受了她這樣的大禮，仲四奶奶頓覺雙肩沉重。杏香拜她為義母，稱呼雖改，卻還未正式行禮；這是第一次給她磕頭。仲四奶奶暗暗歎口氣；在心中自怨自恨；怎麼回事？會弄得這樣子窩囊！

這一來就顧不得曹家那方面了，她傳話給翠寶；翠寶告訴曹震；曹震認為「麻煩」來了。

「杏香已經說了，除非定了她的身分，她不便跟翠寶一起住；因為她跟翠寶已經不是姑嫂了。」曹震又說：「仲四奶奶一向很能幹，這回辦事可沒有辦好。」

「那也不能怪仲四奶奶。」秋月說道：「杏香的話也不錯，是個腦筋很清楚的人，才說得出來的話。」

「你別誇她了。看應該怎麼應付？」曹震放低了聲音，「毛病不在是不是跟翠寶住；不跟翠寶跟仲四奶奶也一樣，她說這話的意思是，她如果不姓曹，她肚子裡的孩子也就不會姓曹了。我看算了吧，還怕雪芹將來沒有兒子嗎？」

「不！」秋月斷然拒絕，「要這麼辦，老太太在冥冥之中，也饒不了咱們。」

聽得這話，又看到秋月那種懍然悚然的神色，曹震也有些害怕了；「你別說了！我也不能造這個孽。」他說：「慢慢兒想吧！先吃飯去。」

話剛完，門外咳嗽一聲，隨即看到翠寶掀起門簾，她身後的丫頭端著一個大托盤，有菜有飯有酒，卻只得一副碗筷。

「我在這兒吃。」曹震向秋月說。

原來這是剛才翠寶跟他商量好的。翠寶是發覺秋月特重家規，一定不會肯與曹震同桌，甚至還要侍立執役；所以出主意為曹震單獨在書房裡開飯。由她做主人在堂屋中款待秋月。

果然，即便如此，秋月仍舊在書房裡幫著翠寶鋪排好了飯桌，等曹震坐定了，方始退出。

「翠姨請上座。」

「不！姑娘是客；千萬別客氣。」翠寶就東首舉箸「安席」；秋月也肅然還禮。彼此客客氣氣相對而坐。

「是我自己泡製的玫瑰露，酒味很淡，不妨寬用一杯。」翠寶舉著仿粉定窯的白瓷小酒盅說。

「謝謝。」秋月答說：「僅此一杯吧，下午要去看仲四奶奶，酒上了臉，不好看。」

「是！」翠寶不便勸酒，卻儘自布菜；秋月亦不斷道謝，酬酢的痕跡非常明顯，所談的亦無非閨閣中習聞話題。

吃到一半，曹震銜著剔牙杖踱了出來；秋月急忙起身，曹震便連連搖手，「你歸你吃！別管我。」說著，他在下首打横的凳子上坐下來，信口問道：「你們談些甚麼？」

「我跟秋月姑娘學了好多東西。」翠寶答說：「剛剛是在請教做醉蟹的法子。」

「那還早。」曹震急轉直下地問：「你們沒有談杏香。」

秋月原曾說過，不願當著翠寶談杏香，而曹震卻明知故犯，是因為他覺得情形與原先的想像大不相同，非大家在一起深談不可了。

秋月的想法亦已變過，只是她不願先表示態度，想先聽聽翠寶有甚麼好主意。

「杏香的事，我很為難，不過，我既然承太太成全，讓我也姓了曹；那，胳膊沒有向外彎的道理。這件事，請二爺跟秋月姑娘商量，該怎麼辦，我盡力去做。」

翠寶的話很得體，秋月深深點頭，大感安慰；同時也覺得彼此的心已經拉得很近了，說話便不須多作顧忌，「翠姨，」她說：「如今摸得透她的脾氣的，只有你；你看這件事該怎麼辦？」

「我看——，」翠寶想了一下，用很有決斷的語氣說：「只有跟她說實話最好。」

「是的。」秋月問說：「這實話該怎麼說？」

「自然是說難處。」翠寶停了一下又說：「芹二爺不是那種薄情的人，這一點是相信得過的，如今只是為芹二爺喜星剛動，總要先盡這件大事辦妥當了，才談得到杏香的事。我想，不妨把這些難處，都說了給她聽，問她肯不肯體諒？」

「她肯體諒呢？」

「就跟著我住，把芹二爺的孩子生下來；以後慢慢再想法子接她回去。」

「這就是說，要她等？」

「是的。」

「萬一，」秋月很吃力地說：「等到頭來，還是一場空，那又怎麼辦？」

「秋月姑娘，」翠寶語氣很柔和地說：「我不大懂這句話。」

秋月也無法明說這句話；幸而曹震會意，便接口說道：「秋月的意思是，譬如那位芹二奶奶醋勁很大，倒不准杏香進門呢！」

「如果是這樣一位芹二奶奶，恐怕，未見得能中太太意吧？」

「說得是。」秋月立即同意，「烏二小姐果真妒性那麼大，這頭親一定結不成。」

「這也難說。」曹震提醒她說：「盡有做小姐時候，性情極好；一當了少奶奶，甚麼壞脾氣都出來了的！這種情形，我看得多了。」

「那總看得出來的。」翠寶轉臉看了秋月一眼，「譬如，像秋月姑娘一看就是賢德人。」

「那，你倒留意留意，」曹震笑道：「好好做個媒。」

聽得這話，秋月臉就紅了；更令人難堪的是，翠寶居然定睛來看，似乎真要為她做媒似地。於是，她正一正臉色，平靜而堅定地說：「震二爺，這會兒不是開玩笑的時候。」

「好，好，談正經。」曹震略帶歉疚地說。

「剛才是說她肯體諒的話。」秋月將話題拉了回來，「倘或不肯體諒呢？」

「那就只好隨她了。反正有她乾媽在，總歸有照應的。」

「話是不錯。不過我怕她鬧意氣。」

「怎麼鬧法？」

「譬如，不肯把孩子生下來；或者生了下來，不願讓孩子歸宗。」

「這多半不會！再說，她也沒有甚麼意氣好鬧的。說句良心話，當初一雙兩好，杏香自己看中芹二爺，倒有六分；倘或結果真的不圓滿，她也只能怨自己命苦。」

這全是幫著曹家說話；不過細想一想，也不能說她的話是一面倒。秋月在翠寶建議跟杏香說實話時，便已有了一個念頭；此時念頭變為決定了，但照道理須先徵求曹震的同意。

「震二爺，你看，我跟杏香去談一談，是不是合適？」

「太合適了！」翠寶搶在前面說：「仲四奶奶不便說，因為她得幫著杏香；我更不便說，她會覺得我偏心。秋月姑娘平時的為人，她也知道；一定肯聽你的話。」

「震二爺看呢？」

「翠寶的話不錯。不過，我覺得你跟仲四奶奶一起跟她談，就更容易動聽了。」

「是。」秋月欣然接受，「震二爺看，甚麼時候去談。」

「別忙，我先把仲四奶奶去接了來，說明白了再跟杏香去談，比較妥當。」

等把仲四奶奶接了來，少不得先有一番寒暄，方談入正題。仲四奶奶也很贊成開誠布公跟杏香去談的實話。接下來，將她勸杏香的話，以及杏香的態度，都細細地告訴了秋月。

原來她有個「留子去母」的疑忌在！秋月心想，這就更須拿個「誠」字來打動她了。

「今天來不及。」仲四奶奶說：「秋月姑娘明兒上午請過來吧；我今天回去先打個底子。」

仲四奶奶為秋月先容，包括一份豐盛的禮物在內——秋月一共帶來三份禮，仲家是熟人，所送不過時新食物之類；送翠寶的也不過擺飾、衣料，唯獨送杏香因為有慰撫之意在內，馬夫人特為檢了兩樣首飾：一副鑲金綠玉鐲、兩隻寶石戒指，另外是寧緞杭紡的四件衣料、一口帶玻璃罩的小金鐘與一具烏木嵌銀絲的鏡箱。

此外還有一大包宮中妃嬪所用的安胎藥。仲四奶奶將她自己的一份禮，帶了回去；送杏香的，只帶了衣料、金鐘與鏡箱；餘下的首飾與安胎藥，她建議由秋月自己帶了去送。

回到家已是上燈時分，仲四奶奶不回上房，逕自到廂房來看杏香，「曹家給你送禮來了。」她一面說，一面動手打開包封；那三樣東西在平常人家送禮，是貴重之物，以曹家那種身分，卻不算過豐。不過，杏香仍不願接受，「乾媽，」她故意這樣說：「怎麼無緣無故，送我這幾樣東西？」

「怎麼會是無緣無故？」仲四奶奶拉著她的手坐下來，「曹家太太特為派了秋月來看你；她說今天太晚了，明兒一早來，好跟你多親熱親熱。還有兩樣禮，她明天親自帶來。」

「我不要！」杏香直覺地答說。

「你為甚麼不要？」仲四奶奶知道她心裡的想法，卻不說破，「她空手來，是他們失禮；你不要，就顯得你不對了。」

「怎麼是我不對呢？」杏香問道：「是我不識抬舉？」

「也可以這麼說。不過識不識抬舉是小事，你識不識人家送你這些東西的意思，關係不小。你看，這幾樣玩意，也不是隨便能送不相干的女孩子的。」

這提醒了杏香，心想這三樣東西，都可以視作贈嫁；這一轉念，不覺脫口說道：「倒像是嫁妝。」

「不錯，不過不是陪嫁；人家是全心全意打算把你接回去的。只是做官做府的人家，有一套跟咱們不一樣的規矩；不能不按規矩辦事，就有難處了。秋月這回來，就是跟你來談其中的難處；你要是自己當自己是曹家的人看，就得體諒人家的難處，也就是體諒你自己。你懂我的意思不？」

聽得這一番話，杏香才知道自己猜錯了！不過秋月這套說法，與曹震的態度，大相徑庭，似乎不可全信。但轉念又想到，大家一直都在談；曹家有個身分彷彿像「姑奶奶」的秋月，通達大體，人很正派，頓時信心大增。

「我懂。」她毫不含糊地答說。

「你懂了，那麼，你明天是怎麼樣對她呢？」

「乾媽不是要我體諒人家的難處嗎？我自然聽乾媽的吩咐，只要道理上說得過去，我一定體諒。」

仲四奶奶放心了；「你把東西收拾好了，就過來吧，也快開飯了。」她說：「曹家送了好些吃的東西，你來看看，有你喜歡的沒有？有一罐蜜餞青梅，大概一定對你的胃口。」

想起蜜餞青梅又甜又酸的滋味，杏香不覺口角流涎，乾嘔了一陣，自己覺得「害喜」的徵象已明顯了。

杏香幾乎一夜沒有睡著。那具小金鐘滴滴答答的聲音，雖隔著玻璃罩已很微弱；只以夜深人靜，便顯得很響。不過，杏香卻不以為那是干擾；每次驚醒，心頭先浮起一陣暖意，雙眼的酸楚，就很容易忍受了。

及至黎明時分，有了人聲；不再聽得見鐘擺聲音，而且人也確實倦了，方能入夢。這一覺也沒有睡多少時候，仍是照平常的時刻起身；著意梳洗了一番，跟仲四奶奶一起吃了早餐，正在收拾屋子時，外面傳進話：「曹家的堂客到了。」

她是跟仲四奶奶商量好的，只在廂房中等待；仲四奶奶自會將秋月領來相見。然後主人退了出來，只秋月跟她單獨相處，就甚麼都好談了。這比先在堂屋見了禮，再回她臥室來密談，在形跡上自然得多。

因此，當人聲漸近時，她只在窗內張望，看到的是秋月的側影，長身玉立，步履穩重，除此以外，說不上甚麼顯明的印象。

及至見了面，尤其是跟仲四奶奶站在一起相比，秋月那種出自大家的氣度，會使人懷疑，她絕不可能是低三下四的出身。心折之下，不自覺地便先施禮，說一聲：「秋月姑娘你好！」

「妹妹你好！」秋月一面還禮，一面答說：「老想來看妹妹，今天到底讓我如願了。」

說完，拉住杏香的手，含笑端詳，眉目清秀，卻是輪廓分明，看得出是個有主見的人。手上的皮膚很白，臉卻黃黃地微顯憔悴，不知是因為「害喜」還是有心情的緣故？

「秋月姑娘、仲四奶奶，都請坐。」

「叫我姐姐好了。來，咱們一起坐。」

「對了，杏香，你們姐妹相稱好了。不過，」仲四奶奶笑道：「這一來，我占了秋月姑娘的便宜了。」

「仲四奶奶別這麼說！說真的，我都想認這麼一位乾媽呢！」

「那怎麼敢當！」仲四奶奶將秋月帶來的一個包裹，往前推了一下站起來說：「你們姐妹倆說說知心話吧！我回頭再來。」

等仲四奶奶一走，秋月解開包裹說道：「妹妹，還有兩樣太太給的東西，我交代了給你。」

打開那只紫檀嵌螺甸的首飾盒，杏香一看就說：「這，這可不敢受。太貴重了。」

「東西不貴重；貴重的是情意。妹妹，我聽芹二爺說過，你是跟令兄念過書的，莫非『長者賜，不敢辭』這句話都不知道？」

「話是不錯。不過——。」

「妹妹，你再說就生分了。」

「我，我實在不安得很。」

「我有治不安的藥。」秋月順勢回答；隨即解開一個紙包，裡面是一具織錦緞的長方盒子，盒蓋上五個燙金的字：「宮方安胎丸。」

剛伸出手來的杏香，一看藥名頓時臉紅，手也縮回去了。

秋月卻平靜無事地揭開盒蓋；裡面紅綾襯底，挖出十個圓槽，一槽一蠟丸，也是金字藥名。那蠟丸白中透亮，可知不是陳年過性的藥。

「這是特為跟平郡王府太福晉去要來的。你仔細看一看仿單，一個月吃一丸就行了。」

杏香眼看仿單，心有所思，照此看來，連平郡王府太福晉都知道她懷孕了。她聽說過，曹雪芹是遺腹子；王府太福晉當然也關切娘家的根苗，倘或生個男孩，她在曹家的地位就不同了。

可是，這得有名分才行，否則仍有「留子去母」的顧慮。不過這個念頭只在她心頭一閃，隨即消失。

「看明白了？」

「是的。」

「那就收起來吧！」秋月移來另一個盒子，很大很輕，一揭開盒蓋，令人雙眼一亮，裡面是四朵鮮豔奪目的假花。

「做得比真花還漂亮！」杏香說道：「我還是頭一回見。」

「這也是宮裡才有的。我一直捨不得戴，送你吧。」

「不！」杏香答說：「君子不奪人所好。」

「正好相反。我就是不好這些東西。捨不得戴，是怕糟蹋了；如果喜歡，就無所謂糟蹋不糟蹋。」秋月又說：「其實捨不得戴，在箱子裡擱壞了，那才真的是糟蹋；教我是這些花，也覺得抱屈。妹妹，如今還是『國喪』，等服制滿了，你就可以戴了；也算是替我惜福。」

這一番說詞，無可批駁；受此餽贈，亦覺心安。杏香不由得感歎地說：「姐姐，你可真是好詞令，教人心悅誠服。」

「你恭維得我過頭了。」秋月又說：「這盒花，還不算是我送你的見面禮。」說著，從紐扣上摘下一個錶來，托在掌中，伸到杏香面前。

那只錶極其華麗，琺瑯金殼，四周鑲了十二粒金剛鑽；杏香搖搖頭說：「姐姐，我不敢受；我也不配使這麼貴重的錶。」

「我知道你不肯收。不過，我要說個理由，你不但會收，而且也不會覺得不配使這個錶。」秋月又說：「其實，我又何嘗配使？只為有一份責任在上頭，就不覺得配與不配了。」

聽說是有一份「責任」在，杏香不免躊躇；但只略略考慮了一下，便即毅然答說：「請姐姐先說說，是甚麼責任？」

「我先說我送你錶的用意；錶要準才值錢，說話也要言而有信才可貴。我送你錶的用意，就是要你相信，我說話一定算話。」

「這一層，就是姐姐你不給我錶，我也相信。」

「你信不信是你的事，我總得這樣子表我的心意。」秋月緊接著說：「其次我要說一說這個錶的來歷。你知道它是怎麼來的。」

「這，」杏香笑道：「我連胡猜都不會了。」

「是老太太給我的——。」

秋月告訴她說：曹老太太視她唯一的孫子為「命根」。那年得病自知不起，鄭重託付秋月，務必照料曹雪芹。秋月發誓，一定不負所託；曹老太太便拿她自己用的那只錶，給了秋月，勉勵她念茲在茲，勿亡遺命。

「老太太福壽全歸，一生的遺憾，就是沒有能眼見芹二爺成婚，為她添個曾孫。如今我把這個錶轉送你，就因為你能彌補老太太的遺憾。」秋月將金錶置入杏香掌握，緊捏著她的拳說：「你只要一看錶，就會想起你懷著的胎，處處小心，到了月份，安安穩穩生下來。不管是男是女，老太太都會高興的。」

聽她想得如此周到，說得如此懇切，杏香著實有些感動，但也覺得雙肩負荷不勝，怔怔地望著秋月，不知道該說些甚麼。

「現在要談你自己的事了。妹妹，我可是有甚麼說甚麼；說得太直了，你可別動氣。」

「姐姐，你儘管說！原是要說實話，才不是拿我當外人。」

「你能明白這一層，我就放心了。妹妹，芹二爺正在提親，你是知道的；他年紀還輕，也還沒有功名，若說提親的時候，先讓女家知道先已有了個喜歡的人，而且要有孩子了，女家即使不把他看成一個浪蕩子弟，說出去總不大好。咱們總得替他遮著點兒，你說是不是呢？」

杏香點點頭，卻不作聲。秋月設身處地為她想，自然不會有欣然樂從的表情；她此刻所關切的是

「遮」過以後如何？這是談到關鍵上來了，措詞該格外謹慎。

　　這是不知盤算過多少遍的事，始終琢磨不出一個圓滿的說法，這時仍然如此；想來想去，覺得多說不如少說！既然一見如故，便不妨盡在不言之中。

　　秋月覺得這個主意不錯。於是握著杏香的手說：「妹妹，你現在甚麼都不用管，更不必煩；一切都交給我，到時候一定有交代。」

　　這「有交代」三字，在杏香是不能滿意的；但在秋月，話是說到盡頭了，如果追問一句，便顯得不夠意思。當然，她絕不懷疑秋月的好意，可是她到底不是烏雲娟——烏二小姐；就算烏二小姐意思活動了，也還要顧慮阿元胡出主意。

　　一想到阿元，在熱河的往事，一下子都想了起來，心境就無法平靜了。秋月看她臉紅氣促，不由得大吃一驚，「妹妹，妹妹，」她搖撼杏香著的手問：「是不是我說的話不中聽——。」

「不是，不是！」杏香搶著否認，「絕不是。我是想起了另外一件事。姐姐，你讓我靜一靜。」

「好！」秋月釋然了；站起身來，覺得無事可幹，看杏香自己梳的辮子偏而不直，便取把梳子，悄悄坐在她身後說：「你慢慢兒想你的事，我替你把辮子重新梳一梳。」

　　這一下，陡然觸及杏香童年，慈母為她理妝的回憶，卻是溫馨時少，淒涼時多，想起遭家難以後的異鄉飄泊，淪落風塵，雖說姑嫂相依為命，但翠寶的照料，似乎只是盡她的責任，並非出於愛心。就拿打辮子來說，要等她空閒時，自己拿著梳子去找她；從沒有像秋月這樣，自動說一聲：來，我替你把辮子梳一梳。

　　轉念到此，心頭忽然陣陣酸楚，到無法忍受時，又化作為滾滾熱淚，無聲地流濕了衣襟。

「怎麼啦！」秋月發現了，大吃一驚；「妹妹，你到底有甚麼委屈？」

「委屈」二字一出口，杏香可真無法再自制了；轉過臉來，抱住秋月，哭著說道：「姐姐，我從來沒有跟人訴過苦——。」

只說得這一句，便哽噎著無法畢其詞了。秋月也心裡酸酸地很不好受；強忍著眼淚，撫慰地拍著她的背說：「妹妹，你別難過；慢慢兒告訴我。」

杏香滿腔難言之苦，除了哭泣，只是用感激的眼光，作為報答。見此光景，秋月也猜想到了，大概跟翠寶有關，才不便出口，因而也不再多問了。

不過，她的眼淚卻須設法止住，「別再哭了！」她是微帶告誡的語氣，「把一雙眼哭腫了，見了人不好看。」

這句話倒是立刻見效；杏香收住眼淚，起身坐在梳妝檯前去照鏡子，幸好還不算太紅腫。

「辮子打了一半，讓你這一鬧，前功盡棄，得重新來過。」秋月走到她身後，望著鏡子說。

杏香歉疚地笑了一下，將身子坐直；於是秋月一面重新為她結辮，一面又談了起來。

「妹妹，我剛才的話，你還沒有回覆我呢？」

「剛才咱們說到那兒啦？」杏香回想了一下說：「喔，姐姐叫我甚麼都不用管，是不是？」

「是啊！你的意思呢？」

「我自然聽姐姐的。」杏香忽然有了新的想法，而且是個很大的決定：「我認命了！誰教我遇見姐姐了呢！不過，我怕姐姐將來也沒有法子幫我、而又替我不平的時候，所以就算烏二小姐肯了，我也得看情形再說。」

「慢點，慢點！」秋月急急說道：「你這些話，我簡直聽不懂。」

「好！咱們一層一層分開來說，你就懂了。」

「對，一層，一層分開來說，我先問你，怎麼叫認命了；你是作了最壞的打算？」

「最壞也不過烏二小姐容不下我。不要緊，姐姐你放心好了，我不怨你；也不怨曹家隨便那一位。」

「喔，」秋月真是放心了；不過聲音仍是平靜的，「這就是你認的命？」

「是的。」

「那麼，你說將來怕我會幫不了你，而又會替你不平。這話又是甚麼意思？」

「這得倒過來說。先說就算烏二小姐肯了，我也得看情形；看甚麼情形呢？」杏香自己提出了這一問，卻未作解答；停了好一會才突然問道：「姐姐，你可聽見芹二爺說過，烏二小姐有個心腹叫阿元？」

「聽說過。」秋月問道：「阿元怎麼樣？」

「請你先告訴我，芹二爺怎麼說阿元？」

「他說，阿元也通文墨，烏都統的簽押房，歸她伺候；倒沒有說是烏二小姐的心腹。」

「是心腹！」杏香很有把握地，「還是軍師。我聽說剛提親的時候，就先派了來，看住了芹二爺。這阿元，很——」她考慮了一會說：「很厲害，也很霸道。將來如果她陪房過來，我跟她們在一起，姐姐，你倒想，我會有好日子過嗎？」

秋月大為詫異，「阿元是這麼一個人嗎？」她說：「這，我倒沒有聽芹二爺說過。」

這是一時無法求證的事，但秋月沒有理由不相信杏香的話。這樣就可以想像得到，將來阿元如果陪房過來，即令烏二小姐容得下杏香，也未必就能和睦相處。

「到那時候，姐姐，你一定為我不平；可是現在你能幫我，將來幫不了我，只是看著空著急、生悶氣。這些情形，我不能不先想到。」

「光是想到沒有用。」秋月問道：「得有個打算啊！」

杏香看了她一眼，低下頭去久久不答；然後抬眼反問一句：「姐姐，你看我能有甚麼打算？」

這一問，將秋月問住了，暗暗怨自己說話欠思考，不應該自己為自己找個難題，想了好一會，始終不知如何作答。

「姐姐為我也很難有甚麼好的打算是不是？」杏香緊接著說：「姐姐如果願意幫我，倒有一個法子……」

「那好！」秋月不等她話完，便先表示：「你說，我一定幫你；是甚法子？」

「釜底抽薪。」

何以謂之釜底抽薪？秋月心想，只有不讓阿元進曹家的門，才能相安無事。但陪房不陪房，烏家自有權衡，何能事先干預？

「姐姐，我想，請太太跟烏家說明白，有這麼一回事，烏二小姐如果能容我，我一定盡我的道理尊敬她；不過，不必將阿元帶過來。這才算她是真心。」

「嗯、嗯。」秋月想了一下，很謹慎地問說：「倘或她倒有她的一套想法呢？」

「烏二小姐會怎麼想？」

「她也許跟咱們的看法不同；不以為阿元會跟你處不來。」

「姐姐，」杏香問道：「你的意思是，太太跟他們說了也是白說？」

這句話很重；秋月不能不辯，「不是白說。人家會安慰太太，說：『請親家太太放心，不會有這樣的事。』」她停了一下又說：「妹妹，你倒想，那時太太莫非能說『不成！絕不要阿元陪房』嗎？」

聽得這話，杏香的臉色非常凝重了。秋月看在眼裡，有些不安，也有些不忍；但深談談到最緊要的地方，如果這一點不能有結果，前功盡棄，談如不談，所以只能硬一硬心腸，靜候答覆。

「姐姐，」杏香終於開口了，「我應該聰明一點兒，與其將來悔不當初；何不早知今日！」

秋月心中一跳，「妹妹，」她遲疑地問：「你的意思是，跟阿元不兩立？」

「我跟她不是甚麼冤家對頭，談不到勢不兩立；我不過自己知道自己有多大能耐，情願避開她而已。」

「那麼，避開她以後呢？」

「姐姐，」杏香泫然欲涕地，「我不早就說過了嗎？認命！」

她是如此退讓、體諒與自甘委屈的態度，秋月真是既感動、又憐惜，趕緊一把摟住她說：「好妹妹，你真是是明白事理，肯顧大局的賢慧人。你這樣用心，事情反倒好辦了；為甚麼呢？因為我把你這些情形一說，太太會另有打算。是怎麼個打算，我這會兒也沒法子跟你說；反正你只要肯認命，命就不一定會像你所想的那麼壞。」

這話說得很玄虛，杏香當然猜不透其中的奧妙。不過秋月這些話出自腑肺，卻是她能確確實實感覺到的，因而心境也就漸漸開朗了。

「這根頭繩舊了；有新的沒有？」秋月又說：「沒有黑的，藍的也行。」

結辮子本用紅頭繩；如今國喪未滿，用素色頭繩。杏香找了一根全新藍絲頭繩，秋月結束停當，另取一面手照鏡，反照給她看。辮子結得鬆軟整齊，既舒服又漂亮，杏香非常滿意。

「多謝，多謝。」

「別客氣。」秋月說道：「咱們也談得差不多了，該應酬仲四奶奶去了；你還有甚麼該說未說的話？」

「喔，有件事。」杏香說道：「我不想去易州；想仍舊待在這兒。」

「那，那也行。」

語氣是很勉強的。秋月覺得她不願跟翠寶在一起住，未免任性負氣。但她沒有想到杏香另有一個希望住通州的理由。

「姐姐，京裡到通州很近；我巴望著你常來看我。」

秋月頓時醒悟，「啊！」她直覺地說：「我來看你，你來看我，都比你住易州方便得多了。」

「恐怕只有姐姐來看我；我不便去看姐姐。」說著，杏香將雙手一斂，恰好自然而然地擱在胸腹之間的那道「槽」上。

守禮謹嚴的處子之身的秋月，對於生男育女的知識，卻並不缺乏，見此形態，即時會意，毫不遲疑地伸手去撫摸杏香微隆的腹部；而杏香不但不退縮，反拿一隻手按在她的手背上，就彷彿一雙情同姐妹的姑嫂那樣地，毫無隱飾，但願共享那一份無可言喻的喜悅。

「我說錯了！只能我來看你，不能你來看我，不然動了胎氣，可是件不得了的事。」秋月笑道：「你看，『小芹』在那兒伸拳蹬腿了。」

胎兒在腹中躍動，是連秋月都感覺到了，杏香當然得意。但想到秋月稱胎兒為「小芹」，不免使她不安；「姐姐，」她怯怯地問：「要是個女娃兒怎麼辦？」

「怎麼辦？」秋月很快地接口，「還能怨你嗎？能生女娃兒，就能生男孩；先開花，後結果。」

這意味著在秋月的心目中，杏香終將與曹雪芹長相廝守。體會到這一層，杏香對她是越發有信心了。

「姐姐，我的事，得請你跟仲四奶奶先說明白。」

「你放心。我是怕不好措詞，彷彿你跟翠姨有意見似地，你說，你是盼望我常來看你，才住通州，這樣，我的話就好說了。」秋月緊接著又說：「我也不說是你的意思，只說我想常來看你；易州太遠了，不如在通州方便。你看呢？」

第六章

在回京途中，秋月一直在思索一件事，甚麼叫佳偶、甚麼叫匹配？嫡庶之分究竟應該不應該那麼重視。

這些使她困擾，也使她深感興趣的疑問，當然是跟杏香盤桓深談以後才發生的。她很驚異地發現，對於曹雪芹的親事，她的想法幾乎完全變過了，以前是只愁著杏香會妨礙烏二小姐成為曹家的媳婦；此刻卻愁的是，烏二小姐會擋住了杏香進曹家大門的路。其間阿元是個主要的障礙，但要如何排除，卻是個難題。

「你的話不錯，」馬夫人在聽完她的陳述以後說：「說不要阿元陪房，這話咱們怎麼出得了口？而況，烏二小姐容不容得下杏香，也還在未定之天。」

「如果是這樣，事情倒好辦了，因為阿元跟杏香不生關係了。不過，」秋月覺得這一刻，有將她的看法提出來的必要，「為芹二爺著想，割捨了杏香是件很可惜、很可惜的事。」

用了兩個「很可惜」，自然深深引起了馬夫人的注意，「你真看得杏香那麼好嗎？」她問。

「我說也無用，太太自己看了就知道了。」

秋月看法、想法，一向是馬夫人所信任的；考慮了好一會問道：「莫非杏香跟阿元真的不能一起過日子？到底她們有甚麼解不開的扣兒？」
「不是有甚麼解不開的扣兒；是杏香自己顧慮會吃虧，情甘退讓。」
「退讓有之，情甘恐怕未必。」
「是，是！」秋月急忙答說：「我說錯了。」
「你看她的意思，一點都不能活動？」
「我看是的。」
「既然如此，而況還有孩子，咱們是不能不要杏香的了。」馬夫人問：「秋月，你是怎麼在想？」
「是的。」秋月又說：「將來為了太太的小孫子，咱們更得謹慎。」
馬夫人點點頭，大家妻妾不和，庶出之子，會出意外，這種情形，不足為奇。意會到此，馬夫人斷然作了個決定。
「老太太在日，心心念念所想的，就是芹官娶親生子。如今老太太盼望的兩件事，一起都來了；咱們不能不分一個緩急輕重。」馬夫人又說：「娶妻無非生子，杏香比烏二小姐更重要。我看這樣，親還是照提，暗底下先打聽打聽，女家會不會拿阿元陪嫁，果然如此，乾脆就不跟烏家結親了。」
馬夫人的這番話，正符合秋月的估計，她向杏香說過：「你只要肯認命，命就不一定會像你所想的那麼壞！」如今杏香的命運果然轉好了。這是值得高興的事，但也為秋月帶來了不安；因為馬夫人寧可不結烏家那頭親，要成全杏香，都是聽了她的話，萬一將來杏香的為人，不如她所說的那麼好，責任便都在她身上了。
「秋月，」馬夫人見她不作聲，便催問道：「你覺得我這個主意怎麼樣？」
「是，先打聽了再說。」秋月又說：「但望能夠兩全。」
「那當然。」馬夫人結束了這個話題，問到翠寶，「震二爺的那個人怎麼樣？」

「是好的！」秋月毫不遲疑地，「很懂規矩。」接著將翠寶情形細說了一遍。

「那好！」馬夫人亦頗欣慰，「你到錦兒那裡去一趟吧。她今兒上午還來過，對兩件事都挺關心的。」

兩件事都有了圓滿的結果，錦兒也很高興。翠寶的事，她已聽曹震約略談過；當然是一套半真半假的話，只說秋月已經看過「人」了，似乎很中意。錦兒故意問他自己的意思如何？曹震含含糊糊地答一句「無所謂」，便匆匆忙忙地料理他的公事去了。關於杏香，隻字不提，他也知道紙裡包不住火，不過大局已定，以後如何受錦兒奚落，他是顧不得也不在乎了。

翠寶的事已沒有好談的，要談也得跟曹震談，因此，錦兒只談杏香，聽說她根本不願跟翠寶住，頓時心思活動了，「你看，」她問秋月：「我把她接了來住，你看行不行？」

「那也沒有甚麼不行，接來還可以讓太太瞧瞧。不過，這不是很急的事。」秋月緊接著說：「這會我要跟你商量，阿元會不會陪房過來，這件惱人的事，能想個甚麼法子，切切實實打聽出來？」

由於秋月是特為向她討教，而且神色之間既鄭重又急迫，所以錦兒便不即作答，很認真地思索著。沉默了好一會，忽然見她雙眉一揚，彷彿已有所得；秋月便問：「想出來了？」

錦兒卻是答非所問：「那阿元長得怎麼樣？」

「我不知道，得問芹二爺。想來不會醜。」秋月奇怪地問：「你怎麼想出來這麼一句話？」

「我有條挖根的好計策。方老爺想娶姨太太，你知道不知道？」

「我怎麼會知道？」

「我是聽震二爺說的。方老爺沒有兒子，想娶個姨太太，好像還挺嚕囌的，要這樣，要那樣，其中有一樣是要識字，那阿元不正合適嗎？」錦兒很興奮地說：「方老爺如今正在鋒頭上，他跟烏都統要阿元，人家不能不賣他的面子。那一來，不就甚麼顧慮都沒有了嗎？」

這確是一條釜底抽薪的妙計，秋月大為欣賞，「你這一著很高！」她問，「這件事該怎麼著手呢？」

「那容易，讓震二爺跟方老爺去說好了；他原託過震二爺。」

「既然方老爺曾經託震二爺物色，這話就不算冒昧。事不宜遲，你今天就跟震二爺說吧。」

「今天就說，明兒就有回音。」錦兒滿有把握地：「一說準成。」

秋月看看事都談完了，正想告辭時，不道外面有人高聲在說：「芹二爺來了！」

「他怎麼來了？」秋月不免詫異，匆匆對錦兒說道：「杏香的事，他完全不知道，你先別提。」

「慢一點！」錦兒也在屋子裡高聲向外招呼：「請芹二爺在堂屋裡坐，好生伺候。」接著放低了聲音：「咱們先得說一說，在他面前，甚麼話能提，甚麼話不能提，免得接不上頭來！」

錦兒的臥室是前後兩間，前面起坐，後房安床；另帶一個套間。她特為將秋月引入套間，談了好久，讓堂屋裡的曹雪芹都等到不耐煩了。

「你打那兒來？」秋月掀簾出現；不等他回答，又添了一句：「裡面坐。」

進了起坐的那間屋，錦兒迎著他說：「你在這兒吃飯。讓你的小廝回去跟太太說一聲兒，到晚上我派人送你跟秋月回去。」

「行！」曹雪芹親自出去交代了桐生，走回來答覆秋月的話，「我是從家裡來的——。」

原來曹雪芹跟他的同學，還有內務府幾個喜歡吟風弄月的小官，結了一個詩社；這天是社期，一早出門，下午回家，才知道秋月已回。馬夫人將翠寶的事告訴了她，卻是語焉不詳，對杏香更是隻字不提；曹雪芹既不敢問，又放不下心來，逡巡而退，卻一溜煙似地走了來找秋月，想細問在通州的光景。

先談翠寶。聽完了，曹雪芹向錦兒拱拱手說：「恭喜，恭喜！」

「是你震二哥的喜事，跟我甚麼相干？」

「怎麼不相干？添了個可以替你分勞的幫手，難道不是喜事？」

「算了吧！」錦兒撇著嘴說：「只怕你有翠寶姐，就忘了錦兒姐了。」

「沒有的事；我是一視同仁——。」

「是不是！」不等他話完，錦兒便大聲嚷了起來，「你跟我多少日子了；跟她才幾天？居然就一視同仁了，不明擺著是有她沒有我？」

「是，是！」曹雪芹急忙認錯，「是我失言了，妳是從小看著我長大的，真正的姐姐；翠寶姐不過叫叫罷了。」

「哼！」錦兒仍舊撇著嘴；不滿之意猶在。

秋月有些好笑，錦兒喝醋竟喝到曹雪芹頭上來了。同時她也有警惕，錦兒既然對同樣的稱謂，不無芥蒂，曹雪芹就應該及早補救，否則將來會生出好些無謂的是非。

於是她說：「芹二爺，名分不能不顧，錦兒奶奶跟翠姨之間，你的稱呼得分一分。」

「這，」曹雪芹躊躇著說：「怎麼分法？」

「你叫錦兒姐，就不能叫翠寶姐，跟我一樣叫翠姨；要叫翠寶姐，就得管錦兒奶奶叫嫂子。」

「好，我就叫錦兒嫂好了！」

「不對！」秋月立即糾正，「是震二嫂。」

曹雪芹尚未答話，錦兒已搶著開口了，「不行！」她的口氣很硬，「嫂子親不如姐姐親，我的稱呼不能改。」

「那可沒有法子了！」秋月向曹雪芹說：「你以後就叫翠姨吧。從翠姨進門見禮那天改口好了。」

曹雪芹無奈，只得答一聲：「好！」

「芹二爺，」秋月問道：「那阿元長得怎麼樣？」

曹雪芹不知她問這話的用意；遲疑未答之際，錦兒補了一句：「你只打個分數好了，是幾分人材？」

「光指相貌？」

「對了，光指相貌。」

「七分人材。」

「連性情、能耐呢？」這回是秋月發問。

「那可以打到八分。」

「那麼，」錦兒問道：「杏香呢？」

曹雪芹無端有些窘迫，「你是指相貌？還是指甚麼？」他支吾著問。

「指相貌，也指性情、能耐。你一樣一樣評。」錦兒又說：「不許隨口敷衍。」

聽得這話，曹雪芹倒是很認真地考慮了一會，方始回答：「相貌也是七分，性情六分，能耐八分。」

「你好沒良心！通扯只得七分！你看她就不如阿元！」

「慢慢！你先別數落他。」秋月攔住了錦兒，向曹雪芹問道：「芹二爺，照你說，杏香不如阿元，那麼要你在這兩個人當中挑一個，你一定挑阿元囉？」

「話不是這麼說。」

「應該怎麼說呢？」錦兒咄咄逼人地問。

「那我就老實說吧，這裡頭有情分在。」

「還算是有良心的。」秋月看著錦兒說。

秋月笑，錦兒也笑；是薄怒初解的那種神情；曹雪芹有些被捉弄了的感覺，臉色就不免尷尬了。

「好了，」錦兒似乎有點於心不忍了，斂一斂笑容，平靜地說：「我們倆商量過了，想問你幾句話；請你老實說。」看這樣子，多半是談他的婚姻；但會問些甚麼，他無法猜測，只能嚴陣以待地點一點頭。

「烏二小姐為人怎麼樣？」

「這不大家都知道了嗎？」曹雪芹答說：「念過書，自視很高；有小姐脾氣。」

「你喜歡不喜歡她呢？」

「無所謂。」

「這就不是老實話了。」錦兒立即指摘，「終身大事，怎麼能無所謂？而且你向來不是肯在這件事上馬虎的人。」

曹雪芹被迫無奈，只好答一句：「喜歡。」

「喜歡她甚麼？是才、是貌，還是才貌兩全？」

這又遇到難題了，曹雪芹之喜歡烏二小姐，有個最重要的原因，也是無法出口的祕密，是她跟繡春相像。在難以作答之際，不免想到，她們為甚麼要問這些話？

於是他笑笑說道：「這是幹麼？簡直拿我當賊審問了。」

「你不願意談，就老實說好了，何必這麼形容？」錦兒又說：「我們倆處處地方替你打算；不想反倒打算壞了，惹出你這麼一句話，真教人寒心。」

曹雪芹聽她口發怨言，才知道自己的話說得過分了，急忙陪笑說道：「惶恐，惶恐！你別生氣。」

停了一下又說：「這樣，咱們打個商量，這句話暫且擱在一邊，你另外問吧！」

「你就另外問吧！」秋月調停地向錦兒說。

「好！我就另外問。」錦兒想了一下說：「阿元是烏二小姐的心腹不是？」

「大概是。」

「如果烏二小姐把阿元帶過來陪房，你樂意不樂意？」

問到這話，曹雪芹略感窘迫；笑一笑說道：「天地良心，我跟你說一句話，絕不是敷衍，是心裡的話。」

「怎麼一句話？」

「無所謂。」

錦兒與秋月都笑了，然後錦兒又問：「你是說能帶來最好，否則，亦不覺得可惜。是嗎？」

「正是。」

「那麼，阿元陪房；你拿杏香又怎麼辦？」

曹雪芹一愣，使勁搖著頭說：「我從來沒有想到這上頭去過。」

「人家對杏香還不知道怎麼樣呢？」

「你是指烏二小姐？」又是錦兒發問了，「假定人家肯了。」

「那還有甚麼說的，我馬上跟太太回明了，把她接了來。」

「你這句話，這會兒是說得輕鬆，你想過沒有，到那時烏二小姐以外，有阿元、又有杏香，你一個人應付得下來嗎？」

「阿元不算。」曹雪芹答說：「她是人家娘家帶來陪房的，我又沒有要她；我又不打算惹她。」

「這一層，你是比你震二哥強。」錦兒笑著說。

「是這樣，你錯會意思了。」秋月說道：「說你能不能應付得下來，是怕各有意見；阿元自然幫她主子，杏香就難免受委屈，那時你怎麼辦？」

聽得這話，曹雪芹頓時面現抑鬱；起身背著手跨了幾步，方又回過來說：「我怕的就是這一點。我倒還沒有想到阿元；我是怕烏二小姐有小姐的架子，杏香呢，脾氣不免有點兒僵。再加上阿元，那可真是永無寧日了。」

「如果光是烏二小姐跟杏香，倒不要緊；杏香願意守她的規矩，烏二小姐知書識字，是明理的人，一定能處得下去。麻煩是在阿元！」錦兒向秋月使個眼色，「你說吧。」

秋月微微頷首，以從容沉著的語氣說道：「你說杏香脾氣很僵，我看不然；你把她的性情評得不如阿元，也難怪錦兒奶奶說你沒良心。」

「這不同的！」曹雪芹漲紅著臉強辯，「跟你比較客氣；而且你們又是初見。」

「雖然初見，倒是一見如故。」秋月接下來說：「芹二爺，你知道不知道，你快做爸爸了？」

這句話就如當頂雷轟，震得曹雪芹一時幾乎失去了知覺；然後不辨是喜、是不安，還是惦念，心亂如麻，只是看一看秋月，又看一看錦兒，不知道該怎樣發問，才能獲知整個真相。

「怎麼？」秋月問說：「你不相信？」

「不是不相信，」曹雪芹定定神說：「我還不知道是怎麼回事呢！」

「怎麼回事？」錦兒插嘴，「莫非你自己做的事，你都不知道？」

「這，我當然知道。」

「這一說，杏香懷的是你的孩子？」

曹雪芹沒有作聲，不過重重地點了兩下頭。

錦兒關心的只是這一點，證實了她就放心了；所以也不作聲，只望了秋月一眼，示意她說下去。

「既然是你的骨肉，不管是男是女，都得留下來。太太已經打定主意了，要接杏香回來；不過人家也有顧慮。」秋月又說：「凡事要從兩面想，咱們不能自以為是，抹殺人家的心事。你說是不是？」

「是、是、是！」曹雪芹心急地說：「你不必談這些道理，你只說她是甚麼顧慮？」

「她顧慮阿元。怕阿元陪房過來，幫著烏二小姐跟她過不去；那就沒有她的日子過了。你不是說那一來會永無寧日嗎？杏香就是為了怕你為難，情甘退讓。」

「情甘退讓？」曹雪芹搔著頭皮說：「我不懂這話。」

「那就說明白一點兒吧，她不願進咱們家的門了。」

「那，那她怎麼辦呢？」

「她認命了！」

「何以謂之認命？」

「這你還不懂嗎？」秋月有些激動了，「她不管幹甚麼，反正累不著你，累不著咱們曹家。」

曹雪芹愣住了，他有些懷疑，是杏香真的這樣表示過；還是秋月錯會了意？

「你不相信是不是？」

「我只覺得奇怪，她不是這麼懦弱的人。」

「你看你！」錦兒又忍不住插嘴了，「人家是顧全大局，情願退讓，你倒說人家懦弱！如果爭到底呢？你又說人家霸道不講理了。」

「我失言了。」曹雪芹接受她的指摘，但仍不免懷疑，「杏香真的是這麼說來著？」

「你愛信不信！反正太太、錦兒奶奶、我，都相信她的話：而且正在想盡辦法挽回。到底能不能有圓滿結果，就要看你的造化了。」

看錦兒臉上關切的神色，可知秋月不是過甚其詞；但他實在很奇怪，不知杏香如何能贏得秋月的如許好感？也不知道是如何挽回？

後面一個念頭，想到便問了出來；秋月答說：「那還不容易明白嗎？不讓阿元陪房過來，杏香不就能來了嗎？」

「嗯，嗯，真是很容易明白的道理。可是——。」

「你不必再問了。」錦兒打斷他的話說：「法子已經想好了，這會先還不能跟你說。如今要談萬一不成的話。」她轉眼看著秋月，帶著點催促的意味。

「芹二爺，」秋月接口說道：「錦兒奶奶想了個很好的主意，如果成了，阿元就絕不會跟著烏二小姐來。但如萬一不成，烏家非讓阿元陪房不可，那時候你怎麼辦？」

這是要他在烏二小姐與杏香之間，作一選擇。這在曹雪芹實在很為難，在烏二小姐身上，他別有一份跟任何人都不能談的感情寄託著，實在割捨不下。至於杏香義不可負，何況秋月又將她說得那麼好。

「怎麼啦！」錦兒有些等不得了。

「你別催他。」秋月攔著她說：「讓他慢慢兒想。」

就在曹雪芹苦苦思索，想不出一個能夠兼得的辦法時，曹震回來了。

「喔，你們都在。好極了！都談得差不多了吧？」

曹震是看到曹雪芹與秋月都在，心知必談懷了孕的杏香，那一下來龍去脈，錦兒已清清楚楚。因而故作囫圇籠統之語，想避免深談，免得受窘。

然而錦兒又怎麼饒得了他？當下冷笑一聲答說：「談是談得差不多了，只差一點點還不明白？」

看來勢不善，曹震陪笑問道：「是那一點？」

「你如果不得易州的差使，不知道你還有甚麼花招？」

這是說他以出差易州，不能攜眷為名，才振振有詞地提出納妾的要求；如果不得易州的差使，又將如何？這話很厲害；曹震硬一硬頭皮，使了個昆腔中小生的身段，用食指抹一抹鼻下，退後兩步，一躬到地，念句戲詞：「請夫人息怒！喏，喏，喏，下官這廂有禮了。」

這一下惹得秋月掩口葫蘆；曹雪芹哈哈大笑；錦兒也忍俊不禁，笑著罵了句：「死不要臉！」

「好了，醋罈子算是保全了。」曹雪芹向秋月說道：「咱們還是回家吧！他們總還有好些事要商量呢。」

「別走！」錦兒立即攔阻，「吃了飯再回去。」又向秋月使個眼色，「你陪芹二爺坐一坐。」

秋月會意，點點頭說：「好！你們談去吧！」

於是錦兒將曹震招呼到後房，低聲問道：「方老爺的姨太太有著落了沒有？」

「沒有。」曹震問道：「莫非你倒有人？」

「烏都統家的阿元怎麼樣？」

「那怎麼行——。」

「輕點，輕點！」錦兒趕緊捂住他的嘴，「幹麼大呼小叫的？」

曹震噎了一下，拉開她的手平靜地問道：

「方老爺你見過沒有？」

「見過一回。」

「那你想，方老爺又瘦又小，那阿元人高馬大；兩人站在一塊，變成『矮腳虎』配『一丈青』，怎麼行？」

錦兒沒有看過《水滸》，不知道「矮腳虎」跟「一丈青」；但意思是容易明白的，想一想果然難以匹配。

可是錦兒卻不肯死心，「這是你的想法。」她說：「也許方老爺倒不嫌呢！」

「一定會嫌。」

「他跟你說過？」

「說是沒有說；不過——」

「你別自以為是了！」錦兒有些蠻不講理似地，「你就跟方老爺提一提，也不要緊。」

「怎麼不要緊？我在他面前說話，要有一句管一句的用，他才會相信我。說出一句明知道不行的話，他心裡會想：怎麼回事，一竅不通嘛！以後我說話還管用不管用？」曹震仰起臉直搖頭：「你一點兒都不懂。」

錦兒對他的表情，雖覺可氣；但話卻駁不倒，只好不作聲了。

「你怎麼忽然想起來管這樁閒事？」曹震接下來又說：「你把其中的緣故說一說，也許我能替你想辦法。」

「對！你得替我想辦法；我已經把話說出去了。」

「甚麼話？」

「我說你能讓方老爺娶阿元；方老爺娶了阿元，一切就都圓滿了。」

「你在講的甚麼，我一點兒都不懂。」

錦兒想了一下答說：「我一時也跟你說不清楚。總而言之一句話，芹二爺娶了烏二小姐，如果有阿元陪房，杏香就不能進曹家的門了。可是大家的意思，非成全杏香不可；怎麼才能成全，你去想吧！」

一聽這話，曹震當然明白了；「原來是打算釜底抽薪。阿元不壞；總有人要的。」他併兩指敲敲額頭說：「等我來好好想一想。」

曹震一面想，一面顯露了詭祕的笑容。這是他想到得意之處，常有的表情；錦兒雖司空見慣，但這時候卻不能無疑。

「你別是在打甚麼鬼主意吧？」

「甚麼？」曹震詫異地問：「甚麼我在打鬼主意？」

「問你自己啊！」錦兒故意背過臉去，「阿元人高馬大，你可不是又瘦又小。」

「甚麼！」曹震幾乎是咆哮了，但接下來卻是好笑的神氣，「你想到那裡去了？」他說：「如果你不放心，就最好別再在我面前提阿元。」

「行得正，坐得正，怕甚麼？」

「不錯，行得正，就怕無理取鬧疑心病。好了，你們去胡出主意吧，我也懶得管了。」說著，曹震揮一揮手，起身要走。

「你別拿喬。」錦兒一把拉住他說：「你也不能怪我疑心病；你倒想，光為翠寶，你瞞得滴水不漏，如果不是有杏香那檔子事，我怎麼會知道翠寶早就是翠姨了！」說著，錦兒又有了牢騷，話也就更有得說了，「再說，杏香的事，不是你惹出來的嗎？你倒想想你自己，『又做師娘又做鬼』；『成也蕭何，敗也蕭何』，當初叫人家到熱河去的是你，立時立刻攆人家回通州的也是你！曹通聲啊曹通聲，你少做點缺德事吧！」

這一頓罵，連前房都聽到了；曹雪芹與秋月，面面相覷，都覺得有些尷尬，但亦只有側身靜聽，不能插手干預。

「好了，好了！」是曹震的聲音，「讓人家聽見了甚麼意思？」

錦兒發洩過了，亦不為已甚，只問到正經事：

「你到底管不管？」

「我說懶得管，沒有說壓根兒不管。只要你不犯疑心病——」

「這能怪我嗎？」錦兒語聲又高了，「如說我有疑心病，也是你一天一個花招逼出來的。」

「你看看，你講話憑不憑良心？我吃飽了撐得慌，一天想一個花招來騙你！你說，你受了幾回騙？」

「一回就夠了，還要幾回？」錦兒顯然理屈，所以顧而言他地，又問：「你願意管，就快拿主意出來。」

「主意倒是有一個，得慢慢兒想。這又不是火燒眉毛的事，何必那麼急！」

「雖不是火燒眉毛，可是耽誤不得。你就躺一會，好好去想吧！等開飯的時候我來叫你。」

這一下安排得很好，免得他到了前房受窘。錦兒自己神色泰然地走了出去，曹雪芹一見便吐舌頭做了個鬼臉；低聲說一句：「好厲害啊！」

「你！」秋月趕緊輕喝攔阻。

「芹二爺總聽見了，也不必瞞他了。」錦兒看著秋月說：「你告訴他吧。」

等秋月講完，曹雪芹笑道：「錦兒姐如果做官，必是一把好手。」

「你別瞎恭維我了；怎麼扯得上做官不做官？」

「這是翦除羽翼的辦法。做官的想排除異己，此計最妙。」

錦兒不甚聽得懂他的話，秋月卻能深喻；深恐這些話將來傳入烏二小姐耳中，跟錦兒會起誤會，當即正色說道：「錦二奶奶也是為你；根本不能拿排除異己來作比。」

曹雪芹領悟了，「對！是為我；我領情。」他接下來又說：「不過，阿元配方老爺，似乎不相稱。」

「你是說他們的個子不相配？」錦兒問說。

「是的。」

「震二爺也是這麼說。你倒想想，有甚麼相配的人沒有？」

「你們別亂找人了！」是曹震接口，一面說，一面踱了過來，向錦兒說道：「我想得了一個人，回頭告訴你。」

「怕甚麼？又沒有外人在這裡。」

這一下曹震不能不說了；否則倒真像拿曹雪芹與秋月當外人似地，「王爺還想找一個人。」他說：「我看阿元倒合適。」

王爺自是指平郡王；子嗣不旺，想再納妾亦是情理中事，秋月便即問說：「阿元長得可是宜男之相？」

「屁股那麼大，你說是不是宜男之相？」曹震還做了個手勢。

秋月想笑不敢笑；錦兒卻白了他一眼，「這又讓你看清楚了。」她說：「你想，我怎麼能不得疑心病？」

一聞拈酸之語，曹雪芹與秋月都不禁覺得可笑；錦兒也自知過分了些，悄悄起身，從容而去，看樣子是到廚下檢點待客的肴饌去了。

「震二爺，」秋月問道：「想添一位姨娘是王爺的意思，還是太福晉的意思？」

「王爺的意思。」

「太福晉呢？」

曹想了一下答說：「沒有聽說。想來也不會反對吧！」

「還是問清楚的好。」

原來平郡王的太福晉，馭下特嚴，是曹家的親族，以及與曹寅、曹頫兩代交好的友朋門下，無不知道的事。但照秋月的了解，太福晉為人的厲害，還不止於「馭下特嚴」四個字，而另有令婢妾無法忍受之處。

一直為曹家親友私下所批評的是，「老王」訥爾蘇的庶出之子，都夭折了——訥爾蘇共有七子，除長子平郡王福彭之外，嫡福晉還生有第四子福秀、第六子福靖，以及三年前夭折的第七子福端。此外庶出的第二子福聰、第三子福彰、第五子福崇，活得最久的也不過六歲。何以她生四子，只夭其一；而庶福晉呂氏、徐氏所生之子，盡皆不育？此中不免有很多不堪究詰的疑問。

因此，秋月對平群王納妾是否已徵得太福晉的同意這一點，格外重視，在曹震是不難理解的，以太福晉馭下之嚴，如果是她准許平郡王納妾，可望對新人有適度的寬容，否則就很難有不找麻煩的日子了。

「你的話說得也對，當然要先請示太福晉。不過，天下過了中年的太太們，心思都是一樣的，最關心的一件事，就是抱孫子。」曹震接下來又說：「王爺除了嫡福晉之外，如今有兩位側福晉，一位庶福晉；連先前的嫡福晉，一共五位，可就是沒有子息；我想太福晉在這一層上頭，也很著急。」

「我看不然。」秋月說了這一句，停下來考慮；結果還是把她的看法說了出來，不過前面加了一段話：「震二爺，你說的王爺沒有子息，將來爵位沒有人繼承，所以太福晉很著急。這件事，不是我能懂的；就懂，也不是我能談的。不過，二爺，有一點，你不知道想到過沒有，平郡王是『鐵帽子王』，將來誰承襲都是太福晉的孫子。」

世襲罔替的王爵，謂之「鐵帽子王」；平郡王福彭將來去世，即令並無子嗣，爵位亦不會取消，照定制，會在他的胞姪中擇一繼承，甚至兄終弟及，由福秀或福靖襲爵。反正誰繼承王位都是太福晉的嫡親骨肉，所以眼前平郡王福彭無子，在太福晉看，不是一件很嚴重的事。

這樣，宜男之相就不成其為太福晉為長子擇妾最看重的一點，「我想，」秋月又說：「太福晉總還要看看，阿元有別的長處沒有？最要緊的性情能投合她老太太的脾氣。」

「對！」錦兒接口，「我也是這麼想。」

於是秋月跟錦兒便談太福晉的脾氣；又為阿元擔心，因為太福晉不喜歡露鋒芒的人，而照杏香與曹雪芹形容，阿元似是精明強幹一路的人。

她們談得很熱鬧，他們兄弟倆卻默無一言，曹雪芹是自覺不便開口；曹震心中另有盤算，負手繞室，走了兩圈，突然停住。

「只要太福晉說一句，把這個人找來看看，事情就算成功了。」

「這話怎麼說？」錦兒發問。

「那時全在我。」深思熟慮以後的曹震，有條不紊地說：「王爺十之八九會看得中，太福晉的脾氣不敢說，看中了最好；看不中我也有話說。」

「怎麼說法？」

「我跟烏都統說，平郡王很喜歡阿元，你不如暫時把她留一留；到太福晉點了頭來要人了，那時候如果來個人去樓空，豈不大殺風景？烏都統一向巴結王爺，聽我這一說，自然就把阿元留下來了。」曹震得意地說：「你道我此計如何？」

「也要靠你會說鬼話。」錦兒笑著向曹雪芹說：「這一來，你可以放心了。」

「還不知道王爺的意思怎麼樣呢！」

「王爺那兒，得請震二善為進言。」秋月接著曹雪芹的話說：「倒是太太應該早早動身，雙管齊下，得把時候拿捏準了。」

「一點不錯。」曹震深深點頭，「只等王爺同意了，我親自送太太去熱河，我談阿元的事，太太提親。一等談妥了，我送太太回京，順便把阿元帶了來；這裡就得趕緊『放定』，趕在秋天辦喜事。烏二小姐一過了門，阿元的事，到頭來不成功也不要緊。」

大家都覺得他的打算很妥當。於是細細安排步驟；曹震因為陵工事繁，但願速去速回，拿時憲書來看，第四天就是長行的好日子，主張那天就走。

「這怕太侷促了——。」

秋月還只說了一句，錦兒已大聲嚷了起來：「那怎麼行？還不知道太太的意思怎麼樣呢！就算太太也願意趕緊動身，可是收拾行李、預備送人的禮，還得辭行，三天來得及嗎？」

「辭行就免了吧！」

「有的地方好免，有的地方能免嗎？像太福晉那兒，能不說一聲。」

「還有，要把鄒姨娘也帶了去。」秋月說道：「震二爺，三天實在不夠。」

「那好！你說吧，幾天？說定了我好安排我自己的事。」

於是復又翻查時憲書，斟酌再三，選定十天以後的一個好日子動身；一切車馬夫役，不消說得，是歸曹震預備。

由王府側門下了車，曹震先到上房見太福晉請安，陪著談了些閒話；退下來轉往平郡王的書房。剛要進垂花門，迎面遇見方觀承從外而來，彼此招呼過了；方觀承問道：「通聲兄是有事來見王爺？」

「小事、小事。」

「那麼，通聲兄先請吧！我要跟王爺回的事，不是幾句話可了的；別耽誤了你的功夫。」

「方師爺是公事；我是私事理當先公後私。」

彼此謙讓了一回，沒有結果，只好讓護衛進去通報；傳出話來，是一起進見。

進書房見了禮；平郡王先問曹震：「有事嗎？」

「是的。」曹震答說：「王爺那天交代的事，我物色到了。」

「喔，好！」平郡王會意了，「你坐一下，我先跟問亭談公事。」

「是！」曹震有欲走之意，「我在外面待命好了。」

「不要緊，是皇上的恩典，不是甚麼機密之事，無須迴避。」平郡王擺一擺手：「都坐啊！」

於是曹震挑了進門之處一張椅子落坐，方觀承先將一具公文篋放在平郡王面前，方始在紫檀書桌旁坐下。

「上諭批好了？」

「是！請王爺過目。」

平郡王便打開公文篋，取出上諭稿；輕聲念道：「『朕聞浙江紹興府屬山陰、會稽、蕭山、餘姚五縣，有沿江沿海堤岸工程，向係附近里民按照田畝，派費修築——。』」

平郡王停了下來，有躊躇之色；方觀承便即問道：「王爺覺得那裡不妥？」

「恩典只給紹興府，是不是太顯眼了？」

原來這是一道恤民的上諭，紹興府屬五縣，照田多寡派費修堤，地棍衙役，藉此包攬分肥，用少報多；甚至堤岸完好，不必修理，費用仍舊照派不誤。以後浙江總督李衛，核定了一個數目，每畝捐錢二文至五文，百姓負擔雖較以前減輕，但縣衙門的書辨衙役，仍舊有藉端勒索的情事。皇帝認為正項每年不過折合三千多銀子；但百姓的負擔，加了幾倍，公庫所省有限，百姓的額外負擔，盡為胥吏所中飽，不如革除此項捐派；公家所費有限，百姓受惠無窮。但因為紹興跟皇帝有特殊淵源；平郡王怕天下懷疑皇帝偏私，不無顧慮。

方觀承卻不是這樣看法，「此是就事論事，只有紹興府有此苛政。而況過去也有過類似的恩典，譬如上個月的那道恩諭，直隸運河淤淺，雇工挖深，天津等州縣，每畝派銀一釐以上，不也蠲除了？」

「嗯、嗯。」平郡王微微頷首，考慮了一會問道：「如果要找一處地方陪襯，有那種地方沒有？」

「類似的情形沒有。不過，皇上如果要加恩黎民，可做之事還多。」

「你們說說；看能不能找機會跟皇上面奏。」

方觀承略想一想，以問作答：「王爺聽說過有淡食的地方沒有？」

「怎麼沒有聽說過，那不是貴州嗎？」

「不止貴州一省，雲南也是如此；廣西的情形也不見得好。」

「廣西不是官運官銷嗎？」平郡王詫異地，「我記得孔繁珣曾經有過一個奏摺，說廣西自從動庫銀為鹽本，官運官銷，已無鹽缺貴之虞，何以情形又壞了呢？」

「王爺說的是雍正三年到雍正五年的情形，那時鹽價每斤減了二釐；雍正五年奏請恢復原價。雖然每斤只有二釐的出入，戔戔之數，似乎無關宏旨；可是二釐只是部價，一層一層附加上去，就好比俗語說的，『豆腐盤成肉價錢』；豆腐不值錢，肉就不是每一家都吃得起的。」

平郡王皺一皺眉又問：「雲南呢？」

「雲南的鹽價，額定每百斤二兩四、五錢，其實呢，官價已經賣到每百斤四兩銀子。」

「何以官價要漲？」平郡王說：「尹望山不是喜歡弄錢的人啊！」

尹望山就是雲貴總督尹繼善；他少年得志，勇於任事；但凡有興作，必得有錢，因而提高鹽價，除了應該解繳戶部的鹽課以外，尚有盈餘，可用來舉辦有益地方的事業，「說起來取之於公，用之於公，似無可非議。不過，」方觀承略略提高了聲音，「有錢的人，不在乎區區鹽價；量入為出的細民，卻是一大負擔。若說為地方公益，就拿修路一項來說，路是走不壞的，路壞多是有錢人的馬蹄車輪輾壞的。王爺請想，這能算公平嗎？」

「這當然不能算公平。」平郡王又說：「鹽政上，還有甚麼應興應革之事？」

「那可多了，一時也說不完。」

「你只揀最緊要的說。」

最緊要的也不止一端，方觀承還在衡量緩急時，從小隨曹寅在揚州鹽院住過好幾年的曹震，卻忍不住開口了。

「王爺，兩淮兩浙禁私鹽的例子，倒不妨奏請皇上，通飭各省照辦。」

「喔——」平郡王問說：「兩淮兩浙的例子怎麼樣？」

「鹽梟走私，自然要嚴禁；苦哈哈另當別論。」曹震答說：「兩淮兩浙的例子是：六十歲以上、十五歲以下的苦人；或者有殘疾，也是孤苦無依的，報名到縣裡，驗明註冊，憑腰牌准他們到鹽場買鹽四十斤、免稅。每天一次，不許用船袋。」

「這倒真是惠政。」平郡王問方觀承：「你看呢？」

「怕要交戶部議奏。」

「嗯。請你把你跟通聲談的，有關鹽政上的幾件事，仔細查一查，寫個節略給我。我得便就回奏。皇上最近興利除弊的心很熱；只要辦法妥當，沒有不依的。」

領受了指示，方觀承先行告退；曹震補上了他的座位，但只是雙股略沾椅子邊，上身倒是挺得筆直，做足了正襟危坐的姿勢。

「回王爺的話，有個人，王爺或許能中意；這個人叫阿元，是熱河烏都統太太的心腹丫頭。長得很齊整，高眺身材，很富態，一看就是宜男之相。」

「喔，」平郡王一聽不壞，便即問道：「性情怎麼樣？」

「性情很爽朗，很平和。」曹震又說：「而且知書識字；烏都統的簽押房，都是她收拾。」

聽得這話，平郡王大為動心；因為自從入值樞機，不但公事忙得多，而且因為與皇帝從小便在書房一起念書，切磋詩文的緣故，所以詞臣所擬，有關禮儀的四六文章，譬如上皇太后徽號表冊文等等，都發下來叫平郡王看，這要查典故考出處，得帶回府來，細細斟酌。那時如果有個添香的紅袖，噓寒問暖之餘，還可以翻檢經史，這豈非一大樂事。

想到這裡，心意已決；但位高嫉多，做事總要謹慎，當下問道：「這個姑娘，不知道有了婆家沒有？」

曹震心想，這是平郡王怕落個奪人未婚之妻為妾的名聲，實在過慮了。阿元是要陪房的丫頭，何來婆家？就算有，也不過是烏家的小廝，退婚也容易得很。

「回王爺的話，我打聽過了，沒有婆家。」

「烏都統呢？」

「一定肯放的。」

「我不是說他肯不肯放人。」

那麼是指甚麼呢？曹震倒讓他難住了。

「你不是說，烏都統的簽押房，都是她收拾嗎？」

曹震恍然大悟，是指烏都統曾否將阿元「搞」上手。這也不會的，否則不會派去照料曹雪芹；而且烏都統懼內，不敢做此「大逆不道」之事。

「王爺請放心，沒有那回事！」

「你怎麼知道？」

「王爺請想，烏太太是母老虎；烏都統敢嗎？」

平郡王彷彿被他逗笑了，然後徐徐說道：「你看是寫信呢？還是你去一趟？」

「去是一定要去的，不然說不明白。不過王爺能給一封信最好。」

「這信，」平郡王躊躇，「似乎不好措詞。」

「王爺不必提甚麼事，只說派我去有事面商好了。」

平郡王點點頭問：「你那一天走？」

「還得十天。」

曹震又問：「去了是不是就把人帶來？」

「當然。否則你不是白辛苦一趟了嗎？」

「替王爺辦事，再辛苦也是心甘情願的。不過，我覺得有一點，王爺得先琢磨、琢磨——」

看他囁嚅著難以啟齒，平郡王便即問道：「你是說應該送人家一筆身價銀子？」

「不是，不是，那是小事。」

「那麼，甚麼是大事呢？你儘管實說，不必顧忌。」

「我在想，是不是要回一回太福晉？」

「當然。」平郡王很快地答說：「帶來了，先住在你那兒，等過了八月再接進來。」

「八月」是世宗憲皇帝崩逝周年，那時候辦喜事就不會落貶；不過曹震有他為自己著想的打算。

「回王爺的話，那一來，太福晉知道了會更不高興，不說是王爺的交代，只說我太擅專了。」曹震搖著手說：「我不敢。」

「那麼你說呢？」

「我想請我二嬸跟太福晉去回。」曹震說道：「明年是太福晉五十大壽；王爺也是三十整壽。國恩家慶，能為太福晉添個孫子，那是多美的事？」

所謂「二嬸」即指馬夫人。平郡王考慮下來，認為由妻子向婆婆建言，比託馬夫人去說，得體得多。

於是他說：「你不必管了。明兒還是這時候來聽信兒好了。」

曹震不知他葫蘆裡賣的甚麼藥，第二天下午到了時間，直奔平郡王府，發覺氣氛有異，彷彿馬上有場災禍要爆似地。

曹震不敢造次，找到一個常受他好處的護衛去打聽，發生了甚麼事？

「還是老王爺，又想弄個人，太福晉不知說了句甚麼，老王爺暴跳如雷；王爺得信趕了去，老王爺又一頓大罵。」

「罵甚麼？」

「罵王爺不孝，說王爺如今當權，跟皇上說一說，把那道一步不准出府門的禁令取消了，有何不可？這幾年成天在府裡，都把他悶得要發瘋了。」那護衛停了一下，接著又說：「老王爺的火可真大了；說要具呈宗人府，告王爺的忤逆，革了王爺的爵位，讓六爺承襲。」

「真有那話嗎？」曹震說道：「我看也不過是一時氣頭上的話。」

「震二爺，你可別那麼說！」張護衛放低了聲音，「老王爺可真是把王爺恨透了。」

曹震大吃一驚，急急問說：「那是為甚麼？」

「還不是為了不能自由。上門來見老王爺的，也都擋了駕了。如果老王爺能夠出門，或者門上放寬一步，老王爺就挺舒服了。」

「現在也沒有甚麼不舒服啊！」曹震說道：「每天清客陪著，愛怎麼玩，怎麼玩；還要怎麼樣？」

「震二爺，你真是只知其一，不知其二。權不在手裡，怎麼會痛快？」

「這跟老王爺能不能出門，能不能隨便接見客人，扯不上關係。」

「怎麼沒有關係。」張護衛答說：「如果老王爺能出門，能隨便見人；自有人會巴結他，要甚麼，有甚麼！」

曹震恍然大悟——雍正十一年春天，老平郡王訥爾蘇向卸任江寧織造隋赫德變相勒索了三千八百兩銀子，案子鬧得很大；幸虧福彭有決斷，一面退還了銀子，一面派人警告隋赫德，倘或「再要向府內送東西去時，小王爺斷不輕完。」但亦只望大事化小，還不能小事化無。

曹震記得，此案由莊親王及軍機處聯名的覆奏是，隋赫德在織造任內，種種負恩，僅予以革職處分，已邀寬曲，理宜在家安靜，以待餘年，而仍不安分，居然膽敢鑽營原平郡王訥爾蘇，其中不無情弊。至於訥爾蘇，已經革退王爵，不准出門，又令其子福靖，私與隋赫德往來行走，借取銀物，殊干法紀。相應請旨，嚴審擬罪。

這個信息一傳出來，平郡王府上上下下，人心惶惶；那知鄂爾泰傳旨，不提訥爾蘇，只將隋赫德發往北路軍台效力贖罪；倘不盡心，即行請旨，於軍前正法。所謂「北路軍台」正就是定邊大將軍福彭馳驛遞軍報的台站；隋赫德不派別處，派到北路，明明就是饒了他一條命。

回憶到此，曹震已完全了解福彭的心意；但不願說破，只想多知道一些老少兩王父子間不和的情形。

「後來怎麼樣？」

「後來！」張護衛說：「四爺、六爺、嫡福晉、庶福晉都趕來替王爺求情；裡裡外外都跪滿了。最後是太福晉幾句話，才算把這場風波壓了下去。」

「太福晉怎麼說？」

「太福晉說：不必請皇上開恩，讓你自由走動，是我的主意。你一出了門，就有人架弄著你包攬是非；你忘了那回隋赫德的事了嗎？你儘管到宗人府去告老大忤逆；我進宮去見皇后，看看到底是誰的話管用？其實你不必去告忤逆，讓老大自己具奏，把爵位讓給老六好了。那時候，別說你想出門，你想出京都沒有人攔你！」

「好痛快！」曹震脫口說了這一句，又問：「以後呢？」

「以後，」張護衛是那種想起來就好笑的神情，「老王爺愣了半天，猛古丁地一跺腳：『嗐，孌妻逆子，無法可治！』接著，你猜怎麼著？啪，啪，自己打了自己兩個嘴巴，走了！」

曹震卻不覺得好笑；老王與太福晉夫婦之間的衝突，演變成連理都不能講的地步，這絕不是一件好事。但轉念想到：既有「蠻妻逆子」的話，見得太福晉是向著長子的；而且太福晉的理路非常清楚，喜歡「老六」福靖是一回事，不願福靖襲爵，又是一回事。

接下來便想平郡王福彭的處境。曹震私下琢磨，平郡王此時的心境絕不會好；也絕不會有閒豫的心思來考慮納妾，即令內心並未放棄，裡面亦一定是這樣答覆：過一陣子再說。那時候是聽他的好，還是不聽？

「震二爺，」張護衛是很照應的神氣，「除非你有非跟王爺請示，馬上就得有結果不可的頭等急事，不然，我勸你老明兒再來吧。」

曹震在心裡念了句戲詞：「正合孤意！」接著從靴頁子裡掏出兩張飯莊子的「席票」，捲一捲塞在張護衛的手裡說：「有人送了我兩桌席，我沒有功夫請客，轉送了你吧。」

五兩銀子一桌的席，持票到出票的飯莊子退錢，至多打個八折；送這兩張席票，等於送了八兩銀子，張護衛自是滿口稱謝。

「震二爺，」張護衛請個安問說：「你老有事，儘管交代。」

「我託你件事，也不急。得便，沒有人的時候，你跟王爺回一聲，就說交代我到熱河去辦的事，我已經在辦了。」

從馬夫人帶著秋月動身到熱河去以後，曹雪芹的日子過得更瀟灑了，本來還有晨昏定省這件守禮繫情的事，絕不可廢，所以不管是文酒之會，或者是飛觴羽觴，都緊記著怎麼晚都得回家這一誡，如今是一無牽掛，無拘無束了。

那知秋月已預見到此，悄悄地囑咐了錦兒，務必暗地裡管著曹雪芹；因此兩天未見他的面，第三天特地去看他，等到三更天，未見人影，惦念著孩子，不能不走，卻不甘心，也不放心。

曹雪芹卻做夢也不曾想到，一大清早便有人來「查號」，一到家直奔臥室；先經書房，一掀門簾，就看到錦兒正敞開一片雪白的胸脯，在為孩子哺乳。

不論大家小戶，婦人乳子，可以不避未婚的小叔，不過那是指未成年的小叔而言；錦兒與曹雪芹的情形不同，彼此猝不及防，無不受窘，一個急忙轉身，一個趕緊縮腳，兩人就隔著簾子說話。

「你怎麼一大早來了？」

「你怎麼『夜不歸營』？」

聽得這話，曹雪芹意會到錦兒不是自己有甚麼急事來找他，而是特意來查問他的行止的。這當然不會是她多事，而是受人之託——這個人是母親呢？還是秋月？

他正這樣想著，錦兒在裡頭呼喊她帶來的人，一個丫頭、一個僕婦，聞聲而集，將她的孩子抱了出去，然後才看到錦兒掀起門簾，衣襟上的紐子當然都扣好了。

「你昨晚上到那兒去了？」

「在胡同裡串門子。」曹雪芹老實答說。

錦兒雖知道他所說的「胡同」是指靠近琉璃廠的石頭胡同、寒葭潭、陝西巷那一帶，卻不大懂那些「班子」裡的規矩，便又問道：「你串門子串了一夜？」

「這不是你們所說的串門子，這兒坐一坐，那兒聊一聊；挑定了地方就不走了。」曹雪芹不等她再盤問，自己又說：「喝酒，唱曲子；我們昨晚上還做燈謎、博彩。我得了個大彩；你看看，你要喜歡，你留著玩。」

說著，曹雪芹將手中的盒子放在桌上，打開來看，裡面是一個泥塑的「兔兒爺」，塑得極其精緻。

「我可不要！『赤眉白眼兒』的。」錦兒又問：「你們就這麼玩了一夜？」

「可不是？」曹雪芹答說：「要不然，我怎麼回來了呢？」

這意思是說，如果住在班子裡，這時候還在夢中，不會回家；再看他的臉上，是一夜未睡的神態，便信了他的話。

話雖如此，錦兒為了要警惕曹雪芹，依舊板著臉，作出滿懷不悅的神情；見此光景，曹雪芹亦有些手足無措之感，心中尋思，這個僵局必得想法子打破才好。

於是，他想了一下笑道：「你知道我這個彩是怎麼得的？」

「你不說，誰猜得出來？」錦兒仍舊是迎頭把他的釘子碰回去的語氣。

於是曹雪芹右足退後一步，做個戲中打躬的身段；口中念道：「『都是小生的不是！』」

「誰要你賠禮？」

「不是賠禮，是那個燈謎的謎面，打四書一句。你知道謎底是甚麼？」

「我又沒有念過四書五經。」

「是『平旦之氣』。」

錦兒不解所謂，細想一想方始會意，不出得笑了出來，「誰跟你唱戲。」她說：「你也真該好好兒上進了。二十二歲的人；老太爺在你這個歲數，已經擔當大事。」

曹雪芹正要坐下，聽得「老太爺」三字復又站住，等錦兒說完，才一面坐了下來，一面答說：「那也得有機會，不能一概而論的。」

「人生在世，身分有高有低，機會都是有的。你不愁吃、不愁穿；別說在南京的時節，就回旗以後，太太跟秋月不都是全副精神都在你身上；那不是你讀書上進的機會？你倒說，你怎麼上進了？」

「讀書，我是讀了，沒有錯過機會。上進，你說的上進必是指趕考，那可是沒法子的事，我有病。」

「病，甚麼病？」錦兒詫異地問。

「一讀八股文章，腦袋就會疼的病。」

「那是你不求長進的話，我不要聽。」

剛剛解凍的局面，又變得冰冷了。曹雪芹無詞以對，只是將頭低著。

「其實，咱這種人家，做官本來也不必靠中舉中進士；不過做官總也有一套做官的規矩跟本事，你呢？一點都不肯留心。」錦兒又說：「從沒有聽你談過做官。」

「震二爺不是挺會做官嗎？」曹雪芹說：「將來少不得有一副一品夫人的誥封送你。」

「我沒有那個命。他是他，你是你；我關心的是你。」

一聽這話，曹雪芹不覺吃驚，抬眼看時，錦兒眼中有一種難以形容的表情；曹雪芹心一蕩，趕緊自我克制，只想著那是做姐姐的一種慈愛的流露。

「從二奶奶在的時候算起，我、繡春、秋月不知道花了多少心在你身上。還有——」

「你別說了！」曹雪芹心亂如麻，而且有些氣喘；拿起錦兒的茶喝了一大口，才覺得舒服了些。

「我再問你，你外頭有人沒有？」

「有人？」曹雪芹不免奇怪，「你怎麼會有這樣的想法？」

「我聽秋月說，你最近花錢花得很厲害。如果不是外頭有人，錢花到那兒去了？」

「那可是天大的冤枉。」曹雪芹是叫屈的神情，「跟朋友逢場作戲，雖不必充闊少，總不能太寒酸。此外，還有兩個窮朋友，一個死了爺；一個家裡遭了回祿，我總不能坐視不問吧？」

「你是真話？」

「要不要我起誓。」

「也用不著賭神罰究。」錦兒又說：「我想你總也不忍騙我跟秋月。」

一句話勾起曹雪芹不盡低徊的思憶，而終於歸結於一聲喟歎，「不是我生錯了地方，」他說：「就是你們都生錯了地方。」

「又說怪話了。」錦兒接口說道：「你的意思莫非是『不是冤家不聚頭』？」

「不！我說錯了，」曹雪芹管自己又說：「不是我生得晚了幾年，就是你們生得早了幾年。不然，我就不必叫你錦兒姐了。」

那麼該叫甚麼呢？錦兒怔怔地思索了一會，突然省悟；頓時一顆心「蓬蓬」亂跳，臉紅氣促，只有用責備來掩飾她內心的驚惶昏亂，「胡說八道！」她責斥著，「你起這種心思，天都不容。」

曹雪芹內心中一樣也是惶恐迷惑，不知道自己何以會說這話？要想辯白，卻又不知從何說起？只漲紅了臉，浮現出無數的慚惶。

見此光景，使得錦兒自責，話說得太過分了；而且覺得自己的想法根本就不對，他有這種感覺，亦不是一朝一夕之事，裝糊塗不去考較，並不能讓他的想法改變。

這一轉念間，錦兒便索性敞開來想，而且設身處地去想。想來想去，怎麼樣也不能發生他是錯了這麼一個感覺。

既然他不錯，就該幫他；錦兒心頭，倏地閃過一個意念，就像一陣風似地，掀開了帷幕一角，隱隱約約地看到許多新奇的事物，但是她不知道那是幻覺，還是真的有那許多東西在裡面？

這就只有曹雪芹能告訴她了。錦兒考慮又考慮，終於又害怕、又興奮地問出句話來。

「芹二爺，你到底跟誰好過？」

「你不是明知故問嗎？」

一聽這話，錦兒越發疑惑，「怎麼叫明知故問？」她說：「又不是在南京的時候，天天見面，沒有我不知道的事。你就老老實實說是誰好了。」

「春雨，不是你早就知道的嗎？」

他一提春雨，倒提醒了錦兒，不妨一個一個問過來：「繡春呢？」

「沒有，絕對沒有。」曹雪芹有些氣急，「莫非你到今天還不相信我？」

「不是不相信你。」錦兒看他那樣認真，措詞便格外謹慎了；考慮了一會說：「今天在這裡沒有別人，咱們倆說心裡的話，說過了算，誰也不用擱在心裡，更不用跟別人去說，好不好？」

「好。你說吧？」

「你雖沒有跟繡春好過，可是想不想呢？」

曹雪芹不願說假話，可也不肯明說，「你想呢？」他只這樣反問。

「我知道了。」錦兒又說：「還有呢？」

曹雪芹沉默不答，顯然的，他心裡還有人。為了要把他逼出來，錦兒只有老一老臉從自己說起了。

「譬如說我，你起過那種抱一抱、摟一摟我的心思沒有？」

語音尚未消失，曹雪芹已是血脈僨張，自己都聽得見自己心跳了！眼中望著豐腴而結實的肌膚；鼻中聞到她那像一團烏雲的頭髮中散發出來的香味，真有一股遏阻不住的，想抱一抱她的衝動。但儘管一顆心不斷地在衝，那雙手卻似被捆住了伸不出來。

「說啊！」錦兒猶在催促。

「你簡直要逼出人命來了！」曹雪芹帶著哭聲地說：「叫我怎麼說呢？」

「那也沒有甚麼？」錦兒忽然想到了一句：「發乎情，止乎禮。」

這句話倒真見效，為曹雪芹內心的困境，打開了一條出路；他定一定神說：「太上忘情，下愚不及情，情之所鍾，正在我輩。」

「這麼說，你是想過的？」

「是的。」曹雪芹板著臉回答。

「這會兒還想不想？」

一聽這話，曹雪芹不免吃驚，定睛看時，她的臉色清純平靜，一點也看不出是在挑逗的神情。曹雪芹倒有些困惑了。

「你想不想？你想，我就讓你抱一抱。」錦兒又說：「別的就不行了。如果不是礙著震二爺，你要甚麼，我給甚麼。」

「好了！」曹雪芹快刀斬亂麻似地截斷了她的話，「就說到這兒為止。」

「好！說我就說到這兒為止。」錦兒緊接著說：「秋月呢？這沒有甚麼顧忌，你敞開來說吧！」

這彷彿以為他就跟秋月好過了，曹雪芹有受了冤屈的感覺；同時也覺得唐突了秋月，因而很不高興地答說：「你今兒是怎麼回事？」

「我是跟你談正經。」錦兒果然是很認真的神態，「你如果喜歡秋月，何不就讓秋月跟你做一輩子的伴。那一來老太太都會安心。」

曹雪芹做夢也沒想到，她會有這麼一個主意。定睛細看，不像是在開玩笑；但仍舊問了句：「你是怎麼想來的？」

「那不是順理成章的事嗎？除了年紀大一點兒以外，我想不出她有那一點不如你意的地方；也想不出這個世界上除了她，還有更適合你的人。」

他把她的每一個字都聽進去了，承認她說得一點都不錯，但怎麼樣也不能接納。

「其實比起鄉下那些大得可以做媽的媳婦來，秋月至多是個大姐姐，也不算太大。你說是不是呢？」

他不能說「是」；一說就等於同意了。可是很奇怪地，他也不願公然拒絕，只是沉默著。

「你還有甚麼不中意，或者顧慮？說出來，咱們商量。說啊！」

「你別催行不行？」曹雪芹心煩意躁地，「你讓我好好想一想，行不行？」

「行，行！」錦兒一迭連聲地回答：「你慢慢兒想吧！我先回去；好好兒睡一覺，回頭到我那兒來吃飯，我包素餡兒的餃子給你吃。」

可是，曹雪芹又怎能睡得著，一閉上眼，便是秋月的影子，不然便是繡春或者錦兒，連夏雲、冬雪都在他的回憶中出現過，反倒是春雨，想到她時，影子卻是模糊的。

話雖如此，到底還是睡了一大覺，實在是神思困倦之故；當然眠夢不會安穩的，半睡半醒、昏昏沉沉地一直到下午才起床。

「錦二奶奶打發人來問過兩次了。」桐生告訴他說：「如果芹二爺不打算去了，我得去說一聲。」

「不！」曹雪芹毫不考慮地，「我還是得去，馬上就走。」

「還沒有吃午飯呢！」

曹雪芹看自鳴鐘上，已是申正時分，便即說道：「乾脆到錦二奶奶那裡，中飯、晚飯一塊兒吃了。」

「你總算來了！」錦兒說道：「特為你包的素餡兒餃子，前一陣震二爺想吃，我都懶得動手；你要是不來，看我不罵你。」

錦兒包的素餡餃子，是曹家一絕；材料不算珍貴，但極費事，餡子細切細剁成泥樣，再加作料調製，用燙麵包好了上籠蒸，吃在嘴裡，香軟甘滑，根本無法分辨餡子是那幾種材料合成的。

「就為了吃你的餃子，我連中飯都不吃；這會兒倒真有點餓了。」

「那就先吃餃子後喝酒吧。」

等喝酒時，天已經黑了，春夜駘蕩，加上心情毫無拘束，曹雪芹的酒興極好，一上來便乾了好幾杯「女兒紅」。

「慢慢兒喝！」錦兒笑道：「趁你沒有喝醉以前，咱們談談正經。」

「談正經」當然是談秋月，曹雪芹搖搖頭說：「這件事很難！」

「你只說你願意不願意好了。」

「光我願意，沒有用。得要看她的意思。」

曹雪芹又說：「你知道的，她為人很拘謹；這件事能辦成固然好，倘或有甚麼窒礙辦不成，有個痕跡在那裡，彼此覺得尷尬，反而鬧得疏遠了。」

錦兒深深點頭，「你的話很不錯。原是要想妥當了再辦。」她說：「不過，我第一步得先問問你的意思。」

「我就是這個意思。」曹雪芹說：「一定得有十足把握，才能開口；沒有把握之前，一點口風都露不得。錦兒姐，我為這件事一直沒有睡著，前前後後都想過了，真的很難。」

「既然你想得那麼深，你倒說給我聽聽，難處在那裡？」

「第一，太太不見得同意——。」

「這一層你不必管，我有我的辦法。不，我的想法。」

「你的想法是甚麼？」

「你先別問，管你自己說好了。第二呢？」

「第二，我不能讓她受委屈；可是要不讓她受委屈，又怕她不幹。」

「這話是怎麼說？」

原來曹雪芹覺得秋月除了名分上的委屈以外，怕大婦不容，還要受實際上的委屈。果真能相伴終身，白頭偕老，唯一的辦法就是他不娶；但那一來對馬夫人及其他長輩如曹頫等人難以交代，秋月絕不會同意他這麼做的。

錦兒想想他的話也很有道理，默默無語；曹雪芹便又問說：「你的想法呢？不妨說給我聽聽。」

「你不是怕太太或者不許嗎？」錦兒答說：「我的效法很乾脆，把生米煮成熟飯，太太不許也得許了。」

甚麼叫生米煮成熟飯？曹雪芹當然明白；立即答說：「秋月絕不肯的。」

「莫非你試過了？」

「不用試，我知道。」

錦兒自覺不便鼓勵他去「做壞事」，所以幾次欲語又止，仍復歸於沉默。

「你不必為此心煩。」曹雪芹說：「秋月自己都不愁，你替她愁甚麼？」

「她發愁也不能跟你說啊！」

「難道跟你說過？」

「又何必跟我說，想都想得到的。」錦兒忽然說道：「等烏二小姐過了門再說吧。」

一到熱河，自然住在曹頫那裡。為了敬重嫂子，曹頫將上房讓給馬夫人，自己搬到曹雪芹以前所住的金粟齋；曹震仍舊住在前廳一直為他預備著的客房。

到的時候，剛剛過午，吃完飯安頓初定，日色已經偏西了，「烏都統那兒，明天再通知他們吧。」曹頫向曹震說：「大家也都累了，而且我也有好些事要談。」

曹震本打算當天就去看烏都統投信的；聽說一說，只能答應一聲：「是。」

不道烏都統夫婦已知馬夫人到了承德；門上通報，烏太太打發人來了，還送了一桌菜。一見派來的人，曹震立即向秋月使了個眼色；秋月看這個青衣打扮的妙齡女子，長身玉立，宜男之相，頓時會意，輕聲在馬夫人耳際說了三個字：「是阿元。」

阿元一進門便向馬夫人磕頭，口中說道：「我家太太打發我來給曹太太請安。我家太太說：曹太太剛到，一定累了，今兒不敢來打擾；明天上午讓我家大小姐來接曹太太、曹四老爺姨太太，還有一位秋月姑娘。一桌菜是家裡廚子做的，怕不中吃，請曹太太包涵。」

馬夫人因為阿元十之七八會成為平郡王的庶福晉，所以在她一下跪時，便站了起來，口中不斷地說：「不敢當，不敢當。快請起來。」

阿元起身，一一行禮；最後是拉著秋月的手，笑顏逐開地說：「這位必是秋月姐姐，我盼望你好些日子。」

「謝謝，謝謝，謝謝！」秋月答說：「我也聽我們芹二爺談過元姐姐，真正才貌雙全。」

「唷，秋月姐姐你可不能這麼說；說得我無地自容了。」

「彼此都別客氣。」曹震轉臉說道：「四叔，咱們外面坐吧！」

這是非常好的一個機會，讓馬夫人跟秋月得以細細觀看阿元的一切——曹震為平郡王「做媒」做得好，固然是一件可以記功的美事，但如阿元並不像他所說的那麼好，甚至進了王府搬弄口舌，行事乖張，既為太福晉所惡，亦為平郡王所厭，那時他就成了罪魁禍首。難得能讓馬夫人與秋月先作一番考察，倘或她們都說人品不佳，他還來得及懸崖勒馬，免得鑄成大錯。

因此在他與曹頫臨去時，還向秋月拋了個眼色。其實他就不作這個暗示，馬夫人與秋月也都想好好看一看阿元，到底如何精明護主，以至於嚇得杏香寧願退讓？

因此秋月想出各種說法，留住阿元，到了上燈時分，還要留她吃飯，阿元說烏太太等著覆命，苦苦辭謝，才放她走了。

晚飯分作兩處。烏家送的那桌席，是阿元預先說明了的，完全照清真做法，但馬夫人仍舊怕「不乾淨」，吃的是曹頫特為預備的飯菜。烏家的席開在金粟齋，曹頫飛柬邀了幾個平日有文酒之會的朋友，歡談暢飲到起更時分，尚未散席。

曹震對文墨一道，非性之所近；席間先還可以大談京中近況，等到話一說完，便不大有他置喙的餘地。加以他心中有事，亟於想早早離席，因此找個機會，悄悄囑咐何謹到曹頫面前撒個謊，說馬夫人有事要跟他談，就此讓他遁走了。

原來他跟馬夫人有事談。到了上房，鄒姨娘已經離去，馬夫人在卸妝了，不過還是由秋月將他迎了進去，問他的來意。

「自然是為阿元。」曹震問說：「太太看她怎麼樣？」

「我剛剛跟秋月在談，只怕這個阿元，倒跟太福晉對勁。」

「喔！」曹震情不自禁地說：「那可是太好了。」

「我的話也不一定準。」馬夫人又說：「看樣子心思很快、言語爽利，而且禮數周到；是太福晉喜歡的那種人，也許太福晉會拿她作個幫手。」

「是，是！」曹震轉臉問秋月：「你看呢？」

「太太看得很準；不過，我有點看法，剛才也跟太太說了。」

「秋月說：這個人不能掌權；她掌了權是不肯讓人的。」

「那倒不要緊。太福晉也不是輕易肯放手的人，果真有那一天，提醒太福晉跟郡王就是了。」

馬夫人點點頭問說：「你打算甚麼時候跟烏都統去談？」

「我在想，」曹震躊躇著說：「既然太太也說好，是不是請太太跟烏太太提一提，比較合適。」

馬夫人還在考慮，秋月開口了，「震二爺，」她說：「你跟烏都統談，比太太跟烏太太談，來得合適。第一、是王爺交代你的事，而況你還要投信；倘或太太去談，烏太太一定會問：是不是太福晉的意思?這就承認也不好，不承認更不好。」

「嗯！」馬夫人被提醒了，「秋月的話不錯，我不能多這個事。」

「還有，」秋月接口又說：「震二爺，你留著太太，就是留著一條後路；萬一太福晉有意見，太太還可以出面轉圜。這不是一條後路嗎？」

「說得好！」曹震大讚：「你真是見得深，想得透。別說太太，連我也不能不請你出主意。」

「震二爺，你可說得我無地自容。」秋月笑道：「明兒應該是個雙喜臨門的大日子。」

高陽作品集・紅樓夢斷系列（新校版）

三春爭及初春景 上冊

2022年5月三版

定價：平裝新臺幣380元

精裝新臺幣550元

有著作權・翻印必究

Printed in Taiwan.

著者 高陽
叢書編輯 董柏廷
校對 吳美滿
封面設計 兒日

出版者	聯經出版事業股份有限公司
地址	新北市汐止區大同路一段369號1樓
叢書編輯電話	(02)86925588轉5388
台北聯經書房	台北市新生南路三段94號
電話	(02)23620308
台中分公司	台中市北區崇德路一段198號
暨門市電話	(04)22312023
台中電子信箱	e-mail：linking2@ms42.hinet.net
郵政劃撥	帳戶第0100559-3號
郵撥電話	(02)23620308
印刷者	世和印製企業有限公司
總經銷	聯合發行股份有限公司
發行所	新北市新店區寶橋路235巷6弄6號2樓
電話	(02)29178022

副總編輯 陳逸華
總編輯 涂豐恩
總經理 陳芝宇
社長 羅國俊
發行人 林載爵

行政院新聞局出版事業登記證局版臺業字第0130號

本書如有缺頁，破損，倒裝請寄回台北聯經書房更換。

ISBN 978-957-08-6239-3（平裝）
ISBN 978-957-08-6242-3（精裝）

聯經網址：www.linkingbooks.com.tw
電子信箱：linking@udngroup.com

國家圖書館出版品預行編目資料

三春爭及初春景 上冊/高陽著．三版．新北市．聯經．2022年5月．448面．14.8×21公分〔高陽作品集・紅樓夢斷系列（新校版）〕
ISBN 978-957-08-6239-3（平裝）
ISBN 978-957-08-6242-3（精裝）

863.57　　110005062/3